10

Della stessa autrice:

Il mio angelo segreto
Un amore di angelo
Cercasi amore disperatamente
Mi piaci da morire
S.O.S. amore
L'amore mi perseguita
L'amore non fa per me
101 modi per riconoscere il tuo principe azzurro (senza dover baciare tutti i rospi)
101 modi per dimenticare il tuo ex e trovarne subito un altro

Diciannovesima edizione: febbraio 2014
© 2011 Newton Compton editori s.r.l.
Roma, Casella postale 6214

ISBN 978-88-541-6564-9

www.newtoncompton.com

Stampato su carta prodotta con cellulose senza cloro gas provenienti da foreste controllate e certificate, nel rispetto delle normative ecologiche vigenti

Federica Bosco

Innamorata di un angelo

Newton Compton editori

*Paperbacks
sezione Gli Insuperabili
Pubblicazione settimanale, 13 febbraio 2014
Direttore responsabile: Raffaello Avanzini
Registrazione del Tribunale di Roma n. 16024 del 27 agosto 1975
Stampato per conto della Newton Compton editori s.r.l., Roma
presso Puntoweb s.r.l., Ariccia (Roma)*

Hanno scritto di *Innamorata di un angelo*

«MACCHÉ LIBRI PER RAGAZZI, LI LEGGONO VOLENTIERI ANCHE GLI ADULTI. Scritti per bambini e teenager, vengono divorati dai genitori. Un esempio? La trilogia di Federica Bosco, *Innamorata di un angelo*, con al centro le vicende di Mia, sedicenne volitiva e ribelle, ha già superato le 50.000 copie ed è pronta a sbarcare all'estero.» **Panorama**

«SE I SENTIMENTI HANNO BISOGNO DEL MANUALE. Ci sono tanti tipi di amori e passioni e nessun oggetto più di un libro può riuscire a parlarne, facendo riflettere, ridere o piangere. *Innamorata di un angelo* di Federica Bosco, autrice di best seller sull'argomento, è un romanzo a tutto tondo: amore tra adulti single e separati, tra adolescenti, tra madre e figlia, nonna e nipote. (…) Il primo capitolo di una trilogia positiva e appassionante.» **Il Messaggero**

«MAGIA E SENTIMENTI NELLA STORIA DELL'ADOLESCENTE MIA. Dalla più britannica delle scrittrici italiane, una favola moderna su sentimenti e magia. Federica Bosco, autrice cult ironica da oltre 400.000 copie vendute in Italia, ha dimostrato che gli esordi col botto non capitano solo oltreoceano. Tradotta in 11 lingue e finalista al Premio Bancarella 2011, torna con *Innamorata di un angelo* per raccontare di Mia, adolescente ribelle, che non vuole chiudere in un cassetto il suo talento». **Il Tempo**

«Chi ama il chick lit, quel genere di narrativa diretta alle donne, meglio se single, si sarà chiesto perché le autrici anglosassoni che, anche se hanno dato vita al genere, continuino a riscuotere più successo delle colleghe straniere, le quali hanno invece imparato l'arte e la restituiscono con le varianti tipiche del loro Paese. Federica Bosco, un po' milanese, un po' fiorentina, un po' romana, è un fenomeno sottotraccia che vanta una schiera di fans fedelissime e vende una considerevole quantità di libri senza bisogno di perseguitare i lettori nei salotti della tv trash, grazie solo al passaparola e alla sua narrativa, pura, semplice e disarmante.» **Marie Claire**

«QUANDO SI PERDE LA TESTA PER UN ANGELO. Federica Bosco è una garanzia per le sue storie educate e ironiche. Ora torna con la sedicenne Mia che adora la danza e ama in segreto un ragazzo, fantastico come un angelo (sì, il titolo può depistare). Un libro adatto alle adolescenti che sembra piaccia anche alle loro mamme.» **Visto**

*A Francesco Scardamaglia
per avermi dato tanto.
Questo libro ti sarebbe piaciuto.*

CAPITOLO UNO

Una mattina ti svegli e sei un'adolescente.

Così, senza un avvertimento, dall'oggi al domani, ti svegli nel corpo di una sconosciuta che si vede in sovrappeso, odia tutti, si veste solo di nero e ha pensieri suicidi l'84% del tempo.

E io non facevo eccezione.

Il giorno del loro quattordicesimo compleanno le mie compagne di classe si erano fatte organizzare delle feste pazzesche.

Avevano preteso (e ottenuto) l'affitto di locali esclusivi, vestiti da migliaia di euro, DJ internazionali, catering a base di sushi, open bar, minicar e, addirittura, un cavallo.

Mia madre mi aveva portata al ristorante indiano insieme al suo compagno e mi aveva regalato un libro di poesie di Pessoa, dicendomi che ero abbastanza grande per poterle leggere.

Mio padre invece mi aveva fatto gli auguri con due giorni di ritardo e aveva insistito perché andassi a cena da *loro*.

Loro erano la famiglia perfetta: papà, Libby, Adrian e Seb, la dichiarazione ufficiale del nostro fallimento.

Come se noi fossimo stati la brutta copia.

In fondo eravamo stati bene per qualche anno: avevamo festeggiato compleanni e feste comandate, affrontato partenze intelligenti per le vacanze, condiviso morbillo e varicella e scambiato i miei dentini da latte con un soldino.

Un sacco di fotografie lo provavano!

Certo, è vero che in fotografia finisci sempre per sorridere anche se preferiresti che ti sparassero, ma ero davvero convinta che andasse tutto bene fra loro, perché mi sentivo serena, protetta e sicura anche se, detta così, adesso, sembra quasi la pubblicità di un assorbente.

Il mio non era un padre di quelli che ti portano a pattinare o a mangiare il gelato, e neanche di quelli che al saggio di danza urlano: «Quella è la *mia* bambina!», e non smettono un attimo di filmarti con la telecamera.

Lui ti ascoltava sempre con un solo orecchio, come se stesse pensando all'invenzione del secolo, tipo la formula per staccare il chewing gum dai marciapiedi, e se gli chiedevi di ripeterti cosa gli avevi appena chiesto, ti guardava interrogativo e ti domandava cosa ci fosse per cena.

Sembrava un ospite.

Uno da cui ti aspetti che, da un momento all'altro, ti chieda di fargli il conto della camera.

E infatti un giorno aveva fatto le valigie e ci aveva convocate nel suo studio per dirci addio.

Non dimenticherò mai le sue parole.

Si inginocchiò davanti a me e mi disse, come se fosse la cosa più naturale del mondo: «Anche se non abiterò più qui e sarò il papà di altri due bambini, sarò sempre *anche* il tuo papà».

Era quell'*anche* che mi aveva ferita più di tutto.

Come quando ti dicevano di offrire le caramelle *anche* agli altri bambini.

«Non essere egoista, dài il tuo papà *anche* agli altri bambini!».

E da quel giorno era diventato il padre e marito dell'anno, ma non per noi.

Quando nacquero i gemelli ci telefonò nel cuore della notte in lacrime, e la mamma diventò la sua migliore amica. Una specie di confidente da chiamare in qualunque momento, per sapere come cuocere un uovo, o per farsi consigliare uno shampoo antiforfora.

E se anche lei cercava di non farmelo pesare, si vedeva lontano un chilometro che ci stava ancora male.

Mentre io continuavo a sentirmi fuori posto.

Del resto avevo ben poca scelta: con una mamma italiana e un papà inglese era facile non sentirsi né carne, né pesce.

I miei si erano conosciuti a Firenze, dove papà frequentava uno di quegli inutili corsi di lingua per stranieri e lei era la sua insegnante.

Fu amore a prima vista e, come accade in questi casi, forse meritava un minimo di prudenza in più.

Per lei papà era stato il primo e unico, lo ripeteva ancora, ma credo che alla base di tutto ci fosse quell'idea, tipicamente italiana, che gli anglosassoni siano dinamici e autosufficienti.

Mio padre era dinamico come un blocco di cemento e autosufficiente come un bambino di tre anni.

L'unica volta che l'aveva portata a cena per San Valentino, dopo che lei lo aveva esasperato per un mese, era stato in una trattoria per turisti vicino al mercato di San Lorenzo, dove aveva ordinato mezzo litro di vino rosso della casa, provocando lo sdegno della mamma.

Da quella volta aveva smesso di sperare in un cambiamento e non aveva più preteso né regali, né fiori, né appuntamenti.

Mi sono sempre chiesta se la loro storia d'amore non fosse stata tutta nella testa di mia madre perché, sinceramente, Jiles non aveva davvero niente di speciale, né di irresistibile.

Quando lei diceva di aver sposato un inglese, tutte le sue amiche se lo immaginavano come Hugh Grant, Colin Firth o anche come Ozzy Osbourne, ma quando mostrava loro le foto, rimanevano così deluse che, per non ferirla, finivano con l'ordinare un giro di prosecco brindando alla simpatia e augurandosi segretamente che fosse *almeno* un animale a letto.

Mio padre non aveva neanche il senso dell'umorismo inglese: era un arido secchione con il cardigan beige, già calvo a vent'anni, con la faccia infilata nel «Guardian».

Quanto all'essere un animale a letto, be', non ci voglio nemmeno pensare.

Dopo nemmeno un anno cominciò a insistere per tornare a vivere in Inghilterra e mandò centinaia di curriculum per farsi assumere in una qualunque banca della City.

Alla mamma invece ne bastò uno solo per vedersi offrire un posto alla University of Leicester, patria dei Kasabian, come insegnante di italiano, e lì si trasferirono sei mesi dopo quando la mamma era già incinta di me.

Leicester non era Firenze, ma nemmeno Londra, e papà non era contento. Non ci volle molto perché si innamorasse di una broker della Barclays Bank.

Così, con la stessa imprevedibilità con cui, quel giorno, mi ero svegliata nel corpo di un'adolescente, un giorno di sei anni prima mio padre era uscito per sempre dalle nostre vite.

Ed è stato in quel momento che ho capito il senso della lezione di chimica sulle "reazioni irreversibili", come quando bruci qualcosa o cuoci un uovo.

E ti rendi conto che la tua vita (nel bene e nel male) non sarà mai più la stessa e, per quanto ti sforzi di fingere che vada tutto a meraviglia, dentro di te sai perfettamente che il meglio è passato.

E il tempo a venire dovrai impiegarlo a far credere agli altri che stai benissimo, per non farli preoccupare troppo e rischiare che si sentano in obbligo di darti una mano.

Inutilmente.

Fino al giorno della metamorfosi, la mia vita era stata come una lunga e noiosa domenica di pioggia, divisa fra la scuola e le lezioni di danza.

Passavo un sacco di tempo a scrivere brutte poesie e a consumare la videocassetta della *Cenerentola* di Prokofiev danzata da Sylvie Guillem, che mi aveva regalato la mamma e che ormai era introvabile.

E provavo per ore davanti allo specchio sognando anch'io di ballare così.

Per la verità sognavo di essere promossa "Prèmière étoile" la sera della prima del *Lago dei cigni* come Sylvie.

A soli diciannove anni!

Ma per farlo dovevo a tutti i costi entrare alla Royal Ballet School, subito dopo essermi diplomata quell'anno. L'esame era tosto e, sebbene sul loro sito invitassero gli studenti a non scoraggiarsi in caso di difficoltà finanziarie, io ero molto scoraggiata.

Le mie compagne di scuola passavano le giornate alla caffetteria o al centro commerciale a rubare rossetti, mentre io studiavo un modo per andare a vivere a Londra, pagarmi gli studi e diventare una ballerina.

Credo che mia madre, in cuor suo, avrebbe preferito che andassi anch'io al centro commerciale a rubare rossetti e, nonostante ci tenesse forse più di me a vedere realizzato il mio sogno, sapevo che non ce lo potevamo davvero permettere e papà aveva già i due gemelli a cui pensare. Per questo cercavamo di non parlarne.

Non ero il tipo di adolescente che ogni genitore sogna di avere (ammesso che ce ne sia un tipo ideale). Non perché fossi una teppista, ma perché, da quando mio padre se n'era andato, non sorridevo più e non ero certo quella che si definisce una buona compagnia.

La mamma spesso mi ripeteva che la facevo sentire sola, soprattutto quando andavamo in macchina da qualche parte.

Che ci potevo fare se nessuno capiva le mie battute?

Perciò me ne andavo a fare lunghi giri in bici, da sola, ascoltando i Pearl Jam.

Le lezioni che prendevo da anni alla scuola di ballo di Leicester non bastavano più, adesso era giunto il momento di tentare il grande salto o rinunciare per sempre.

E con l'aggravante di un corpo che non sentivo più mio, e che cercava disperatamente di farmi capire qualcosa, il mio malumore era diventato quasi patologico.

L'unica che riusciva a farmi sorridere ancora era Nina, la migliore amica che si potesse desiderare.

Eravamo insieme dall'asilo e ci piaceva raccontare che eravamo sorelle, anche se non potevamo essere più diverse.

Io avevo i capelli corti e scuri, gli occhi nocciola, la pelle bianca costellata di lentiggini e una certa predisposizione all'infelicità, lei invece aveva lunghi capelli biondo miele e gli occhi grigi ed era sempre di buon umore.

Non per niente aveva una famiglia stupenda che le avevo sempre invidiato, un fratello maggiore meraviglioso, ufficiale della Royal Navy, una mamma sempre allegra e ottima cuoca, e un papà che non si sarebbe mai sognato neanche di andare a comprare le sigarette senza avvertire e che ci aveva accompagnate al concerto dei Tokyo Hotel venendoci a prendere lontano dallo stadio, per non farci sentire in imbarazzo.

Mia mamma non sapeva cucinare e mio padre non sapeva chi fossero i Tokyo Hotel.

Quando eravamo piccole, ogni anno, Nina scriveva una lettera a Babbo Natale chiedendogli se i suoi mi potevano adottare e la sua mamma, con grande delicatezza, le spiegava che i miei genitori ci sarebbero rimasti tanto male, ma quando i miei si lasciarono cominciai a scrivere letterine a Babbo Natale di anno in anno più minacciose, fino a che mi arresi.

Nina invece non si arrendeva mai e scrisse di suo pugno una dichiarazione in cui affermava che lei e io, a dispetto di tutti, eravamo (e saremmo sempre state) sorelle e la firmammo solennemente, in una notte di luna piena, con il nostro sangue.

Niente avrebbe potuto dividerci, eravamo invincibili, eravamo inseparabili, eravamo uniche, ma soprattutto, credevamo ancora a Babbo Natale.

Quella notte di luna piena avevamo nove anni. Adesso ne avevamo quasi sedici e niente ci aveva ancora scalfito, né un ragazzo carino, né l'invidia delle compagne, né un brutto voto.

Nina era mia sorella, e io la sua. E questo ci bastava.

Ora, però, quando dormivamo insieme a casa mia o a casa sua, invece di immaginare le avventure di Barbie nel suo ranch, stavamo sveglie fino all'alba a immaginare la nostra prima volta.

Nina sognava di farlo con Robert Pattinson.

Si sarebbero conosciuti all'uscita della prima di *Twilight* e lei, anziché mettersi a urlare come tutte le altre sceme, lo avrebbe guardato intensamente, accennando un timido sorriso. Poi quando si fosse scatenato il delirio, lei lo avrebbe preso per mano, sottraendolo alla stretta anoressica di Kristen Stewart, e sarebbero scappati sul suo motorino.

Lei lo avrebbe portato a mangiare la pizza in un piccolo ristorante al riparo da occhi indiscreti, lui avrebbe strappato un pezzetto di pizza con le mani e l'avrebbe imboccata con tenerezza e avrebbero riso tirando il filo di mozzarella con le labbra. Lui le avrebbe pulito l'angolo della bocca con le dita, e le avrebbe detto, guardandola dritto negli occhi: «Nina, sei *così* bella», con la voce rotta dall'emozione. Poi avrebbe preso le sue mani, le avrebbe baciato i polpastrelli e avrebbe sorriso tristemente sussurrandole: «Resta con me stanotte... ti prego». E lei si sarebbe alzata, gli avrebbe accarezzato la guancia e, senza dire una parola, lo avrebbe portato a casa sua.

I paparazzi li avrebbero seguiti, ma Nina avrebbe guidato velocissima attraverso le vie secondarie, seminandoli, e lui si sarebbe stretto a lei, che avrebbe sorriso complice a quella luna magica, salutando per sempre la piccola Nina.

A casa sarebbero rimasti a lungo abbracciati al buio, lasciando fuori il tempo e la sua follia, esplorandosi disperatamente con le mani e con le labbra per ricordare ogni singolo istante.

Lui l'avrebbe stretta a sé e le avrebbe accarezzato piano il viso seguendo con le dita il contorno della sua fronte, le sopracciglia, gli occhi, gli zigomi e avrebbe baciato le sue labbra come fossero qualcosa di prezioso e dolcissimo.

Nina lo avrebbe preso per mano e lo avrebbe portato in camera sua dove lui l'avrebbe distesa delicatamente sul letto, sostenendole la testa, e affondando la faccia fra i suoi capelli.

Lei gli avrebbe confessato senza timidezza che era la prima volta e lui, abbassando lo sguardo, le avrebbe detto che lo era anche per lui.

Sarebbero rimasti abbracciati accarezzandosi e baciandosi, poi si sarebbero tolti i vestiti lentamente e avrebbero fatto l'amore lasciando che i loro corpi si fondessero con una lunga, lenta, e sensuale passione che li avrebbe legati per sempre.

«Io ti amo Nina», le avrebbe detto all'orecchio bagnandole il viso di lacrime, «ti amo e non posso stare senza di te».

Lei lo avrebbe rassicurato dicendogli: «Ti aspetterò. Noi ci apparteniamo. Io ti aspetterò. Sempre».

E un'alba precoce li avrebbe colti, teneramente abbracciati e nudi, incapaci di dirsi addio.

Se ne sarebbe andato implorandola di partire insieme a lui, ma lei avrebbe risposto che il suo mondo era lì, che per loro ci sarebbe per sempre stata quell'unica, perfetta notte, che non avrebbero dimenticato mai più.

Nina era incredibilmente romantica e aveva ragione a desiderare un amore perfetto.

Del resto lei non aveva conosciuto altro tipo d'amore se non quello leale, giusto e solido della sua famiglia.

Per questo, la mia prima volta, l'avevo sempre immaginata con suo fratello Patrick.

Patrick e Nina erano esseri baciati dalla fortuna e piacevano a tutti. Per loro la vita era un dono bellissimo e prezioso che non andava sprecato e facevano sembrare tutto dannatamente facile: le amicizie, i compiti, le relazioni.

Essere loro amico era un privilegio, e ogni minuto passato con loro una benedizione.

E io, che ero malauguratamente incappata in quell'assurdo triangolo, non potevo far altro che adorarli.

Amavo Patrick da quando avevo tre anni. E non era un modo di dire.

E se avessi dovuto scegliere fra lui e la danza, giuro che avrei preferito gettarmi da un ponte.

Lui aveva quattro anni più di me e mi aveva sempre considerata come l'altra sua sorellina, e io glielo avevo sempre fatto credere.

Anzi, per non destare sospetti avevo sempre fatto finta di non sopportarlo proprio, rispondendogli male o, per lo più, a monosillabi.

Lo avevo amato dal primo momento che lo avevo visto, quando Nina, nel cortile della scuola, mi aveva presa per mano e me lo aveva presentato.

«Lui è mio fratello e tu sei mia sorella», aveva detto in tono solenne.

Ma quando lui aveva replicato che non era possibile, Nina era scoppiata a piangere e, per calmarla, le aveva dato ragione.

Da quel momento avevo capito che Patrick era qualcuno di speciale per me, ma non come mamma o papà e nemmeno come Nina. Sapevo che quando lo vedevo le mie guance andavano in fiamme e sentivo una sensazione strana alla pancia.

E con gli anni la cosa era peggiorata.

Con la consapevolezza dell'amore e delle sue complicazioni, vedere Patrick era diventato fisicamente doloroso e ancora più difficile fingere di detestarlo, soprattutto perché Nina avrebbe dato un braccio pur di far andare d'accordo le due persone che amava di più al mondo.

Se avesse saputo che sognavo da anni di sposarlo e farci sette figli, non sarebbe stata contenta.

C'erano dei limiti oltre i quali non era consentito andare, e mi ero sempre rigorosamente tenuta entro quei confini, per non turbare l'equilibrio del nostro rapporto.

Patrick era suo fratello in senso assoluto e non lo avrebbe diviso con nessuna e tutte le volte che aveva mostrato delle attenzioni per qualche ragazza, Nina aveva sempre fatto di tutto per mettere loro i bastoni fra le ruote.

Sì, forse era un atteggiamento infantile, ma Patrick era talmente straordinario che avevi l'impressione che nessuna sarebbe mai stata alla sua altezza, non su questa terra almeno.

Non solo era bello da togliere il fiato perché, come Nina, aveva quegli occhi grigi come il mare d'inverno e i capelli dorati dal sole, il naso piccolo e dritto e quelle labbra da bacio che incorniciavano dei denti bianchissimi, ma era così incredibilmente generoso e ottimista da farti sentire fortunata solo a stargli vicino.

Si era diplomato da tre anni, ma i professori ne parlavano ancora come il loro studente più brillante e anche se non c'era più, tutti sapevano chi fosse.

Chi lo aveva conosciuto o ne aveva sentito parlare, era rimasto impigliato nella rete del suo fascino disarmante, come in un incantesimo, e non aveva potuto far altro che volergli bene.

Avrebbe potuto viaggiare in autostrada contromano e farsi togliere la multa, passare con il massimo dei voti senza aprire un libro e sedare una rissa fra ubriachi solo con uno dei suoi sorrisi immensi. Ma, più di ogni altra cosa, avrebbe potuto far innamorare di sé qualsiasi ragazza e invece non se ne era mai approfittato.

Sembrava inconsapevole del potere che aveva sugli altri e si stupiva ogni volta che qualcuno si dimostrava così disponibile nei suoi confronti.

Anch'io avrei fatto qualunque cosa per lui, e con qualunque cosa intendo proprio *qualunque*.

Ma avevo la certezza che Patrick per me non sarebbe stato altro che un sogno a occhi aperti, così avrei continuato ad amarlo in silenzio, da lontano, al riparo da gelosie e delusioni, per sempre.

La scuola stava diventando pesante e, negli ultimi tempi, ero ancora più scorbutica e irritabile.

Ero stata l'ultima della classe ad avere il ciclo e per una che non voleva avere complicazioni quella era stata una complicazione bella grossa.

Sviluppare avrebbe significato seno, ritenzione idrica e cosce grosse e per una ballerina non c'era niente di peggio.

Non poteva rimanere tutto come prima? Ero davvero obbligata a entrare nel mondo dei grandi?

Perché per Nina e le nostre compagne di classe era così naturale abituarsi a un corpo nuovo, farsi nuovi amici e uscire con i ragazzi, mentre io non riuscivo a fare altro che scrivere sul mio diario pagine e pagine di pensieri neri?

I miei voti, di conseguenza, erano in caduta libera ed ero diventata il bersaglio preferito di tutti i professori.

Più cercavo di mimetizzarmi e più mi facevano domande, più tenevo un basso profilo e più mi si accanivano contro e se, fino ad allora, ero stata una studentessa con voti nella media, era come se d'improvviso tutti si fossero messi a parlare un'altra lingua a mia insaputa.

La letteratura era diventata un macigno, la matematica era più contorta del *Codice da Vinci* e il francese un ammasso di accenti e ESSE messe a caso.

Odiavo con tutta me stessa il liceo, i reggiseni e Facebook.

Avevo undici amici, di cui una era mia madre, non aggiornavo il profilo e non avevo messo una foto, ma fra i miei contatti c'era Patrick e questo mi permetteva di torturarmi senza espormi, monitorando la sua bacheca come un agente segreto.

In realtà lui non scriveva mai niente di sé, ma erano i suoi amici e le sue amiche da ogni parte del mondo a taggarlo nelle foto o a invitarlo agli eventi più disparati e io immaginavo che lui rispondesse cose del tipo: «Appena Mia finisce la scuola verremo da voi per fare windsurf a Kawaii», oppure, «Grazie, ma ho promesso a Mia di portarla a vedere la Grande Muraglia».

Sognavo che saremmo stati per sempre insieme, felici e inseparabili, invecchiando nella nostra casa di campagna con i nostri nipoti e i nostri cani.

Non avevo altro a cui attaccarmi se non la fantasia e me la facevo bastare.

Del resto non dovevo fare altro che fingere una vita parallela, per poi rifugiarmi nei miei sogni.

Ed essere *veramente* felice.

Credo che in fondo il mio malessere derivasse dalla consapevolezza che quello stato di grazia stava per finire, che ci saremmo diplomate presto e ognuna sarebbe andata per la sua strada.

E il solo pensiero mi spezzava il cuore.

Nina voleva diventare avvocato per i diritti umani, voleva difendere i più deboli e adottare più bambini possibile, mentre io ero certa che me ne sarei andata, un giorno, a tentare di realizzare il mio sogno.

Non sapevo ancora come, ma dovevo darmi una chance.

E vivevo quel periodo come una fidanzata che sente che è tutto finito, ma non vuole essere la prima a doverlo ammettere.

Era stato l'autunno più rigido che si potesse immaginare.

La caldaia si bloccava in continuazione. Scendevo a prenderla a pugni una mattina sì e una no, uscendo dalla doccia completamente ricoperta di sapone, e rischiando ogni volta la polmonite.

Era questo che faceva sentire me e la mamma sole.

Il non poter contare su qualcuno che ci avrebbe protette e difese e che ci avrebbe reso la vita più semplice.

Paul, il compagno di mamma, aveva un'altra famiglia, anche se «stavano insieme per i figli», e quindi non c'era mai quando ne avevamo veramente bisogno.

La volta che erano entrati i ladri, la mamma aveva gridato dal piano di sopra: «Andatevene o sparo!», anche se aveva in mano l'asciugacapelli, e quando le si era rotta la macchina aveva speso una fortuna dal meccanico, lasciandosi convincere che cambiare il motore era un ottimo investimento per il futuro.

Per questo non mi piaceva l'idea di *aver bisogno* di qualcuno e avrei voluto essere emotivamente autosufficiente pur di non soffrire mai.

Anche se non facevo altro ormai da un pezzo.

«Mia!». La voce di Mrs Bowen risuonò come una fucilata e si fece breccia fra i banchi, fino a colpirmi in pieno.

Percepivo i sospiri di sollievo dei miei compagni di classe che si rilassavano sulla sedia, mentre io appoggiavo la testa sul ceppo di legno.

«Dài, ti suggerisco io», sussurrò Nina.

«Nina non suggerire!», tuonò l'insegnante.

Era comunque tutto inutile, un suggerimento andava bene in un test di «sì» o «no», non quando avevi un buco di 400 anni di storia in testa...

Cominciai a balbettare mozziconi di frasi, per dare l'impressione di sapere qualcosa, che era la peggior tattica in assoluto: oltre che ignorante sembravo autistica.

Il peggio è che avevo studiato per ore, eppure mi sentivo la testa completamente vuota.

Come se le nozioni scivolassero via come l'acqua nel lavandino, senza possibilità di essere trattenute.

«Non lo sa», sentii bisbigliare alle mie spalle.

Non lo sapevo e non me ne importava niente.

Avevo voglia di alzarmi, rovesciare il banco, e correre da Patrick a chiedergli di sposarmi.

Ma invece di starmene zitta e accettare diligentemente la pubblica umiliazione, mi voltai verso la voce e dissi: «Ma perché non te ne vai affanculo? Credi di essere migliore di me perché sai di che anno è la *Magna Charta*? Sai dove te la puoi ficcare la *Magna Charta*?...».

Avrei dovuto lasciarglielo immaginare invece di spiegarglielo, e così, cinque minuti dopo non sarei stata seduta davanti alla preside che telefonava a mia madre (che per fortuna aveva sempre il cellulare staccato) minacciando di farmi perdere l'anno.

Non lo potevo perdere o avrei detto addio alla possibilità di entrare in tempo alla Royal Ballet School, ammesso che mi scegliessero.

Più tardi, in bagno, Nina, preoccupata, mi chiedeva spiegazioni della mia improvvisa uscita di testa.

«Mi spieghi che ti è preso? Sembravi la bambina indemoniata di *The ring*!».

«Niente, mi aveva stufato», risposi grattando un vecchio adesivo dal muro.

«Mia, ma ti rendi conto che ti potevano sospendere? Vuoi perdere l'anno?»

«Nina, dài, sembri mia madre, non ti ci mettere anche tu».

Mi prese le mani. «Tu hai qualcosa che non mi vuoi dire e se non lo dici a me a chi lo dici, a York?».

York era il mio cane.

Il cane più brutto che avessi mai visto.

Mamma mi aveva portata al canile per sceglierne uno, sperando di distrarmi dall'abbandono di papà. Avevamo visto una decina di cuccioli bellissimi che saltavano e davano il meglio di sé per essere presi in braccio, mentre York stava in un angolo e sbatteva la coda fuori tempo, cercando di non farsi notare, proprio come facevo io a scuola.

Allora puntai il dito verso quell'ammasso di peli neri e ispidi senza capo né coda e dissi fra lo stupore generale: «Voglio quello!».

«Ma Mia, quello è orrendo! È tutto spelacchiato e gli manca mezzo orecchio... Ti prego scegline un altro!», implorò mia madre.

«Ho detto che voglio quello!».

E fui irremovibile. Mi era bastato uno sguardo per innamorarmi perdutamente di lui, così come era successo con Patrick.

Nina aveva ragione, a York avevo detto che lo amavo.

E a lei, che era la mia migliore amica, non lo potevo dire.

La vita era ingiusta.

«Vieni a casa mia a studiare oggi pomeriggio? C'è il test di matematica domani».

«No, oggi non posso».

Nina mi guardò con sospetto: «E cos'hai da fare?»

«Devo accompagnare mia madre in un posto».

«E dove?», incalzò.

«Mah, non so... una visita», ripetei in tono poco convincente.

Un'altra domanda e le avrei detto la verità.

«Una visita? È successo qualcosa a Elena?»

«No, no niente di che... solo, non posso oggi... ecco».

«Mia, sei strana, ce l'hai con me? Ho fatto qualcosa di male?».

Diventò improvvisamente triste.

«Dài, dimmelo se ho fatto qualcosa di male, dimmelo».

Ecco, questa era Nina, la ragazza più dolce e disarmante della terra.

Quella che da piccola aveva regalato la pelliccia di sua madre al barbone nel parco, che aveva liberato i pappagallini di sua zia e che voleva adottare me.

Come si faceva a non amarli quei due?

E risposi come la fidanzata con la coda di paglia: «Ma no non sei tu, sono io... è un periodo così... mi sento strana!».

«Sarai mica innamorata!», mi chiese a bruciapelo e gli occhi le si illuminarono.

Diventai bordeaux.

«Ma no che dici? Stai scherzando? E di chi poi?», risposi senza guardarla in faccia.

«Guardami negli occhi», disse sollevandomi il mento con le dita.

«Non sei divertente», risposi troppo aggressiva per essere credibile.

«Mia, sei mia sorella, non c'è niente che io non conosca di te... dimmi chi è... dài... io ti ho sempre detto tutto, anche di Thomas».

Considerai rapidamente che non avevo via di scampo.

Lei mi aveva davvero raccontato tutto della sua cotta per Thomas e di come stessero lavorando al "progetto" in origine destinato a Robert Pattinson.

Non c'erano frammenti della mia vita che lei non conoscesse, altri amici, altri luoghi, o altre storie di cui non la rendessi partecipe a parte quella che ricopriva i tre quarti della mia esistenza e che riguardava suo fratello.

Ci vedevamo sempre e dopo scuola stavamo ore e ore al telefono parlando di tutto.

Ero spalle al muro.

Sbuffai sconsolata.

Nina mi appoggiò le mani sulle spalle per incoraggiarmi a proseguire.

«Coraggio, sputa il rospo».

«Hai presente... quel ragazzo della B?».

Aggrottò la fronte.

«Oddio quale? Sono quasi tutti maschi...».

«Quello moro...».

«Quale, quello che somiglia a Charlie Bewley?»

«No... quello che somiglia a Jared Leto, cioè... ha i capelli come Jared Leto».

«Ho capito!!». Si illuminò. «Quello alto, secco secco con gli occhi grandi! Ma è fantastico, e sai come si chiama, dove abita, se ha una ragazza?»

«Nina, quello non sa neanche che esisto, è semplicemente troppo per me!».

«Ehi!». Mi puntò un dito minaccioso contro. «È della mia migliore amica che stai parlando e nessuno è migliore di te! Ricordati che non ci sono uomini realmente irraggiungibili solo perché sono belli o perché vivono a Hollywood! Sono come noi e hanno le nostre stesse insicurezze, mamma lo dice sempre. Vedi, potenzialmente io e te potremmo fidanzarci con Robert Pattinson se lo volessimo, ma forse non lo vogliamo davvero, quindi se vuoi fare breccia nel cuore di Jared, dobbiamo solo studiare un piano per riuscirci!», concluse raggiante.

Era la cazzata più grossa che avessi mai sentito.

Ma se si concentrava su Jared Leto della B potevo stare tranquilla per un po' e avrei potuto parlarle di lui pensando a Patrick e, in fondo, non le avrei proprio mentito.

CAPITOLO DUE

«Eeee... Vai con il *manége* di *piqué*...», mi urlava, «...*piqué, piqué* e doppia... *chainé, chainé, chainé, passé* sostieniii eeee giù!».
L'assolo terminò con me al centro della sala e Claire che mi guardava con le braccia incrociate senza espressione.
Non ricordo mi avesse mai sorriso una sola volta a lezione.
Aveva studiato alla Royal Academy di Londra e per un periodo all'American Ballet Theatre con Diana Adams, ma il fatto che non si fosse mai sposata e che un incidente di sci le avesse compromesso la carriera, sicuramente c'entravano qualcosa col suo carattere ostile.
Era la mia insegnante da quando avevo cinque anni e mi aveva portata ad un livello raggiunto il quale si deve decidere se tentare il tutto per tutto e passare al professionismo o rimanere per sempre a livello amatoriale e magari sperare di insegnare in una scuola di provincia.
E se quello era il mio destino, tanto valeva andare all'università e trovare un lavoro nella City insieme a mio padre.
La preoccupazione maggiore della mamma era che, se mi avessero presa alla Royal e non avessi sfondato, sarei rimasta con un mucchio di mosche in mano e, anche se lo Stato finanziava una cospicua parte della retta, restavano almeno da scucire dodicimila sterline l'anno che non avevamo.
E la faccia inespressiva con cui mi stava guardando Claire non mi faceva presagire nulla di buono.
«Tu, Mia, sei consapevole di quello che stiamo facendo qui oggi, vero?»

«Sì», dissi asciugandomi la fronte con il dorso della mano, con gesto drammatico e un po' strafottente.

«E cosa stiamo facendo?», proseguì disegnando dei cerchi col bastone sul parquet consumato.

Quando faceva così avevo voglia di prenderla a sberle.

Le piaceva recitare la parte dell'eccentrica insegnante russa centenaria, le mancavano solo il turbante e la sigaretta col bocchino.

«Stiamo preparando l'audizione per entrare alla Royal Ballet», risposi cercando di mantenere la calma frugando nella borsa.

Era come una zia, aveva più o meno sessantaquattro anni e la vedevo tre volte a settimana da undici anni, mi faceva il regalo di Natale e cenavo da lei tutti i mercoledì sera, ma quando eravamo in quella sala lei diventava la Pavlova in pieno delirio mistico e mi trattava come una merda.

«NON È SUFFICIENTE!», gridò picchiando il bastone per terra quasi a spezzarlo. «Stiamo preparando il tuo esame di ingresso per una delle più prestigiose scuole di danza del mondo e hai UNA SOLA chance di farcela e NON PUOI permetterti di essere mediocre Mia!».

Disse *mediocre* con la erre moscia.

«Credi di essere l'unica a volerlo? Credi di fargli un favore? Che non aspettino altro che te, il nuovo talento del secolo? EH? RISPONDI!», mi incalzò.

Dio se era stronza.

«No!», risposi a mezza voce, con le mani sui fianchi, piegando il piede da mezza punta a punta.

«Non hanno bisogno di gente che dia l'ottanta per cento come fai tu, a loro non basta nemmeno il cento per cento!».

«Ma Claire...», cercai di protestare.

«MA CLAIRE COSA? Sei stanca? Riposati! Ti fa male il ginocchio? Mettici il ghiaccio! Non ci sono soluzioni né vie di mezzo, in questo mestiere ci si spreme come limoni fino a che si è giovani e poi a trentacinque anni ci buttano via, è triste, ma è così! E qua dentro per te sono *Mrs* Claire! Avanti ricominciamo!».

Ritornai al centro della sala e *Mrs* Claire fece ripartire il CD con la variazione di Odile, *Il Cigno nero*, dal *Lago dei cigni*.

Potenzialmente al limite dell'impossibile soprattutto per la serie di 5 *pirouettes* che pretendeva all'inizio del pezzo.

Dato che non ero forte nell'interpretazione, voleva che li impressionassi con la tecnica.

Questo significava cinque piroette consecutive sulla punta del piede sinistro.

L'apocalisse!

Nessun individuo sano di mente avrebbe assegnato una variazione simile a una ragazzina di sedici anni.

Ma Claire non era del tutto sana di mente.

Svetlana Zakharova era semplicemente divina in quell'assolo, era la personificazione della grazia e della bellezza, così sinuosa ed elegante da sembrare irreale. In una parola, un angelo.

Era in grado di compiere decine e decine di *pirouette* senza mostrare alcuna fatica, e aveva braccia infinitamente lunghe ed eleganti che muoveva come le ali di un uccello in un modo così armonioso che ti ipnotizzava.

Non sapevo se ero un talento straordinario, ma sapevo che, quando danzavo, intorno a me il mondo spariva e cominciavo a volare trasportata da un vortice di suoni. La forza inarrestabile di un fiume in piena mi esplodeva dentro, facendomi sentire invulnerabile.

Non c'erano più limiti e confini, il mio corpo diventava spazio infinito, costellato da note fluttuanti dove mi muovevo senza paura, né dolore, né angoscia.

Il mio corpo di adolescente *diventava* danza e quella danza diventava amore.

Quando danzavo ero l'amore.

E quando pensavo a Patrick riuscivo a volare.

«EEEE... STOP!», gridò Mrs Claire, «non so a cosa o *a chi* tu stessi pensando, ma tienilo a mente per la prossima volta perché andava molto meglio».

Tornai a casa alle otto passate.

La mamma non c'era, e mi aveva lasciato la cena nel microonde: rigatoni al formaggio di Sainsbury's e piselli in scatola.

Avevo voglia di chiamare l'assistente sociale!

York mi corse incontro scodinzolando, lo presi in braccio, mi buttai sul divano ed esausta accesi la televisione.

Mi facevano male i piedi come se me li avessero masticati.

Che vita assurda era quella di una ballerina a pensarci bene.

Forse la mamma aveva ragione, forse dovevo semplicemente mettermi a studiare economia, trovarmi un lavoro normale e appendere le scarpette al chiodo, ma quella sarebbe stata la strada sicura verso l'infelicità.

«Lentamente muore chi non rischia la certezza per l'incertezza per inseguire un sogno», recitavano dei versi che avevo ricopiato sul mio diario. Non mi sarei mai arresa finché non ci avessi provato fino in fondo.

Mi piaceva stare a casa da sola, mi dava la sensazione di essere adulta e mi permetteva di immaginare come sarebbe stato andare a vivere a Londra.

Certo non mi sarei mai potuta permettere un appartamento tutto per me, ma almeno nessuno mi avrebbe detto cosa fare e cosa non fare.

Anche se sapevo che la mamma mi sarebbe mancata da morire.

La adoravo, si era sempre presa cura di me e mi aveva sempre trattata come un'adulta.

Ridevamo molto insieme e, a vederci, sembrava più che altro

mia sorella maggiore. Ma da qualche tempo non era più la stessa.

O forse non lo ero io.

Aveva sempre i suoi bei capelli biondi spettinati, la risata contagiosa e il look da hippy "pentita" (come le piaceva definirsi), ma ultimamente aveva cominciato a prendersi meno cura di sé e, a forza di mangiare cibo in scatola, aveva preso almeno cinque chili.

Aveva ereditato da nonna Olga un gusto straordinario in fatto di arredamento, ma nessuno in fatto di uomini e credo che, alla fine, le delusioni sentimentali l'avessero scoraggiata.

E adesso che aveva quarantatré anni e non credeva più nel principe azzurro, aveva deciso di seguire tutti quei corsi pratici per imparare quei "lavoretti" che solitamente penalizzano una donna: riparare la lavatrice, cambiare una gomma o usare un trapano elettrico.

Non parlava più con la nonna da quando aveva voluto sposare papà e, anche se si erano lasciati da anni, per orgoglio non le aveva mai chiesto una mano, nonostante la nonna fosse veramente ricca da fare schifo (aveva un negozio di antiquariato in via Maggio) e non aspettasse altro che tornare in una posizione che l'autorizzasse a criticarla.

L'idea che lei fosse l'ago della bilancia nella realizzazione dei miei sogni mi dava un gran fastidio ed era uno dei più frequenti motivi di litigio con mia madre.

Le sarebbe bastato sollevare la cornetta e io avrei avuto la retta pagata fino all'università anche per i miei figli.

Del resto ero la sua nipote preferita, nonché l'unica, ed era in un certo senso grazie a lei che avevo cominciato a danzare o almeno così lei amava raccontare.

Quando avevo quattro anni portò a casa un quadro antico raffigurante una bambina seduta su una sedia, con un tutù bianco.

Me lo aveva mostrato entusiasta dicendo: «Guarda Mia, sembri proprio tu!».

Per la verità, l'unica somiglianza con quella bambina erano le orecchie a sventola, ma giuro che ero rimasta incantata a guardarla.

O meglio, lei guardava me dritto negli occhi e mi diceva che dovevo cominciare a ballare, che quello era il mio destino, il senso della mia vita, e che solo così sarei stata felice.

Da quel giorno quella bambina era diventata il mio tormento, la mia ossessione, il mio incubo: mi guardava con aria saccente, incurante dei suoi piedi piatti, e nonostante fosse probabilmente morta cadendo dalla sedia prima che il ritratto fosse completato, senza neanche mai aver visto una sbarra, era riuscita a scatenare in me una competizione insana.

Di conseguenza diventai il tormento, l'ossessione e l'incubo di mia madre che un giorno, esasperata, mi accompagnò da Claire.

Il quadro era appeso ancora adesso in camera mia e, dodici anni dopo, guardandolo, riusciva ancora a farmi incazzare.

Verso le undici mia madre rincasò.

Mi svegliai di soprassalto facendo cadere il telecomando che andò in mille pezzi.

«Dormivi sul divano tesoro? Ma così domattina sarai uno straccio! Hai mangiato? Guarda come sei pallida e magra...», mi disse baciandomi la fronte.

Mi stropicciai gli occhi e le sorrisi, intorpidita per il sonno.

Le feci spazio accanto a me e le appoggiai i piedi in grembo per farmeli massaggiare.

Era una tale goduria che, in quel momento, avrebbe potuto chiedermi qualunque cosa.

E infatti...

«Allora, hai deciso dove andare a studiare l'anno prossimo?».

Finsi di essere rapita dalla mousse di mango e cioccolato

bianco con granella di nocciole che Nigella preparava in televisione.

«Ehi, mi senti?», disse pizzicandomi l'alluce.

«Ahio! Così mi fai male!».

«E ascoltami quando parlo! Ti interessa la cucina adesso?», chiese alzandosi per riassemblare i pezzi del telecomando e spegnere la tele.

«Potrebbe interessare a te... una volta ogni tanto potresti prepararla anche tu una mousse... di mango...».

«Ti piace... il mango?», chiese perplessa.

«No... era per dire...», dissi torturando la coda di York, acciambellato sulla mia pancia.

«Mia... seriamente... non c'è più molto tempo... devi scegliere le materie da portare all'esame».

«Uff... dài mamma sono stanca...».

«Anch'io sai? E finché non risolviamo questa cosa non riuscirò a dormire tranquilla...», replicò seria. «...allora?». Mi guardò in attesa di una risposta.

«Mamma, lo sai, voglio entrare alla Royal Ballet School...».

«Tesoro... lo sai quanto ci tenga che tu continui a danzare, ma quella è una scuola per...».

«Per chi?», la interruppi bruscamente, «per quelli bravi? Per quelli ricchi? Non per me vero?», risposi aggressiva.

«Per chi ha le spalle protette volevo dire! Per chi può permettersi di spendere più di ventimila sterline l'anno solo per la retta e non è un problema se poi la figlia non diventa Margot Fonteyn!».

«Ecco cos'è mamma, tu non credi in me», le dissi amareggiata, «tu pensi che per me sia tutto un capriccio per evitare di andare all'università, ma non riesci a capire che non c'è nient'altro al mondo che voglia fare a parte ballare e *loro* mi garantiscono un'istruzione anche se non divento... Margot Fonteyn».

«E cosa farai con un diploma di una scuola d'arte?». Mi chiese secca.

«Alla peggio andrò a insegnare italiano in una scuola serale di periferia!».

Avevo esagerato, l'avevo ferita.

«Scusa mamma...», cercai di rimediare, «non volevo», mi avvicinai per abbracciarla.

«Oh sì che volevi!». Si alzò e andò in bagno mentre York la seguiva sperando nella cena.

«Sei tale e quale a tua nonna...», gridò dall'altra stanza, «...e non è un complimento!».

«Mamma!», la seguii, «...per favore, credi che sia facile per me decidere su due piedi il mio futuro con tutta la pressione che mi mettete tu, i professori e pure Claire? Credi che sia facile avere le idee chiare?»

«Tu non ti rendi conto, bambina, che questo non è un gioco», disse mentre si struccava gli occhi. «Hai quindici anni e pensi di sapere tutto, ma non sai ancora niente! Tu ti limiti a esprimere desideri e ti aspetti che io li realizzi con la bacchetta magica». Fece un gesto con lo spazzolino da denti che schizzò lo specchio. «Anche a me sarebbe piaciuto studiare alle Belle Arti o fare l'architetto, ma non ho potuto!».

«Certo che no! Hai voluto a tutti i costi sposare papà e la nonna ti ha dato un ultimatum!».

Avevo esagerato di nuovo. Mi avrebbe strangolata con il filo interdentale e avrebbe fatto bene, ma cosa potevo fare se mi serviva le risposte su un piatto d'argento?

«IO AMAVO TUO PADRE! E a differenza di te non mi aspettavo di essere mantenuta da nessuno, tantomeno da tua nonna Olga che voleva facessi la bella statuina al Circolo Ufficiali o ai balli della Croce Rossa!». Prese a pettinarsi con una tale rabbia che pensai si sarebbe strappata i capelli a ciocche.

«...Invece sono stata così cretina da credere in noi, tanto da volerti a tutti i costi, senza chiedere mai una lira a quella donna arida e impossibile! E tu...», mi puntò la spazzola sotto il naso, «...tu brutta... ingrata... non permetterti di giudicarmi finché sarai sotto questo tetto e non ti sarai fatta il culo che mi sono fatta io per crescere da sola una figlia in un Paese straniero!». Mi spinse fuori e sbatté la porta.

L'avevo fatta arrabbiare di brutto.

Non mi avrebbe parlato per almeno dieci giorni.

«Quindi... è un... no?», le chiesi attraverso la porta.

«VAI A LETTO!».

Non riuscii a dormire.

L'idea che la mia felicità dipendesse dai soldi di qualcun altro mi dava una frustrazione indescrivibile.

Doveva esserci una soluzione, a parte una rapina in banca.

Anche se mi fossi messa a lavorare, non avrei comunque potuto permettermi neanche l'affitto di una stanza in periferia.

E poi cosa avrei potuto fare a quindici anni e mezzo? La cameriera? La dog sitter?

Dovevo guardare in faccia la realtà: ero nella morsa delle decisioni di mia madre e completamente impotente.

L'indomani mattina mi alzai presto per prepararle la colazione e, insieme, aggiunsi un biglietto di scuse.

Con lei come unico alleato, non ero certo nella posizione di scegliere.

Uscii prima che si alzasse.

Era davvero freddo, sembrava volesse nevicare, presi la bicicletta e cominciai a pedalare più forte che potevo.

I polmoni mi scoppiavano per lo sbalzo di temperatura, sembravo un drago che sputava fumo.

Abitavamo in Dale Street, in una delle tante casette in mattone, con il bovindo, tutte uguali a ovest di Leicester, una zona che, per anni, era stata considerata periferica, ma che ultimamente si stava rivalutando.

La mamma l'aveva risistemata tutta con le sue mani.

Quando l'aveva presa in affitto era un rudere di due piani stretto e lungo, con la scala che cadeva a pezzi e il tetto fatiscente, ma piano piano ne aveva fatto un piccolo gioiello.

La padrona di casa, Mrs Fancher, le aveva scalato negli anni il prezzo dell'affitto e ormai ci considerava figlia e nipote.

La mamma sperava che, invecchiando e non avendo altri parenti, l'avrebbe lasciata in eredità a noi e cercava di tenersela buona preparandole marmellate di ribes, facendole la spesa e le iniezioni intramuscolari.

Dal canto suo Mrs Fancher se ne approfittava non poco: nell'ultima settimana l'aveva chiamata tre volte per farle controllare la presa del bollitore, una macchia d'umido e chiederle se aveva preso l'allegato del «Daily Mail».

Per andare a scuola ci voleva una buona mezz'ora, ma pedalare a -5° con la stupida gonna della divisa e i calzettoni era una vera impresa: arrivavo congelata e con la pelle blu.

Quel giorno arrivai a scuola in anticipo e ne approfittai per rileggere gli appunti per il test di matematica. Nina non era ancora arrivata e senza dubbio nessuno mi avrebbe rivolto la parola.

Se ne stavano tutti a gruppetti a chiacchierare, ridere e mostrarsi foto sull'Iphone.

Io non ce l'avevo l'Iphone, avevo un vecchio cellulare scassato di mia madre, ma confesso che mi sarebbe piaciuto averlo, forse così mi avrebbero considerata una di loro.

Mi ero confinata al di là di un'invisibile barriera, nel tentativo di difendermi dall'abbandono, che ora era diventata una gabbia opprimente da cui non sapevo come uscire.

In fondo anch'io avevo voglia di essere invitata alle feste, ridere e divertirmi, ma nessuno sembrava interessato a me, così fingevo superiorità e indifferenza, con il risultato di rimanere sempre da sola.

Credevano che fossi una snob, mentre ero solo disperatamente timida.

E mentre ero lì a ripassare gli appunti, fingendo di capirci qualcosa, sentivo tutti i loro occhi addosso e sapevo che, per quanto potessi provarci, non sarei mai stata una di loro.

Un giorno però avrei calcato i più grandi palcoscenici d'Europa e allora si sarebbero ricordati di me e avrebbero fatto a gara per inventare aneddoti in cui ero improvvisamente la loro migliore amica.

Al momento però quel futuro era molto, molto lontano.

Nina arrivò al solito quando l'insegnante era già entrata, cosa che, fino all'ultimo momento, mi faceva stare sulle spine.

L'accompagnava suo padre in macchina tutte le mattine prima di andare in ufficio, ma a lei nessuno diceva niente se arrivava in ritardo: faceva parte del fascino dei Dewayne.

Chiunque altro avrebbe ricevuto un richiamo.

«Sei pronta?», mi chiese con un grande sorriso sereno che mi fece sentire ancora più impreparata.

Non aspettò la mia risposta e rispose: «Non preoccuparti ci penso io».

Più tardi, nel pomeriggio, eravamo a casa sua a studiare.

«Non ce la posso fare a memorizzare tutto, non ho la testa abbastanza grande!», dissi a Nina sull'orlo delle lacrime.

«Devi! C'è un altro test domani, e non ci alzeremo di qui finché non saprai tutto a memoria».

«Ho un deficit dell'attenzione, non è colpa mia, non ce la faccio», protestai.

«No, tu non hai voglia di studiare e basta!».

«Nina, siamo sedute a questo tavolo dalle tre del pomeriggio e sono quasi le otto, ho il sedere quadrato».

«Lo faccio perché non voglio dividere il banco con nessun'altra, le mie motivazioni sono esclusivamente egoistiche!».

In quel momento la mamma di Nina entrò in camera sua, come sempre sorridente.

«Ragazze, è quasi ora di cena, ho chiamato Elena e le ho detto che saresti rimasta a mangiare da noi, così dopo potete continuare a studiare se non avete finito. Ho preparato il pollo con il purè di patate e torta al cioccolato...».

Forse ero ancora in tempo per farmi adottare.

«Perfetto Laetitia grazie, ho una fame!», esclamai.

«Bene, allora appena arriva Patrick scendete che andiamo a tavola».

Merda...

Mi era passata la fame.

Una cena di famiglia con Patrick in permesso dalla Royal Navy era peggio che camminare scalza sui chiodi.

Non ce la potevo fare.

Dieci minuti dopo suonò il campanello e riconobbi la sua risata squillante, contagiosa, irresistibile. Mi venne la pelle d'oca mista a un senso di nausea.

«Oh è arrivato!», disse Nina elettrizzata, «dài, scendiamo, non vedo Pat da un mese!».

Arrivate a metà della rampa di scale, Nina gli balzò al collo, mentre io rimasi a guardarlo mentre faceva volteggiare la sorella, immaginandomi al suo posto.

Con il sottofondo di *Giselle*.

Mi si era chiuso lo stomaco e stavo sudando freddo.

Lui, l'uomo della mia vita, era lì, a un passo da me, che abbracciava sua sorella completamente ignaro di quello che era in grado di provocare al mio cuore e ai miei ormoni.

Com'era possibile?

Dov'era il bottone *reset* con cui avrei potuto riprendermi la mia vita vuota e inutile, ma senza l'aggravante di un amore impossibile?

Poi mi vide e la sua bocca morbida si aprì in uno splendido sorriso, che mi paralizzò, facendomi sentire ancora più idiota.

«Ehi ma c'è anche *broncio*!», disse salendo le scale verso di me dato che, visibilmente, non ero più in grado di muovermi.

Il motivo per cui mi chiamasse "broncio" era più che evidente: in tredici anni gli avevo sorriso sì e no tre volte e proprio perché non avevo scelta.

Risposi con un «ciao» distratto della mano, come se fossi molto più interessata alla carta da parati dietro di lui.

«E dài musona, fatti abbracciare, lo so che mi odi, ma non sono contagioso!». Mi sollevò di peso appiccicandomi due baci enormi sulle guance.

Rimasi senza fiato, travolta da un'emozione indescrivibile, divisa fra il desiderio di baciarlo sulla bocca davanti a tutti e fuggire per sempre o, più razionalmente, agire in maniera coerente col personaggio che mi ero costruita.

«Bleah... Che schifo Patrick!», urlai disgustata pulendomi le guance con la manica della maglia, come se mi avesse leccato un bulldog, mentre mi maledicevo con tutte le forze per quello che stavo facendo.

«Dài Pat, lasciala stare, a Mia non piacciono le effusioni!», rise suo padre.

Eccome se mi piacevano, da lui poi...

Mi scompigliò i capelli ridendo, poi frugò nella borsa e tirò fuori una maglietta della Royal Navy, che sperai ardentemente si fosse provato prima, e me la diede in regalo.

Non me la sarei tolta mai più.

Ci accomodammo a tavola e cominciai a friggere sulla sedia.

Mi sentivo incapace di articolare un discorso normale, e finivo per balbettare cose stupide e senza senso.

Per fortuna Patrick non smetteva più di parlare della vita da cadetto, della nave, degli ufficiali e di com'era contento della scelta che aveva fatto, così da permettermi di volare con la fantasia al giorno del nostro matrimonio.

Tutti pendevano dalle sue labbra, mentre io pendevo anche dai suoi bicipiti.

Poi d'un tratto mi feci violenza e mi alzai.

«Ma non hai neanche finito di mangiare Mia, c'era il dolce al cioccolato, lo avevo fatto per te!», esclamò Laetitia delusa.

«Mmm... mi sono ricordata che devo portare fuori York, mamma è al corso di autodifesa e lui poverino è in casa da solo ed è un po'... debole di vescica...».

Salutai tutti in fretta, presi il mio zaino e corsi fuori.

Una volta sulla bici cominciai a pedalare a più non posso verso casa, nella nebbia, respirando il vento freddo.

Dovevo stare lontana da lui, lontana da quell'amore impossibile.

Dovevo farmelo passare.

Non avevo scelta.

CAPITOLO TRE

L'indomani mattina mia mamma piombò in camera alle otto.

«Mia!», urlò con la sua consueta grazia. «Sei ancora a letto? È tardissimo!».

«Non mi sento bene», mugolai.

Non ci eravamo ancora chiarite dopo il litigio, ma speravo che avesse accettato le mie scuse scritte.

Di certo, se mi ammalavo, l'istinto materno avrebbe avuto la meglio sulla ragione. Almeno così speravo.

Si avvicinò al letto e fece quella cosa tenerissima che fanno sempre le mamme con i bambini: mi prese la testa fra le mani e appoggiò le labbra sulla fronte.

«Oddio, ma tu scotti! Devi aver preso freddo ieri sera tornando in bici, dovevi chiamarmi, ti sarei venuta a prendere in macchina».

Non avevo la forza di rispondere, talmente mi faceva male la gola, ed ero troppo felice di non dover andare a scuola, né alle prove e godermi il letto caldo.

«Io vado al lavoro, tu chiamami se hai bisogno, dico a Nina che non vai a scuola oggi, e mi faccio dare i compiti».

Sorrisi e mi girai dall'altra parte e per le tre ore successive ripensai ai baci sulle guance che mi aveva dato Patrick.

Ovviamente arricchendo la scena di molti particolari.

Troppi particolari.

Eravamo soli, lui arrivava con una Jeep decapottabile blu e passava a prendermi a casa.

Indossava una maglietta a maniche corte grigia, un paio di jeans consumati e scarpe da ginnastica e, al polso, un braccialetto di cuoio che, nel mio sogno, gli avevo regalato prima di partire.

Sul sedile anteriore della Jeep c'erano un mazzo enorme di rose rosse per me.

Io le prendevo a fatica fra le braccia, emozionata, e lui mi sollevava e mi faceva girare, poi mi liberava dalle rose e mi baciava sulla bocca a lungo, ripetendomi quanto gli ero mancata.

Poi cominciava a baciarmi lungo il collo, baci delicati e leggeri che mi facevano il solletico e ridevamo accarezzandoci il viso e i capelli, e poi...

Poi arrivò Nina.

«Ciao malata, come stai? Ho grandi notizie per te!», disse buttandosi sul letto e togliendosi le scarpe.

«Mrs Southern oggi ha rimandato il test. Probabilmente ha pensato che fossi rimasta a casa apposta, ma col tempo che passerai qui a letto a non fare nulla potrai prepararti e fare un figurone per la prossima volta».

«Questa per te è una grande notizia?»

«No, aspetta, la grande notizia è che Jared non ha una ragazza!».

«Chi?», domandai perplessa.

«Come chi? Jared Leto della B, che in realtà si chiama Carl, quindi è meglio che per noi resti Jared!».

«Oh!», esclamai.

«Tutto qui quello che hai da dire? "Oh"?»

«No, fantastico... cioè fico, davvero». Cercai di mostrare entusiasmo, ma ero partita malissimo.

Mi guardò sospettosa, poi mi mise una mano sulla fronte.

«Ma non avevi detto che ti piaceva?»

«Certo, da morire! Ma credevo che fosse fidanzato!», mentii.

«Si è lasciato da poco, comunque sabato sera anche noi andremo alla festa delle "Merdashian" e te lo presenterò».

Le Merdashian erano Bibi e Dell, le due più stronze della classe, anzi della scuola. No, a essere sinceri, di tutta Leicester e si atteggiavano come fossero Kim e Kourtney Kardashian.

Erano manipolatrici e arriviste, dimostravano venticinque anni e non avevano paura o vergogna di niente.

Girava voce che ci fosse un video porno su YouTube di loro due insieme al prof. di ginnastica.

Portavano la gonna della divisa arrotolata fino all'orlo delle mutande, gli orecchini ad anello e si truccavano pesantemente, ma poiché i loro genitori, degli ebrei russi, erano fra i maggiori finanziatori dell'istituto, a loro era concesso tutto.

Ogni anno davano una festa incredibile e se non eri nella loro lista, per farti invitare dovevi pregarle e umiliarti.

La festa dell'anno precedente era stata ripresa da MTV e lì erano venute fuori in tutta la loro arrogante idiozia, mentre ordinavano alle loro madri di invitare Russell Brand come ospite d'onore.

Un povero sfigato del secondo anno si era fatto portare al guinzaglio per i corridoi per una settimana, ma alla fine non era stato invitato comunque.

Lui si ubriacò e pisciò sulle scarpe degli invitati in fila.

Il suo attimo di gloria terminò nel momento in cui fu trovato nudo, legato a un albero, al limite dell'ipotermia.

Non si scherzava con Bibi e Dell.

«Non ho intenzione di leccare il culo a quelle due cretine, e comunque non rientro nei canoni, non mi inviteranno mai».

«Ma certo che sì, e poi una volta là troveremo il modo di farti conoscere Jared-Carl, che è un amico di Thomas, per cui niente di più facile! Pensa che bello, le migliore amiche fidanzate con i migliori amici, non è romantico?», squittì.

Mi faceva cagare solo l'idea, ma non avevo scelta.

La sera, la mamma salì a vedere come stavo.

Era ancora arrabbiata, ma il fatto che stessi male non le permetteva di infierire.

«Allora, va un po' meglio?», mi chiese sedendosi accanto a me.

«Insomma», risposi con meno voce di quella che avevo.

Si guardò attorno, la mia camera era un porcile, la borsa con gli indumenti di danza sudati era ancora per terra e puzzava di cane bagnato, c'erano scarpe, libri, barattoli di yogurt vuoti, bucce di banana marce, niente che potesse farla sorridere.

«Metto a posto appena sto un po' meglio», dissi cercando di indovinare i suoi pensieri.

«Lascia stare, preferisco che una volta per tutte tu mi dica cosa hai intenzione di fare della tua vita, dopodiché ti garantisco che non dirò più una parola».

«Mamma», sospirai mettendomi a sedere, «vorrei poterti rendere felice, vorrei poterti dire che sogno di lavorare in uno studio commerciale, o aprire una pasticceria, vorrei essere una studentessa brillante come Nina e darti solo soddisfazioni, ma io purtroppo sono solo questo: due piedi che vogliono ballare sulle punte. Lo so che non è niente, che sarei un fallimento per ogni genitore, ma non c'è mai stato un giorno in cui io abbia desiderato diventare qualcos'altro. Potrai mai accettarmi per quello che sono?». Avevo gli occhi lucidi.

«Ma io non vorrei che tu fossi nient'altro Mia, non pensare che io sia la madre che cerca di tarpare le ali alla figlia perché lei stessa non si è realizzata, voglio solo che tu sia preparata perché là fuori la vita è dura e non c'è molto spazio per i sogni».

«Mamma, perché parli come se avessi novantacinque anni e tutti gli ospizi ti rifiutassero perché sei incontinente e giochi d'azzardo? Un sacco di gente importante ha iniziato dal nulla!».

«Sì certo, ma con le spalle protette da un bel conto in banca!».

«Non puoi fare di tutto una questione di soldi, mamma!».

«Credimi, vorrei non farlo, ma la passione da sola non ti fa mangiare tutti i giorni, né ti fa comprare le scarpette nuove!».

«Vuoi dire che peso sul tuo budget? Mangio solo yogurt magro e banane, non sono io che mi strafogo di schifezze di Sainsbury's!».

E mi pentii all'istante di averlo detto.

Mi guardò per un attimo cercando le parole e poi, arresa, se ne uscì con: «Ma lo sai che sei stronza?». E mise automaticamente le mani sulle sue cosce.

Non mi diceva mai parolacce, ma evidentemente non facevo che irritarla.

E poi del resto era vero e l'accondiscendenza non aveva mai fatto bene a nessuno, quella era la prima lezione che Claire mi aveva dato.

«Bene signorina, visto che sei un'anima eterea, frugale e a impatto zero, e io, evidentemente, una fanatica del cibo spazzatura frustrata e in sovrappeso, facciamo che d'ora in poi te la sbrighi da sola okay? Non interferirò più nelle tue scelte scrupolose e mature e se hai dei dubbi chiedi pure a tuo padre... o a Nina, o a chiunque tu reputi alla tua altezza!». E uscì sbattendo la porta.

Ero nella merda.

L'indomani mattina mi sentivo meglio, ma non andai lo stesso a scuola. Aspettai inutilmente che la mamma venisse a salutarmi, ma non lo fece, e quando la sentii chiudere la porta ebbi un tuffo al cuore.

Mi alzai e andai allo specchio.

Osservai quella figura pallida ed esile, e la vidi fare un inchino alla maniera della Zakharova, sorridendo sorpresa e grata a un pubblico immaginario, sentendo il calore degli applausi impazziti del pubblico in piedi.

Riuscivo a percepire l'emozione che avrei provato lassù sul palcoscenico, accecata dai riflettori, mentre fioccavano i fiori e i "brava" e questo mi avrebbe ripagato di ogni fatica e dolore.

Avevo preso la mia decisione: volevo essere una ballerina a tutti i costi, anche se non avevo idea di come avrei potuto fare per frequentare la Royal Ballet School e se mi avrebbero accettato.

Il pomeriggio andai a parlare con Claire.

«Hai delle ottime speranze di essere presa se lavori sodo e se migliori il *port de bras* e gli equilibri, sinceramente, ma devi sputare sangue», disse mentre sbriciolava un pezzo di pece greca nella cassetta.

«Claire se mi prendono, non so come fare a frequentare, mia madre è irremovibile, perché non se lo può permettere», dissi mentre schiacciavo i blocchetti di pece con le punte.

«Mai sentito parlare di borse di studio?»

«Sì, ma non le danno solo ai profughi o ai talenti straordinari?»

«Danno anche sostegno finanziario alle famiglie meno abbienti».

«Ci vorrebbe un sostegno psicologico piuttosto! E poi mia madre è troppo orgogliosa e non accetterebbe mai e comunque non ce la farebbe lo stesso».

«Una soluzione la troveremo, adesso mettiti al centro, cominciamo». Mi diede un colpetto col bastone sul polpaccio, segno che *Mrs* Claire si era impossessata di lei.

Camminai fino al centro della sala e mi preparai in posizione per la variazione.

Respirai, attesi, e quando la prima nota suonò mi sollevai sulle punte.

«Non anticipare la battuta», mi riprese subito.

Sarebbe stata una lunga giornata.

Claire era dura con me, mi faceva tenere un *developé* per minuti infiniti, la gamba tesa in aria vicino all'orecchio, i muscoli che urlavano per la tensione, e il sudore che mi scendeva lungo la schiena, finché cominciavo a tremare per lo sforzo.

E mi faceva ripetere la sequenza fino alla nausea.

I suoi metodi da scuola imperiale zarista erano crudeli, ma così facendo avevo imparato a resistere al dolore dei crampi, delle unghie incarnite e delle vesciche.

Adesso avrei dovuto imparare qualcosa di molto più doloroso: resistere alle frustrazioni e alla competizione con altre ballerine e non ero pronta per quello.

«Dalla paura al dolore e dal dolore alla libertà», mi ripeteva, ma al momento ero bloccata in quella terra di mezzo fra la paura e il dolore.

Dopo la lezione andai a casa sua, non avevo voglia di litigare di nuovo con la mamma e starcene un po' lontane ci avrebbe fatto riflettere.

La casa di Claire era un mausoleo di cimeli e vecchi ricordi.

Fotografie, partiture, premi, CD e vecchie scarpette. Quello che era curioso, però, è che non erano ricordi suoi.

Comprava articoli alle bancarelle e su eBay perché era convinta che la sua carriera non fosse stata sufficientemente lunga e ricca di avvenimenti come avrebbe voluto, così si era costruita una sua storia con i frammenti della vita di qualcun altro.

«Claire, tu sei mai stata innamorata?», le chiesi sorseggiando un tè nero.

Sospirò.

«Si chiamava René, era francese e ballavamo insieme nel *Don Chisciotte* quando lavoravo all'American Ballet. Era un Primo ballerino meraviglioso, era alto, forte, con i riccioli castani e gli occhi neri ed eravamo in sintonia perfetta, non avevamo bisogno di dirci niente: se lui doveva ritardare per farmi prendere più slancio o attendermi una battuta in più per tenere meglio un *arabesque*, sapevo che potevo sempre contare su di lui. Sapevano tutti che stavamo insieme, così le altre gli stavano abbastanza alla larga e per cinque mesi andammo d'amore e d'accordo».

«E poi?»

«Poi gli chiesi di sposarmi».

«Tu?»

«Sì, lui non si decideva e volevo regolarizzare la nostra situazione».

«Regolarizzare?»

«Sì, sarei stata più tranquilla, non è un ambiente in cui le cose durino a lungo e ogni nuova ballerina che entrava era una nuova competizione, così almeno potevo avanzare qualche diritto».

«Romantico...».

«No, pratico!», disse tirando una boccata di fumo.

«E poi?»

«Lui all'inizio fu molto lusingato, ma quando gli dissi di scegliere una data diventò nervoso e cominciò ad accampare un sacco di scuse».

«Tipo?»

«Che sua madre non avrebbe accettato un matrimonio celebrato in Comune oltreoceano, che dovevamo aspettare, che c'erano gli spettacoli e bla bla bla».

«C'era un'altra?»

«Sì, un ballerino di fila».

«Ahia!».

«Mi spezzò il cuore, non ebbe il coraggio di dirmelo e si fece beccare nel nostro letto».

«E tu?»

«Ho dovuto stringere i denti, andare avanti e ballare con lui per altri tre spettacoli, con tutta la compagnia che rideva alle mie spalle, poi finalmente lo scritturarono all'Opéra di Parigi e non lo vidi mai più, e da quella volta basta coinvolgimenti sul lavoro».

«Che storia triste!».

«*C'est la vie*. E tu? Di chi sei innamorata?».

Mi sentii punta sul vivo e diventai paonazza.

«Ma cosa dici Claire, io innamorata? No davvero...», risposi guardandomi le unghie.

Soppesai per un istante l'idea di condividere con lei il mio segreto, ma solo per un istante.

«Tu credi che io sia una vecchia scema, di' la verità...», disse Claire strizzandomi l'occhio, «...credi che alla mia età io non sia in grado di accorgermi se una ballerina è innamorata? Cara, è una vita che faccio questo mestiere, e me ne accorgo a occhi chiusi». E si versò un goccio di rum nel tè al latte.

«Una ballerina esprime le proprie emozioni attraverso il suo corpo, le vive intensamente, le subisce e impara a dominarle, ma non può nasconderle. Le assorbe e le trasforma in arte e tu non fai eccezione, senza contare che ti conosco da quando hai cinque anni, e mi basta un'occhiata per capirti».

Abbozzai un sorrisetto di circostanza, mi sentivo nuda in mezzo a una strada.

Non potevo rischiare che lo raccontasse a mia madre o a chiunque altro, la città era troppo piccola perché quel genere di notizie non si diffondesse come il raffreddore.

E in fondo non mi conosceva poi così bene se ci aveva messo tanti anni ad accorgersene.

«Be', c'è questo compagno di scuola...», cominciai attorcigliandomi le dita, «molto carino che...».

«Sono contenta per te Mia», tagliò corto, «ma non lasciare che questo comprometta la tua preparazione per l'audizione».

Carogna, voleva solo assicurarsene allora.

Avevo fatto bene a non dirle niente.

«Non innamorarti *adesso* tesoro, concentrati sul tuo futuro e lotta sodo per realizzare il tuo sogno. L'amore passa, ma una carriera ben strutturata dà delle soddisfazioni inimmaginabili. E se diventerai brava come credo, viaggerai per il mondo e ballerai nei teatri più prestigiosi d'Europa».

«Come la Vishneva?», chiesi speranzosa.

«Oddio tesoro, forse non come la Vishneva, ma anche tu farai la tua bella figura».

«Claire, dimmelo sinceramente, sono una schiappa? Perché ho veramente bisogno di saperlo!».

«Mia, tu hai un grande talento, te l'ho detto, sei forte, intuitiva, armoniosa e hai buona memoria, ma ti manca il confronto con il mondo esterno. È come se tu vivessi intrappolata in un subbuglio di emozioni che non sai come esprimere e questo lo puoi imparare solo sul campo, io purtroppo non posso insegnarti di più».

Confusa e per niente sollevata me ne tornai a casa, per l'ennesima volta al freddo, per constatare che la mamma era già a letto e non mi aveva neanche lasciato la cena nel microonde.

Era cominciata la guerra.

L'indomani a scuola Nina mi corse incontro.

«Ce l'ho fatta, siamo state invitate, è stato molto più facile del previsto», disse mostrandomi due biglietti rosa con le piume.

«Alla festa delle Merdashian?»

«Già! Non hanno opposto resistenza, non credo neanche che sappiano esattamente chi siamo, quindi hanno detto di sì e ho chiesto a Patrick di accompagnarci in macchina. Ci viene a prendere alle otto».

«Patrick ci porta in macchina alla festa?».

Non potevo andare a una festa di cui non mi fregava niente, per conoscere uno di cui non mi fregava niente, solo per far contenta la mia amica e farmi accompagnare dal ragazzo che amavo. Era malsano e insensato.

«Già, non è carino? È in congedo per una settimana e si è offerto di portarci».

«Si è offerto?».

«Proprio offerto no, ma dài, non stiamo a sottilizzare, sarà una serata indimenticabile!».

Sì, "indimenticabile" era l'aggettivo giusto.

La verità è che avrei voluto davvero andare alla festa e divertirmi come tutti gli altri, ma sapevo già che mi sarei sentita fuori posto e a disagio e che non sarei riuscita a spiccicare parola con nessuno, mentre Nina avrebbe fatto amicizia anche coi muri.

«Non so cosa mettermi», piagnucolai.

«Ci penso io».

«Non conosco nessuno», riprovai.

«Conosci me e Thomas e conoscerai Jared».

«Ma tu non starai con me tutta la sera e se poi non gli piaccio?». Ero patetica.

«Gli piacerai e io non ti mollerò un minuto».

«Lasciami a casa ti prego», tentai l'ultima carta.

«Scordatelo! Sei un orso e hai bisogno di uscire e frequentare gente».

Aveva ragione da vendere, ma come tutte le cose che sai di dover cambiare, quando arriva il momento di affrontarle, avresti solo voglia di rimandare a domani.

Tutta la classe era in agitazione, le ragazze si davano consigli su cosa indossare e i ragazzi su cosa avrebbero bevuto.

La prof. di biologia ci aveva fatto uscire prima proprio in vista della festa.

Ero impressionata dal potere di quelle due e confesso che, segretamente, avrei voluto essere un po' come loro.

Solo un po', giusto per cavarmela meglio nelle relazioni sociali e nella vita in generale.

Quando entrai in casa, la mamma era seduta in cucina e stava lavorando al computer, in compagnia di un gigantesco sacchetto di patatine.

Finse di non vedermi.

Era campionessa nel tenere il muso, poteva andare avanti settimane intere senza rivolgerti mai la parola e, alla fine, le chiedevi scusa per sfinimento, anche se avevi ragione; se decideva di punirti non faceva sconti.

La volta che ero andata al concerto dei Groove Armada senza il suo permesso, mi aveva fatto fare tre settimane di lavori "socialmente utili" nel nostro quartiere, portando fuori i cani, consegnando la spesa ai vicini e lavando le macchine.

Non avevo fatto mai più niente senza il suo permesso.

Lei era così e quando decideva di dover fare il padre diventava rigida e severa.

Come se poi mio padre fosse mai stato rigido e severo.

«Che fai, lavori?», le chiesi distrattamente.

«Mmm», rispose senza alzare lo sguardo dallo schermo.

«Senti, stasera ci sarebbe una festa a casa di alcune mie compagne di classe... ti va bene se vado?»

«Perché me lo chiedi? Sei libera di fare quello che vuoi».

«Mamma, ti prego, fine delle ostilità, bandiera bianca, mi arrendo, hai vinto tu!».

Chiuse il laptop e si tolse gli occhiali, come faceva con i suoi studenti quando doveva comunicare loro che non avevano passato l'esame.

«Pensi che mi diverta a punzecchiarti e a starti col fiato sul collo?»

«A volte sì».

«Invece proprio per niente, ma sei il mio pensiero fisso, sei la cosa più importante della mia vita e non voglio che tu commetta gli stessi errori che ho fatto io».

«Mamma, ma noi siamo diverse e i tuoi erano altri tempi».

«È vero, ma il mondo è cambiato solo in peggio, ora è più dura di prima e io sono stanca di far quadrare i conti».

Avevo una voglia matta di dirle che avrebbe risparmiato almeno trecento sterline al mese se avesse smesso di saccheggiare i supermercati, ma me lo tenni per me.

«Va bene, mamma, dimmi cosa vorresti che facessi».

«Sinceramente Mia, vorrei che l'anno prossimo tu studiassi ingegneria, legge o marketing».

«Ma mamma, sono una schiappa in matematica...».

«Se ti applichi puoi riuscire in qualunque cosa tu decida di fare».

«Dài mamma, mi ci vedi a fare l'ingegnere, l'avvocato o il manager?»

«Senti, conosco una quantità di mezze cartucce che ce l'hanno fatta solo perché hanno un cognome importante o buona memoria, e io ti voglio vedere realizzata, ricca e padrona delle tue scelte».

«Sì, ma questo è quello che vorresti tu. Ci sarebbe anche quello che vorrei io».

«È che non voglio che tu ti debba pentire per aver scelto una carriera precaria come quella di una ballerina. E se hai un incidente, per esempio, che fai?»

«Mamma, se facessi l'avvocato e cadessi in bagno e perdessi la memoria? O se diventassi ingegnere e crollasse il ponte che ho progettato? Non sarebbe la stessa cosa? Se pensi alle fatalità non puoi far altro che chiuderti in casa!».

A mangiare patatine, volevo aggiungere, ma non lo feci.

«Senti mamma...», dissi in un impeto di diplomazia, «...prometto di pensarci su e di comunicarti al più presto le mie sagge decisioni, sei d'accordo?».

Mi sembrò che un elefante seduto sopra la sua testa si fosse alzato, perché la vidi finalmente sollevata.

Si aprì in un sorriso e mi abbracciò.

«Così ti voglio Mia, ragionevole e matura», mi disse accarezzandomi una guancia.

«Figurati, per così poco...».

Prese una manciata di patatine e se le mise in bocca.

«Allora, raccontami della festa».

«È una festa di due mie compagne di classe, una cosa in grande... pare».

«Bene, sono contenta, vedrai che ti divertirai».

«Lo spero...».

«Qualche ragazzo in vista?», mi chiese speranzosa.

«Mmm sì, ce n'è uno carino dell'altra sezione, stasera me lo presentano».

«Sono contenta tesoro, devi divertirti alla tua età, stai sempre chiusa a ballare e studiare, è un peccato che tu non esca più spesso».

«Tu invece? Con Paul? Tutto bene?»

«Stasera mi porta a cena da Boboli, mi deve dire qualcosa, speriamo bene», disse stringendosi nelle spalle.

«Tipo che lascia la moglie per te?».

Ma che avevo? Ero posseduta?

«Fingerò di non aver colto il sarcasmo nella tua voce», rispose rabbuiandosi.

Proprio adesso che le cose si stavano aggiustando, arrivavo io con la mia boccaccia a rovinare tutto.

«No, nessun sarcasmo davvero, dico che sarebbe l'ora, insomma, dopo tre anni, *regolarizzare* le cose». Ormai avevo imparato una nuova parola, tanto valeva usarla.

«Sì, ma è davvero difficile e frustrante... prometti di non metterti mai con un uomo sposato?»

«Prometto!».

Tanto, peggio di così.

Andai in camera mia a far finta di prepararmi, York mi guardava dubbioso mentre provavo i quattro vestiti decenti che avevo. Se lo avesse saputo fare, si sarebbe coperto gli occhi con le zampe.

Erano abiti che mi aveva comprato la mamma in vista di qualche avvenimento importante: Natale da mio padre, la festa annuale all'università dove insegnava, Pasqua dalla sua amica Betty e la prima uscita ufficiale con un ragazzo.

Non mi piacevo con la gonna: avevo le gambe troppo magre e i polpacci troppo muscolosi e nessuno mi avrebbe trovata attraente, tantomeno Patrick, con cui sarei stata in macchina per ben dieci minuti. Quindici se il semaforo fosse stato rosso.

Alle otto in punto suonò Nina e la sentii chiacchierare allegramente con mia madre.

In cuor mio sapevo che, se fossi stata come lei, sarebbe stata molto più felice.

Sospirando, scesi le scale.

«Eccoti!», disse Nina, «come sei bella!». Sembrava sincera.

«Sei un amore», fece eco la mamma, «vuoi la mia sciarpa di velluto rosso? Ci sta bene».

La prese dall'armadio e me la avvolse attorno al collo.

Ero contenta di avere qualcosa di suo, mi sarei sentita più protetta in mezzo a quella bolgia, ma adesso non era tanto l'ansia di affrontare la festa a farmi martellare il cuore, bensì il fatto che di lì a due secondi avrei visto Patrick.

Salutammo la mamma e uscimmo nella notte gelida, avvolte nei nostri cappotti.

Mi sentivo lo stomaco annodato.

«Ehi, che belle che siete, farete strage di cuori stasera!», sorrise affacciato al finestrino.

Ecco, esattamente quello che aspettavo di sentirmi dire.

Nina si infilò sul sedile posteriore e io rimasi impalata per cinque secondi con la mano sulla maniglia, poi, finalmente, aprii lo sportello.

Non riuscii a guardarlo in faccia nemmeno una volta, avevo paura di diventare di nuovo bordeaux. Ma mentre lottavo per allacciarmi la cintura, la mia mano sfiorò la sua e il mio stupido cuore innamorato saltò come una palla.

Lui non se ne accorse nemmeno.

«A che ora vengo a riprendervi?», chiese arrivati davanti all'enorme villa vittoriana, con le colonne e il portico che dominavano il prato invaso da macchine di lusso da sembrare un autosalone.

Non volevo scendere, volevo rimanere lì al calduccio, insieme a Patrick che mi sfiorava casualmente la mano.

E volevo che quella scena si ripetesse all'infinito.

Be', anche con qualche dettaglio più audace, per esempio che, sempre casualmente, le nostre bocche si appiccicavano!

«Non ti preoccupare Pat, ci riaccompagna Thomas!», disse Nina mentre scriveva un SMS.

«Thomas? Ma ce l'ha la patente?»

«Certo! Ha diciassette anni», rispose stizzita.

«Ah scusa, addirittura diciassette anni, ma non mi sembra una grande idea che torniate con lui, e se poi si ubriaca?»

«Impossibile, Thomas è astemio!».

«Come vuoi, ma se hai bisogno chiamami okay?».

Ho bisogno, ho bisogno, ho bisogno.

Scendemmo dalla macchina e ci trovammo già in fila.

Patrick ci salutò con la mano, io gli risposi con un sorriso distratto.

L'enorme buttafuori di colore con l'auricolare se ne stava minaccioso davanti alla porta a ritirare gli inviti e cacciare malamente chi non era sulla lista.

La fila era impressionante, tutta la scuola era lì.

Avrei dovuto sentirmi eccitata, invece ero nel panico.

Dalle finestre chiuse provenivano le note di Lady Gaga sparate a tutto volume. Mi chiedevo se ci fosse lei in persona.

Niente di più probabile.

Eravamo intirizzite e cercavamo di scaldarci saltellando da un piede all'altro.

Le ragazze erano quasi tutte seminude con dei microscopici vestitini o delle minigonne bianche, senza calze e con dei sandali da spiaggia ai piedi, e alcune bevevano vino dalla bottiglia aspettando di entrare.

I ragazzi erano vestiti in smoking.

«Scusa Nina, è una serata a tema o casualmente sono tutti vestiti di bianco e nero?».

Mi guardò sconcertata: «Oddio non è che si sono dimenticati di dirci qualcosa?».

Chiedemmo a una ragazza in fila che confermò i nostri sospetti. Il tema era il matrimonio: bianco per le ragazze e smoking per i ragazzi!

«Mmm, perfetto! Sono vestita di verde, non mi faranno mai entrare!».

«Facciamo così: visto che sono vestita di bianco, entro, mi infilo in bagno, mi spoglio e ti faccio portare i vestiti da qualcuno».

«Lascia stare, mi è passata la voglia e non mi va di vedere quelle due stronze! Facciamo che telefoni a Patrick e mi fai venire a prendere?».

Adoravo quell'ipotesi.

«No, no e poi no, è colpa mia dovevo informarmi meglio, troverò una soluzione. Ma come ho fatto a essere così cretina!».

«Sei innamorata, è normale». Le scompigliai i capelli.

Mi prese le mani gelate fra le sue.

«Lo sai che sono innamorata davvero?», mi disse guardandomi seria con i suoi occhioni sgranati.

Sapessi io...

«Siete proprio belli insieme».

«Dici davvero? Sai che... abbiamo deciso di farlo?», mi confessò entusiasta.

«Uh! Davvero? E quando? Dove? Cioè...».

Mi aveva sconvolto.

Sapevo di dover essere contenta per lei, invece ero infastidita e preoccupata per me.

Se lei faceva l'amore col suo ragazzo, avrebbe vissuto l'esperienza più importante della sua vita e sarebbe improvvisamente cambiata e diventata adulta e io mi sarei sentita ancora più esclusa.

«Stanotte!», disse abbracciandomi forte, «per questo non volevo che Patrick ci venisse a prendere!».

«Ma come stanotte? Cos'è tutta questa fretta? Una cartomante vi ha predetto che morirete domani?».

Ero agitata, quella non era una cosa da Nina, lei era equilibrata e tranquilla, era stato sicuramente Thomas a metterle fretta.

Rise nonostante la mia faccia truce.

«Andiamo a casa sua, i suoi non ci sono, poi torniamo qui a prenderti».

«Ma non avevi detto che non mi avresti lasciata un attimo?»

«Ho molta fiducia in te e so che ti divertirai e farai amicizia», disse come se fossi un cane che stava per lasciare a pensione tutta l'estate.

Mentre cercavo ottimi motivi per contestare la sua stupida idea, arrivarono Thomas e Carl.

Carl era abbastanza carino, talmente magro che i jeans scuri gli scivolavano sulle anche. Frangia lunga, occhi nerissimi e un naso importante, aveva quell'aria un po' maledetta che in generale piaceva alle mie compagne. Io invece, proprio perché ero già maledetta, ero sempre attratta dalle cose luminose, come una falena.

Nina gettò le braccia al collo di Thomas e lo baciò sulle labbra con uno schiocco rumoroso che mi infastidì come le unghie sulla lavagna.

Notai che Thomas si passò rapidamente una mano sulla bocca per togliere eventuali tracce di rossetto.

Lo stavo scannerizzando e lo stavo odiando.

Carl, a cui sicuramente era stato fatto il lavaggio del cervello, si presentò stringendomi la mano con entusiasmo.

«Ciao, io sono Carl», disse sorridendo.

«Piacere di conoscerti. Mia».

«Nina mi ha parlato moltissimo di te», aggiunse continuando a sorridere.

«Ti ha detto anche che mi faccio di crack e allevo cavallette?».

Rimase un attimo interdetto, poi scoppiò a ridere. «No, deve essersene dimenticata, ma mi ha detto che hai un senso dell'umorismo notevole!».

Mi strinsi nelle spalle.

«Vedo che non hanno avvertito nemmeno te del tema della serata», dissi indicando la sua felpa viola e le scarpe da ginnastica.

«No, gli è sfuggito il dettaglio».

Sorrisi, in fondo mi era simpatico.

Mentre avanzavamo, vedevo con la coda dell'occhio Nina e Thomas che non la smettevano più di abbracciarsi e parlarsi nell'orecchio.

Ehi, era la mia migliore amica quella che quel cacciatore di vergini stava cercando di circuire!

«Così... studi danza», mi chiese Carl cercando di rompere il ghiaccio.

«Sì», risposi guardandomi i piedi divaricati.

«È vero quello che si dice sulle ballerine?»

«Che sono delle ninfomani?», risposi sulla difensiva.

«Che sono molto attente alla dieta, volevo dire».

Mi stavo comportando malissimo, quella notizia mi aveva

davvero infastidita, ma non potevo continuare a trattare Carl come un rappresentante di aspirapolvere molesto e, in fondo, Nina era libera di fare quello che voleva.

Finalmente giungemmo al cospetto dell'enorme buttafuori che ci squadrò dalla testa ai piedi.

«Voi due non siete vestiti a tema», sentenziò.

«Ti sbagli», rispose Carl, «noi siamo vestiti da testimoni della sposa, vedi? Una cosa vecchia, una cosa nuova, una cosa blu e una prestata», disse indicando nell'ordine il buttafuori, me, le sue mani e le chiavi della macchina di suo padre.

L'uomo bofonchiò qualcosa in slang e ci fece il gesto di uscire dalla fila, mentre invitò Nina e Thomas a entrare.

«Non entro se non entra la mia amica», si ribellò Nina.

«No vai, vai, staremo benissimo», la rincuorai con un sorriso indicando Carl.

«Sì, andate pure, divertitevi, noi rimaniamo qua fuori, o al massimo andiamo a farci un hamburger da qualche parte», proseguì Carl.

Nina sembrava smarrita, ma Thomas le mise una mano intorno alle spalle e rivolto a noi due disse: «Dài, non ha senso che rimaniamo tutti fuori no? Facciamo un giro e più tardi ci troviamo qua».

Sì certo, e io sono Harry Potter.

Carl mi prese per la manica e mi fece allontanare dalla fila, Nina mi salutò con la mano e un attimo dopo fu inghiottita dalla bolgia.

Il freddo era insopportabile, non sentivo più i piedi.

Carl mi accompagnò fino alla sua macchina un paio di isolati più in là.

Entrammo nella vecchia Golf scassata e accese il riscaldamento.

Non ero tranquilla, dovevo tenere d'occhio Nina.

«Ti confesso che non mi dispiace non essere entrato», disse.

«Neanche a me, non mi diverto mai alle feste, mi sembra sempre di guardare un acquario di pesci che si divertono tantissimo, ma che non vogliono rendermi partecipe».

«Be', non è tanto difficile divertirsi a queste feste, basta fare il pieno di Red Bull e vodka e calarsi un paio di pasticche e vedrai come entri nel *mood*!».

«Vuoi dire che per socializzare si fanno tutti come tacchini?»

«Non puoi neanche immaginare cosa riescano a infilarsi nel naso!».

«Oh be', sono quasi delusa! Pensavo che fossero tutti estremamente dotati nelle pubbliche relazioni».

«Oh no, si aiutano molto, credimi, ed è proprio perché sono quasi tutti timidi e spaventati».

«E chi non lo è...», sospirai.

«Tu. Non mi sembri spaventata dagli altri».

«Io? Ma se sono terrorizzata! Mi sembra sempre che gli altri facciano tutto meglio di me». Mi chiedevo perché gli stessi raccontando la mia vita.

«Magari è vero, ma sembri una che sa il fatto suo, una tosta insomma».

Era la prima volta che qualcuno mi dava della "tosta" senza mettere nella stessa frase "faccia".

In fondo quel Carl non era poi così male.

Passammo una serata piacevolissima a ridere e scherzare, mangiando patatine e ali di pollo in un *drive in*.

Non mi resi conto che si erano fatte le due passate e, quando me ne accorsi, fui assalita dall'ansia.

Ma non ebbi il tempo di fare niente che il mio cellulare squillò.

Risposi istintivamente aspettandomi di sentire la voce di Nina.

Ma quando sentii che dall'altra parte c'era Patrick, per poco non mi venne un infarto.

«Ciao Mia, scusa il disturbo, ho provato a chiamare Nina, ma il suo telefono è staccato, e siccome è piuttosto tardi, mi stavo preoccupando... state bene? Avete bisogno di un passaggio?», chiese in tono apprensivo.

Non riuscivo a rispondere, il mio amore per lui mi stava letteralmente soffocando.

Non ho bisogno di un fottuto passaggio, ho bisogno di te.

Mi schiarii la voce e risposi quasi scocciata: «Ah sei tu! Sì, il telefono di Nina non prende, ma non ti preoccupare, fra un po' torniamo!».

«Ah bene! Lo immaginavo. Scusa se ti ho disturbato, me la passi per favore?».

Cazzo, non potevo imitare la sua voce e soprattutto: *ti prego, disturbami tutti i giorni della tua vita!*

«È in bagno!», mentii, «appena esce ti faccio chiamare, qui c'è un casino pazzesco!».

«Okay Mia, fammi chiamare però, così vado a letto tranquillo».

Certo, vai a letto tranquillo.

Vorrei esserci anch'io nel tuo letto.

«È strano però...», proseguì, «...per essere una festa, è particolarmente silenziosa!».

Oddio!

«È il mio cellulare, è un modello nuovo sai, ha una funzione... un silenziatore...», balbettai.

Che cazzo stavo dicendo? Stavo parlando con un *marine* che mi avrebbe rintracciato subito con il satellite e mi avrebbe fatto arrestare.

«Funziona molto bene Mia, poi mi dici che modello è così lo compro anch'io! Divertiti e non dimenticarti di farmi chiamare!».

«No, no figurati, ti faccio chiamare subito, tranquillo!».

Volevo morire in quel preciso momento.

Non sapevo dove fosse Nina, avevo mentito all'amore della mia vita nella conversazione più lunga che avessi mai avuto con lui e non sapevo come uscire dal quel casino, senza che lui chiamasse i corpi speciali.

«Scusa se te lo chiedo, ma hai parlato con il presidente degli Stati Uniti?», mi chiese Carl di cui mi ero completamente dimenticata.

«Con chi?»

«No, chiedevo, sei diventata seria e impacciata, come se ti avessero beccato a rubare».

Lo guardai come si guarda un gatto che si accende una sigaretta e poi, con la massima naturalezza dissi: «Era il padre di Nina, non riesce a contattarla e così ha chiamato me».

«Ah scusa, allora immagino l'imbarazzo, vuoi che andiamo a cercarla?»

«Sì, andiamo, sono quasi le tre».

Scendemmo dalla macchina, sembrava che stesse per nevicare, e ci incamminammo verso la villa.

C'erano gruppetti di ragazzi, quasi tutte facce conosciute. Qualcuno era collassato sul prato e alcune ragazze ubriache cantavano a voce alta incuranti del gelo.

Nessuna traccia di Nina là fuori.

«Dobbiamo entrare», disse Carl.

Annuii.

L'enorme buttafuori era sempre davanti all'entrata.

Carl si piazzò davanti a lui.

«Possiamo entrare?», chiese.

«Non siete in tema con la serata», rispose senza guardarlo, più impegnato ad ascoltare quello che gli dicevano all'auricolare.

«Hai ragione amico, ma sai, io sono dell'antidroga e la mia collega è una psicologa di sostegno, libero di non crederci, ma domani sarai sul "Daily Mail"».

Ci scrutò dall'alto in basso, poi diede un'alzata di spalle e ci lasciò entrare.

Dentro era tutto buio se non per la palla stroboscopica e alcune luci al neon.

Bibi e Dell sedevano sulle ginocchia di due tizi che sembravano usciti da «Vogue».

In sottofondo un pezzo di Cheryl Cole.

C'erano coppie che si baciavano furiosamente sui divanetti.

Nessuno di loro era Nina e Thomas.

Provammo a chiamarli al cellulare, ma senza esito.

Temevo che Patrick mi richiamasse e non avrei saputo mentirgli. Spensi il telefono.

Mi sentii morire.

Nessuna traccia di loro due.

Chiesi a Carl di riaccompagnarmi a casa.

«Dove saranno?», si domandò.

«Credo a casa di Thomas, ma cosa facciamo, ci appostiamo fuori? Sono adulti e sanno quello che fanno, almeno spero e non abbiamo nessun diritto di rovinare la loro prima notte».

Mi pentii all'istante di averlo detto.

«Ah... tu dici che loro... stanotte...», chiese sorridendo.

«Non so, dico così, perché no...».

Sorrise malizioso e salì in macchina.

Dovevo rendermi conto che la mia amica aveva il diritto di decidere della sua vita e io non ero nessuno per richiamarla all'ordine o tirarle le orecchie.

Arrivammo davanti a casa mia in silenzio.

Erano le tre e mezza passate.

«Grazie per la serata Mia, non avrei mai pensato di stare così bene».

«Mi stai prendendo in giro?», chiesi interrogativa.

«No, dico sul serio, pensavo di rimanere in un angolo a bere birra calda in un bicchiere di carta, invece mi hai fatto passare davvero una bellissima serata. Posso rivederti? Magari andiamo al cinema insieme», propose pieno di entusiasmo.

Non riuscivo a togliermi dalla testa Patrick che tentava di chiamarmi, e poi allertava Scotland Yard, mentre Nina passava la notte più romantica della sua vita rotolandosi su una pelle d'orso insieme a Thomas.

«Okay chiamami, ci possiamo vedere in settimana, magari per una pizza».

«Voi ballerine mangiate la pizza?», chiese divertito.

«Solo la crosta!», risposi.

Rise e aspettò che entrassi in casa prima di ripartire.

Salii silenziosamente le scale, rivestite di moquette, che scricchiolavano come una vecchia nave e passai davanti alla camera della mamma.

Mi avvicinai alla porta e le sussurrai che ero tornata.

Attesi.

Diede un colpo di tosse e si soffiò il naso.

«Sei tornata Mia? Tutto bene? Vai a letto che è tardissimo».

Ma non riuscì a ingannarmi. Stava piangendo a dirotto e da chissà quante ore. Entrai in camera mia e accesi il cellulare.

C'erano tre chiamate di Patrick e una di Nina.

La richiamai subito.

«Dove sei?».

Cominciò a singhiozzare.

«Vienimi a prendere per piacere», mi supplicò.

«Certo che vengo, cazzo, dove sei?»

«A casa di Thomas, in Hunter's Street».

Non avevo dubbi che vivesse in quella via.

Scesi le scale silenziosamente, andai in garage, inforcai la bicicletta e cominciai a pedalare come se non avessi un domani.

La mia amica stava male, mia madre stava male e io avrei voluto salvarle, ma avevo solo sedici anni e nessun potere.

Arrivai davanti a casa di Thomas in circa dieci minuti e la vidi là fuori, sola, a battere i denti con il trucco scolato e i capelli in disordine.

«Nina. Cos'è successo?», le chiesi in preda al panico.

«Non è andata come speravo...», finse di scherzare, ma si vedeva che soffriva.

«Dài, monta, andiamo a casa mia, tuo fratello mi ha chiamato un sacco di volte, gli ho detto che eravamo insieme, poi ho spento il telefono, avevo paura che ci mandasse la RAF».

«Hai fatto bene, ho visto che mi ha chiamato. Gli ho mandato un messaggio dicendogli che dormivo da te».

Ci guardammo, eravamo talmente amiche che non avevamo bisogno di dirci nient'altro.

Thomas non era stato un gentiluomo, aveva ferito la mia amica, la persona migliore del mondo e anche se lei non lo sapeva ancora, lui l'avrebbe pagata cara.

Pedalai lentamente verso casa mia, con lei seduta sulla canna, senza spiccicare parola.

Una volta a casa ci infilammo nel mio letto e ci rannicchiammo l'una accanto all'altra, protette dal rassicurante tepore del piumone caldo.

«Stai tranquilla», le dissi, «ci penso io».

CAPITOLO QUATTRO

Dormimmo abbracciate senza il coraggio di parlarci.

Come se temessimo di sbriciolare la nostra infanzia, trovandoci ad affrontare, impreparate, un'adolescenza più grande di noi.

La sentivo soffrire fra le mie braccia, ma non potevo fare mio quel dolore, avevo già la mia parte di amore non corrisposto con cui fare i conti.

Mi svegliai alle sette e scavalcai con cautela Nina che dormiva profondamente.

Scesi in cucina e vidi mia madre che litigava col bollitore difettoso.

«Tutto bene mamma? Se vuoi prendo una mazza da baseball e lo finiamo».

Si girò, sorpresa di vedermi, e si mise a ridere suo malgrado.

«Nina è di sopra che dorme».

«Ah non l'ho sentita rientrare. Come è andata la festa?»

«Erano tutti ubriachi o impasticcati».

«Però... che bella gioventù!», commentò. «Io tornerò verso le sei stasera, tu vai a lezione da Claire?»

«Sì...».

Giravamo intorno all'argomento principale: Paul.

Decisi di affrontare la questione.

«Com'è andata la cena ieri sera?».

Si girò verso il bollitore e ricominciò a piangere.

«Mamma... dài...».

«Mi ha detto che voleva separarsi e mettersi con me, ma sua

moglie gli ha giurato che non gli farà mai più vedere le figlie».

Prese a singhiozzare senza controllo.

Mi avvicinai per abbracciarla, ma si spostò.

«Sto bene», mi disse, «stai tranquilla, sto bene, non è niente, ora mi passa». Fece un sorriso forzato e si asciugò gli occhi con le mani. «Ci sono dei biscotti e della marmellata in frigo, fatevi anche due uova che siete pelle e ossa!».

Mi si spezzò il cuore.

Avrei voluto prendere a mazzate tutti gli uomini che l'avevano fatta soffrire e l'avevano illusa con delle false promesse, solo per approfittarsi della sua buona fede.

Li odiavo con tutte le mie forze.

Odiavo tutti i Jiles, i Paul e i Thomas di questo mondo.

Si voltò e si asciugò di nuovo gli occhi: «Scusami, non dovresti vedermi in questo stato», disse andando verso l'ingresso.

Si sistemò i capelli allo specchio, indossò il cappotto e uscì.

Rimasi sola in cucina, preoccupata per lei e per quello che Nina mi avrebbe raccontato al suo risveglio.

Accesi la televisione e, seduta sullo sgabello con le gambe sul tavolo, aspettai la mia amica.

Molte tazze di caffè dopo la sentii scendere.

Apparve sulla soglia della cucina come un fantasma, i capelli sciolti, la maglietta troppo lunga e i calzini.

Feci tutto quello che era in mio potere perché si sentisse a suo agio.

«Buongiorno e ben svegliata! Lo chef consiglia: toast alla francese, marmellata di arance e se sei in vena di colesterolo uova e pancetta».

«Non ho fame Mia, grazie, mi basta un tè».

«Un tè al tavolo otto in arrivo!», cercai di sdrammatizzare.

Ma era impossibile sdrammatizzare una tragedia in atto.

Si sedette sullo sgabello e mi sorrise malinconica.

Le accarezzai i capelli e mi avvicinai a lei.

«È andata così male?».

Sorrise e alzò le spalle.

«Non credo potesse andare peggio», rispose girando il cucchiaino nella tazza.

Non potevo darle una pacca sulla spalla e dirle che ci sarebbero state altre prime volte, purtroppo quella era l'unica tappa della vita che non prevedeva repliche.

Ma doveva esserci un modo per tirarla su di morale.

Sospirò.

«Siamo andati a casa sua, lui aveva bevuto un po'».

«Ma non avevi detto che è astemio?», scattai sulla sedia.

«No, non lo è, ho mentito a mio fratello, se è questo che intendevi».

Feci una smorfia di disapprovazione, come una suora che vede passare una ragazza in minigonna.

«Cos'altro devi confessare sorella?», dissi appoggiandole una mano sulla testa.

Le venne da ridere. Era buon segno.

«Ti ricordi come mi immaginavo che fosse, no? Tutto sospiri, candele e petali di rosa».

«Certo».

«Ma lui ultimamente aveva cominciato a insistere che voleva farlo e che non poteva più aspettare».

«Mi ricorda un documentario sui babbuini che ho visto l'altro giorno, appena vedono una femmina la montano subito così com'è, senza nemmeno presentarsi o regalarle dei fiori».

«Mia!».

«Scusa... ma davvero dovresti vederlo quel documentario, è...! Okay sto zitta».

«Siamo entrati in casa e lui mi ha portato al piano di sopra, e fin qui era più o meno come me lo ero immaginato con Robert Pattinson... ma poi una volta entrati in camera dei suoi...».

Stava arrivando alla parte drammatica, lessi nei suoi occhi che le faceva male ricordarlo.

«...mi ha spinta sul letto e mi si è sdraiato sopra».

Una parte di me non voleva più ascoltare, ma un'altra voleva avere una buona ragione per prendere Thomas a calci in culo.

«Vuoi dire che è stato violento?», chiesi allarmata.

«Violento no, però è stato stronzo, questo sì».

«Questa è la prima cosa sensata che ti sento dire da giorni».

«Non si è nemmeno spogliato, ha fatto... insomma, hai capito... quello che doveva fare e poi si è sdraiato accanto a me».

«Ma che stronzo!», esclamai. «Non dirmi che ti ha anche chiesto "ti è piaciuto?"».

«Sì! Ti giuro che me lo ha chiesto!».

«Bastardo! Dimmi che gli hai detto di no!».

«Gli ho detto di sì...».

«Ma Nina! Almeno la soddisfazione di farlo sentire uno sfigato...». Sbattei la tazza con troppa foga e allagai il tavolo.

«Ma lui se lo aspettava», piagnucolò

«"Ma lui se lo aspettava"!», la imitai. «E allora? Si è comportato come una merda e nemmeno glielo fai presente? Sei davvero generosa Nina!».

«Non arrabbiarti anche tu con me».

«Ma figurati se sono arrabbiata con te, sono incazzata nera con quello! E dopo cos'ha fatto, ha aggiornato il suo profilo su Facebook?»

«Siamo scesi in cucina, si è acceso una sigaretta e mi ha chiesto se volevo un panino al formaggio».

«Non si può dire che non si sia preoccupato per te!».

«Allora ho detto che avrei chiamato un taxi e invece ho chiamato te».

«E lui non si è nemmeno offerto di riaccompagnarti?»

«Sembrava che tutto l'interesse che aveva per me fosse svanito nel nulla dopo avermi portata a letto». Le scese una lacrima.

Dio come mi prudevano le mani.

Era assurdo, quella era una cosa che sarebbe potuta accadere a me che avevo una famiglia sgangherata e nessuna fiducia negli uomini, non a lei che aveva vissuto tutta la vita circondata da affetti sani e genuini, insieme ai suoi genitori che si amavano da trent'anni come il primo giorno.

Il mondo era un posto cinico.

«Bene», dissi, «vediamo il lato positivo della cosa...», cercandone disperatamente uno.

«...In primo luogo abbiamo capito perché si dice che *la prima volta non si scorda mai*, in secondo luogo dovresti ritenerti fortunata che non ti abbia sciolto droghe nel bicchiere e, ultimo, siccome peggio di così non poteva andare, la prossima volta sarà una meravigliosa seconda volta!», conclusi orgogliosa delle mie deduzioni.

Nina sorrise meno triste.

Non avevo idea di come affrontasse le difficoltà, dal momento che non ne aveva mai avute.

In questo mi sentivo una privilegiata: da che ero venuta al mondo, avevo collezionato una tale quantità di esperienze negative che non temevo più niente.

Ci alzammo e andammo a sederci sul divano a guardare la televisione avvolte in una coperta, mangiando pan carré e burro d'arachidi, mentre York leccava le briciole che cadevano per terra.

Era bello stare a casa di mattina, come quando eravamo piccole, senza preoccupazioni né responsabilità.

Ancora non sapevo che mi sarei ricordata di quel momento per il resto della mia vita.

Dopo le prove con Claire andai a fare la spesa per cucinare per la mamma.

Presi anche una bottiglia di vino e un dolce.

Volevo che, tornando a casa, sentisse un po' di calore umano e una parvenza di famiglia anche se monca.

Preparai la pappa al pomodoro (che piaceva tanto a mio padre) e che lei ci cucinava spesso i primi tempi che abitavamo a Leicester, poi piano piano aveva smesso di impazzire per trovare i prodotti giusti e si era adattata alla cucina locale.

Così, da un giorno all'altro, i fagioli all'uccelletto erano stati sostituiti da una scatola di fagioli Heinz e il ragù fatto in casa era diventato un sugo alla bolognese Knorr.

Quando rientrò, la sentii salire direttamente le scale verso il piano di sopra.

Corsi subito a fermarla, non avrei sopportato di sentirla piangere in camera un'altra notte.

Quella giornata non finiva mai.

Avrei preferito un compito di chimica a sorpresa e quattro ore di prove con Claire che mi picchiava sulle gambe, alle lacrime di mia madre e della mia migliore amica, tutto per colpa di due idioti egoisti e immaturi.

Almeno il mio amore immaginario mi consentiva di non soffrire e, allo stesso tempo, di godermi tutte le fantasie che volevo, senza essere ferita.

Corsi su per le scale e la superai, poi la presi dolcemente per le mani e l'accompagnai giù.

Si lasciò guidare come una bambina.

«Ti ho cucinato una pappa al pomodoro spettacolosa, vedrai che ti leccherai i baffi...».

Sorrise.

«Non ho fame Mia, ho mal di testa vorrei andare a letto».

«Non si va a letto con lo stomaco vuoto, me lo hai sempre detto», risposi mentre l'aiutavo a togliersi il cappotto, «e poi non mi dirai che rifiuti un ottimo bicchiere di vino rosso no?»

«Hai preso anche il vino?»

«Certo, una cena che si rispetti merita un buon vino».

«E cosa dovremmo festeggiare?», chiese amaramente.

«Abbiamo un milione di cose da festeggiare ma'!», la rimproverai. «Intanto io, te e York siamo insieme e godiamo di ottima salute, cosa da non sottovalutare... poi Mrs Fancher oggi non si è vista, e stasera c'è *X Factor* e ce lo guarderemo sul divano mangiando la torta al cioccolato che ho comprato apposta per te».

Non ne potevo più di quel divano, ci avevo passato la giornata a consolare Nina e ci avrei passato la notte a consolare mia madre.

Considerai l'ipotesi di bruciarlo.

Mia madre finse un minimo di entusiasmo e mi seguì in cucina dove la pappa al pomodoro stava tristemente bruciando.

Mangiammo dalla pentola, grattando il fondo carbonizzato e parlando del più e del meno, evitando con cura l'argomento Paul.

Mia mamma bevve tre quarti della bottiglia, e almeno quello la rilassò un po'.

Ci addormentammo sul divano abbracciate.

Finalmente quella merdosa giornata era finita.

Lunedì mattina, mentre chiudevo la bicicletta con il lucchetto davanti alla scuola, vidi in lontananza una figura fastidiosamente familiare scendere dalla macchina, e la rabbia che si era appena sopita ricominciò a circolarmi nelle vene.

«Ehi tu testa di cazzo!», urlai senza curarmi di chi mi sentiva.

Thomas si girò, quasi consapevole che l'insulto fosse rivolto a lui.

Mi guardò, stranito, cercando di capire se ce l'avessero con lui.

«Sì, dico a te testa di cazzo, ho qualcosa da dirti». E senza riflettere cominciai a correre più forte che potevo fino a che non gli fui abbastanza vicino da placcarlo come un giocatore di rugby.

Vista da fuori, la scena era piuttosto comica: sembravo una formica che cercava di aggredire un elefante.

Cadde per terra e gli rovinai addosso, era così sorpreso che non reagì subito.

Lo afferrai per il colletto della giacca e urlai a un centimetro dalla sua brutta faccia: «Sentimi bene, immenso coglione, quelli come te, che non hanno rispetto per le donne, dovrebbero essere castrati alla nascita».

«Ma che vuoi? Sei impazzita? Mi hai fatto sporcare tutto, brutta cretina!». Mi spinse via con forza e mi fece rotolare per terra. Avevo l'adrenalina alle stelle, non gli avrei permesso di andarsene così.

«Allora non mi sono spiegata bene!», proseguii spingendolo di nuovo per terra e sedendomi sul suo stomaco, «tu non sei neanche degno di allacciare le scarpe a Nina, brutta merda! Hai approfittato di lei per portartela a letto e aggiungere una tacca al tuo minuscolo cazzo e vorrei ucciderti per quello che hai fatto, ma purtroppo c'è una legge che lo vieta, per cui ti giuro che ti farò pentire di averle fatto del male!».

Ero fuori di me dalla rabbia, avrei potuto veramente ucciderlo con le mie mani, e il mondo sarebbe stato un posto migliore.

Il suo istinto di conservazione gli fece capire che facevo sul serio, che ero isterica e fuori controllo e, anche se pesavo poco più di quaranta chili, ero un tale fascio di nervi che avrei potuto sollevare un pick up pieno di mattoni.

Mi fissava con lo sguardo allucinato e in una frazione di secondo mi afferrò per il collo e mi gettò violentemente per terra, lasciandomi senza fiato e con un lungo graffio lungo la gola.

Era proprio un bastardo nato.

Come avesse fatto Nina a innamorarsi proprio di lui, era un mistero.

Si alzò e si spolverò i pantaloni.

«Cazzo mi sono macchiato d'erba! Tu sei malata, sei una puttana malata, fatti curare!», urlò con disprezzo.

Al sentirmi chiamare puttana mi andò il sangue al cervello.

Presi dalla borsa una delle mie scarpette con la punta di gesso e gliela sbattei in faccia con tutta la forza che avevo in corpo.

Il naso cominciò a sanguinargli abbondantemente.

Lo guardavo immobile mentre urlava coprendosi il viso con le mani.

Poteva massacrarmi di botte se voleva, e forse lo avrebbe fatto, non c'erano altri testimoni a parte una signora con il deambulatore

«Ti denuncio! Stronza maledetta, io ti rovino!», gridò venendomi sotto.

Non aveva capito ancora, l'idiota.

Gli restituii uno sguardo carico d'odio, con la scarpetta prudentemente stretta nella mano destra.

«Tu denunciami...», gli dissi con tutta la calma del mondo, «...e ti ritrovi con un'accusa di violenza sessuale nei confronti di una minorenne. Come la vedi adesso, eh bastardo?».

Mi guardò con un lampo feroce negli occhi, girò sui tacchi e se ne andò bestemmiando.

La carica di adrenalina mi abbandonò improvvisamente e cominciai a tremare per lo shock.

Caddi in ginocchio e scoppiai a piangere.

Thomas raccontò di aver sbattuto contro un palo, io finii comunque dalla preside.

Qualcuno aveva raccontato di avermi sentito gridare oscenità.

Sospettai della signora con il deambulatore.

Me la cavai con un altro richiamo scritto. Al successivo avrei perso sicuramente l'anno.

In compenso diventai una specie di celebrità e quando passavo per i corridoi mi guardavano tutti con ammirazione e rinnovato rispetto.

Anche Bibi e Dell cominciarono a salutarmi. Forse volevano assumermi come loro guardia del corpo.

Si erano diffuse varie versioni dell'accaduto: che avevo picchiato Thomas perché mi aveva tagliato la strada, perché aveva parlato male degli italiani e perché diceva che il Mac era meglio del PC.

E in ognuna delle versioni lo avevo colpito con un oggetto diverso.

Quel che mi dava maggior soddisfazione era scoprire che avevo realizzato il desiderio di molti.

Non dissi niente a mia madre per non peggiorare le cose.

Qualche giorno dopo stavo facendo merenda seduta da sola a un banco in fondo alla classe, quando arrivò Carl.

Non lo vedevo dalla sera della festa.

«Ciao Mia», mi salutò un po' impacciato.

Avevo la bocca piena e, alzando la testa di scatto, per poco non mi strozzai.

«Ti faccio quest'effetto adesso?»

«No, no... mi soffoco sempre quando qualcuno mi saluta!».
Rise.

«Adesso che sei una leggenda ci sarà la fila per parlare con te».

«Sì, come vedi ho dovuto usare uno sfollagente per poter mangiare in santa pace, non ne potevo più di firmare autografi!».

Si sedette accanto a me.

«Ma sei sicuro di potermi parlare? Thomas ti toglierà il saluto».

«Non parlo più con Thomas».

«Davvero? Come mai, ha sedotto e abbandonato anche te?»

«Si è comportato come uno stronzo e gliel'ho fatto notare, lui non ha apprezzato e mi ha detto che potevo andare a farmi fottere...».

«È monotematico il tuo amico...».

Rimanemmo in silenzio un attimo e poi scoppiammo a ridere.

Mi faceva piacere parlare con Carl, mi sentivo a mio agio con lui e non dovevo fingere di essere quello che non ero. Era rilassante.

«Senti Mia...», iniziò, «hai ancora voglia di uscire per quella pizza una di queste sere?».

Mi si chiuse lo stomaco involontariamente.

Cos'era quello? Un invito da parte di un amico o ci stava provando?

Andiamo, chi cercavo di prendere in giro? Certo che ci stava provando, anche un cieco se ne sarebbe accorto.

Ma io amavo Patrick e il mio cuore era tutto occupato dalla sua presenza e non c'era (e non ci sarebbe stato mai) posto per nessun altro.

Anche se era assurdo, irrazionale e folle, ero fedele a quel sentimento a senso unico.

Accettare quell'invito quindi, avrebbe significato illudere Carl e tradire Patrick.

«Non so... questa settimana sono molto occupata con le prove...», risposi poco convinta, «...e poi se non studio, con la condotta che ho, posso scordarmi l'esame e... la mia vita sarà una lunga e frustrante coda fra gli uffici di collocamento, dove potrò scegliere fra pulire i cessi alla stazione o distribuire volantini di un fast food».

Mi guardò interrogativo.

«Ti sembro scemo per caso?»

«No, perché?»

«Perché ti sto solo chiedendo se vuoi uscire a mangiare una pizza con me, non voglio mica portarti a letto».

Lo guardai stupita e un po' imbarazzata.

In effetti era solo una pizza, non un matrimonio combinato.

«Sai Carl, sono una ragazza vecchio stampo, chi mi dice che dopo la pizza non mi rapirai e mi porterai al castello?»

«Puoi sempre aggredirmi a colpi di scarpette da ballo...».

Fissammo per l'indomani sera alle sette, sarebbe passato a prendermi a casa in macchina.

Nel frattempo Nina stava recuperando la sua consueta allegria, ma c'era come un'ombra che velava il suo sorriso e, purtroppo, quell'ombra era lo specchio di quello che era accaduto e che l'aveva cambiata, forse per sempre.

Avrei voluto che Patrick sapesse, così lo avrebbe gonfiato di botte.

Ma niente avrebbe impedito a Thomas di continuare a comportarsi da stronzo e, in fondo, l'unico modo di difendersi da tipi come lui era starne alla larga.

Sarebbe stato bello se avessero inventato un antivirus che li metteva in quarantena appena si avvicinavano o un repellente da spalmarsi addosso che ci rendesse immuni alle loro lusinghe.

L'avrei subito regalato a mia madre e alle sue amiche.

Sarebbe stata l'invenzione del secolo.

Arrivai da Claire per la lezione e mi accorsi che la mia scarpetta destra era macchiata di sangue.

Sorrisi con una punta d'orgoglio: l'avrei conservata come trofeo.

Quel giorno mi sentivo ispirata e i miei *fouetté* ne giovarono.

«La grazia, Mia, la grazia! Ricordati che sei un cigno, delicato e vulnerabile. Sii più fluida e termina i movimenti, non accennarli soltanto e Santo Iddio, quelle mani!».

Si lamentava, è vero, ma sentivo che, in fondo, cominciava a essere soddisfatta.

E anch'io sentivo che stavo crescendo: tenevo la testa più alta e danzavo con più intensità e precisione.

Concentrandomi sull'espressione delle emozioni, acquistavo energia e velocità, dimenticandomi della fatica.

Claire sembrava apprezzarlo. A modo suo.

Quella sera in cucina trovai mamma e Paul seduti intorno al tavolo.

Sembrarono colti sul fatto, sebbene stessero solo bevendo un caffè.

Lasciai cadere la sacca per terra e andai al frigo a prendere una Coca, fingendo che non ci fossero.

«Ciao Mia», disse Paul.

«Ciao», risposi senza guardarlo, «sei venuto a riprenderti lo spazzolino da denti?»

«Mia!», intervenne mamma. «Paul è venuto a parlarmi e si ferma a cena da noi».

«Perché, non gli basta casa sua?».

Si alzò innervosita e portò le tazze verso il lavandino.

Passandomi vicino mi lanciò uno sguardo omicida che interpretai come: «Tieni chiusa quella tua boccaccia impertinente e non immischiarti in cose più grandi di te».

Messaggio ricevuto: anche lei era libera di andare incontro a un treno in corsa se voleva.

Mi mancava Patrick, il ricordo dei due baci sulle scale cominciava ad affievolirsi e quel casuale contatto in macchina era stato davvero poca cosa per poterci ricamare ancora sopra.

E poi non volevo ripensare a quella serata per niente al mondo.

Nina mi aveva detto che era ripartito per Portsmouth, per tornare a bordo della nave scuola su cui era imbarcato già da tre mesi.

Ma perché non faceva il panettiere in centro?

La cena trascorse in un silenzio imbarazzato.

E io facevo del mio meglio perché nessuno si rilassasse.

Perché dovevano fare finta che non fosse successo niente, se solo fino a dodici ore prima la mamma era in uno stato pietoso?

Cosa c'era in lei che non andava?

Se uno ti dice che ti lascia perché sua moglie si oppone alla vostra relazione, perché non te lo togli dalla testa e basta invece di riprenderlo appena ti richiama?

Gli adulti, a volte, erano incomprensibili.

Paul cercava di essere simpatico con me, ma non mi era *mai* stato simpatico, per cui era inutile che ci provasse.

Oltretutto non capiva l'ironia, quindi non avevamo speranze.

«Elena, è buonissimo questo pasticcio di agnello», disse.

«Sì, è vero», convenni, «di che marca è?».

Mia madre mi fulminò con un'occhiata.

«In che senso?», chiese lui.

Appunto.

«Lascia perdere», intervenne mia madre. «Mia ha un senso dell'umorismo *borderline* a volte».

«Borderline?».

Vabbè, era impossibile fare un discorso con lui.

«Sì. Come la canzone di Madonna», rispose la mamma.

Ci guardò interrogativo.

«Il pasticcio di agnello è surgelato!», tagliò corto mia madre. E si alzò sbuffando.

«Okay, grazie della cena, devo studiare biologia, ci vediamo Paul». E salii le scale di corsa.

Mi chiusi in camera, mi buttai sul letto e infilai le cuffie con i Coldplay a tutto volume.

Dieci minuti dopo la porta si spalancò ed entrò la mamma infuriata come una belva.

Mi tolse le cuffie.

«Mi vuoi dire che cosa ti prende? Vuoi insegnarmi anche a

stare al mondo adesso?». Aveva le vene del collo gonfie, stavo di nuovo rischiando la vita.

Non risposi e finsi di continuare a studiare.

Chiuse il libro di scatto costringendomi a guardarla.

«Capisco che stai attraversando la fase in assoluto più difficile della tua vita, ma non ti permettere di immischiarti in situazioni che non ti riguardano e di cui non sai niente!».

Mi fece paura, non l'avevo mai vista così arrabbiata.

«Smettila di giudicarmi sempre, sei troppo piccola per sapere come gira il mondo! Non è tutto bianco e nero come credi tu, ci sono una quantità di *grigi compromessi* che neppure ti immagini e che bisogna imparare ad affrontare per andare avanti. E molti li accetto proprio per permetterti di vivere una vita serena, non certo per farmi sfottere da una ragazzina saccente».

Non ebbi il coraggio di rispondere.

«Paul è un uomo buono, e mi vuole bene, e voglio provare ad aggiustare le cose con lui. No! Ferma, so già cosa stai per dirmi: che è sposato e che una donna della mia età dovrebbe sapere che certe cose non funzionano, soprattutto dopo le esperienze negative che ho avuto, ma ti garantisco che quando avrai la mia età, avrai una prospettiva totalmente diversa della vita. Anch'io a sedici anni sognavo l'amore puro e perfetto, qualcuno che vivesse per me e solo per me e che mi amasse in maniera totale, esclusiva, per sempre, ma poi ci si scontra con la realtà, che è molto meno romantica della fantasia, e questa realtà è fatta di esseri umani che hanno delle debolezze, esseri umani che fanno errori, come sposare la persona sbagliata, e non puoi condannarli per questo!».

«Mamma...», risposi mettendomi a sedere, «mi dispiace se ti ho dato l'impressione di giudicarti, non era mia intenzione davvero. Hai ragione, io non so niente della vita e dell'amore, però so che ieri hai pianto e anche l'altro ieri hai pianto e stamattina dimostravi sessant'anni quando sei uscita di casa, e io

non voglio che tu soffra ancora, per un Paul... qualunque!».
Avevo le lacrime agli occhi.
Lasciai galleggiare le parole.
Mi abbracciò.
Rimanemmo così per minuti e minuti.
«Ti voglio bene mamma», le sussurrai.
«Io invece ti adoro Mia, e farei qualunque cosa per vederti felice, te lo giuro su Dio», mi disse fra le lacrime, «qualunque cosa...».
Pensai automaticamente alla Royal Ballet School, ma sapevo che i miracoli non esistono.

CAPITOLO CINQUE

Carl arrivò puntuale a casa nostra e fece un'ottima impressione a mia madre e York che stavano sulla porta a sorridere e scodinzolare.

Scesi le scale e lo vidi lì, davanti alla porta, con delle rose in mano.

Che c'entravano i fiori se era un appuntamento fra amici?

«Sono per mia madre vero?», lo fulminai.

«Certo, ovviamente, signora... mamma di Mia, questi sono per lei». Le porse i fiori a braccia tese.

«Elena, solo Elena. Scusa, ma mia figlia è convinta che la vita senza sarcasmo non sia degna di essere vissuta. Non riesce proprio a farne a meno... Ti confesso che preferirei che fumasse! Comunque li accetto volentieri», disse prendendo il mazzo.

Uscimmo di casa, guardando per terra, senza parlare.

«Simpatica tua mamma, è giovanissima, mia madre in confronto sembra Miss Marple!».

«Ha quarantatré anni, non è *tanto* giovane!».

«Credimi lo è, mia madre ne ha cinquanta e ne dimostra settanta, per non parlarti di mio padre!».

Mio padre ne dimostrava novanta anche quando ne aveva diciotto.

Salimmo in macchina e ci dirigemmo verso il centro.

«Senti Mia, mi sembrava un po' triste andare da Pizza Hut, allora mi sono permesso di prenotare da Cinnamon. È il mio ristorante indiano preferito, ma se a te non piace... possiamo cambiare».

«No, indiano va bene, tutto fuorché italiano, non ne posso più».

Avevo già voglia di tornare a casa, non perché Carl non fosse piacevole, ma perché non ero abituata a fare tardi e la serata mi sembrava interminabile.

Mi angosciava l'idea di dovermi alzare prestissimo e passare il pomeriggio a fare le prove con Claire.

Avrei fatto tardi e sarei stata a pezzi, desideravo solo stare sotto il mio piumone insieme a York, fantasticando su Patrick che mi salvava da un naufragio.

Ma allo stesso tempo mi sentivo in colpa per Carl che era davvero carino con me.

Giunti davanti al ristorante aprì la porta per farmi entrare.

La cameriera ci accompagnò a un tavolo piuttosto defilato e accese la candela.

Non ero mai stata a cena da sola con un ragazzo in un ristorante e mi sentivo terribilmente imbarazzata.

Dovevamo mangiare una pizza e invece ci trovavamo in un tête-à-tête ufficiale con tanto di suonatore di sitar in costume.

Era una cosa che forse avrei apprezzato a trent'anni, ma non a sedici.

Era tutto troppo "adulto" per i miei gusti.

«Ti consiglio il pollo tandoori o il rogan josh», disse Carl, «e magari un nan al burro, è una focaccia morbida molto buona».

«Non so, penso che prenderò riso e lenticchie».

Da bere ordinammo acqua.

La conversazione stentava a decollare a differenza delle altre volte, forse perché la situazione era ufficiale.

«Allora, dove andrai l'anno prossimo?», gli chiesi.

«Ho scelto economia».

«Oh! Il sogno di mia madre!», non potei evitare di dirgli.

«Tu invece? Studierai danza?».

Era la prima volta che qualcuno dava per scontato che avrei continuato a studiare danza classica.

«Mi piacerebbe, il problema è che mia madre non è d'accordo, e la scuola di danza è davvero molto cara. L'audizione per entrare poi è difficilissima».

«Be', se sei arrivata fino a qui, mi sembra assurdo che tu rinunci, voglio dire, quant'è che balli, dieci anni? E improvvisamente vuoi metterti un tailleur grigio e lavorare in una banca? Credo che impazziresti nel giro di due settimane. Non me ne intendo di danza, sono incapace di muovere due arti insieme, ma sono affascinato da tutti quelli che esprimono la loro creatività in qualche modo. Mi piacerebbe tanto vederti ballare, sono sicuro che sei bravissima».

Era anche la prima volta che qualcuno esprimeva il desiderio di vedermi ballare e che mi dimostrava una tale incondizionata fiducia.

In quel momento desiderai che al suo posto ci fosse Patrick.

E, con l'occasione, che mi desse l'anello di fidanzamento.

Sorrisi e arrossii.

«Non so se sono bravissima, però so con certezza che non c'è cosa al mondo che mi renda altrettanto felice».

«Si vede, ti brillano gli occhi quando ne parli. Sei fortunata. La tua è certo una scelta piena di sacrifici, ma anche la più soddisfacente. Ti ammiro sai? Sei così giovane e così determinata».

Adesso stava esagerando, va bene la lusinga, ma così era anche troppo.

Verso le dieci morivo già dal sonno.

«Dài Mia, ti porto a casa, non voglio che ti addormenti in classe domani», disse a metà fra il deluso e l'affettuoso.

Non smettevo di sbadigliare.

Era come se il fatto di essere usciti insieme ci avesse inibiti.

Arrivammo davanti casa.

«Non posso dire che sia stata una serata indimenticabile, ma sono sicuro che la prossima volta andrà molto meglio».

«Vuoi dire che nonostante ti abbia fatto passare la cena più noiosa della tua vita, hai ancora voglia di uscire con me?»

«Certo che sì, voglio darti ancora una possibilità, mi informerò su quello che mangiano le ballerine e poi ti inviterò di nuovo».

«Cena a base di cracker e acqua?»

«Se è l'unica maniera per rivederti mi adeguerò... adesso vai, è tardi».

Mi accarezzò una guancia con la punta delle dita e con tutta naturalezza avvicinò il mio viso al suo e mi baciò delicatamente le labbra.

Mi affrettai ad aprire lo sportello e uscire.

«Scusa Mia, non... volevo offenderti», mi disse interpretando il mio imbarazzo.

«No... nessuna offesa, davvero... Be'... ciao, buonanotte». E corsi dentro casa.

Una volta dentro rimasi appoggiata contro la porta chiusa senza accendere la luce, a godermi la familiare protezione di casa mia.

Ero al sicuro.

Carl mi aveva baciato, ma non riuscivo a capire se mi fosse piaciuto oppure no. Era la prima volta che qualcuno in carne e ossa mi baciava e non ero preparata.

Fino ad allora avevo solo vissuto di immaginazione, in compagnia del mio pensiero fisso, ma ero io che decidevo la sceneggiatura, e adesso era arrivato qualcuno a modificare il copione e non ero in grado di gestirlo.

Salii le scale lentamente riflettendo su quegli ultimi minuti.

Com'era possibile che Carl si interessasse a me, se avevo fatto di tutto per non piacergli?

Avrei dovuto confessargli il mio amore per Patrick? E come

glielo avrei spiegato? «Sai sono innamorata di uno più grande di me che non vive qui e mi considera come una sorella minore, ma credo di avere buone speranze!».

Era un casino.

Eppure con lui stavo bene.

Pochi minuti dopo essermi infilata a letto mi arrivò un SMS.

Era di Carl.

«Mi sa che ho fatto una cazzata, giuro che non era premeditato. Cioè un po' sì. Ma giuro che non si ripeterà più. Anche se mi piacerebbe. Va bene, smetto di giurare. Insomma mi è piaciuto! Buonanotte ballerina. C».

Ehi! Ferma, ferma, ferma!

Che si era messo in testa?

Insomma, prima mi chiede di uscire, poi mi bacia, poi mi dice tra le righe che vuole ribaciarmi!

Non credeva mica che stessimo insieme?

Ma soprattutto: a me era piaciuto?

Se ci ripensavo sentivo una specie di onda anomala allo stomaco ed era il genere di sensazione che avevo provato esclusivamente per Patrick e non mi piaceva provarla per qualcun altro.

Rimasi al buio col telefono in mano, per una decina di minuti, indecisa se rispondere o meno.

Se gli avessi risposto, si sarebbe montato la testa, ma se non lo avessi fatto sarebbe stato maleducato da parte mia.

Ma se "avere una relazione" significava stare sveglia la notte con un telefono in mano senza sapere se, come e cosa rispondere, allora le relazioni non facevano proprio per me.

Spensi il telefono e mi girai dall'altra parte.

Purtroppo non riuscii a non ammettere a me stessa che mi era piaciuto.

La mattina dopo mia mamma mi scrutava da sopra la tazza di caffelatte.

«Be'? Cos'hai da guardare?», le chiesi continuando a spalmare il burro sulla fetta di pane.

«Allora?...»

«Allora cosa?»

«Non mi racconti niente?», canticchiò.

«Non c'è niente da raccontare», canticchiai.

«Mmm, mi nascondi qualcosa...», continuò.

«Dài...», mi sentivo arrossire, «cosa ti devo dire... siamo andati a cena al ristorante indiano e poi siamo tornati a casa».

«È carino Carl!».

«Sì, non è male», risposi distrattamente.

«Ed è innamorato di te!», sorrise.

«Mamma! Che dici?». Mi alzai a riempire il bollitore che era già pieno. Quella conversazione mi stava imbarazzando da morire.

«È cotto! Non hai visto come ti guardava?»

«No! Come mi guardava?»

«Come si guarda la cosa più bella del mondo!».

«Ma figurati! Lui guarda tutti così, guardava così anche York!».

«E a te piace?»

«Ma la smetti di farmi il terzo grado?». Avevo le orecchie in fiamme, ma mi veniva da ridere.

«Sì, sì ti piace, guarda come sei rossa! Tiiii piaace Caarl, tiii piaace Caarl!».

«Mamma, falla finita ti prego! Non mi piace Carl, è... molto simpatico e... carino e... basta!».

Non smetteva di ridere e canticchiare, ma se questo la faceva stare meglio, ero ben contenta di farmi prendere in giro.

Era bellissimo vederla ridere.

Ma l'allegria durò poco, quando entrò in cucina quel panzone di Paul in boxer turchesi.

Cambiai subito espressione.

Anche se avevo promesso alla mamma che avrei smesso di tormentarlo e che avrei provato a dargli una chance, era più facile a dirsi che a farsi.

Prenderlo in giro mi riusciva talmente spontaneo che era un peccato sprecare delle così belle battute.

Giurai comunque a me stessa che non avrei detto niente.

O almeno ci avrei provato.

«Buongiorno!», disse mia madre con il sorriso che le attraversava la faccia, «ti preparo il tè?».

Paul sbadigliò e si grattò la testa.

Se si fosse grattato il culo non avrei risposto delle mie azioni.

Rapidamente mia madre prese dal cassetto una tovaglietta americana a forma di sole e un tovagliolo di stoffa, riempì un bicchiere con del succo d'arancia, e gli mise davanti la marmellata e il burro.

Mi chiedevo se sarebbe corsa al forno a comprare dei croissant.

«Ci sono dei croissant?», chiese l'uomo in mutande.

«No, mi dispiace, se vuoi vado al forno a comprarli», rispose mia madre.

Dovevo andarmene di corsa, non ce l'avrei fatta a resistere.

«No, non importa... hai per caso del dolcificante?».

Stavo per buttarmi per terra a rotolarmi dalle risate.

Quell'uomo era un genio e io lo avevo sottovalutato.

«Ehm no, non lo usiamo...», disse mia madre.

«Ehi, Paul lo sapevi che il dolcificante fa crescere le tette?»

«Davvero?». Si guardò automaticamente il petto, aveva una seconda abbondante! «Allora forse dovrei smettere».

Gesù che babbeo. Era davvero troppo facile.

«Scusa mamma», le sussurrai prendendo la borsa e uscendo dalla cucina, «io ci ho provato! Davvero!».

Mi diede una pacca sul sedere e canticchiò: «Tiii piace Caarl!».

«Uffa mamma, non vale!», dissi tappandomi le orecchie ridendo.

«Tii piace Caaarl!», continuò a cantare finché non uscii di casa. Okay, me lo ero meritata.

Adesso arrivava la parte difficile: andare a scuola e incrociare *veramente* Carl.

Nina mi sottopose la sua parte di inquisizione.

«Allora? Com'è andata l'uscita con Carl?», mi sussurrò durante la lezione di letteratura.

«Non ti ci mettere anche tu Nina, mia madre mi ha torturata per tutta la colazione».

«Ma io non sono tua madre, sono la tua migliore amica e ho sete di dettagli», insistette.

«Ci siamo baciati... credo».

«COSA?»

«Nina, stavo dicendo?», intervenne Mrs Meyer.

«Che Geoffrey Chaucer con i *Racconti di Canterbury* si ispira al *Decameron* di Boccaccio, e sottolinea ironicamente l'ipocrisia della differenza fra le classi sociali nel Medioevo», concluse impeccabile.

«Bene, bene, Nina», disse Mrs Meyer un po' spiazzata.

«Ma come cavolo fai?», le chiesi sottovoce.

«Non lo so, è un dono di natura, riesco a seguire anche tre conversazioni contemporaneamente», rispose stringendosi nelle spalle. «Allora? Continua a raccontare, sei rimasta alla scena del bacio».

«Non c'è stata nessuna scena del bacio, è stata una cosa velocissima poco prima che scendessi dalla macchina».

«Okay ho capito, lasciami indovinare: siete stati a cena fuori, lui è stato carino con te e ha cercato di fare conversazione, tu gli hai risposto quasi sempre per monosillabi e non hai mangiato quasi niente, poi hai cominciato a sbadigliare e lui ti ha portata a casa, giusto?»

«Sono così prevedibile?», le chiesi aggrottando la fronte.

«Ti conosco troppo bene!», sorrise. «Riusciresti a smontare anche il più motivato dei principi azzurri con le tue battute. Raccontami del bacio dài».

«Niente... Arrivati davanti casa ci siamo salutati, e lui mi ha accarezzato una guancia e poi si è avvicinato e mi ha baciata sulla bocca».

«Con la lingua?»

«Nooooo! Sei pazza?», risposi a voce troppo alta per non essere udita.

«Mia, stavo dicendo?», mi chiese stancamente Mrs Meyer.

Nina si affrettò a suggerirmi: «...Che Chaucer introdusse per la prima volta l'uso dell'inglese popolare...».

«Che... Chaucer... introdusse... per la prima volta l'uso dello *slang*», balbettai.

«Certo Mia, che poi diventò rap e in seguito hip hop...», concluse rassegnata Mrs Meyer.

Tutta la classe cominciò a ridere.

«Mia!», disse Nina crollando con la fronte sul tavolo in segno di sconfitta.

«Ho interpretato...», risposi scoraggiata.

Durante la pausa non vidi Carl, non volevo andarlo a cercare, ma allo stesso tempo volevo vederlo.

Non sapevo decifrare quelle sensazioni contrastanti.

Nina intanto non smetteva di stuzzicarmi.

Non vedevo l'ora di andare da Claire che mi avrebbe strapazzata per due ora senza domandarmi niente.

Sullo sportello del mio armadietto trovai appiccicata una lettera col mio nome.

Mi guardai intorno cercando chi potesse essere l'autore e la staccai rapidamente prima che qualcuno potesse leggerla.

La lettera diceva:

Ho due biglietti in seconda fila per *Sylvia* questo venerdì, ma se non ti interessa ci vado con Thomas... ultimamente ha cominciato ad apprezzare il balletto! C.

Due biglietti per la *Sylvia*?
Nella versione che Ashton aveva creato appositamente per Margot Fonteyn nel '52?
In seconda fila?
Oddio mi girava tutto, dovevo sedermi.
Carl era completamente pazzo, quei biglietti costavano più di cento sterline l'uno.
Non potevo accettare.
Ma volevo accettare!
Corsi da Nina.
«Ma è bellissimo Mia, è uno dei tuoi balletti preferiti, hai sempre voluto andarci, è un regalo strepitoso!», gridò Nina abbracciandomi.
«No, tu non hai capito!». Mi divincolai. «Quei biglietti costano una follia! È una cifra che un ragazzo di diciassette anni non può permettersi a meno che non spacci droga o non sia Zac Efron!».
«Avrà risparmiato, oppure li avrà chiesti a suo padre, non deve per forza averli rubati!».
«Ma è un regalo troppo impegnativo, non so come interpretarlo».
«Pronto? Mia? Sei in casa? Va bene che sei una schiappa in matematica, ma non puoi non saper fare neanche 2+2!». Sospirò. «Se ti ha chiesto di uscire, ti ha baciata e ti ha invitata a teatro significa che è cotto di te, non c'è altro da capire!».
Mi appoggiai sconsolata alla parete.
«E cosa dovrei fare secondo te?»
«Devi accettare! È così romantico, vorrei che fosse...». Un lampo di tristezza le attraversò il sorriso, ma cercò di scacciarlo subito. «...Dammi retta, accetta e non pensare ad altro che alla splendida serata che trascorrerai».

«Ma se accetto, poi significherà che stiamo insieme? Non sono pratica di corteggiamenti e non conosco l'oscuro codice delle relazioni».

«E chi lo conosce? Se questo fosse successo ai tempi di mia mamma, era chiaro che lui avrebbe voluto fidanzarsi con te e che, prima o poi, ti avrebbe chiesto di sposarlo, ma questo un secolo fa, ora, come vedi, non vuol dire niente neanche andare a letto insieme», concluse amaramente.

«Quindi se accetto di andare a teatro non divento automaticamente la sua ragazza».

Nina aggrottò la fronte: «Ma perché non vuoi dargli una chance? È talmente carino, non puoi nascondere tutta la vita la testa sotto la sabbia per evitare le relazioni».

No, non potevo, anche se mi sarebbe piaciuto.

Sentivo che, cominciando a uscire con un ragazzo "vero", sarei entrata ufficialmente nel mondo degli adulti e avrei dovuto avere a che fare con tutti quei *grigi compromessi* di cui parlava mia madre.

Rientrammo in classe e cercai di concentrarmi sulla lezione di chimica, ma non riuscii a smettere di pensare a *Sylvia* e a quello che avrei detto a Carl.

Adoravo quel balletto e sognavo di danzarlo anch'io un giorno con il Royal Ballet.

La mamma, tanti anni prima, mi aveva portata a vedere *Lo schiaccianoci* alla De Montfort Hall, ed ero letteralmente impazzita.

Anche se non c'erano nomi famosi in cartellone, ero rimasta a bocca aperta per più di due ore e mi ero spellata le mani a forza di applaudire.

Da quella volta non mi era più capitato di andare a teatro, costava troppo e così mi accontentavo dei DVD e di quello che potevo vedere su YouTube.

Uno spettacolo alla Royal Opera House a Covent Garden

era la cosa più vicina alla felicità che potessi immaginare. Se mi avesse invitato Patrick avrei raggiunto la pace dei sensi.

All'uscita di scuola passai davanti all'armadietto di Carl e appiccicai con il chewing gum un biglietto con la mia risposta che diceva «Okay».

Avevo il dono della sintesi.

Tornata a casa, mi chiusi in camera e mi buttai sul letto.

Fuori aveva cominciato a piovere e mi sentivo strana, malinconica e confusa.

Abbracciai il cuscino e mi raggomitolai.

Mi chiedevo come sarebbe stata la serata con Carl, cosa ci saremmo detti in macchina, e se dopo saremmo andati a cena ma, soprattutto: se avesse tentato di baciarmi di nuovo, glielo avrei lasciato fare?

Chissà cosa stava facendo Patrick.

Non aggiornava più il suo profilo di Facebook, ma c'era qualche foto nuova che lo ritraeva sulla nave insieme ad altri cadetti.

Sorrideva sempre e aveva l'aria orgogliosa e fiera.

Anche se lo avrei preferito meno patriottico, non avrei voluto che fosse diverso da com'era.

L'unica nota positiva della tragica sera della festa era che mi era rimasto il suo numero di telefono in memoria.

Ogni tanto lo selezionavo e lo stavo a guardare per decine di minuti immaginando che squillasse e a volte ero tentata di chiamarlo.

E riattaccare subito.

Era assurdo: Carl avrebbe venduto sua madre per una mia telefonata, mentre io sognavo solo di chiamare qualcuno che non sapeva quasi che esistevo.

Ma accettare la corte di Carl, che era obiettivamente un ragazzo dolce e carino, era l'unico modo per tentare di togliermi Patrick dalla testa una volta per tutte.

Mi tirai su dal letto, appoggiando inavvertitamente il gomito sulla tastiera del telefonino, e mi allungai per prendere il libro di storia sulla scrivania.

Dopo alcuni secondi sentii una lontanissima voce chiamare il mio nome.

Dovevo avere le allucinazioni uditive se mi sembrava di sentire Patrick dire: «Mia, sei tu? Stai bene?». Forse stavo esagerando, dovevo smettere di pensarci troppo.

Mi guardai intorno perplessa cercando di capire da dove provenisse quella voce.

E appena mi resi conto che proveniva dal mio telefonino, mi si fermò il cuore.

Senza riflettere spinsi il bottone rosso e riattaccai.

Osservavo il telefono in preda alla vergogna più totale.

Come avevo potuto essere così stupida?

Non terminai il pensiero che il telefono si mise a vibrare e a squillare.

Istintivamente lo coprii col cuscino.

Cioè: Patrick mi stava richiamando e io avrei dovuto dirgli che era partita la chiamata per sbaglio?

Ma a chi partivano ancora le chiamate per sbaglio nel XXI secolo?

«Coraggio», mi dissi, via il dente, via il dolore.

«Pronto?», risposi distrattamente.

«Mia! Sei tu? Credo che tu mi abbia chiamato per sbaglio!». Lo sentivo sorridere.

«Chi... chi parla?», dissi picchiando la testa sul cuscino.

«Mia! Sono Patrick, non mi riconosci? È incredibile, uno di questi giorni mi spiegherai cosa ti ho fatto di male! Sono davvero così antipatico?».

Mi guardai allo specchio, stavo andando in ebollizione, avrei giurato di vedere del fumo uscirmi dalle orecchie.

«Ah ciao... sei tu? Non avevo riconosciuto il numero... questo telefono è così vecchio, credo che le faccia partire da solo le chiamate!», sentii la mia voce rispondere.

«Vecchio modello? Avevo capito che ne avevi uno modernissimo... col silenziatore addirittura!». Rise.

Deficiente, ero proprio una deficiente.

«Stai bene? Ti prepari per l'esame?», mi chiese.

Lo farei, se non pensassi a te ventiquattro ore al giorno.

«S-sì, studio, cioè studiamo molto io e Nina».

O almeno ci provo quando non sono occupata a picchiare la gente o a coprirmi di ridicolo.

«So che siete in gamba, farete un figurone, hai già deciso che materie portare?»

«No, sono ancora indecisa...».

Fra il farmi fare l'elettroshock e chiudermi in convento.

«Se posso darti un consiglio dovresti provare a pensare a più di una possibilità, così da avere più scelta dopo».

«Okay lo farò. Quando torni?», chiesi in fretta senza pensare e mi pentii subito di averlo fatto: era una domanda troppo personale.

«Ho un altro congedo venerdì, sto facendo dei turni massacranti, ma in questo modo riesco ad accumulare giorni di permesso per tornare più spesso a casa».

Venerdì? Questo venerdì?

Immaginai Carl darmi i biglietti e dirmi: «Tieni, Mia, questi sono per te, portaci chi vuoi io non li merito», voltarmi e darne uno a Patrick.

Tutto al rallentatore naturalmente.

«Venerdì...», ripetei in trance.

Cazzo, ma fra tutti i giorni e i mesi che ci sono in un anno, proprio l'unico in cui ho qualcosa da fare!

«Vieni a cena da noi?»

A CENA DA VOI? Dimmi che ho capito male!

«A ce... ma... io... non... okay d'accordo», risposi.

Deficiente. Una deficiente senza speranza.

«Ottimo! Però questa volta promettimi che ti siedi vicino a me e che farai lo sforzo di parlarmi almeno per dieci minuti».

«Se è solo per dieci minuti forse ce la posso fare, ma non ti prometto niente».

Mi siederei anche sulle tue ginocchia e parlerei solo con te per i prossimi trent'anni.

«Allora ci vediamo venerdì, fai la brava mi raccomando».

Certo tanto non dovrò fare altro che ripensare a questa telefonata per il resto della mia vita.

Riattaccai e mi coprii la faccia con il cuscino.

Che avevo fatto?

Gli avevo detto che sarei andata a cena da loro, mentre dovevo andare a Londra con Carl.

Ma perché non si poteva avere tutto?

Volevo andare sia a cena da lui che a vedere *Sylvia*. Perché invece dovevo scegliere fra i due eventi più importanti della mia inutile vita?

Ero finita.

Non sapevo come uscirne.

La lezione da Claire fu una mezza catastrofe.

«Ma che hai oggi, sei stata punta da una tarantola? Perché sei così agitata? Hai di nuovo bevuto il caffè? Te l'ho detto che non devi berlo, sei troppo giovane! Tè verde, chiedi a Elena di comprarti il tè verde, che è pieno di vitamine! Su ricominciamo!».

Ero in un bagno di sudore come mai prima, il pensiero di Patrick mi rimbalzava fra il cuore e la testa come la pallina impazzita di un flipper.

Facevo di tutto per concentrarmi sulla variazione, ma ero lenta e distratta e non azzeccavo un passo.

Neppure il dolore delle vesciche ai piedi riusciva a riportarmi alla realtà.

Potevo pensare ad altro per non più di tre minuti, poi l'emozione inarrestabile e violenta del ricordo della sua voce mi travolgeva senza preavviso, con la potenza di una valanga, lasciandomi senza forze.

E venivo percorsa da misteriosi e piacevoli brividi freddi lungo tutta la schiena.

Non andava affatto bene, non mi riconoscevo più, ero in preda a un'euforia incontrollabile che mi faceva sorridere senza motivo.

Come se avessero agitato e aperto una bottiglia di Coca tenuta prudentemente in frigo per anni.

Ed ebbi la certezza che i miei sentimenti per Patrick non fossero più gli stessi di quando avevo cinque, dieci o tredici anni. No, quello che sentivo adesso era totalmente diverso e molto, molto pericoloso.

Dovevo trovare un modo per dire a Nina della telefonata e dell'invito a cena, non avrei voluto, ma lui glielo avrebbe raccontato come fosse una cosa buffa, non come un tragico errore e non avrei certo potuto presentarmi a cena da lei all'ultimo minuto dicendo: «Sai, mi ha invitato tuo fratello!».

Non era stupida e avrebbe mangiato la foglia.

Restava da trovare un modo per spiegarle perché non gli avevo risposto quelle semplici parole: «Mi dispiace, ma venerdì ho un impegno».

Mi sarei arrampicata come sempre sugli specchi.

E come la mettevo con Carl?

Potevo chiedergli di cambiare i biglietti?

Sarebbe stato da vera cafona, ma giorno più giorno meno, per lui, non avrebbe fatto quella vitale differenza che avrebbe fatto per me.

Dovevo trovare il modo per riuscire a fare tutte e due le cose, non ero assolutamente in grado di scegliere.

Non potevo scegliere.

CAPITOLO SEI

La mattina dopo ero in palestra, seduta sulla panchina, aspettando il mio turno per giocare la partita di pallavolo, quando Carl si sedette accanto a me.

Sussultai come fanno solo quelli che hanno la coscienza sporca.

«Allora? Tutto a posto per venerdì?», mi chiese speranzoso e un po' emozionato.

Era il momento giusto per chiedergli di rimandare, ma non avevo il coraggio.

«Sì, tutto a posto, anche se...», dissi senza staccare gli occhi dal campo.

«Anche se?»

«Mia mamma mi ha chiesto di stare a casa per aiutarla per una cena... SÌÌÌÌÌ VAI COSÌ!», esultai saltando in piedi per un punto segnato dalla squadra avversaria.

«Ah... ho capito», esitò. «Ed è una cosa molto importante?»

«Abbastanza... è una cena con il gruppo venditrici Avon, credo che le diano una promozione, ci saranno dei pezzi grossi...».

Non so come mi fosse venuta in mente una cazzata del genere.

La sua amica Betty era in fissa con la Avon e cercava sempre di piazzarle dei rossetti rosa ciclamino e degli smalti perlati che lei odiava, ma che comprava per farle piacere.

«Ah capisco... Be', sarà per un'altra volta allora», rispose deluso.

«Puoi spostare la data magari?», buttai là continuando a guardare la partita.

«Purtroppo è l'ultima replica, è stato veramente duro trovare quei due biglietti, erano gli ultimi posti disponibili, ma se proprio non puoi... non preoccuparti...», disse fingendo di non avere subìto la peggior delusione della sua vita.

Mi voltai verso di lui e feci l'errore colossale di guardarlo negli occhi, dove lessi tutta la sua dignitosa tristezza, camuffata da comprensione.

E rimasi fregata.

«No!», mi affrettai a rispondere appoggiando una mano sulla sua. «Ma, ti pare? In qualche modo farò, scherzi? Non me lo voglio perdere per niente al mondo!».

«Ma sei sicura? E tua madre?»

«Lei si arrangerà, tanto io sono solo capace di apparecchiare la tavola e rompere i bicchieri!».

In quel momento Nina arrivò sudata fradicia con la faccia scura e si sedette fra di noi.

«Abbiamo perso, ho fatto schifo, e tu facevi il tifo per le altre! Ciao Carl, hai visto che amica che ho? E tu la inviti ai balletti...».

Carl sorrise.

Mi chiamarono per giocare la partita, e mi alzai riluttante all'idea di lasciarli insieme a parlare: non volevo che Carl le chiedesse se mia madre lavorava davvero per l'Avon e, ancora peggio, non avevo detto a Nina della telefonata di Patrick.

Ed ecco che il solo pensiero mi mandò di nuovo il cuore a mille e il cervello in poltiglia, e non vidi arrivare una palla, comparsa dal nulla, che viaggiava alla velocità della luce, e che mi centrò in piena faccia facendomi volare per terra.

Almeno avevo trovato il modo di separarli.

Sentii chiamare il mio nome più volte, e le mie compagne si strinsero in cerchio intorno a me.

Il naso mi faceva malissimo.

Nina mi fu subito accanto e Carl continuava a ripetere in

modo drammatico: «Chiamate un dottore, chiamate un dottore!».

Non mi ero resa conto da dove fosse giunta la pallonata, finché non vidi Thomas farsi sopra di me e dirmi con un ghigno odioso e la palla in mano: «Scusami, ho sbagliato mira, non l'ho fatto apposta!».

Gli lanciai un'occhiata torva e impotente e riappoggiai la testa per terra a godermi lo spettacolo delle facce preoccupate dei miei compagni.

«Che carogna!», disse Nina sconvolta, «non sai come mi vergogno».

«Oh, lascia perdere, chi la fa l'aspetti».

Carl intanto era partito a passo di carica per andare ad affrontare Thomas. Provai ad alzarmi per fermarlo, ma la testa mi girò vorticosamente.

Mr Davies, l'insegnante di ginnastica, arrivò ad assicurarsi che stessi bene e insistette per accompagnarmi in infermeria.

Odiavo l'infermeria e gli infermieri, ma soprattutto, l'odore pungente del disinfettante e finché fossi stata capace di intendere e di volere e avessi avuto tutti gli arti al loro posto, avevo giurato a me stessa che non ci avrei mai messo piede.

«Sto bene, non si preoccupi, nessuno è mai morto per una pallonata che io sappia, no Mr Davies?».

La sua occhiata preoccupata mi confermò il contrario, ma non avevo voglia di farmi snocciolare i nomi degli incidenti sportivi degli ultimi quarant'anni.

Nina mi aiutò ad alzarmi e tornai a prendere posto sulla panchina, con un asciugamano bagnato sul naso, che qualcuno mi aveva portato nel frattempo.

«Si sta gonfiando», disse Nina con aria apprensiva.

«Come, si sta gonfiando? Quanto?», chiesi allarmata.

Non potevo andare a teatro *e* a cena da Patrick con il naso di Shrek!

«Insomma... un po'». Lo toccò con le dita.

«Ahia! Mi fai male!».

«Quello stronzo infame!», disse Nina.

«Eh sì! Uno stronzo da competizione!», fece eco Carl di ritorno dalla sua spedizione punitiva. «Ehi, ma si sta gonfiando!», disse sgranando gli occhi.

«Ho bisogno di uno specchio, presto!». Mi alzai e corsi in bagno.

Il naso era violaceo sulla punta e sotto gli occhi e gli zigomi si erano formate delle borse.

Ero un mostro.

Quando mia madre tornò a casa e mi vide si spaventò.

«Ma che hai fatto! Hai partecipato a una rissa?».

Non era poi così lontana dalla verità.

«Ho fermato una palla con la faccia».

«E ha vinto lei vedo... hai messo il ghiaccio?»

«Ci ho messo un iceberg, ma non ha funzionato».

Quando mi vide, Paul scoppiò a ridere.

Lo fulminai e smise all'istante.

«Che è successo?», chiese.

«È un gioco nuovo che facciamo con i miei compagni di classe: diamo le testate al muro e chi lo butta giù vince. Ho vinto io!».

«Ma davvero?», domandò perplesso.

Chiusi la porta.

La storia della pallonata non mi aveva permesso di risolvere la faccenda di venerdì, e in fondo era stata una buona scusa per non farlo, vigliacca com'ero.

Se avessi detto a Patrick che non andavo a cena da loro, non si sarebbe certo strappato i capelli: sapevo che era stato un invito di cortesia, ma se l'avessi perso, non ci sarebbe stata un'altra occasione per chissà quanto tempo.

Nessuno poteva aiutarmi, nessuno avrebbe capito quanto fosse di fondamentale importanza vederlo quel venerdì.

Il giorno dopo il naso era bluastro, lo zigomo destro era gonfio e dolorante e l'occhio non si apriva bene.

Uno schifo.

La mamma mi vide sulla porta della cucina e strillò.

Aggrottai la fronte e andai a sedermi al mio posto, ma vidi che la tazza era già usata.

La guardai in attesa di una spiegazione che non tardò ad arrivare: «Là c'è Paul», rispose continuando a friggere le uova.

«Ma questo è il mio posto!», protestai.

«Siediti sull'altra sedia», mi rispose dandomi le spalle.

«No, non voglio sedermi sull'altra sedia, io sono sempre stata qui, che ci vada lui là!». Mi stavo irritando.

«Su Mia, non farla lunga, è solo un posto».

«Mamma, guardami un po' in faccia!».

Ci provò, ma non resse a lungo lo sguardo.

«Okay Mia, gli chiedo di spostarsi».

La mia faccia faceva miracoli.

Però mi domandavo: era così difficile chiedere a un ciccione ritardato di lasciare il posto alla propria figlia?

Odiavo quando faceva il tappeto.

In quel momento il genio uscì dal bagno ed entrò in cucina.

«Ah... c'ero seduto io lì», mi disse.

Mi voltai di scatto e lo vidi strizzare gli occhi impressionato.

«Qui a casa vige la regola che, se manchi da più di sette minuti, il tuo posto viene rimesso all'asta».

«Miiiia!», sospirò mia madre.

«Sette minuti? Mi pareva di essere stato via molto meno!».

«Eh no, guarda: il cronometro parla chiaro!». Gli mostrai l'orologio.

Si sedette di fronte a me e si mise a mangiare con aria perplessa.

Poverino, mi faceva tenerezza. Ma non abbastanza da smettere di torturarlo.

La mamma mi accompagnò a scuola in macchina per evitare che prendessi troppo freddo, ma secondo me aveva paura che qualcuno mi vedesse e chiamasse i servizi sociali.

Se fino a un mese prima ero stata totalmente invisibile, adesso anche i banchi sapevano chi ero.

Fra brutti voti, rispostacce, aggressioni e pallonate, ormai tutti si aspettavano che ogni giorno ne combinassi una nuova.

Quando passavo c'era sempre qualcuno che mi diceva cose come: «Ehi Mia, un tizio mi ha rubato il parcheggio, gli ho detto che gli avresti spaccato la faccia!», oppure, «Chiedi alla preside che in mensa ci diano la birra?». E quel giorno era: «Mia, ci fai da canestro per favore?».

La notorietà era stressante.

Ed era venerdì.

Di lì a poche ore Patrick sarebbe arrivato in città.

Il fatto che stesse tornando mi metteva in agitazione.

Il peggio era che non avevo ancora detto niente a Nina e forse lui aveva già avvertito sua madre che sarei stata a cena da loro, ma ancora peggio era che Carl sarebbe passato a prendermi alle cinque a casa, perché servivano più di due ore per arrivare fino a Covent Garden.

Era arrivato il momento di agire e speravo che la mia faccia mi avrebbe aiutato.

Tutti quelli che mi incontravano facevano un'espressione schifata o compassionevole, ma nessuno rimaneva indifferente.

Io cercavo comunque di mantenere una certa dignità e camminavo fra i corridoi a testa alta.

Quando vidi Nina, aggravai un po' la situazione con qualche smorfia di dolore fuori programma, poi cominciai: «Nina, non ti ho detto cosa mi è successo l'altro ieri!». Sorrisi come se fosse una cosa spassosissima. «Mi è partita inavvertitamente una telefonata al cellulare di tuo fratello e lui mi ha richiamata per prendermi in giro, abbiamo chiacchierato un po', ha detto che sarebbe tornato oggi e mi ha chiesto se cenavo da voi».

Nina mi guardò perplessa.

In effetti, raccontata così, sembrava più sospetta di quanto fosse realmente.

Lui era stato solo gentile, ero io quella con i secondi fini.

«Davvero? Non ne sapevo niente, eppure l'ho sentito anche ieri sera, ma non me l'ha detto».

Tentai di nascondere l'enorme delusione, mi sentii sbriciolare il cuore.

Ero stata ingenua a credere che si sarebbe ricordato di quell'invito, sicuramente lo aveva fatto solo per gentilezza, ma sentirselo dire faceva male.

Improvvisamente non avevo neanche più voglia di vedere lo spettacolo.

«Non ti preoccupare», dissi cercando di sorridere, «non sarei potuta venire comunque per via del teatro. Volevo dirtelo ieri, ma poi con il casino della pallonata mi era passato di mente! Non stare nemmeno a dirlo a Patrick, tanto non se ne ricorderà neanche!».

Non so se fui convincente, ricordo solo che lo sforzo per essere naturale fu immenso e terribilmente doloroso.

A quel punto non dovevo più neanche preoccuparmi, la scelta si era compiuta da sola.

E non come avrei voluto io.

Fui triste per tutta la giornata, senza poterlo mai manifestare a nessuno.

Gli altri pensarono che fosse per via del dolore al naso e io glielo feci credere, così professori e compagni mi lasciarono tranquilla.

Nina invece sentiva che c'era qualcos'altro oltre ai lividi.

«Non sei contenta di andare a vedere lo spettacolo stasera?»

«Certo che sì», mentii.

«Non si direbbe, sembra che tu abbia voglia di piangere!». Di nuovo mi puntò addosso quei due fari grigi pieni d'apprensione.

E crollai. «Mi fa male tutto e mi dispiace di essere conciata così per andare alla Royal Opera House, capisci? Mi vergogno! La gente mi prenderà per Elephant Man!».

Scesero lacrime calde, genuine e tristi e anche se non per quel motivo, erano comunque sofferte e sincere.

Nina mi avvolse fra le braccia e mi accarezzò i capelli, appoggiando il mento sulla mia testa.

«Piccola, sei così piccola, e nessuno ti abbraccia mai...».

A sentire quelle parole cominciai a singhiozzare.

Nina riusciva sempre a toccare le mie corde più sensibili.

«Ne hai passate troppe in vita tua e sempre da sola. E ora sei stanca, e avresti bisogno di appoggiarti a qualcuno, di affidarti a qualcuno...», fece una pausa, «...vorrei essere forte e coraggiosa come te».

Alzai il viso dalla sua spalla e la guardai sbalordita: «Tu... vorresti essere come me?»

«Sì, da quando siamo piccole! Tu sei piena di talento e di risorse, hai un senso della giustizia incrollabile, sei ostinata, sincera e leale e mi hai sempre fatto ridere con la tua ironia. Mi dispiace che tu non sia stata sostenuta dalla tua famiglia, ma ricordati che, per quel che vale, io ci sarò sempre per te».

Mi asciugò le lacrime con i polpastrelli e proseguì: «Secondo me... Mia... dovresti frequentare Carl. È dolcissimo, gli piaci, e forse potresti imparare a fidarti di qualcun altro e smettere di fare l'orso!».

«Tu dici che gli piaccio?», le chiesi soffiandomi il naso.

«Ci ho parlato ieri, è innamorato perso, e mi sembra un ragazzo a posto, è vero che io ne capisco poco di ragazzi, ma uno sguardo sincero lo so ancora riconoscere. Mi ha parlato di te come di un gioiello prezioso, ti adora, e non sai com'è contento di portarti a teatro. Dagli una chance, ti prego, fallo per me...», mi supplicò.

Ma sì, aveva ragione lei.

Basta con Patrick, fine dei giochi, tanto valeva concentrarsi su Carl: il leale e reale Carl.

Le promisi che ci avrei pensato.

Alle cinque in punto arrivò a casa mia.

Volevo fare buona impressione e mi ero messa un vestito appartenuto alla mamma che era stato fatto aggiustare da Mrs Fancher. Era nero, lungo, chiuso davanti, con uno scollo profondo sulla schiena, che richiedeva dei tacchi con cui non riuscivo a camminare con la giusta disinvoltura.

Avevo sistemato i capelli dietro le orecchie e i riccioli ribelli creavano delle onde che mi davano l'aria della diva anni '30.

Adesso dovevo cercare di camuffare il naso e i lividi con i cosmetici di mia madre.

Ironia della sorte, erano Avon.

Tamponai con del fondotinta e della cipria i punti più scuri e truccai leggermente gli occhi con matita e mascara, terminando con un filo di lucidalabbra rosso.

Se dirottavo l'attenzione dal centro della mia faccia, forse non sarebbero scappati tutti urlando.

Per ultimo indossai degli orecchini di perle.

Mi venne in mente la storia che le perle portano lacrime, ma scacciai il pensiero.

Indietreggiai per dare un'occhiata d'insieme allo specchio grande e stentai a riconoscermi.

Quella non era certo una ragazzina di quasi sedici anni.

Mi voltai per guardarmi di spalle.

Quella scollatura era decisamente troppo sexy.

Corsi in camera di mamma e rovistai nei cassetti finché trovai una lunga pashmina nera che indossai come uno scialle e presi anche la sua pochette elegante con i lustrini.

Ero pronta.

Scesi le scale lentamente per creare un po' di suspense, ma soprattutto perché me la facevo sotto per l'imbarazzo e avevo paura di inciampare.

Mi sentivo come se avessi dovuto danzare a una prima.

La mamma alzò la testa e rimase a bocca aperta.

Poi mi guardò in faccia e abbassò subito gli occhi.

Carl, me ne accorgevo adesso, era incantato.

Tanto che mi sentii avvampare.

«Sei... un vero *splendore*». Lo disse col cuore.

«Grazie... anche tu non sei male», risposi coprendomi il naso.

Portava uno smoking nero un po' troppo grande e i capelli pettinati con il gel, frutto di una buona mezz'ora passata davanti allo specchio, la barba appena fatta e profumava di fresco.

Era carino, in gamba, piaceva a mia madre e a Nina, ed era innamorato di me, e anche se io non lo ero, me lo sarei fatto andare bene.

Qualunque cosa pur di dimenticare Patrick.

Di nuovo il suo pensiero mi diede una fitta dolorosa che cercai di allontanare.

Carl mi regalò un'orchidea da legare al polso.

Non ero davvero tipo da orchidea, ma finsi di apprezzare.

Mia madre non credeva ai suoi occhi: la sua unica figlia, un maschiaccio nato, usciva vestita in lungo, insieme a un ragazzo delizioso, che l'accompagnava a teatro.

Il sogno di una vita.

Carl mi porse il braccio, vi posai delicatamente la mano sopra e, come due ballerini in un immaginario *pas de deux*, ci dirigemmo verso la macchina.

L'aveva fatta lavare appositamente.

Mi voltai e vidi mia madre salutarci dalla finestra del salotto.

Le feci cenno di andarsene.

Ero già abbastanza in difficoltà per conto mio senza che ci si mettesse anche lei a complicare le cose.

Carl aveva impostato il navigatore.

Ci sarebbero volute due ore e un quarto per arrivare. Mi chiedevo perché non avessimo preso il treno.

«Perché non abbiamo preso il treno?».

Alzò le spalle.

«Non mi sembrava molto romantico, non credi?».

Romantico? E perché avrebbe dovuto essere romantico?

Non c'era molto traffico sulla M1.

Forse saremmo arrivati prima, così avrei avuto il tempo di passare davanti alla Royal Ballet School, giusto per farmi del male.

«Hai freddo? Se vuoi alzo il riscaldamento».

«No, sto bene», dissi aprendo l'aletta parasole per guardarmi allo specchio e richiudendola subito spaventata.

Dovevo lanciarmi in una vera conversazione se volevo conoscerlo meglio, o non avrei fatto altro che pensare che, a quell'ora, in un universo parallelo, io sarei stata a cena a casa di Patrick, seduta sulla sue ginocchia a mangiare zuppa di mais.

«Stai bene in smoking, sembra che tu lo porti tutti i giorni!», buttai là.

«Ah questo? Me lo ha prestato mio fratello maggiore, è la seconda volta che lo indosso».

«Hai due fratelli?», chiesi sorpresa.

«Ne ho quattro: due maschi e due femmine».

«Però!», esclamai. «I tuoi non avevano la televisione?»

«Volevano tanto una femmina, e sono arrivati tre maschi, e quando hanno deciso di fare un ultimo tentativo ne sono nate due!».

«Ma dài! Anche mio padre ha due gemelli!», risposi sollevata dall'aver trovato qualcosa in comune.

«Davvero? Ma non con tua madre...».

«No, mamma ha solo me, sono figli suoi e della sua seconda moglie».

«E dove abitano?»

«A Pimlico. Lavorano tutti e due nella City, sono due borsa-dipendenti, non riescono a vivere senza le quotazioni in tempo reale».

«E tua madre?»

«Oh, lei è un altro pianeta! È creativa, divertente, sensibile. Ha solo un problema: gli uomini sbagliati».

«Non sto a chiederti chi preferisci dei due».

«Non è che la preferisca, è che lei c'è sempre stata, mentre lui mai, e poi non sopporto chi non ha il senso dell'umorismo».

«Non fatico a immaginarlo. Spero di essere all'altezza».

«Sì, tu sei abbastanza simpatico».

«Grazie, lo prendo come un complimento».

«Guarda che farmi ridere è molto difficile!».

«Lo so, per questo mi viene l'ansia ogni volta che sto per dirti qualcosa».

«Sì, Nina mi dice sempre che sono difficile. Io invece credo solo di essere esigente».

«Non credo che ci sia poi molta differenza».

«Lo dice anche lei».

Sorridemmo.

«Voi due sembrate sorelle».

«Dici davvero?». Lo avrei baciato solo per quell'affermazione.

«Siete diverse esteticamente, ma si vede che vi volete un bene pazzesco».

«Mi fai un favore Carl?»

«Tutto quello che vuoi!». Si girò per guardarmi negli occhi e non sembrò sul punto di vomitare.

«Diglielo domani, quando la vedi, è il complimento più bello che qualcuno possa farci».

«Glielo dirò se ti fa piacere». Sorrise.

«Invece mi spieghi com'è che tu e Thomas siete amici?»

«Siamo sempre stati in classe insieme, ormai ci conosciamo da una vita».

«Ed è sempre stato così?»

«Intendi supponente, arrogante e strafottente?»

«No, stronzo!».

«Sì, anche se non si era mai comportato così male come con Nina».

«E tu hai il coraggio di parlarci ancora?»

«Non lo posso ignorare, però non usciamo più insieme».

«Ma perché non lo *puoi* ignorare? Le ragazze sono così brave a tagliare i ponti con la gente, mentre i maschi non lo fanno mai! Escludetelo, almeno capirà di aver fatto una cazzata!».

«Quelli come lui non si escludono», rispose sospirando, «quelli come lui... mi dispiace ammetterlo, hanno sempre successo nella vita e hanno una faccia tosta impressionante».

«Certo, finché non trovano qualcuno che gliela spacca, la faccia tosta».

«Tu ci hai provato!».

«Sì, infatti adesso sembro *The wrestler*!», dissi indicandomi la proboscide che avevo in faccia. «No, dico davvero, ci vorrebbe qualcuno che gli desse una lezione vera».

«Non credo che servirebbe, quello è sensibile come un alligatore, non sa cosa significhi chiedere scusa!».

«Per forza, si sente autorizzato a trattare gli altri come cacca!».

«Indovina che mestiere fa suo padre?»

«Il re?»

«L'avvocato!».

«Ci sono andata vicino!».

Sorrisi e mi rilassai godendomi il panorama.

Chiacchierammo piacevolmente per tutto il viaggio come vecchi amici.

Dovevo evitare ogni momento morto nella conversazione, qualunque cosa che mi riportasse con la mente a Patrick.

Finalmente uscimmo dall'autostrada ed entrammo in Edgware Road.

L'aria di Londra mi elettrizzava sempre.

Mi sentivo meno provinciale, più cittadina del mondo.

Sentivo che era lì che dovevo realizzarmi: lontano da tutto e da tutti, in primo luogo da chi amavo disperatamente.

Il cuore cominciò a battere sempre più forte, man mano che ci avvicinavamo al centro.

Carl sembrò leggermi nel pensiero.

Forse anche perché tenevo la guancia incollata al finestrino.

«Sei emozionata?»

«Da morire».

Era là che volevo vivere.

Anche in un umido sottoscala senza finestre, purché vicino al mio sogno.

Mi sentivo come una calamita attirata dallo sportello del frigo.

Attraversammo i quartieri eleganti di Belgravia e Mayfair, e confesso che non mi sarebbe dispiaciuto vivere in un bell'appartamento vittoriano su Hide Park.

Avrei potuto portarci York a spasso la mattina prima di andare a lezione.

Quando cominci a desiderare non c'è più limite all'immaginazione.

Non smettevo di urlare: «Guarda!», e di indicare fuori.

Carl sorrideva, orgoglioso del regalo che mi aveva fatto.

Questa volta fui io a leggergli nel pensiero. «Non ti ringrazierò mai abbastanza», dissi con gli occhi lucidi.

«È solo un giro a Londra con spettacolo!».

«Ma non sai cosa significhi questo per me».

«Lo so, lo so, il tuo sorriso è il ringraziamento più bello che potessi desiderare. Davvero!».

Giunti in Bow Street, mi fece scendere davanti al teatro e andò a parcheggiare.

Alzai gli occhi e capii che Mrs Patel non scherzava quando ci aveva parlato della Sindrome di Stendhal.

Mi vennero le vertigini e mi mancò il respiro per un attimo.

La cosa più incredibile che avessi mai neanche osato immaginare.

Le foto che avevo visto non gli rendevano giustizia: era il teatro più bello del mondo.

Almeno per me.

Perché non era solo un teatro, rappresentava la realizzazione di tutta la mia vita.

Un edificio imponente, con tanto di architrave e colonne, illuminato come se dentro si festeggiasse il compleanno della regina.

E sulla sinistra una struttura simile a un'enorme voliera, anch'essa illuminata a giorno.

Non sentivo né il freddo, né il dolore, nonostante si gelasse.

Ero quasi felice.

Se solo...

Basta. Non dovevo pensarci più, non potevo rischiare di rovinare quella serata.

Carl mi raggiunse dopo pochi minuti, sentii le sue mani calde appoggiarsi sulle mie spalle mentre guardavo in su, sorridendo come una scema.

«Dài, entriamo, è già tardi».

Il tragitto fino alla platea lo percorsi quasi in sogno, mi sentivo come Cenerentola che entra nel palazzo del principe.

Mentre seguivo la hostess in giacca rossa che ci accompagnava ai nostri posti, immaginavo che un giorno quelle persone sarebbero state lì per me e avrebbero gridato il mio nome in una standing ovation di almeno venti minuti.

Mi guardavo intorno incredula, abbagliata dallo splendore

dei broccati color porpora e dallo sfarzo degli stucchi dorati che decoravano le tre file di palchi.

Sprofondata in quell'enorme poltrona di velluto, mi sentivo schiacciare da tutto quel lusso e dall'immensa cupola decorata che ricordava un grande occhio.

«Tutto bene?», mi chiese Carl vedendomi in difficoltà.

«Credo di sì», risposi sistemandomi meglio.

«Devo dire che mi stai dando delle soddisfazioni! Sei talmente sorpresa che non spiccichi parola, non ti sei neanche accorta che ho portato il tuo cappotto al guardaroba!».

In effetti non me ne ero proprio accorta, avrebbero potuto rubarmi anche il vestito e me ne sarei resa conto solo una volta uscita per strada.

Poi le luci si spensero e fui trasportata nel giardino delle ninfee dove Sylvia, innamorata del pastore Aminta, veniva rapita dall'odioso cacciatore Orione, che tentava di ostacolare il loro amore.

Durante tutto lo spettacolo non smisi un minuto di commuovermi, sognare e cercare di memorizzare più che potevo le raffinate movenze della Nuñez.

Quando finì il primo atto, mi sembravano passati solo cinque minuti.

«Andiamo a bere qualcosa?», propose Carl vedendomi scossa.

Risposi di sì con la testa, tanto ero frastornata.

Mi ero dimenticata dello stato pietoso del mio naso, ma gli sguardi curiosi me lo fecero improvvisamente ricordare.

Abbassai la testa e mi lasciai condurre in quello che, più che un bar, sembrava la sala da ballo del *Titanic*.

Era l'interno della voliera che avevo visto da fuori: un immenso salone di vetrate e specchi pavimentato con parquet color miele, al centro del quale c'era un bancone circolare di rame rosso.

C'erano centinaia di persone: ballettomani, coreografi, critici, ballerini e tutti parlavano animatamente bevendo champagne e mangiando tramezzini al salmone.

Avrei voluto tanto, un giorno, riconoscere a colpo d'occhio quella gente, i colleghi, gli avversari, ma più che mai avrei voluto che quella gente riconoscesse me e mi dicesse che l'avevo fatta emozionare, esattamente come stava succedendo a me quella sera.

Raggiungemmo il piano di sopra attraverso la scala mobile e uscimmo sulla terrazza del ristorante da cui si godeva una vista mozzafiato di tutta Covent Garden.

Carl mise un braccio intorno alle mie spalle e mi guardò intensamente negli occhi ed ebbi l'impressione che stesse per dirmi qualcosa, ma l'annuncio dell'inizio del secondo atto ci fece affrettare a raggiungere i nostri posti.

Il secondo e il terzo atto passarono in un baleno e non smisi mai di agitarmi e mangiarmi le unghie.

Quando il sipario si chiuse e ci alzammo tutti ad applaudire, potei finalmente sfogare tutta l'agitazione che avevo incorporato fino a quel momento.

Battei le mani e gridai «bravi» fino a perdere la voce.

Marianela Nuñez e Rupert Pennefather ricevettero otto chiamate quella sera.

Mentalmente mi inchinai a raccogliere i fiori, ringraziando umilmente.

Uscimmo dal teatro alle dieci passate.

Ero agitatissima.

Morivo dalla voglia di ballare e di studiare con dei veri professionisti. Non che Claire non lo fosse, ma era giunto il momento di ampliare i miei orizzonti oltre Leicester.

Girammo l'angolo in Floral Street, la sede della Royal Ballet School, che si poteva raggiungere direttamente dal teatro attraversando un ponte futurista posto al quarto piano.

Avrei voluto passare la vita là dentro fra prove, riscaldamento, lezioni, trucco e spettacolo, senza neanche vedere il cielo.

Volevo vivere di aria e danza, impazzivo dalla voglia di farlo, i miei piedi scalpitavano, dovevo trovare il modo di convincere mia madre.

E dovevo farlo al più presto.

«Guardami Carl!», gli gridai.

Si voltò.

Mi preparai in quarta posizione, e con un leggero slancio eseguii tre piroette *en dehors* terminando con un elegante inchino.

Carl batté le mani più che a teatro.

«Sei bravissima, non vedo l'ora di vedere te su quel palco, già immagino i cartelloni: "Mia Foster e...", con chi ti piacerebbe ballare?»

«Roberto Bolle?»

«Mia Foster e Roberto Bolle ne *Il lago dei cigni*». Mimò una gigante scritta immaginaria.

«Il mio nome completo è Mia Foster Benelli, ci vorrà un cartellone con una prolunga!».

«Miss Foster Benelli, posso avere l'onore di invitarla a cena?», si inchinò facendo roteare la mano.

«Volentieri, muoio di fame».

«C'è un ristorante là in fondo che si chiama Ballerina, credo che ti piacerà!».

«Cucina italiana? Meglio un'altra pallonata in faccia! Ti porto io dal miglior venditore di hot dog radioattivi di Trafalgar Square! Ci andai con mio padre una volta, uscendo dalla National Gallery, dopo la giornata padri e figli. Me lo ricordo come il pomeriggio più noioso della mia vita, ma gli hot dog erano impareggiabili!».

«Allora andiamo, sto morendo di fame anch'io!». Mi prese per mano e cominciammo a camminare velocemente fra la folla.

Mi sentivo la testa leggera come se fossi ubriaca, avevo gli occhi pieni di meraviglia e il cuore che traboccava di gioia.

Mi confortava l'idea di avere un'alternativa a Patrick: non avrei avuto lui, ma avrei comunque fatto il mestiere più bello del mondo e quella passione folle mi sarebbe bastata a sostituire l'amore.

A pensarci bene, era un po' come chiudersi in convento, solo che al posto della chiesa avevo il palcoscenico e al posto di Gesù, Balanchine.

Arrivammo in Trafalgar Square che battevamo i denti.

L'acqua della fontana era gelata e anche le statue dei leoni sembravano morire di freddo.

Mangiammo un hot dog con senape, ketchup e una tonnellata di cipolla fritta, saltellando da un piede all'altro per scaldarci.

Era la conclusione perfetta per una serata perfetta.

Carl era felice di essere lì con me, e io ero felice di essere lì e basta.

Il viaggio di ritorno verso Leicester sarebbe stato lungo, ma avevo abbastanza adrenalina in circolo da stare sveglia per tre giorni.

Carl mi sorrideva mentre guidava.

Non aveva smesso di guardarmi durante tutto lo spettacolo, lo avevo notato con la coda dell'occhio e, a un certo punto, ero stata tentata di chiedergli cosa cavolo avesse da guardare, ma non sarebbe stato carino da parte mia.

Ora però glielo potevo chiedere.

«Perché mi hai fissata per tutto lo spettacolo?».

Parve colto in flagrante.

«Te ne sei accorta?»

«Mi sembrava di essere un vetrino nel microscopio!».

«Ti guardavo perché non ho mai visto nessuno così entusiasta di qualcosa come te stasera. Eri felice, muovevi le mani e la testa come se fossi stata tu a dover ballare, sorridevi, poi piangevi, poi sospiravi, eri stupenda!».

«Anche negli ospedali psichiatrici più o meno si comportano così».

«No, dico davvero, mi hai colpito!».

Ohi. Ohi. Suonava come l'inizio di qualcosa.

Mi affrettai a cambiare argomento, anche se quella sera non riuscivo a parlare di altro che non fosse il balletto.

Gli raccontai di come avevo cominciato, del quadro di mia nonna, di Claire, della Zakharova e del *Lago dei cigni* e lui sembrò non annoiarsi mai o almeno, nel buio, riuscì a non darmelo a vedere.

Arrivammo a casa all'una e mezza passata.

Questa volta mi accompagnò fino alla porta.

«Posso dire di averti fatto passare una bella serata?»

«Una serata indimenticabile Carl».

«Mi piace quando mi chiami per nome, di solito non mi fa impazzire, ma come lo dici tu è speciale». Si avvicinò pericolosamente e capii cosa stava per succedere.

Mi accarezzò la fronte e mi avvolse fra le sue braccia, come se mi volesse cullare, tenendomi stretta a sé, baciandomi i capelli.

Poi si staccò da me, prese delicatamente il mio viso fra le mani e, con cautela, appoggiò le sue labbra sulle mie.

Questa volta lo lasciai fare.

Fu un bacio lungo e intenso.

Il suo respiro era caldo e affannoso e le sue labbra morbide e sottili.

Io lo abbracciavo ai fianchi, senza osare di più, affidandomi a lui, come una ballerina di tango segue il suo compagno.

Rimanemmo con la fronte appoggiata l'una all'altra, con le sue mani sempre fra i miei capelli e scoppiammo a ridere.

«Non è stata una grande idea quella di mangiare le cipolle eh?», disse.

«Pessima!», risposi.

Decisamente non eravamo più soltanto amici.

Ma non ero sicura di volere che fossimo qualcos'altro.

Mi salutò con un altro bacio e un altro ancora, finché lo obbligai a lasciarmi entrare in casa o mia madre si sarebbe svegliata.

«Grazie di tutto Carl, davvero».

«Grazie a te per come sei», rispose offrendomi il suo sorriso più innamorato.

Entrai in casa in preda a sentimenti contrastanti e per niente chiari.

Volevo stare con Carl? O volevo che mi fosse amico e che mi portasse a Londra una volta a settimana?

E ancora: questa volta il bacio mi era piaciuto?

Non avevo risposte.

E di nuovo il pensiero di Patrick mi crollò addosso come un macigno.

Bussai tre volte alla porta di mia madre per avvertire che ero tornata.

Si affacciò imbronciata.

«Ti ho chiamata tre volte e poi mi sono accorta che avevi lasciato il telefono in camera tua, non mi fare angosciare più così, la prossima volta andate in treno per favore». Si era preoccupata a morte, glielo leggevo negli occhi, doveva essere stata sempre sveglia, immaginandomi in coma profondo in un letto d'ospedale, con i medici che le mettevano fretta per procedere all'espianto degli organi, ma nonostante questo, non voleva rovinarmi la serata.

«Scusa mamma, hai ragione, non mi ero accorta di non avere il cellulare, avrei dovuto chiamarti».

Quella mia improvvisa docilità la calmò all'istante.

Mi accarezzò piano la guancia.

«Il naso sta meglio, si sta sgonfiando, ora si vede solo il livido».

Annuii.

«Ti sei divertita?»

«Non ho parole per dirti quanto, è stata l'esperienza più bella della mia vita».

Sorrise.

«E Carl?»

«Lui è...», cercavo le parole, «...a posto», sintetizzai.

«*A posto?*». Aggrottò la fronte

«Nel senso che è forte, sì insomma, carino... simpatico hai capito no?»

«Okay ho capito! Buonanotte!». Mi baciò la fronte e appena mi voltai mi diede la consueta pacca sul sedere.

«Domani parliamo della scuola eh?»

«Sì sì domani».

Entrai in camera e mi spogliai rapidamente lasciando i vestiti per terra e mi infilai nel letto stanca morta.

Stavo scivolando nel sonno cullata dagli avvenimenti di quella lunghissima e incredibile serata, dal balletto al bacio, quando, muovendo il piede, sentii cadere qualcosa sulla moquette.

Accesi la luce e vidi il mio inutile telefonino per terra.

Lo presi per spegnerlo e mi accorsi che c'erano ben sette chiamate senza risposta e due messaggi non letti.

Visualizzai la lista incuriosita.

C'erano tre chiamate di mia madre e quattro... di Patrick.

Aprii i messaggi con il cuore in gola.

Il primo diceva: «Ho trascorso una serata indimenticabile, sei stupenda e io sono innamorato pazzo di te. C».

E il secondo: «Sono mortificato per quello che è successo stasera, Nina non sapeva che ti avevo invitata a cena, ma tutti gli altri, compresa la cuoca, sì! Spero che tu non ne approfitti per detestarmi ancora di più. Ti aspetto domani sera se puoi. 1 bacio».

CAPITOLO SETTE

Il mattino seguente Nina mi venne incontro con le braccia alzate in segno di resa.

«Perdono! È stata tutta colpa mia!».

«Intendi della pallonata in faccia? Da te non me lo sarei mai aspettato!», scherzai entrando in classe.

«No, dico della cena!», rispose prendendomi lo zaino, «ero l'unica a non saperlo, non mi dicono mai niente! Appena ho visto il tuo posto apparecchiato e le patate al cartoccio ho capito... Mi hanno rimproverata tutti, anche la tata!».

«Non ti preoccupare Nina, tanto non potevo venire, lo sai», finsi indifferenza mentre il mio cuore faceva le capriole dalla gioia.

«Sei ufficialmente invitata stasera, non puoi dire di no». Mi guardò con il musino triste.

«Ma, non saprei, dovrei controllare la mia agenda... così su due piedi...».

«Sette e mezza?»

«Sette e mezza!».

Non potevo crederci, non stava accadendo veramente: il destino mi stava dando una seconda possibilità, proprio quando avevo deciso di arrendermi e dimenticare Patrick una volta per tutte.

D'un tratto mi ricordai di Carl.

E Nina mi prese sotto braccio.

«Su, voglio sapere tutto di ieri sera e intendo *tutto*».

«Tutto eh?», presi tempo mentre tiravo fuori il libro di geografia.

«Dài Mia, non sto più nella pelle! Devo andare in bagno e fra sei minuti comincia la lezione, non posso resistere, sono troppo curiosa!».

Mi divertivo a vederla implorare, ma dovevo ancora chiarirmi le idee.

Avevo dormito pochissimo continuando a rileggere il messaggio di Patrick e a interpretarlo nei modi più creativi e contorti e non smettevo di rivedere la serata, fotogramma dopo fotogramma, come un film in 3D.

Solo che, per quanto mi sforzassi, al posto di Carl non facevo altro che vedere Patrick: che mi toglieva il cappotto, che non smetteva di guardarmi durante tutto lo spettacolo, che mi diceva di volermi vedere ballare un giorno, che mi baciava sulla porta di casa.

Ed era un problema.

Un enorme problema.

Alzai la testa e vidi entrare Carl con il sorriso più raggiante che si potesse immaginare.

Nina mi diede una gomitata.

I miei compagni lo osservarono avvicinarsi al mio banco, lanciandosi occhiate furtive, mentre continuavo a frugare nello zaino, ormai vuoto, fingendo di non averlo visto.

Doveva per forza venire in classe tutti i giorni? Non potevamo incontrarci in bagno o in giardino come tutti?

Odiavo essere ancora al centro dell'attenzione, adesso tutti avrebbero dato per scontato che stavamo insieme, quando non lo sapevo con esattezza neanche io.

In quanto a popolarità avrei potuto candidarmi alle elezioni del consiglio studentesco e vincerle.

«Ciao Mia, tutto bene?». Mi guardò speranzoso.

Nina si allontanò discretamente per permetterci di parlare.

«Direi di sì! E tu?», risposi cercando di mantenere un certo distacco.

Ero sulla difensiva, non molto, ma quanto basta per disorientare un ragazzo innamorato cotto, e il fatto di avere ventidue paia di occhi addosso non facilitava certo le cose.

La delusione gli si dipinse in volto e mi sentii in colpa.

Abbassò la voce: «Volevo solo dirti quanto sono stato bene ieri sera».

Sorrisi.

«Stai bene vestita così».

«Davvero?»

«Davvero!».

Perché eravamo così impacciati?

Non potevamo continuare a scherzare come la sera della festa e fare a gara di rutti?

Adesso Carl era completamente cambiato, era imbarazzato, rigido e per niente spontaneo.

L'amore complicava sempre tutto.

«Bene», disse aspettandosi un mio balzo al collo che non arrivò.

«Bene», risposi.

E fui salvata dalla campanella.

«Allora ci vediamo all'intervallo?»

«Certo! All'intervallo!», dissi fingendo entusiasmo.

Uscì incrociando sulla porta il professore che lo guardò chiedendosi che ci facesse lì.

Per facilitargli le cose alzai la mano e dissi: «È venuto per me Mr Thompson!».

Ero finita, adesso anche il corpo insegnante avrebbe saputo.

«Non riesco a capire», disse Nina scrutandomi, come faceva sempre quando ero evasiva, «non sembri contenta».

«Lo sono credimi, è stata una serata perfetta!».

«Ma?...»

«Ma, dovrei sentirmi emozionata, con il cuore che batte, e dovrei passare la giornata a disegnare cuori con le nostre iniziali e invece non faccio niente di tutto questo».

«Vi siete baciati?»

«Sì».

Sospirò languidamente portandosi le mani al viso.

«Come bacia?»

«Bene, credo, non ho mai baciato nessun altro».

Non nella vita reale almeno.

«Con la lingua questa volta?»

«Con la lingua», ammisi.

«Wow! E ti è piaciuto?». Aveva gli occhi sgranati e il sorriso alle orecchie.

«Sì, mi è piaciuto», risposi dopo un attimo di esitazione.

Evitai di raccontarle il particolare delle cipolle.

La verità è che mi era piaciuto davvero. Era il mio primo bacio ed era stato dolce, tenero, appassionato e romantico, come doveva essere e come avevo sempre sognato che fosse.

Però era successo con la persona sbagliata o almeno non con quella giusta.

Ma poiché soltanto Patrick, nella mia mente malata, era la persona giusta e avevo più probabilità di diventare la futura regina d'Inghilterra che baciare lui, se volevo essere un'adolescente normale, dovevo assolutamente rivedere le mie aspettative.

«E quindi adesso voi due...», proseguì allusiva.

«Noi due che?»

«State insieme!».

Ecco, il mio timore più grande si stava materializzando.

«Ma tu mi avevi detto che non era automatico che se due uscivano insieme fossero una coppia», risposi allarmata.

«Se escono no, ma se si baciano appassionatamente *due volte* di cui una con la *lingua*, dopo una romantica serata a teatro... direi di sì».

Mi coprii la bocca con le mani.

«E adesso?»

«Adesso c'è il test a sorpresa se non è troppo disturbo!», ci interruppe Mr Thompson, alle nostre spalle.

Carl mi aspettava all'uscita seduto sul muretto, Nina me lo fece notare.

Sentii qualcuno dire: «Il suo fidanzato è venuto a prenderla». E la cosa mi infastidì.

Si alzò e mi venne incontro.

«Ciao!», mi disse sporgendosi per darmi un bacio sulla guancia.

Se avesse anche tentato di prendermi la mano l'avrei morso.

«Allora ci vediamo stasera a cena», mi disse Nina avviandosi verso la fermata dell'autobus.

«Alle sette e mezza!», risposi.

«Cenate insieme?», chiese Carl tentando di mascherare il fastidio dovuto all'esclusione.

«Ah sì, è una tradizione, tutti i sabati facciamo un barbecue dai suoi».

«Bene!». Era evidente che moriva dalla voglia di essere invitato. «...Allora ci sentiamo... uno di questi giorni», concluse calmo, stringendomi una spalla.

Avevo tirato troppo la corda.

Non solo era più grande di me e non ero certo la sua prima storia, ma si era esposto, confessandomi i suoi sentimenti, e si era sempre comportato benissimo e da vero amico, mentre io da ragazzina supponente, lo avevo trattato come un ammiratore insistente da scoraggiare.

Carl era un ragazzo in gamba, era carino, rideva alle mie battute, e io lo avevo umiliato.

Questo pensavo, mentre lo vedevo allontanarsi senza voltarsi mai indietro.

Cosa avevo che non andava?

Cosa mi dava il diritto di trattare male le persone che cercavano di avere un rapporto con me?

Ero davvero un orso.

Un orso cattivo.

«Carl!», chiamai correndogli dietro.

Fece finta di non sentire.

Era il minimo.

Lo raggiunsi.

«Scusami», gli dissi tirandolo per la maglia.

«E di cosa?», rispose pacatamente senza fermarsi.

«Scusami se sono stata maleducata prima».

«Ma tu non sei stata maleducata».

«Sì, sono stata orribile».

«No, e non hai bisogno di scusarti...».

«Puoi fermarti un attimo?», gli dissi in preda all'ansia di sentirmi scivolare tutto tra le dita.

«Sono in ritardo», rispose senza guardarmi.

«In ritardo per cosa? Per effettuare il trapianto del secolo? Fare il discorso alla nazione? Lanciare una nave spaziale?».

Rise. Almeno.

«Sono in ritardo per tornare alla mia vita di prima, e preferisco farlo adesso che non sono troppo coinvolto, anche se, in realtà lo sono già...». Allungò il passo.

Era il momento di dire qualcosa di importante.

Capivo perfettamente come si sentiva, conoscevo benissimo la sensazione che si prova a non essere corrisposti.

Lui però si era comportato nel modo più limpido e corretto del mondo: non aveva scheletri nell'armadio, si era innamorato di me e me lo aveva dimostrato.

Io dovevo solo decidere se accettare la sua corte o respingerlo una volta per tutte e, di certo, non avrei potuto tenere i piedi in due staffe.

Solo di una cosa ero sicura: non lo volevo perdere.

Non ero pronta a vivere una storia, preferivo di gran lunga l'amicizia, e non sapevo come avrei fatto, ma non volevo che Carl uscisse dalla mia vita già così priva di relazioni.

«I-io voglio stare con te!», gridai.

Si fermò.

Col senno di poi mi resi conto che, per farlo fermare, avrei anche potuto gridare: «albero!», invece di compromettermi del tutto, ma non ebbi quella prontezza di spirito.

Si voltò a guardarmi.

«Che cosa hai detto scusa?»

«Ho detto che voglio stare con te».

Rise di gusto e venne verso di me.

«Mia, tu devi veramente avere una bassa opinione di me!».

«Cosa intendi?», chiesi perplessa.

«Che so perfettamente che tu non hai nessuna intenzione di stare con me e che mi consideri un ragazzo gentile con cui passare il tempo».

Mi sentii arrossire.

«Ma io non...».

«Non c'è problema, Mia, va tutto bene, sono i rischi del gioco, ci hai provato e non ha funzionato, non puoi sforzarti di infilare il piede in una scarpa stretta».

«Ma io ci *voglio* provare, è che non sono capace».

«Mia», mi guardò con tenerezza, «quando ti innamorerai davvero vedrai che ne sarai capace». Fece scorrere il dito sul mio naso con tenerezza e se ne andò.

Mi stava trattando come una bambina e mi stava abbandonando.

Quella scena somigliava drammaticamente a quella già vissuta con mio padre anni prima, e non mi piacque per niente, ma, questa volta, l'avevo provocata io.

Rimasi lì, pietrificata, indecisa se corrergli dietro e pregarlo di non andarsene e darmi il tempo di imparare ad amarlo o dirgli di Patrick.

Invece lo guardai semplicemente allontanarsi.

Provai una fitta al cuore molto, molto dolorosa.

Non capivo se soffrivo per aver perso un amico, un possibile amore, o qualcuno a cui nonostante il mio carattere impossibile piacevo e che mi aveva trovata bellissima anche col naso pesto.

Mi accorsi che mi stava già mancando da morire e sentii crescere in me un senso di frustrazione e di impotenza.

Lo seguii con lo sguardo finché non voltò l'angolo.

Benissimo. Se non voleva stare con me era liberissimo di andarsene.

Non avevo bisogno di lui, anzi non avevo bisogno di nessuno.

Potevo finalmente ritornare alla mia vita pre-Carl fatta di sogni, studio e prove.

Ero furiosa.

Mi aveva rifiutata e mi aveva fatta sentire una scema.

Esattamente come lo avevo fatto sentire io.

Tornai a casa in preda a una grande tristezza.

Avrei dovuto essere al settimo cielo per la cena, invece mi sentivo colpevole e sola.

Carl mi aveva dato quell'affetto e quella stabilità che nessuno mi dava e lo aveva fatto in modo così naturale e trasparente che, ora che lo avevo perso, sentivo un vuoto enorme.

Ma non dovevo pensarci. Dovevo concentrarmi su quella serata che desideravo con tutte le mie forze, su Patrick che mi aveva invitata personalmente, e sul suo messaggio.

Tornai a casa con una faccia da funerale.

«Ha chiamato tuo padre», gridò la mamma dal salotto.

«Be'?»

«Stasera ti porta fuori a cena, viene con i bambini e la moglie».

Stasera?

Non faceva una piega: avevo appena spezzato il cuore a Carl e venivo punita.

«Ma stasera sono a cena da Nina».

«Ci andrai un'altra sera, lo sai che viene una volta ogni tre mesi, o preferisci andare a casa loro per il fine settimana per caso?».

Andare a Pimlico per il fine settimana significava fingere di essere felice di sopportare quelle due pesti, farsi rimpinzare di *shepherd's pie* dalla suocera di mio padre e dormire nel divano letto in salotto.

Fra le due preferivo decisamente cavarmela con una cena al fast food vicino casa.

Ma non quella sera.

Non quella dannatissima sera, accidenti.

Se non fossi andata da Nina, non avrei più visto Pat per un pezzo e allora non mi avrebbe invitata davvero più.

Ma non potevo scegliere, al massimo avrei potuto litigare a morte con mia madre, col risultato che mi avrebbe obbligata comunque ad andare a cena con mio padre, ma in più gli avrebbe raccontato che non volevo.

Con la morte nel cuore chiamai Nina e glielo dissi.

Rimase un po' delusa, ma niente in confronto a quello che provavo io.

Non mi sentivo così sola da una vita.

Ci si abitua in fretta all'essere amati e si dà per scontata la presenza di chi ci ama, pretendendo sempre di più in termini di tempo e dimostrazioni di affetto.

Fino a che quel qualcuno svanisce e si porta via pezzi di te.

Sarei andata a cena con mio padre e avrei detto addio a tutto quanto.

Da quel momento in poi ci sarebbe stata solo la danza.

Non ero in grado di gestire affetti e persone: chi volevo non voleva me e viceversa.

L'unica certezza incrollabile che avevo erano quelle scarpette da punta, scomode, rigide e dure come la mia vita.

Ventiquattro ore prima ero piena di aspettative e adesso ero delusa e amareggiata.

Respirai forte, come se fossi stata dietro le quinte e dovessi uscire a esibirmi e mi feci coraggio per affrontare quell'orribile serata.

Con un po' di fortuna Adrian avrebbe vomitato o la borsa sarebbe crollata.

Mio padre suonò il campanello alle sette meno un quarto, chiaro segno che volevano far presto.

La mamma aprì la porta e lui era lì, con le mani infilate nelle tasche del cardigan grigio e qualche capello orfano sulla testa.

Un tempo erano sposati, facevano progetti, vivevano insieme e tutto il resto.

Adesso quell'uomo aveva un'altra vita da un'altra parte con un'altra donna e altri figli.

Pensai a Carl.

Era innaturale fingere che niente fosse successo, dopo essere stati così intimi.

Non ero sicura di riuscirci, ma se lo avevano fatto loro dopo un matrimonio e una figlia, ne sarei stata capace anch'io dopo un solo bacio alla cipolla.

Mi infilai il giubbotto e uscii a testa bassa.

La station wagon era parcheggiata nel vialetto, Libby era seduta davanti e le due scimmie urlatrici dietro a strapparsi i capelli.

Sospirai e guardai il cielo pensando di scorgere qualcuno seduto su una nuvola che si sbellicava dalle risate.

Mi sedetti dietro e fui accolta dal lancio di un cartone di succo di frutta che mi colpì in fronte.

«Seb ti prego...», lo implorai, «ho già la faccia gonfia».

«Io sono Adrian! Cosa hai fatto alla faccia?».

Non li riconoscevo mai e nemmeno mi sforzavo, tanto ogni volta erano diversi.

«È stato un dinosauro, ma lui è ridotto molto peggio».

Mi guardarono con curiosità e diffidenza mista a rispetto.

Si misero zitti e buoni.

«Allora come stai Mia?», mi chiese Libby sistemandosi i capelli allo specchietto.

Non avevo niente contro di lei ma, come alleata di mia madre, avevo deciso di non esserle amica.

«Abbastanza bene, grazie».

«La mamma mi ha detto che stai decidendo quali materie portare per l'esame», disse mio padre.

«Sì, non so ancora se diventare un ingegnere nucleare o uno zampognaro».

«Che cos'è uno zampognaro?», chiese uno dei gemelli.

«È uno che suona la zampogna», spiegò Libby.

«E che cos'è una zampogna?», fece eco l'altro.

«Uno strumento musicale», continuò paziente.

«E perché vuole suonare la zampogna?». Caparbio.

«Perché vuole essere originale...», intervenne mio padre ironico.

«E che vuol dire *originale*?», chiese il primo gemello.

«Okay! Okay! Stavo scherzando!», sbottai.

Scese il silenzio per un minuto circa, poi i due demoni cominciarono di nuovo a tirarsi i capelli.

Perché stava succedendo a me?

Dovevo essere da Patrick, intenta a fissarlo così intensamente da vederlo in 3D, invece ero insieme alla famiglia Addams.

«Andiamo da Mac Donald's mamma?»

«No Seb, lo sai che non voglio che mangiate schifezze».

«MAIOCIVOGLIOANDAREEEEEE!!!!!!», mi urlò nei timpani uno.

«ANCHEIOCIVOGLIOANDAREEEE!!!!!!», strillò l'altro.

«Non fate storie!», si voltò Libby minacciosa, «state buoni e non date fastidio a Mia!».

Ripeto, lei era carina con me, ma io non potevo esserlo con lei. Era contro natura.

Attraversammo il centro e proseguimmo su Hinckley Road fino ad arrivare al Langton Inn, un ristorante per famiglie che accettava mostri urlanti.

Libby aveva l'aria esausta, completamente assorbita da quelle due creature fuori controllo.

Mi chiedevo se ogni tanto mio padre pensava di aver fatto una cazzata sposando Libby, ma di certo era troppo tardi per tornare indietro.

Adrian mi prese la mano e Seb fece altrettanto, ma non per entrare tutti insieme appassionatamente nel ristorante, solo con l'intento di appendersi con tutte le forze e staccarmi le braccia.

«Ehi voi due!», urlò Libby, mentre sollevava un enorme sacco contenente tutto quello di cui avrebbero avuto bisogno durante la cena. «Ecco, prendete i libri da colorare, i pennarelli, Spongebob, e il Criceto Ninja e lasciate stare vostra sorella per l'amor di Dio!».

Le parole "vostra sorella" mi fecero tremare. Sebbene non li considerassi parte della mia famiglia, sarebbero venuti a cercare me per un trapianto di reni.

Trovavo assurdo diventare parente stretta di qualcuno, senza la mia autorizzazione, solo perché mio padre cambiava compagna.

La cameriera ci accolse con un sorriso tirato, come se sapesse quello che l'aspettava.

«Venite qui spesso?», chiesi.

«Quando la casa è totalmente rasa al suolo», rispose Libby, «ma lasciamo buone mance, per questo ci fanno ancora entrare».

Libby e mia madre avevano diverse cose in comune, anche se mi seccava ammetterlo. Erano entrambe bionde, grandi lavoratrici, ottime mamme e con un gran senso dell'umorismo.

Il fatto che, anche lei, avesse scelto mio padre come compagno di vita, infittiva il mistero.

Ci riservarono un tavolo in fondo alla sala dietro un paravento.

Nel frattempo uno dei due gemelli aveva già afferrato una forchetta da un tavolo vicino e tentava di trafiggere il fratello che si mise subito a piangere.

«Bella la paternità eh?», chiesi a mio padre che stava scrutando il menu lasciando a Libby l'onere di separare i due delinquenti.

«Prenderò una bistecca al sangue con pomodori alla griglia e patate», fu la sua risposta.

Finalmente Libby riuscì a sedersi a tavola tenendo fermi i gemelli con la minaccia di chiamare *Jimmy piede di porco* a portarseli via.

«Jimmy piede di porco?», le chiesi perplessa.

Mi guardò scoraggiata e scosse la testa come chi non sa più cosa inventarsi.

«Tu cosa prendi Mia?»

«Penso un hamburger con formaggio, salsa di funghi e anelli di cipolla fritti».

Le cipolle mi fecero pensare a Carl.

«Io sono a dieta», sospirò Libby, «prenderò una Ceasar salad con salmone grigliato senza salsa».

«Anch'io voglio l'hamburger», urlò uno dei due.

«Sì anch'io!».

«Jiles, ti prego», implorò Libby, «intervieni tu?»

«Se vogliono l'hamburger che lo prendano», rispose come se fosse appena atterrato da Marte.

«Lo sai che ci giocano e non lo finiscono mai».

«Fate come dice vostra madre», concluse e tornò a studiare il menu.

«Uffaaaa!», urlarono. «Sempre come dice lei, che schifo!».

Libby, esasperata, diede loro uno schiaffo e immediatamente smisero di piangere.

«Avrete le crocchette di pollo con le patatine e non si discute». Poi aggiunse sottovoce: «Ti prego, se un giorno ti viene un desiderio di maternità chiamami!».

Quando arrivarono le portate, Seb annunciò di dover fare la cacca, seguìto a ruota dal lamento di Adrian.

La povera Libby li afferrò e si alzò.

Avrei giurato che avesse le lacrime agli occhi.

«Allora, come va la borsa?», chiesi a mio padre per fare un po' di conversazione, mentre era intento a spalmare il burro sul pane all'aglio.

«Non c'è male, gli ultimi investimenti mi danno grande soddisfazione».

«Be', c'è chi è soddisfatto per i figli, chi per gli investimenti...», ironizzai non sapendo cos'altro dire.

«In che senso?», mi guardò interrogativo.

Anche mio padre e Paul avevano qualcosa in comune.

«Allora, hai deciso che materie portare all'esame?».

Ma non me lo aveva chiesto venti minuti prima?

«Penso arte o musica, francese e matematica». Che erano le materie della Royal Ballet.

«Ma non è un po' poco? Voglio dire arte e musica... non chiarisce cosa tu voglia fare dopo...».

«Infatti è solo un'idea, magari fisica, chimica e biologia».

Era meglio tagliar corto.

Tornò Libby con la faccia paonazza.

I due avevano in mano dei micro spazzolini da denti presi al distributore.

«Almeno mangiamo in pace...».

Il resto della cena trascorse abbastanza tranquillamente, se si esclude il lancio della saliera di Seb e le patatine nel naso di Adrian.

Tornammo a casa in silenzio, con i gemelli finalmente addormentati nei loro seggiolini.

Mentre guardavo fuori, pensavo a quanto poco avessi in comune con mio padre e mi chiedevo se, certe volte, il desiderio di cambiar vita ci spingesse a fare le scelte peggiori.

Passammo davanti a un pub, non lontano da casa, con le luci accese e un gruppetto di ragazzi fermi a chiacchierare e bere birra sulle loro moto.

Ci misi alcuni secondi a rendermi conto che quello che vedevo, mentre la macchina passava di fronte al pub, non era una visione, ma Patrick in sella alla sua moto con, avvinghiata, una ragazza mora con i capelli lunghi.

Mi tornò su la salsa ai funghi.

Quello era il *mio* Patrick, e quella chi era?

Rimasi incollata al finestrino finché la curva non li inghiottì.

Cercavo di dare un senso a quello che avevo visto, qualcosa di plausibile e sensato come: lei era casualmente caduta da un'astronave dietro di lui.

Arrivati davanti a casa mia, scesi in silenzio per non svegliare i figli di satana.

Baciai rapidamente Libby e mio padre ed entrai in preda al panico più totale.

Dovevo cercare di capire.

Chi era quella? E perché Nina non mi aveva detto niente? Conoscevo tutti i suoi parenti e non era certo la cugina Sofia quella.

Ero stata folle a credere che uno come lui non fosse fidanzato.

Perché l'idea non mi aveva mai neanche minimamente sfiorata?

La mamma era uscita, erano le nove e mezza passate e faceva un freddo cane.

Impiegai un secondo a ideare il piano più idiota nella lista dei piani più idioti.

Infilai guanti, sciarpa e cappello e saltai sulla bici.

Dovevo scoprire la verità.

Pedalavo come una freccia e la rabbia non mi faceva sentire il freddo.

La strada era buia e in giro non c'era quasi nessuno, non era certo l'ora in cui una minorenne poteva star fuori.

Costeggiavo parchi e case illuminate dove la gente normale guardava la televisione al caldo, senza curarmi di nient'altro se non seguire la riga bianca.

Finalmente, dopo una buona mezz'ora, giunsi nelle vicinanze del pub.

Ero congelata e stravolta, ma dovevo sapere.

Senza che lui mi vedesse.

Il Pump & Tap era un grande locale di legno a due piani con i mattoni rossi e i tetti a punta.

Quando arrivai vidi un gruppetto di ragazzi fuori del pub, ma non ero abbastanza vicina per capire se ci fosse anche lui o no.

Ma non vedevo più la moto.

Legai la bicicletta a un palo e mi andai a nascondere dietro una macchina per poter spiare.

Non ho parole per descrivere quanto mi sentissi cretina in quel momento, ma la curiosità mi stava divorando.

Non era più fuori del pub, e non potevo certo entrare "casualmente" col rischio di incontrarlo e dirgli: «Sì... vengo sempre qua a farmi una pinta prima di andare a casa dall'altra parte della città!».

Dio, che freddo che faceva! Mi sembrava di avere degli aghi roventi dentro i guanti.

Cercai di scaldare le mani col fiato, ma facevano ancora più male.

La curiosità e l'ansia cominciavano ad affievolirsi, non mi ricordavo più perché avevo fatto tanta strada. Cosa speravo di fare poi? Affrontarlo?

Adesso mi sentivo davvero fragile e indifesa, oltre che stupida.

Senza contare che se la mamma non mi avesse trovata, al ritorno avrei potuto dire addio ai miei sogni di gloria, semplicemente perché mi avrebbe spezzato gambe e braccia.

Tornai alla bici con il gelo nel cuore e ricominciai a pedalare scoraggiata, chiedendomi cosa stesse facendo Patrick in quel momento e, soprattutto, con chi.

Dopo un paio di chilometri, illuminati da qualche raro lampione avvolto dalla nebbia, mi accorsi che c'era qualcosa che non andava.

Mi sembrava di avere le ruote quadrate.

Mi voltai e vidi che avevo forato.

Il sangue smise di circolare.

Ero finita. Davvero finita.

Casa mia era lontana almeno dieci chilometri, era buio e cominciavo ad avere una gran paura.

Come al solito non avevo il telefono e i miei avrebbero chiamato la polizia.

Speravo solo che lo facessero in tempo.

Non avevo scelta, dovevo scendere e spingere, sperando di non attirare l'attenzione del serial killer di zona.

«Stupida, stupida, stupida», non facevo che ripetere.

Cominciai a piangere dalla paura.

Ogni volta che una macchina mi passava accanto mi veniva la pelle d'oca.

Avevo letto tante storie di ragazze scomparse nel nulla senza lasciare più traccia, fatte a pezzi o rapite, e l'idea che la mia vita sarebbe potuta finire da un momento all'altro per una cazzo di gomma bucata mi mandava in bestia.

Avrei voluto urlare, ma avrebbe attirato troppo l'attenzione: desideravo solo essere invisibile.

Una macchina mi passò vicino suonando, mi spaventai a morte e per poco non caddi.

Udii le risate dall'interno dell'abitacolo mentre mi superava.

Non sarei mai riuscita a tornare a casa.

Avrei voluto che Carl si materializzasse dal nulla con la sua macchina sfasciata e mi aprisse lo sportello con un hot dog alle cipolle in mano.

Cominciai a canticchiare per ingannare la paura del buio.

Odiavo il buio e cominciai a temere che Jimmy piede di porco sarebbe venuto a prendermi per portarmi via con le sue zampe pelose.

Ogni tanto vedevo passare una macchina, ma non si fermava nessuno, e nonostante fosse palese che avessi bisogno di aiuto, continuai a spingere la bici per chilometri e chilometri, nel buio, sola soletta.

Finché vidi una moto superarmi e, dopo alcuni metri, fare inversione.

Ecco, ci siamo, pensai scorgendo i fari che mi puntavano, è davvero la fine, non racconterò mai questa storia.

«Hai bisogno di aiuto?», chiese la voce.

Non avevo il coraggio di rispondere, né di alzare gli occhi e continuai a spingere la bici.

«Dài, lascialo stare, magari è ubriaco!», disse una voce di donna.

Ehi, mi avevano scambiato per un ubriaco?

L'orgoglio mi fece ritrovare il coraggio.

«No grazie», risposi alzando la testa, «fra neanche sei ore sarò arrivata».

«Mia?», sentii urlare.
Mi girai.
«Patrick?», urlai anch'io.
I miracoli esistevano, Babbo Natale anche e la vita era una cosa meravigliosa.
Lasciai cadere la bici e corsi ad abbracciarlo totalmente incurante della sua ragazza.
«Ma che stai facendo a quest'ora, qui e con questo freddo? Non eri a cena con tuo padre?».
La scusa della pinta al pub era decisamente fuori luogo.
«Sì, ma poi sono uscita a prendere un libro da una compagna, ho bucato la gomma e non avevo il cellulare...». Se mi avesse chiesto dove fosse il libro gli avrei confessato la verità.
Patrick si tolse il casco.
Rimasi folgorata vedendolo e mi dimenticai di tutto, compresa me stessa e mi mancarono tutte le risposte.
Era l'anello di congiunzione fra la meraviglia e la bellezza.
Mi guardò preoccupato e in apprensione.
«Ma ti rendi conto di quello che ti poteva succedere?».
No, per favore, tutto, ma non la ramanzina del fratello maggiore. Non era quello che volevo da lui.
La ragazza aveva l'aria seccata, come se avessero già litigato prima.
La invitò a scendere per tirare giù il cavalletto e venne a vedere in che condizioni ero, come se mi avesse ripescata da un lago ghiacciato.
Le sue mani sul mio viso bastarono a farmi circolare di nuovo il sangue, mentre le gambe cominciarono a tremarmi, ma non per il freddo.
«Senti qua, sei gelata». Mi strinse a sé.
La ragazza della moto adesso era passata dall'evidente scocciatura alla rabbia omicida perché se ne uscì con un: «E allora baciala, già che ci sei!».

Finalmente un consiglio sensato!

«Non dire cretinate, Christine, lei è praticamente mia sorella!», le gridò contro.

Era la prima volta che lo vedevo arrabbiato, e io mi stavo sciogliendo, e temevo che staccandosi da me non rimanesse che un mucchio di vestiti per terra.

La serata peggiore della mia vita si stava trasformando in una favola con il lieto fine.

Ero tentata di lasciarmi svenire fra le sue braccia.

«Ti devo portare a casa», dichiarò.

«E la bici?»

«La bici la veniamo a prendere domani».

Veniamo? Chi, io e te?

«Christine, senti, adesso chiamo Michael e gli chiedo di venirti a prendere così posso riaccompagnare Mia a casa sua».

Christine cercò di ribattere, ma Patrick stava già chiamando Michael.

Mi allontanai per lasciarli parlare, ma riuscivo a sentire tutto.

«Sei uno stronzo Patrick, lo fai perché non vuoi stare con me, di' la verità!».

«Christine, ti prego, ne abbiamo parlato centinaia di volte, non funziona più, non ha mai veramente funzionato, ci siamo già lasciati sei mesi fa. Ogni volta che torniamo insieme non funziona. Con tutto l'affetto che ho per te, facciamola finita».

Volevo fare un paio di piroette per la gioia, ma avrebbe dato nell'occhio e continuai a fingermi interessata alla ruota.

Finalmente arrivò Michael.

Christine salì subito in macchina e gli fece cenno di ripartire. Non si voltò nemmeno a salutare.

Adesso io e Patrick eravamo soli, nel buio, e se avessi dovuto scegliere l'ultimo giorno della mia vita, avrei senza dubbio scelto quello.

Tanto, una volta a casa, ci avrebbe pensato la mamma a finirmi.

«Dài, monta!», disse porgendomi il casco.

Non ero pratica di motociclette ed ebbi qualche difficoltà nel salire.

Una volta sopra mi si presentò il dilemma di dove mettere le mani, che Patrick risolse subito con un: «Tieniti forte a me».

Non me lo feci ripetere due volte.

Io e Patrick, insieme nella notte, con me abbracciata stretta a lui.

Ma dài! Doveva essere uno scherzo!

Tenevo la guancia schiacciata forte contro la sua schiena e respiravo il suo profumo.

Ero così felice che, nonostante il freddo, continuavo a sorridere mentre le lacrime mi scendevano lungo le guance.

Lo amavo disperatamente e l'emozione che provavo in quel momento ne era la prova.

Se fossi riuscita a trattenere quella gioia, avrei danzato una splendida Odile.

Un quarto d'ora dopo eravamo davanti a casa mia, le luci erano spente, forse la mamma non era ancora rientrata o forse era andata a letto pensando che fossi già tornata.

«Sei sicura di star bene?», mi chiese aiutandomi a togliere il casco.

Feci sì con la testa.

«Mi prometti che se dovrai ancora uscire la notte a caccia di lucciole porti il cellulare?»

«Okay».

«Vuoi che parli io con Elena?»

«No, meglio di no, magari dorme».

«Allora buonanotte Mia, la bici la prendiamo domani». Si sporse in avanti per darmi un bacio sulla guancia.

«Buonanotte Pat». Ricambiai il bacio e voltandomi mi accarezzai il punto che aveva baciato ed entrai.

Trattenni il respiro finché non lo sentii ripartire, mi appoggiai alla porta e chiusi gli occhi, sperando di non svegliarmi.

Avevo le palpitazioni e, questa volta, non avevo dubbi che mi fosse piaciuto.

CAPITOLO OTTO

Lo schiaffo che mi arrivò in faccia un attimo dopo mi riportò violentemente alla realtà.

«Non ti dico niente adesso perché sono talmente fuori di me dalla rabbia che potrei toglierti dal mondo senza pentirmene!», mi intimò mia madre con un filo di voce.

Era stravolta, aveva gli occhi gonfi e le mani le tremavano.

Dietro di lei, la sua amica Betty mi guardava con disappunto.

La mamma mi fissava, mordendosi il labbro, per impedirsi di parlare, poi respirò come se stesse uscendo da una profonda apnea, si mise le mani fra i capelli e rimase un istante con i gomiti alzati, come per decidere cosa farne di me.

Alla fine emise il verdetto: «Lunedì vai a stare da tuo padre, ne ho abbastanza di te». Girò le spalle e salì in camera.

Sarebbe stato meglio essere abbattuta a fucilate.

«Ma...». Fu tutto quello che mi lasciò dire.

Betty mi fece cenno di non proseguire oltre e di lasciarla stare.

La seguii in cucina.

Betty era la migliore amica di mamma, si erano conosciute appena eravamo arrivate a Leicester. Insegnava anche lei all'Università, filosofia, ed erano inseparabili. Solo che Betty non si era mai sposata e aveva un figlio grande, DJ residente a Berlino.

Era una forza della natura, una bomba inesplosa, tanti ricci crespi e corvini quanti sogni irrealizzati, ma era generosa e leale e, soprattutto, sapeva affrontare le crisi come una portaerei in mezzo a una tempesta.

Oltre a insegnare faceva la dimostratrice per la Avon, teneva corsi di recitazione, adorava fare i tarocchi e, a detta della mamma, ci azzeccava sempre.

Preparò un tè e ci sedemmo attorno al tavolo.

«Hai rischiato di far morire tua madre stasera lo sai?», disse girando il cucchiaino nella tazza.

«Anch'io ho rischiato la pelle, ma a quanto pare non importa a nessuno qui!», risposi stizzita.

«Che è successo?»

«Ho forato la bici, non avevo il cellulare e me la sono fatta quasi tutta a piedi, ecco cos'è successo, ma qui contano solo le crisi isteriche di mia madre!».

«Sì, in effetti abbiamo dato per scontato che tu fossi andata a cercarti della droga...». Sorrise porgendomi dei biscotti.

«Lo so! La mia opinione non è mai importante, lei dà per scontato che io sbagli sempre e che non sappia cosa fare della mia vita!».

«È tua madre, Mia, si preoccuperà sempre per te, e poi sei giovane».

«Giovane? Sai quanti anni ha Justin Bieber? E Miley Cyrus? Pensi che i loro genitori li prendessero a ceffoni perché rincasavano alle undici per aver forato?»

«In effetti non hai tutti i torti...», convenne.

«Ne ho uno solo di torto: quello di non aver detto che uscivo a prendere un libro, pensando di metterci solo dieci minuti. E poi lei non c'era, lei non c'è mai!».

Quella battuta era degna di un applauso: ne stavo uscendo immacolata e le avrei fatte sentire in colpa.

«Povera stella!», mi sorrise dispiaciuta. «Chissà che paura hai avuto lì fuori con questo freddo e noi befane qui a congetturare su di te... Dài, parlo io con Elena». Mi accarezzò la guancia.

La stessa che era stata prima baciata e poi percossa.

«Tu credi che mi manderà davvero da mio padre?». L'idea

era talmente agghiacciante che non riuscivo neanche a figurarmela.

«Ma no, ti immagini, dovresti anche cambiare scuola, non lo farebbe mai. Però come minaccia era perfetta, è stata un'idea mia», confessò con un certo orgoglio prendendo un biscotto.

«Ah brava! Anziché stare dalla parte dei più deboli».

«Mia, tu non ti immagini come stava! Mi ha chiamato in preda a un attacco d'ansia, ha telefonato a Nina, a tuo padre, all'ospedale e stava per chiamare la polizia! Mi ha anche chiesto di farti le carte per sapere dov'eri, mi ha preso per una sensitiva!».

«E tu lo sapevi dov'ero?»

«Io *sentivo* che non eri in pericolo». Fece una pausa. «Anzi!».

«Che vuoi dire con *anzi*?». La scrutai sospettosa.

Negli anni aveva *sentito* che Libby aspettava due gemelli maschi, che mia madre si sarebbe messa con un assicuratore con cui non sarebbe durata più di un anno (Anthony), che sarebbe stata corteggiata da un collega vedovo molto più anziano di lei che avrebbe lasciato dopo tre mesi (Williams) e che avrebbe frequentato un altro che non era libero, ma con cui non sarebbe durata più di due anni (Paul).

I due anni stavano per scadere e noi incrociavamo le dita.

«Intendo che... ma che ne so Mia... su, adesso vai a letto che è tardi!», mi esortò prendendo la tazza e portandola al lavandino.

L'orologio a muro ticchettava con quel ritmo ipnotico che si avverte solo quando nell'aria ci sono guai, era mezzanotte e non avevo più sonno, mi sentivo come se mi avessero tirato in faccia un secchio d'acqua gelata mentre ero a letto al calduccio, nel bel mezzo di uno splendido sogno.

Ero arrabbiata e confusa, non riuscivo che a pensare a me e non a quello che mia madre poteva aver provato.

Mi venne un desiderio irresistibile.

«Betty, mi fai le carte?», le chiesi d'un tratto.

«Sei troppo giovane, non posso».

«Ma ho quasi sedici anni!», protestai.

«No, Mia, non insistere, ti ho detto di no».

«Dài, dài, un giretto piccolino...», la implorai come un cucciolo triste.

Sospirò.

«E va bene», rispose alzandosi a prendere i tarocchi nella borsa, «però un giro piccolo e non lo dire a tua madre!».

Mi accomodai sulla sedia in attesa.

Betty diventò improvvisamente molto seria.

Si accese una Pall Mall e, tenendola fra le labbra, si legò con un elastico i ricci crespi e cominciò a mescolare le carte con grande cura.

Mi venne da ridere, ma mi fulminò con lo sguardo.

«Guarda che questo non è un gioco!», sbuffò, «ecco perché non le faccio volentieri ai mocciosi!».

«Scuuuusa!». Alzai le mani. «Okay sto buona buona», risposi appoggiandomi alla sedia con le mani intrecciate sulla pancia.

«Cosa ti interessa sapere in particolare?»

«Un sacco di cose, per esempio...». Morivo dalla voglia di chiederle di Patrick, ma dovevo essere prudente, quindi decisi di rimanere sul vago. «...per esempio la scuola...».

Mi porse il mazzo e me lo fece dividere in due, poi dispose le carte in forma di croce in modo molto solenne.

Appoggiò il mento fra i palmi delle mani.

Quando aveva qualche presentimento le si formava involontariamente una rughetta fra le sopracciglia

«La scuola... Be', c'è una gran confusione, ma è normale alla tua età, confusione su cosa fare, difficoltà con i compagni, insoddisfazione, isolamento... È come se tu volessi essere apprezzata dagli altri, ma senza fare il primo passo... Questa è

Nina ci scommetto...», disse puntando il dito sulla carta della Papessa, «...lei ti vuole bene e ti protegge... tienila cara. E poi... be', questa è la Giustizia, è senz'altro tua madre che è incazzata nera, vedi? Con lei ci sono incomprensioni, ribellione da parte tua... però si risolve, è... solo amore mal espresso... e poi l'Imperatrice... potrebbe essere una signora anziana, influente...».

«Mia nonna forse?»

«Potrebbe... mentre questo qui... è chiaramente un ragazzo innamorato!».

Diventai rossa.

«Non... non credo».

«Sì, è un ragazzo carino, ben intenzionato, sì, ma tu non sei innamorata, no, no, no...», parlava come a se stessa, «...però lui ti aiuterà per il *dopo*, è che... non riesco a capire... tu hai già deciso dove andare dopo l'esame?».

Ero tentata di dirle del mio desiderio di provare l'audizione, ma non volevo influenzare il responso.

«Non ancora».

«La danza... forse, perché vedo fatica, tanta fatica, competizione...».

La cosa si faceva interessante.

«Però fra il futuro e il presente, c'è una specie di zona d'ombra che non riesco a interpretare... mi manca... è come se ci fosse un vuoto... un buco... non saprei».

Sfiorò le carte come se potessero parlarle.

Cominciavo ad agitarmi.

«Come se per un periodo non ci fosse niente... a parte...». Si bloccò e arricciò impercettibilmente le labbra, poi sorrise. «...ma cosa ti sto dicendo stella, è chiaro che non vedo niente, hai quindici anni cambierai idea ogni settimana! Quella che conta è questa carta: il sole!».

«Sì, ma queste due? Questa torre, e questo angelo?»

«Cambiamenti, solo cambiamenti», rispose vaga, radunando i tarocchi.

Tentai la carta dell'orgoglio.

«Non mi sai dire di più? Cambiamenti, un ragazzo innamorato, la mamma... credevo tu fossi più brava di così».

«Io sono *molto* brava!», rispose indignata.

Touché!

«E allora fammi un giro serio, dimmi qualcosa che io non so», chiesi incrociando le braccia.

«Bene, l'hai voluto tu», disse con sfida ricominciando a mescolare le carte con maggiore intensità e di nuovo me le porse per farmi tagliare il mazzo.

Formò ancora una volta la croce e di nuovo apparvero la Torre e l'Angelo.

Questa volta la rughetta sulla fronte fu molto più evidente.

Era combattuta fra il dirmi qualcosa e il nascondermela.

«Ti ripeto quello che ti ho detto prima, vedo una carriera... presumibilmente nella danza, ma sarà molto sudata, molto dura e con molti alti e bassi e... e...».

«E...?», stavo tremando.

«E un grande amore!», concluse.

«Oh merda, Betty», ansimai, «mi stavi facendo morire solo per dirmi che troverò il grande amore? E com'è? Chi è? E soprattutto, dov'è?»

«Vedi questa carta? Quella del Papa? È un uomo bello, forte, molto sicuro di sé, molto protettivo, potrebbe essere un ragazzo più grande».

Non credevo alle mie orecchie, non poteva essere vero, quello era il ritratto di Patrick ed era nel mio futuro, lo dicevano i tarocchi!

Mi agitai a tal punto che dovette accorgersene.

«Mia, stai bene? Ti prendo un bicchier d'acqua? Hai gli occhi lucidi!».

«No, sto bene, davvero...».

«Stella! Piccola mia», mi prese le guance, «ma sei innamorata? E si può sapere chi è?».

Se non lo dicevo a qualcuno sarei scoppiata.

«È... Patrick, il fratello di Nina».

«Patrick?», rispose stupefatta e piena di tenerezza.

Annuii.

«Ma è bellissimo! E lui lo sa?»

«Certo che no e non lo deve sapere, non lo sa nessuno, né Nina, né mia madre».

«E... allora cosa intendi fare, per farglielo sapere?», proseguì incerta.

«Non glielo farò sapere, non ora almeno, ma tu non lo dire alla mamma ti prego».

«No, stai tranquilla sarò muta come una tomba, lo sai, non le ho mai detto di quella volta che per farti bionda sei diventata rosso carota e abbiamo dovuto ricolorarti i capelli di nero, non le ho mai detto di quella volta che ti hanno rubato la bici e siamo andate a cercarla per tutto il campus e l'abbiamo dovuta ricomprare dal ricettatore e nemmeno di quando, invece di andare da tuo padre, sei venuta da me per il fine settimana».

Era vero, Betty era un'amica fidata, e averlo detto a qualcuno mi aveva tolto un immenso peso di dosso. E, come diceva Nina, un peso, se lo dividi in due si trasporta meglio.

«Ma non mi hai detto ancora cosa sono le due carte laggiù!», sorrisi sorniona.

«Ah, quelle?». Tornò ad irrigidirsi e sospirò.

«Senti... fai attenzione con quelle maledette punte, okay?».

Le scarpette?

Un infortunio quindi?

Non ci voleva, però se lei vedeva comunque una carriera e soprattutto se vedeva Patrick, si sarebbe risolto tutto in un modo o nell'altro.

Andai a letto con una miriade di pensieri in testa, uno più caotico dell'altro.

L'incontro con Patrick mi sembrava lontano anni luce ormai e tutti gli eventi della serata mi si accavallavano in testa senza un ordine preciso. Era tardi ed ero stanca. Mi buttai sul letto augurandomi di non sognare niente.

Non vidi mia madre fino alla mattina dopo.

Non ero abituata a dormire fino a tardi la domenica, e di solito mi svegliava per fare una passeggiata con York o anche solo per leggere i giornali insieme, ma era ovvio che quella mattina non mi avrebbe cercata.

Dovevo fare io il primo passo.

Almeno non c'era Paul visto che, nel fine settimana, doveva giocare al marito perfetto.

Mi chiedevo se avrei dovuto telefonare a Patrick per andare a prendere la bici o se sarebbe stato meglio dirlo a Nina perché facesse da tramite.

Scesi giù a farmi un tè, mia mamma doveva essere uscita a correre. Aprii la porta per prendere il giornale e ci volle un po' per mettere a fuoco che quella legata al palo, sul marciapiede, era la mia bici con la ruota aggiustata.

Scesi le scale, guardai a destra e a sinistra, ma non c'era nessuno.

Patrick?

Poi sulla porta di casa notai un post-it: «Ciao Mia, sono dovuto partire urgentemente, la bicicletta è a posto, le ho dato una lavata perché era lurida! Ci vediamo presto, stai bene Pat».

Staccai il biglietto e me lo portai alle labbra come per sentire il suo profumo attraverso le parole.

Non era una lettera d'amore certo, ma era la cosa più vicina a lui che avessi mai immaginato di ottenere.

Mi sentivo in una bolla di sapone.

Volevo farlo plastificare perché resistesse all'usura del tempo e soprattutto alle lacrime che non smettevo di versare.

Stavo diventando una rammollita, non potevo passare il tempo a piangere.

Tornai in camera e mi sedetti sul letto girando fra le mani il post-it che avevo già imparato a memoria e lo chiusi in un libro come un fiore prezioso.

Odiavo la domenica.

Era un giorno perso, un giorno inutile, lungo e malinconico.

Le ore non passavano mai e avevo la sensazione che tutti avessero qualcosa di meglio da fare.

C'erano famiglie che si riunivano attorno al barbecue o padri che portavano i figli allo stadio, mamme che tagliavano il prato o che cucinavano torte di mele.

Da noi non succedeva più niente da un pezzo, e con la tensione continua fra me e la mamma non era certo facile ricreare un "idilliaco e caldo ambiente domestico".

Chiamai Claire che era sempre più che contenta di poter lavorare anche la domenica.

Durante la settimana i suoi corsi erano per lo più frequentati da bambine con madri al seguito e adulti principianti.

Odiava le bambine capricciose e le loro madri accondiscendenti che se ne stavano sedute in sala e poi le chiedevano perché la propria figlia non fosse in prima fila.

Era una perdita di tempo per tutti, non sarebbero mai andate da nessuna parte, ma non poteva dirlo se non voleva chiudere la scuola. In quanto ai corsi per adulti, credo che avrebbe preferito mangiare il sapone!

In fondo, la differenza fra un'insegnante e una ballerina era proprio quella: lei aveva calcato grandi palcoscenici e sapeva cosa significava dedicare tutta la vita alla danza, e quanta fatica, dolore e frustrazione costasse. Per questo non faceva sconti a nessuno, perché non era un mondo che permettesse a qualcuno privo di talento di andare avanti.

Non c'erano amicizie influenti o scorciatoie, potevi avere tutta la passione possibile, ma se non avevi buoni piedi, buone proporzioni o avevi troppo seno non saresti mai stata una ballerina e Claire detestava dare false illusioni.

Ma se trovava un giovane talento dotato e con una marcia in più, vi si dedicava anima e cuore.

Oltre a me seguiva il giovane Chester, un ragazzino di neanche undici anni, nato per danzare anche meglio di Billy Elliot.

Era leggero, agile e forte, e nei giri e nei salti sembrava un russo.

Quel giorno Claire era in vena di torture e io di essere torturata.

La fatica mi permetteva di non pensare e lavorando sodo riuscivo a dimenticare tutto e concentrarmi solo sulle cose veramente essenziali.

Se riuscivo a fare più di trenta *fouetté* in perfetto equilibrio, resistendo al dolore lancinante delle vesciche e dei crampi, gli altri dolori potevano passare in secondo piano.

O almeno mi illudevo che fosse possibile.

La sala era gelida, la domenica la caldaia era spenta.

Infilai doppie calze, scaldamuscoli fino al ginocchio e due maglie per non sbriciolarmi al primo piegamento.

Andai alla sbarra a cominciare il riscaldamento con sequenze infinite di *plié* e *rond de jambe*.

Quella parte poteva essere infinitamente pallosa, o come quel giorno, un dono del cielo, che mi consentiva di continuare a pensare ai fatti miei senza dover essere ripresa o percossa!

«Dài che si comincia!», disse Claire accendendo lo stereo.

Cominciai a danzare il pezzo di Odile.

Mi sentivo davvero come un cigno nero, inquieto, fragile e diverso dagli altri, che nessuno sembrava avere voglia di conoscere a fondo eccetto Nina e, per un attimo Carl, ma come aveva detto Betty non riuscivo a fare il primo passo.

Desideravo che Patrick smettesse di considerarmi l'altra sorella, e si accorgesse che non ero più una ragazzina e forse, se mi avesse vista ballare, mi avrebbe notata.

Fu una prova pesante che durò quasi due ore ininterrotte, ma Claire non disse niente di peggio che un paio di «fai pietà» e «perfetta per *Ballando con le stelle*».

Mentre mi asciugavo e mi rivestivo, Claire si avvicinò con alcuni fogli in mano.

«Senti Mia, ho qui i moduli per la richiesta di audizione per entrare alla Royal Ballet e... dovremmo cominciare a pensare a come comportarci...».

Mi avvolsi un asciugamano intorno alle spalle, il sudore mi si gelava addosso e l'ansia per il discorso che dovevamo affrontare mi faceva sentire ancora più freddo.

Mi tolsi le scarpette e ci sedemmo in un angolo.

Claire sparpagliò per terra i moduli di iscrizione.

Erano sette pagine da compilare, nelle quali si faceva formale richiesta di audizione per entrare alla scuola superiore della Royal Ballet, dove avrei potuto frequentare gli ultimi due anni accademici e diplomarmi studiando danza sei giorni su sette.

Si dovevano indicare la scuola di danza di provenienza, il nome dell'insegnante di riferimento, il liceo frequentato e il nome dei genitori o dell'eventuale tutore con cui la scuola avrebbe comunicato in seguito, in merito al pagamento della retta.

C'era anche il modulo con la richiesta di sovvenzione a cui allegare una dichiarazione dei redditi.

Guardai i fogli scuotendo la testa.

«Come facciamo Claire?», le chiesi scoraggiata.

«Direi di cominciare a compilare i moduli e spedirli e, per il momento, indichiamo il mio nome come tua responsabile e aspettiamo che mi contattino».

«Sì, ma qui dice che devi dichiarare di essere in grado di sostenere il pagamento della retta e se invece vuoi la sovvenzione devi chiederla prima di fare l'audizione!».

«Dobbiamo spedirla al più presto Mia, nel frattempo ci faremo venire un'idea, parlerò io con tua madre e vedremo di trovare una soluzione, sarebbe assurdo che tu non ci andassi per una pura questione di orgoglio».

«Orgoglio e venticinquemila sterline...», commentai laconica.

«Sì, ma sarebbe incredibile che Chester entrasse e tu no!».

«Che vorresti dire che quel...», non trovavo le parole, «quel *nano* farà anche lui l'audizione?»

«Sì, ha fatto richiesta per entrare alla *Lower school*, dove comincerebbero a formarlo subito».

«E i suoi glielo permettono?»

«Altroché, hanno già organizzato tutto, vivrebbe dai suoi zii, quelli hanno un mucchio di soldi!».

Vedevo chiaramente l'immagine della bambina saccente del quadro sbellicarsi dalle risate.

Non potevo permettere che lui entrasse e io no solo per una questione di soldi. Sarei finita in qualche squallido programma pomeridiano ad accusare mia madre di avermi rovinato la vita e avermi spinto nel tunnel della droga e della prostituzione.

«Tu non fare innervosire Elena, io la chiamo in settimana e ci parlerò con calma».

Tornai a casa e decisi di fare il primo passo.

Entrai in salotto dove la vidi sul divano intenta a lavorare a maglia un golf arancione mentre ascoltava Chopin.

Doveva essere malinconica.

«Ciao mamma», dissi buttandomi sul divano accanto a lei.

Non si mosse e continuò a lavorare.

Le appoggiai la testa sulla spalla.

«Scusa mamma, mi dispiace di averti fatto stare in pensiero».

Si tolse gli occhiali e mi diede un bacio.

«Scusami tu per aver pensato male, ma ho avuto tanta paura».
«Anch'io ho avuto paura».
«Ma dove stavi andando?»
«Ma... niente, mi serviva un libro di chimica».
«A quell'ora? E Nina non ce l'aveva?»
«No, non ce l'aveva».
Cominciavo a friggere.
«E poi hai incontrato Patrick?»
«Già, pensa che fortuna, altrimenti chissà se tornavo».
Cercai di rincarare la dose melodrammatica.
«Ma dove abitava questa tua amica esattamente?»
«Verso il centro».
«Ma non potevi prenderlo oggi il libro?»
«Mamma! Ma che è questo terzo grado? Sono andata a prendere un libro, mica una dose di cocaina!».
Strabuzzai gli occhi.
«Vieni qui, dài». Mi mise un braccio attorno alla spalla.
«Come mai litighiamo sempre?», chiesi.
«Perché stai crescendo tesoro».
«E litigheremo sempre di più?»
«Penso proprio di sì».
«Come te e la nonna?»
«Spero di no, Mia».
Mi accoccolai vicino a lei.
«Perché avete litigato tu e la nonna?»
«Perché siamo entrambe cocciute e orgogliose, ecco perché».
«E quant'è che non vi parlate?»
«Ma che è questo terzo grado?», mi rispose ridendo.
«È il mio turno».
In realtà cercavo di sondare il margine di possibilità di una sovvenzione per i miei studi. La faccenda del piccolo Chester mi stava uccidendo.

«Alla nonna non piaceva tuo padre e non voleva che venissimo qui, io sono venuta lo stesso e lei non me lo ha perdonato».

«Ma intendi dire che non vi parlerete mai più per tutta la vita? Non ti sembra assurdo?»

«Aspetto che faccia lei il primo passo».

«Magari anche lei aspetta che lo faccia tu».

«E allora è destino che non ci parliamo!».

«Ma io non sopporterei che tu non mi parlassi più».

«Io non sono tua nonna e fra noi non succederà mai».

«Giura!».

«Giuro!».

Baciò gli indici incrociati.

«Adesso vogliamo parlare un po' di te signorina?», mi chiese rimettendosi gli occhiali.

«Mmh», mugolai poco convinta.

«Hai pensato un po' a quello che vorresti fare?»

«Mah...».

«A parte la danza voglio dire».

«Mamma... ti direi una bugia».

«Mia io non voglio che tu smetta, però puoi continuare a frequentare il Leicester College e finire i tuoi studi lì, poi andare all'università e continuare le tue lezioni di danza, magari troviamo qualcun altro più esperto di Claire che ne dici?»

«Se ti dico di sì, lo faccio per farti contenta, ma rinuncerei a tutti i miei sogni».

Sospirò.

«Non ce lo possiamo proprio permettere tesoro, mi dispiace...».

Era troppo brutto, mi sentivo come in una stanza di vetro e nonostante urlassi a squarciagola nessuno poteva o voleva sentirmi.

Tutto il mio dannato futuro dipendeva dai soldi, non contavano niente i miei desideri, il mio talento e i miei sogni.

L'unica scelta disponibile era studiare economia o legge e fare qualche lezione di danza ogni tanto.

Non c'erano altre opzioni.

«Mamma... c'è la possibilità di un finanziamento, basta che tu gli comunichi la tua dichiarazione dei redditi, e se guadagni davvero poco, lo Stato pagherà tutto, basteranno dodicimila sterline l'anno».

«...Amore mio, non ti rendi conto di quanti soldi sono? Proprio non ti rendi conto». Tornò al suo lavoro a maglia.

«Ma... la nonna... forse».

Lasciò cadere i ferri.

«La nonna toglitela dalla testa», disse in tono che non ammetteva repliche.

«Va bene, mamma, se questa è la tua decisione...».

«Non è la *mia* decisione, è l'unica decisione possibile per noi».

«Non lo è, ci sono sempre altre soluzioni, ma non sei disposta a prendere in considerazione nient'altro che il tuo punto di vista».

Lo dissi in tono davvero triste e amareggiato.

Mi aveva proprio deluso, non riuscivo a credere che fosse così ostinata da mettere il suo orgoglio davanti al mio futuro.

Mi alzai per andare in camera, ma sulla porta mi voltai e le dissi: «Mamma, ma tu mi hai mai vista danzare... intendo recentemente?».

Guardò in basso e scosse la testa.

«Ecco, forse dovresti».

CAPITOLO NOVE

Il lunedì mattina, a scuola, sembravano tutti impazziti.

Almeno quaranta persone si ammassavano davanti alla bacheca in corridoio fra gridolini di sorpresa e risate.

Raggiunsi Nina che stava sgomitando per infilarsi fra due ragazzi molto più alti di lei.

«Che succede?», le chiesi tirandola per la manica.

«È lo spettacolo di Natale, mettiamo su un musical!», rispose senza voltarsi.

«Un musical?»

«Bello no?», rispose eccitatissima.

«E che musical sarebbe?»

«*Mamma Mia!*».

«Fico!», commentai ironica.

«E dài *broncio*! Fingi un minimo di entusiasmo».

Al sentirmi chiamare *broncio* mi venne un tuffo al cuore.

«No sono contenta davvero, guarda». Tirai gli angoli della bocca con le dita. «Hanno già assegnato i ruoli?»

«Non ancora, ma ci hanno convocati tutti in palestra fra dieci minuti».

Mi voltai e vidi Carl dietro di noi che fingeva di guardare la bacheca con le mani in tasca e lo sguardo spento.

Gli sorrisi e abbassai gli occhi, lui fece altrettanto e ci voltammo dandoci le spalle.

Mi avviai verso la palestra strascicando i piedi, seguendo Nina come se dovessi andare alla forca.

Un musical tutti insieme avrebbe significato ore e ore di prove e soprattutto ore e ore di *socializzazione* e io non me la sentivo né di entrare nello spirito natalizio, né in quello goliardico.

Arrivati in palestra ci mettemmo a sedere sulle scalinate aspettando l'arrivo di Mrs Jenkins.

Notai che Carl si era seduto a distanza di sicurezza, cosa che un po' mi dispiaceva.

Perché non potevamo essere nemmeno un po' amici?

Nina non la smetteva più di parlare e io non la smettevo di pensare a una possibile soluzione per frequentare la Royal, ma non ne vedevo.

Non legalmente almeno.

Se Patrick mi avesse lasciato davanti alla porta anche un sacco pieno di soldi, sarebbe stato perfetto.

Entrò Mrs Jenkins, sorridente col suo solito tailleur grigio prossimo all'esplosione, seguita da Mr Davies e Mrs Mills.

Il brusio cresceva contagioso fra le gradinate, Bibi e Dell già pregustavano il loro ruolo da protagoniste, mentre io speravo mi dimenticassero.

«Un attimo di silenzio ragazzi!», cominciò Mrs Jenkins con un colpo di tosse «Quest'anno, insieme ai vostri insegnanti, abbiamo deciso di fare qualcosa di diverso dal solito spettacolo di Natale dove ognuno si esibisce per conto proprio e... non sempre in maniera *decente*», disse lanciando un'occhiata a un gruppo di ragazzi che l'anno prima aveva suonato un pezzo dei Red Hot indossando solo un calzino.

«Sarà una bella occasione, e per alcuni l'ultima, per vivere una bella esperienza tutti insieme, divertirsi e soprattutto mettersi in gioco, siete contenti?».

Si levò un applauso.

«E dài applaudi!», mi disse Nina assestandomi una gomitata.

Finsi entusiasmo lanciando ogni tanto un'occhiata a Carl che, come me, non sembrava impazzire per la gioia.

Se non fosse stato così inflessibile da relegarmi in purgatorio, ne avremmo riso.

Si alzò un coro sempre più incalzante di voci che reclamava: «*I nomi! I nomi!*».

«Va bene, va bene! Calma! Dunque, come sapete non ci sono ruoli principali per tutti quanti, quindi la maggior parte di voi sarà inserita nei balletti e nei cori che saranno curati dal qui presente Mr Davies, il vostro insegnante di ginnastica, e da Mrs Mills, insegnante di musica.

Metteremo in scena il celebre *Mamma Mia!* nella versione cinematografica, che è l'unica che io e i vostri insegnanti abbiamo mai visto!».

Ci fu una risata generale.

«Per quanto riguarda i tre protagonisti maschili, nonché i tre ex fidanzati di Donna, cioè Meryl Streep nel film, avremo Virgil Dickinson, Michael Yamashita e Thomas Bronson...».

Si levarono fischi e applausi.

«Ti pareva... quello stronzo di Thomas», dissi nell'orecchio a Nina.

«Hanno scelto i tre più carini, era ovvio...».

«Nella parte di Donna ci sarà Erika Marshall». Altri fischi e applausi. «...Mentre nella parte delle due amiche di Sophie, cioè la figlia di Donna, avremo Belinda Kossovich e Delilah Grabowsky...».

«Bibi e Dell non hanno la parte principale? Ahi Ahi Ahi! Non avremo le tute nuove quest'anno».

«Infine per il ruolo di Sophie e Sky, i due fidanzati...».

Lasciò la frase sospesa per aumentare la suspense.

«...Nina Dewayne e Carlton O'Malley!».

Dopo un attimo di silenzio, partì un fortissimo applauso.

«Coooosa? Io nel ruolo di Sophie?», mi gridò Nina nell'orecchio in un misto di incredulità e panico.

«Per forza, sei uguale all'attrice e poi tutti ti amano. Piuttosto, chi è Carlton O'Malley?».

La risposta non tardò ad arrivare quando mi voltai e vidi il gruppetto capitanato da Thomas battere sulla spalla di Carl che guardò dalla nostra parte aggrottando la fronte.

La mia migliore amica aveva un ruolo principale nel musical di Natale e doveva recitare la parte della fidanzata di Carl, il *mio* Carl.

Okay non era proprio mio come non lo era Patrick, però era di me che era innamorato, cacchio!

Il brusio era diventato un fracasso infernale, tutti parlavano a voce alta, cantavano e fischiavano, Bibi e Dell avevano già lasciato la palestra indignate, Thomas si pavoneggiava insieme agli altri due fortunati eletti, Nina era in stato di shock, quanto a Carl temevo potesse scoppiare a piangere.

«Silenzio, silenzio, per favore!», proseguì Mrs Jenkins, «non ho ancora finito... C'è ancora un ruolo che abbiamo voluto inserire, ed è un assolo sul brano *The Winner Takes it All* degli Abba e sarà danzato dalla nostra Mia Foster Benelli».

Un centinaio di teste si voltarono contemporaneamente verso di me.

Ero così stordita da quell'annuncio che ricordo solo la faccia di Nina che mi guardava a bocca aperta, un centinaio di occhi sgranati e Mrs Jenkins che mi sorrideva annuendo, fiera della sua scelta demente.

Ebbi la certezza che non sarebbe stato un problema scegliere in quale scuola andare l'anno successivo, perché non ci sarei mai arrivata all'anno successivo.

Forse avrebbero messo una targa in mio onore.

Non potevo farlo, dovevo parlare alla preside, non potevo ballare un pezzo degli Abba sulle punte, davanti a tutta la scuola.

Il frastuono assordante rimbombava nella sala, le grida eccitate superavano le nostre voci.

«Nina, ma quella è matta!», le gridai cercando di farmi sentire.

«Sì, è completamente suonata!», rispose. «Che facciamo adesso?»

«Cosa faccio *io* casomai, tu devi solo fare la fidanzata di Carl». Mi resi conto in quell'istante che lei non sapeva che la nostra breve storia era già terminata.

«Oh ma è vero! Non ci avevo pensato, è il tuo ragazzo, dovresti farla tu la parte!».

«No stai tranquilla non è il mio ragazzo». Alzai le spalle.

«Ma voi vi eravate...».

«Sì, ma non era niente di importante, davvero, nessun problema...».

Non era un problema, è vero, ma mi dispiaceva tantissimo averlo perso. Era un ragazzo speciale e avrei voluto continuare a uscire con lui e divertirci senza niente di più, e non nascondo che avrei voluto continuare a essere corteggiata e riempita di attenzioni, ma non era giusto fargli credere qualcosa che non ci sarebbe mai stato.

Forse altre mie compagne lo avrebbero tenuto sulla corda ancora sei mesi e si sarebbero fatte ricoprire di regali, per poi dargli il benservito, ma mi sembrava una carognata incredibile.

Ciò non toglie che una bella fitta di gelosia l'avevo sentita.

«Mia, dimmi la verità, cos'è successo fra voi due?»

«Niente, non me la sento di avere una storia con lui e gliel'ho detto». E questa era la verità.

«Avrei preferito che mi dicessi che vi amavate perdutamente e che volevi tu quella parte!».

«Preferiresti ballare un assolo su musica degli Abba?»

«Ma come le è venuto in mente?»

«Non lo so, ma devo chiederglielo, ho già avuto la mia dose di celebrità per quest'anno».

Fummo circondate da un gruppo di ammiratori. Sembravamo due star assediate dai fan in cerca di autografi.

«Ma davvero balli, Mia?», mi chiese una ragazza che non avevo mai visto prima.

«Così sembra!», risposi cercando di smorzare l'entusiasmo.

«Anch'io ballavo quando ero piccola sai?»

«Ah sì?»

«Quant'è che studi danza?»

«Ma... da sempre credo».

«E studi qui a Leicester?».

Guardai Nina incrociando gli occhi.

«Vieni andiamo a parlare con la preside».

Mi prese per mano e mi trascinò via.

Mrs Jenkins stava avviandosi verso la porta, la raggiungemmo di corsa.

«Oh ragazze, allora, siete contente?», ci chiese con un gran sorriso.

«No, per niente, è una cosa pazzesca!», mi lasciai scappare.

Nina mi diede un calcio.

«Mia intende dire che...», riprese Nina. «Sì, che è pazzesco Mrs Jenkins!», ripeté arresa.

«Perché è pazzesco?», chiese pazientemente la preside continuando a camminare, mentre noi le trotterellavamo dietro come chihuahua isterici.

«Ma perché... non posso ballare davanti a... tutta la scuola!».

«E perché no?». Si fermò di botto.

«Perché non ballo la musica moderna!», risposi con un tono leggermente disgustato.

«Be', Mia, tu sei una ballerina, e le ballerine ballano, no? O temi ritorsioni da parte del sindacato?», sorrise.

«Ma io mi vergogno a ballare davanti a tutti!», protestai.

«E davanti a chi vorresti ballare allora?»

«Ma mi prenderanno tutti in giro e mi rideranno dietro, sono l'unica che non ha mai messo piede in un bowling, che non fuma, non chatta, e non si ubriaca, sono il disonore della categoria, anche mia madre mi detesta, questa per me sarebbe la fine!».

«Mia!», rise Mrs Jenkins, «quest'anno so che stai attraversando una fase piuttosto difficile, hai mandato a quel paese un tuo compagno, hai picchiato Thomas Bronson e i tuoi voti sono imbarazzanti, ma so bene che ti piace ballare e può farti solo bene uscire dal tuo guscio, e sai come si dice? "Il ridicolo non ha mai ucciso nessuno!"».

«Mrs Jenkins...», intervenne Nina, «io... non me la sento di recitare...», piagnucolò.

«Ma sentite un po' voi due!», disse esasperata con le mani sui fianchi, «so per certo che mi bucheranno le gomme della macchina perché non ho assegnato le parti ad altri studenti e voi che avete ottenuto i ruoli principali che fate? "Mi vergogno Mrs Jenkins, non me la sento Mrs Jenkins". Vi farà soltanto bene e ora andate in classe che siete in ritardo!».

La guardammo allontanarsi.

«E ora che facciamo?», le chiesi abbattuta.

«Scusate...», disse una voce dietro di noi.

Ci girammo di scatto.

Era Carl.

Mi sentii come il terzo incomodo.

Si rivolse esclusivamente a Nina guardandola negli occhi: «Non ho mai recitato in vita mia e se non te la senti lo capisco, io sono terrorizzato». Le sorrise dolcemente.

Il vigliacco stava flirtando con lei. Davanti a me!

«Neanch'io ho mai recitato, mi ci faremo aiutare dall'insegnante di arte, vedrai, sarà divertente».

Come? Nina aveva già cambiato idea?

«Dài, siamo in ritardo, andiamo in classe», la strattonai. «Ciao Carl, è stato un piacere!».

«Tieni Nina, questo è il mio numero, così ci metteremo d'accordo per le prove!».

La trascinai via mentre lei lo salutava da lontano.
Ero inviperita.
«Ma sei impazzita? Prima piangi perché non vuoi recitare e un secondo dopo ti fai dare il numero per le lezioni private? Ehi, ma lo sai che c'è la scena del bacio?». Le puntai il dito davanti al naso.
«Tanto non abbiamo scelta no? E poi quel ragazzo è così gentile, ha la capacità di metterti a tuo agio, è dolce, educato... e... di che scena del bacio parli?»
«Ma non l'hai visto il film? Sophie e Sky si attorcigliano in riva al mare colti da passione selvaggia», dissi con un sopracciglio alzato.
«Ah be'... Tanto è per finta, no? Ma senti... come bacia?»
«Nina! Io ti strangolo! Come puoi chiedermi una cosa del genere!».
«Ma dài, scherzo, e poi lui non ti interessa per niente, te lo leggo negli occhi!».
E neanche quella era esattamente la verità.
Ma tutto mi stava sfuggendo di mano.

Entrai in casa e passai davanti alla porta della cucina per salire in camera mia, e attraverso la porta chiusa sentii le voci di mia mamma e Betty che parlavano sommessamente.
Mi fermai e mi misi in ascolto.
«Non so cosa fare, sono disperata...», diceva mia madre con tono triste.
«Ma non c'è un modo? Un prestito, suo padre? Te li darei io se li avessi te lo giuro».
«Suo padre non può proprio aiutarmi di più e io non posso chiedere un prestito, non mi basterebbero quindici vite per rimborsarlo».
«Ma i sussidi, le borse di studio...».
«È comunque fuori budget capisci? Ci sarebbe il suo mante-

nimento a Londra e chissà quante altre spese e ti confesso che non mi va che la mia bambina si trasferisca lì da sola».

«Ecco la mamma italiana! La tua bambina è in gamba e ha la testa sulle spalle e tu alla sua età eri sicuramente peggio», la canzonò.

Be', almeno avevo Betty dalla mia parte.

«Erano altri tempi!», sospirò.

«Erano gli stessi tempi, erano gli anni '80, mica il 1800!».

«Io impazzirei a sapere mia figlia lontana».

«Ma se Kevin è a Berlino da due anni!, che dovrei fare io?»

«Io non sono come te, e poi lui è un maschio, è diverso!».

«Tesoro, ti devi abituare, è tua figlia, ma non è *tua* proprietà, i ragazzi devono andare per la loro strada, sbagliare, cadere, rialzarsi, è così che funziona per tutti».

«Sì, sì lo so, hai ragione, ma è così difficile...».

«Ma dimmi un po', tua madre non ti può dare una mano?».

Mi accucciai per terra, dato che la cosa si faceva interessante.

«No, no, Betty, mia madre va lasciata fuori, non la sento da anni ormai. È una donna terribile, autoritaria, invadente, manipolatrice, ti controlla psicologicamente e non ti lascia vivere, mi vengono i brividi solo a ripensare a quando vivevo da lei. Se non facevo quello che voleva era capace di tutto, mi chiudeva in casa per settimane, ascoltava le mie telefonate, non mi faceva uscire con le amiche, mi derideva davanti agli ospiti, pretendeva che le giustificassi ogni spesa, credimi, ci ho messo anni a superare la sensazione della sua presenza ossessiva. A volte ho ancora paura che lei mi controlli il conto in banca. Lo so è ridicolo, ma sono stati anni terribili».

«Capisco Elena. Il problema è che ne va del futuro di tua figlia...».

«Betty lei... quando abbiamo litigato l'ultima volta, per via di Jiles, disse che da quel giorno ero morta e che, non potendomi diseredare, avrebbe dato in beneficenza tutto quello che possiede e questo sotto consiglio dei suoi avvocati...».

«Però! Un bel personaggio tua madre, mi piacerebbe conoscerla!».

«Oh! L'adoreresti! Tutti l'adorano, è bella, elegante, sofisticata, conosce tutti, da Zubin Mehta a Rania di Giordania, passa sei mesi in Kenya e sei a Firenze, è l'idolo dei salotti!».

«Caspita! Ma lei non ci pensa alla nipote?»

«Lei adora Mia, ma non sopporta me e poi immagina cosa significherebbe chiederle un prestito... Sarebbe la fine, trascorrerebbe il tempo a umiliarmi e trattarmi da madre indegna. Credimi, l'idea di essere di nuovo sotto controllo come avessi cinque anni mi distruggerebbe il sistema nervoso... Il mio matrimonio è stato più una fuga da lei che... vero amore».

Decisi di non ascoltare oltre.

Temevo in un trauma che avrebbe ulteriormente aggravato la mia già fragile fiducia nei rapporti umani.

Questo almeno spiegava cosa mai ci avesse trovato mia madre in lui.

Entrai in camera mia di pessimo umore, mi sedetti sulla moquette e presi il libro di chimica infilando i piedi sotto il termosifone per renderli più arcuati, come facevano le grandi ballerine, da quel che mi aveva raccontato la mamma.

Non riuscivo a concentrarmi, ero troppo confusa dalle novità: il musical, l'assolo, Carl, la Royal, i miei, la scuola, le quattro tesine da consegnare, gli esami e soprattutto Patrick che mi mancava come l'aria.

Pensai d'un tratto che non lo avevo ancora ringraziato per la bicicletta.

Cosa dovevo fare, mandargli un messaggio? Ero negata con i messaggi.

Chiamarlo però mi terrorizzava, ma dovevo in qualche modo fargli sapere che gli ero grata per avermi salvato la vita.

Presi il cellulare e deglutii scorrendo la brevissima rubrica.

Appoggiai la sedia davanti alla porta per essere sicura di non essere disturbata – la mamma odiava le porte chiuse a chiave – e respirai a fondo.

Premetti il pulsante di chiamata augurandomi di trovarlo staccato.

Al quinto squillo, non senza un certo sollievo, non rispose, ma mentre riattaccavo sentii la sua splendida voce pronunciare il mio nome.

Disse: «Ciao Mia!».

Non *broncio* o altri nomignoli, solo *Mia*.

Mi sciolsi.

«Patrick, ciao, ti disturbo?»

«No, no, stai tranquilla, in questo momento sono in pausa, come stai? Ti sei ripresa dall'altra sera?»

«Sì, sto bene, me la sono vista davvero brutta, se non c'eri tu, magari adesso c'erano dei volantini attaccati agli alberi con la mia foto!».

«Mi sa che saresti congelata prima! Mi sono preoccupato a morte quando ti ho vista lì tutta sola».

Sentii lo stomaco contrarsi. Volevo riattaccare e ricordare quella come ultima frase, ma azzardai oltre.

«Mi dispiace per... la tua ragazza, sì insomma per Christine».

«Non ti preoccupare, con Christine è stato un tira e molla per mesi, non era la prima volta che litigavamo».

Adesso mi stava facendo una confidenza da adulti, mi sentivo lusingata. Però non era chiaro se dopo la litigata avevano fatto pace.

Dovevo indagare.

«Spero che abbiate fatto pace...».

«Sono certo che mi richiamerà quando tornerò, ma non uscirò più con lei».

Evvai!

Adesso si trattava di trovare un argomento per proseguire la conversazione almeno per un altro minuto.

«Quando torni in città?»

«Per Natale avrò un congedo un po' più lungo, sto facendo dei turni impossibili e mi auguro che i miei superiori mi diano qualche giorno in più».

«Sai... facciamo un musical a scuola, sarebbe bello che venissi a vederci, Nina ha una parte principale e io... un assolo».

Che cacchio stavo dicendo? Mi si era scollegato il cervello? Volevo veramente che oltre a tutta la scuola mi vedesse anche Patrick ballare gli Abba?

Ero cretina o cosa?

«Davvero? Ma è favoloso! Spero proprio di esserci, mi metterò in prima fila ad applaudirvi, non ti ho mai vista ballare, devi essere proprio brava».

Arrossii violentemente.

«Io brava? Non... non saprei».

«Sono sicuro di sì, sei una ragazza così determinata, vedrai che farai strada, non ho dubbi».

Cos'era, uno scherzo? Stava tessendo le mie lodi? Perché non potevo registrare la telefonata e usarla come suoneria?

«Ora esageri Pat, ho sempre e solo fatto questo da quando sono nata, a scuola sono una schiappa!».

«Ehi, non buttarti giù! Tutti gli artisti erano delle schiappe a scuola, a fare i secchioni sono capaci tutti, credimi, i più bravi della mia classe erano dei totali idioti!».

Il classico ottimismo dei Dewayne.

Lo amavo a ogni parola di più.

«Non dovevi disturbarti a lavare la bici però!», risi nervosamente cercando di cambiare argomento.

«Era impresentabile, non potevi andare in giro con una schifezza simile, non sei più un maschiaccio che fa a botte con tutti».

Oddio... non era esattamente così.

«Ti devo un favore!».

«Ballerai per me un giorno, va bene?».

Se andava bene? Era il mio sogno, ballare per lui, con lui, per l'eternità.

«Sì! Io... adesso devo andare ci vediamo a Natale allora», tagliai corto in preda all'agitazione.

Riattaccai con un senso di vertigine.

Non mi stava più considerando una ragazzina, ma un'adulta e... come aveva detto? Piena di volontà e determinazione.

Ero sciocata.

Adesso non mi restava che cercare di concentrarmi sul test di chimica, impresa che risultò una missione impossibile.

La sua voce mi era entrata nelle vene e scorreva in ogni angolo del mio corpo.

Feci qualcosa che non avrei mai pensato di fare, una cosa da femminucce innamorate: presi un quaderno nuovo e trascrissi la nostra conversazione nel modo più fedele che riuscissi a ricordare.

E in fondo appiccicai il post-it che mi aveva lasciato sulla porta.

Se qualcuno lo avesse trovato avrei negato fino alla morte di averlo scritto io.

Non mi accorsi nemmeno che la mamma stava cercando di scardinare la porta per entrare.

Nascosi il quaderno sotto il letto e spostai la sedia.

«Adesso ti chiudi dentro?»

«Non si può avere un po' di privacy in questa casa?», risposi irritata.

«Ti posso parlare un attimo?»

«Certo!».

«Si tratta di Paul».

«Oh, il geniale Paul», mi scappò, «è riuscito ad allacciarsi le scarpe da solo?».

Represse un moto di irritazione.

«Scusa ma'...».

«La moglie lo ha cacciato di casa e...».

«E...?».

Ero sulle spine.

«Si trasferisce qui da noi».

«CHECCOSA?», strillai. «Quel... quel... quell'orso ammaestrato male, qui da noi! No mamma, non puoi farmi questo! Sono nel pieno dell'adolescenza e con gli ormoni impazziti. E tu? Invece di darmi sostegno e appoggio porti qui il tuo fidanzato cacciato di casa? No, mi dispiace, o lui o me!».

Incrociai le braccia e feci il muso.

Mia madre avrebbe voluto rispondermi qualcosa del tipo «lui senza dubbio», ma sapeva che se ne sarebbe pentita e fece appello a tutta la sua pazienza.

«Ma non sarà per sempre, è solo per un periodo».

«E gli alberghi? Non c'è un bed and breakfast in fondo alla strada? Mrs Fancher non ha una stanza in più? Come ti è venuta in mente una cosa simile!».

Si tormentava le mani, forse per tenerle occupate.

Mi sentivo tradita, io e lei eravamo sempre state insieme, solo noi due, adesso l'arrivo di quello scimmione avrebbe rovinato la nostra splendida sintonia.

Addio serate sul divano, addio chiacchierate e passeggiate con York.

Non le bastavo più io?

«Mia... lo so che ti sembra strano, ma non cambierà nulla fra noi te lo prometto, noi ci apparterremo sempre, sei la mia bambina, e niente e nessuno ci potrà separare».

Fece per accarezzarmi il viso, ma schivai la sua mano.

Non avevo più voglia di parlarle, aveva preso la sua decisione e non potevo che prenderne atto.

«E come faremo per il bagno?»

«Userà quello di servizio al piano terra».

«E la sua roba? Dove la mettiamo?»

«Nella rimessa in giardino e nel sottoscala».

Stavo sinceramente prendendo in considerazione l'idea di andare a vivere da mio padre e Libby.

Mi chiedevo quali altre complicazioni mi sarebbero capitate.

«Almeno sa cucinare?»

«Sì, sì è molto bravo, fa il cuoco», si animò, felice di aver trovato un punto a suo favore.

«Ma non sarà per sempre vero?»

«No, non sarà per sempre».

Ma non le credetti.

Quello che mi fu chiaro da quel momento in poi era che diventare adulti significava negoziare quotidianamente il male minore e accettare un sacco di compromessi.

E se quello significava davvero diventare grandi, avrei voluto smettere di crescere all'istante.

CAPITOLO DIECI

La scuola era diventata un'interminabile puntata di *Glee*.
Ovunque c'era gente che ballava, cantava o recitava.
Quell'esplosione di creatività avrebbe dovuto farmi piacere, ma in un certo senso non mi sentivo più tanto speciale ora che tutti si esibivano.
Nina e Carl erano diventati fastidiosamente complici.
O meglio, lui era diventato fastidiosamente premuroso e gentile con lei, soprattutto se ero nei paraggi.
Avevo il sospetto che cercasse di farmi ingelosire, ma per carità, era solo un sospetto!
Erano sempre insieme a provare, mentre io, avendo un assolo, non avevo nessuno con cui condividere niente.
Alla fine, nonostante la buona volontà di Mrs Jenkins, ero di nuovo emarginata.
La mia amica faceva ormai coppia fissa con Carl, Paul stava portando decine di scatoloni a casa nostra e all'orizzonte non c'era nessuno spiraglio per la mia iscrizione alla Royal Ballet.
Mi sentivo sola e stavo da schifo.
Peggiorava la situazione un tendine infiammato, che rendeva un inferno stare sulle punte.
Mi chiedevo se lo stato di grazia in cui viveva mia madre col suo neo convivente avrebbe potuto aprire la strada a una qualche soluzione.
Quel mercoledì sera, come di consueto dopo la lezione di danza, andai da Claire.

Ora che la casa era occupata per tre quarti dalla presenza ingombrante di Paul, preferivo starne alla larga.

Fortunatamente era un buon cuoco, almeno mamma avrebbe smesso con le schifezze surgelate.

Claire mi mostrò trionfante la lettera su carta intestata della Royal Ballet School.

La presi in mano come una pergamena antica e ne respirai l'odore.

«Dimmi che c'è scritto Claire, non ho il coraggio di leggerla». Gliela restituii con gli occhi chiusi.

«Dice che prendono in considerazione la tua candidatura e hanno fissato un'audizione per febbraio».

«Cioè fra tre mesi?», chiesi terrorizzata.

«Esatto piccola, devi darci dentro».

Mi accasciai sul divano come un sacco.

«Che c'è, non sei contenta adesso?».

La fifa mi aveva assalito.

Un conto è sognare qualcosa con tutte le forze, un altro è trovarsi a doverlo affrontare.

Non mi sentivo più tanto spavalda e sicura, e il polpaccio aveva ripreso a farmi male.

«Claire... ma se non ce la faccio?».

Spostò i cuscini di velluto e si fece spazio accanto a me.

Le sue mani nodose e forti avvolsero le mie.

Mi sorrise dolcemente.

Il suo sguardo di solito severo si fece comprensivo e disponibile, le rughe agli angoli della bocca si arcuarono in un sorriso materno e le sopracciglia disegnate si alzarono delicate.

«So perfettamente come ti senti tesoro. Non credere che non conosca la confusione e la paura che hai dentro. Ti stai facendo mille domande: ce la farò? sarò all'altezza? e se non mi prendono? e vedi tutto come un'immensa incognita e le incognite fanno paura, specialmente in questo ambiente.

Non posso dirti che sarà una passeggiata, che non avrai difficoltà e che saranno tutti lì a coccolarti, no piccola mia, non sarà così, sarà davvero dura e dovrai guardarti da tutte le altre allieve. Ci saranno competizione, dispetti e cattiverie. Ma ti giuro Mia che non c'è posto più bello al mondo che il palcoscenico e non c'è niente che dia più felicità della danza e questo fa sì che tutto il resto, alla fine, comprese le tendiniti e la fatica, non sia poi così importante. Una compagnia di danza è solo un microcosmo, ci troverai di tutto, e ben presto imparerai a destreggiarti e capire come muoverti e chi evitare. Sei davvero una ballerina di talento e ho piena fiducia in te».

Mi scesero le lacrime.

Era la prima volta che pronunciava parole così belle, era la prima volta che qualcuno diceva di credere in me.

Mi sentivo piena di gratitudine e di speranza e con una voglia sfacciata di farcela.

Mi vedevo già lì, in quell'immensa sala prove a massacrarmi i piedi e sudare per migliorare i miei giri, i *balance*, e i *port de bras*.

Sentivo crescere una passione incontenibile, una specie di fuoco sacro che non aveva altri ostacoli eccetto il non trascurabile prezzo della retta.

Sospirai.

«Come facciamo adesso, parlerai con mia madre?»

«Assolutamente!».

«E quando ti dirà di no?»

«Senti, non mi sono arresa davanti a un tumore, figuriamoci se può farmi paura tua madre!».

Era vero, le era stato asportato un seno a poco più di quarant'anni, ma l'aveva superato coraggiosamente e non ne aveva parlato più.

Claire era una vera roccia.

«Dici che è il caso di fare una colletta a scuola?»

«Dico che non sarai né la prima né l'ultima adolescente per cui i genitori fanno dei sacrifici, tu da parte tua ovviamente dovrai impegnarti e lavorare molto più sodo degli altri».

«Quando hai intenzione di parlarle?»

«Vengo da voi domani, preferirei tu non fossi nei paraggi perché finiresti per dire qualche scemenza che la farebbe innervosire».

Tornai a casa con un misto di speranza e timore.

Non sapevo come avrei fatto, ma era come se la sorte cospirasse in mio favore.

Come se quella difficoltà fosse solo un ostacolo momentaneo, per farmi pregustare ancora meglio il mio futuro.

Arrivata a casa, fui accolta da risate alcoliche provenienti dalla cucina e da una puzzolente nuvola di fumo all'odore di pesce al forno.

Betty, Paul e la mamma stavano finendo di cenare.

Una teglia unta con resti di una testa di pesce e alcune patate al rosmarino giaceva abbandonata nel lavabo insieme a una gran montagna di piatti.

Si erano scolati due bottiglie e stavano fumando e mangiando biscotti.

Si voltarono e mi salutarono calorosamente tutti insieme, invitandomi a sedere con loro.

«Paul ha cucinato una spigola al forno straordinaria», disse Betty un po' brilla.

«Si sente!», commentai addentando un biscotto.

«Straordinaria... adesso non esagerare, ha fatto tutto il forno!», rispose imbarazzato.

La mamma era serena e sorridente, la pace regnava e tutto andava bene.

Bevve un sorso di vino e poi disse: «Dài Betty, ci fai un giro di carte?».

Era veramente di buon umore se voleva sfidare il destino in un momento propizio.

Paul sembrò in difficoltà, non mi pareva il tipo da tarocchi e si offrì di lavare i piatti.

Forse non era una lince, ma in fondo doveva essere un tipo a posto, e se riuscivo a lavorarlo ai fianchi, sarebbe potuto diventare un ottimo alleato.

Betty mi lanciò un'occhiata di sfuggita e presi la palla al balzo.

«Okay ragazzi, buonanotte, vi lascio ai giochi dei grandi!».

Baciai mamma e Betty e salutai Paul con la mano.

Non eravamo certo intimi.

Lui mi guardò con l'aria del cane bastonato.

Se gli avessi proposto di guardarci una televendita avrebbe accettato di certo.

Presi il telefono dal tavolino in corridoio e salii in camera per chiamare Nina, maledicendo il pesce al forno: la casa era appestata, ma fuori la temperatura era in picchiata e non potevo aprire la finestra senza congelarmi.

«Stavate provando?», le domandai senza neanche darle il tempo di dire *pronto*.

«Abbiamo provato tutto il pomeriggio, sta andando alla grande!».

Il suo entusiasmo così genuino e spontaneo non bastò a farmi rimanere indifferente, ma mi sforzai di non pensarci.

In fondo lo avevo rifiutato io e non potevo certo lamentarmi adesso.

«Già provata la scena del bacio?», chiesi mangiandomi le unghie.

«Non ancora, preferisco conoscerlo meglio prima, non sono una facile!».

«Lo so, ricordati le mentine».

«Come stai tu?»

«Qui da me c'è la serata delle streghe, Betty fa i tarocchi a

Paul... lascia perdere, domani però Claire vuole parlare alla mamma per la scuola, e non devo essere in giro, ti va di uscire?»

«Mmm... domani pomeriggio veramente ho accettato l'invito di Carl ad andare al centro commerciale per comprare il DVD di *Mamma Mia!*...».

«Tu al... centro commerciale?»

«Sì, lo so, ma ormai gli ho detto di sì e non sarebbe carino disdire... Vieni con noi? Dài ti prego, voglio che vieni anche tu!», mugolò.

«Ma Carl non mi vuole di certo tra i piedi».

«Che? Scherzi? Ci penso io, ci parlerò e se lui non ti vuole non reciterò più con lui, questo è certo!».

«Non so dài, vediamo domani...».

«Ah! Mi ha chiamato Pat, ha detto che vi siete sentiti!».

Fui colta sul vivo.

«Sì, l'ho voluto ringraziare per avermi riportato la bici prima di partire, è stato carinissimo...».

«Sì, Pat è sempre fantastico, meno male che c'era lui altrimenti non voglio immaginare cosa ti sarebbe potuto succedere, è un angelo a volte».

«Già, meno male che c'era lui», risposi senza sbilanciarmi oltre.

Ci salutammo e riattaccai pensierosa.

Era tutto in bilico, la mia intera vita era in bilico: da una parte tutto e dall'altra niente, da una parte la scuola di danza e dall'altra un lavoro squallido, da una parte un amore vero e dall'altra un sogno. E niente dipendeva da me.

Non ero mai stata tanto in balia degli eventi e odiavo sentirmi così, mi faceva crescere dentro una rabbia sorda e dolorosa che sedimentava e mi avvelenava.

Ero in gabbia.

Scesi a rimettere il telefono al suo posto e di nuovo il mio orecchio fu attratto irresistibilmente dalla porta della cucina chiusa, dove mi misi di nuovo a origliare.

Erano tutti in silenzio, non potevo immaginare se fosse un buono o un cattivo segno.

Ecco che Betty parlò.

Doveva essere il secondo giro di carte per la mamma, perché disse: «Vedi El? Ecco la conferma a quello che ti dicevo prima, dovresti riflettere seriamente su quella proposta».

Quale proposta, quale proposta, quale proposta?

«Ma se accetto poi...».

«Se accetti cambieranno un po' di cose, ma è quello che volevi no?»

«Ci penserò allora, e questa cos'è?»

«La Papessa? Se non è il preside della tua Facoltà è di certo tua madre... è curioso, anche Mia aveva una disposizione simile».

«MIA? HAI FATTO LE CARTE A MIA?».

Corsi in camera più veloce di un fulmine e mi infilai a letto vestita fingendo di dormire.

Sentivo Betty giustificarsi dicendo che aveva fatto un giro per gioco perché avevo insistito e si era inventata tutto, che alla mia età le carte non funzionano e comunque non l'avrebbe fatto più.

Poi tornò il silenzio, ma a quel punto non potevo scendere ancora senza essere colta in flagrante e mi addormentai divorata dalla curiosità.

L'indomani, dopo la scuola, aspettavo i piccioncini seduta sul muretto dell'ingresso.

Fui sorpresa dal vedere che erano in tre.

Carl, all'ultimo minuto, aveva pensato bene di trovarmi un accompagnatore.

Lo detestavo con tutta me stessa, ma sorrisi ugualmente a trentadue denti.

«Mia, questo è Alex, viene anche lui con noi».

«Ah! Ma guarda un po', un altro appassionato di musica!».

Mi guardò interrogativo.

«Lascia stare, scherzavo. Piacere, Mia». Gli strinsi la mano.

Con la coda dell'occhio vedevo Carl sorridere.

Nina e Carl si avviarono e io e Alex li seguimmo.

Alex aveva i capelli corti rosso carota, era magrissimo e col viso pieno di lentiggini, ma soprattutto era alto almeno trenta centimetri più di me.

L'effetto comico era assicurato.

Giunti alla fermata dell'autobus Carl si offrì di pagare il biglietto a Nina, così il povero Alex fece altrettanto per me, gesto che ci imbarazzò non poco.

Nina e Carl non perdevano occasione per ripetere qualche battuta del loro repertorio, erano insopportabili, quindi trascinai Alex a sedersi in fondo per lasciarli soli.

«È molto che vi conoscete tu e Carl?»

«Non moltissimo a dire la verità...».

«Tipo?»

«Mah, credo una settimana!».

Uno sfigato. Carl mi aveva presentato appositamente uno sfigato.

Lo credevo più maturo.

Una volta arrivati al centro commerciale Nina si scatenò.

Allegra ed euforica, entrava in tutti i negozi chiamando Carl che la seguiva come un'ombra, anticipando i suoi desideri.

«Provati questo cappellino Nina, scommetto che ti sta una favola».

E lei se lo provava e sorrideva come una bimba bellissima chiedendoci: «Come sto?».

La cosa andò avanti per tutto il pomeriggio.

Nel frattempo a casa si stava probabilmente consumando una tragedia fra Claire e la mamma.

«Ti va un gelato?», dissi ad Alex. «Offro io».

Mi seguì a un tavolo libero e ordinammo due gelati alla panna con granella di cioccolato.

Non era un gran chiacchierone, ma non contava poi molto.

«Ho saputo che balli un assolo nello spettacolo».

«Già», risposi molto più impegnata a leccare la cialda al cioccolato che a partecipare alla conversazione.

«E con chi lo balli?»

«Un assolo si balla da soli», risposi aggrottando la fronte.

«Io sono nel corpo di ballo degli "impediti" invece, quelli che ballano con le pinne e fanno i cretini dietro ai protagonisti, hai presente?»

«Be', sembra divertente...».

«No, non lo è invece! Sono il più alto di tutti e spicco come un lampione fra i nani da giardino!». Poi mi guardò e aggiunse: «Scusa, non intendevo te...».

«Non ti scusare, è la verità». Risi.

«In più non azzecco un passo neanche per sbaglio, eppure la musica è un po' come la matematica no? Sono un genio in matematica, ma con le gambe non so fare altro a parte camminare!».

«Sei bravo in matematica?»

«Fra i più bravi della scuola», disse con un certo orgoglio.

«Allora perché non facciamo così: io ti insegno a muovere i piedi a tempo e tu mi insegni matematica». Gli tesi la mano.

«Ci sto!», rispose convinto.

Nina e Carl ci raggiunsero proprio mentre ci stringevamo la mano.

«Ehi, piano con le effusioni, sono solo le cinque del pomeriggio!», disse Carl.

Lo guardammo male tutti e due.

«Abbiamo fatto un patto», dissi mentre Nina finiva il mio gelato, «lezioni di danza in cambio di lezioni di matematica».

«Fantastico!», disse Nina accalorandosi, «Mia è la più brava ballerina del mondo e diventerà una stella di prima categoria!».

«E le ballerine mangiano chili di gelato?», replicò Carl acido.

Mi limitai a ignorarlo, era l'unica arma contro la provocazione, ma morivo dalla voglia di rovesciargli quello che restava della coppa.

«Carl, non essere scortese! Mia è sempre stata uno scricciolo, se c'è qualcuno che può mangiare quello che vuole è proprio lei, io invece mi sa che sto ingrassando...», disse sfiorandosi i fianchi.

«Tu sei splendida Nina, una modella!», proseguì Carl.

Nel frattempo Alex, totalmente escluso dal fuoco incrociato, si era acceso una sigaretta e aveva raggiunto l'angolo fumatori.

Quel pomeriggio mi sembrava non dovesse finire mai.

Era quella la mia concezione dell'inferno: tutta l'eternità a girare a vuoto in un centro commerciale con le luci al neon e hostess che ti spruzzano profumi orribili addosso.

Fuori era già buio quando finalmente andammo a prendere l'autobus e il vento soffiava forte, così Carl ne approfittò per stringere Nina sotto la sua "ala protettrice".

Arrivai a casa e mia madre mi accolse con un gelido: «Dovevi proprio mandare Claire a cercare di convincermi?».

Era andata male.

«Mamma, non te l'ho *mandata*, è ovvio che è una cosa a cui tiene almeno quanto me e vuole cercare di trovare una soluzione».

«Tesoro mio», disse *tesoro* a denti stretti, «una soluzione non c'è, a meno che non ci mettiamo a giocare alla lotteria e poi credevo che fossimo d'accordo».

«No, mamma non siamo d'accordo, mi hai dato una sola scelta e io non posso fare altro che accettarla, non penserai che mi arrenda così, senza provarci!».

Non aveva voglia di discutere con me, probabilmente Claire c'era andata giù pesante e l'aveva sfinita.

Mi ignorò e andò in cucina ad apparecchiare, mentre Paul, col grembiule in vita, tritava allegramente il prezzemolo sorseggiando un bicchiere di vino.

Sembrava uno di quei cuochi della televisione con le mani grandi e veloci che risolvono tutto con un piatto di pasta al pesto.

Almeno lui era sereno, o se non altro si sforzava di rendere piacevole l'atmosfera.

«Hai fame Mia?», mi chiese sorridente. «C'è l'arrosto stasera!».

«Ho mangiato troppo gelato oggi, scusa, ma non ho fame».

Parve deluso, non volevo che pensasse che rifiutavo la sua cucina.

Squillò il telefono e la mamma andò a rispondere, poi si chiuse in salotto.

Io e Paul rimanemmo soli.

«Mi dispiace di aver invaso il campo, sono... un po' ingombrante», disse impacciato.

«Tranquillo, tanto torno praticamente solo a dormire».

Ci guardammo imbarazzati.

«E così sei una ballerina».

Perché quando qualcuno voleva fare conversazione con me esordiva sempre in quel modo?

«Sì, o meglio, vorrei esserlo, ma *qualcuno* non è d'accordo».

«Intendi tua madre?»

«No, York, è lui che si oppone!». Mi morsi la lingua.

Sorrise.

Si sedette al tavolo davanti a me.

«Ti sembrerà strano, ma capisco cosa provi. Noi adulti facciamo delle scelte e finiamo per coinvolgere tutti quelli che abbiamo intorno, specialmente i figli. Io ne ho due, ho due ragazze a casa che hanno quasi la tua età e che ora mi odiano, pensi che io stia bene? Che sia contento di stare con gli scatoloni nel vostro garage? No, non lo sono, ma in questo momento non ho altra scelta». Bevve un sorso e proseguì. «Non siamo infallibili, anzi, facciamo più che altro degli errori, ma li facciamo sempre pensando al vostro bene».

«Sì, ma qui nessuno pensa al mio bene, se devo scegliere un futuro che non mi rende felice!».

«Sì lo capisco, ma...».

«Capite! Capite! Tutti a dirmi che capite, ma poi alla fine si fa comunque a modo vostro!».

«Non è che tua madre si diverta a non poterti accontentare, ma per il momento non c'è altra alternativa. Però non è detto che le cose non debbano migliorare!».

«Paul, tu non ti rendi conto, non si tratta di diventare un cuoco o uno scrittore, è adesso o mai più! Una ballerina ha solo un numero limitato di anni da sfruttare, adesso il mio corpo è in crescita e può ancora modificarsi e migliorare, ma fra qualche anno non sarà più possibile e non avrò più altre occasioni!». Avevo la voce rotta.

Paul parve disorientato.

«Non immaginavo che fosse così... rigoroso», disse prendendomi un fazzoletto di carta, «credevo che un anno più o un anno meno non avrebbe fatto una gran differenza».

Mi soffiai il naso.

«Fa un'enorme differenza invece e sono sicura che Claire lo ha detto alla mamma».

«Lei soffre molto per non poterti accontentare, ne parliamo tutte le notti, ma comunque la mettiamo, il problema rimane: ci vogliono troppi soldi!».

«Paul», dissi con gli occhi lucidi, «ma se fosse tua figlia a chiederti una cosa del genere cosa faresti?».

Deglutì.

«Per fortuna le mie figlie non sanno ballare...», rispose stringendosi nelle spalle. «Amy suona il pianoforte però».

«Ecco! Immagina che Amy volesse tanto andare a Londra a frequentare la migliore scuola di musica e che le dicessero che è davvero brava, ma sua madre si opponesse. Tu non faresti l'impossibile per lei?».

Vidi il gigante buono vacillare.

«Io... non so cosa farei».

«Non soffriresti sapendo che *tua* figlia Amy piange e si dispera perché vede il suo sogno sfumare?».

D'accordo ero scorretta, ma stavo giocando il tutto per tutto.

«...In più i suoi genitori si separano e magari tua moglie le parla male di te! Hai pensato a una cosa del genere?».

Si passò le mani sulla testa confuso.

«Tu hai fatto la tua scelta e te ne sei andato, ma loro? Le tue figlie? Che ne sarà di loro? Guardami Paul, potrei essere tua figlia e non chiedo altro che studiare danza nella migliore scuola del mondo, è così sbagliato?»

«No, non lo è», rispose asciugandosi una lacrima col dorso della mano, «non è così terribile, ci dovrebbe essere una soluzione...».

«Esatto! E la soluzione è mia nonna Olga, lei può risolvere tutto!», conclusi trionfante.

Mi soppesò un attimo con lo sguardo.

«Mia...», disse schiarendosi la voce, «io so perfettamente che mi consideri un imbecille, ma non è che non mi accorga che stai cercando di corrompermi da quando sei entrata!».

«In effetti ti facevo meno sveglio. Sei forte invece!». Gli assestai un pugno sulla spalla enorme.

«Dài, ti prometto che proverò di nuovo a parlare con lei, d'accordo? Non ti garantisco nulla, ma tentar non nuoce».

La mamma entrò subito dopo, si accorse della nostra aria da cospiratori, ma decise di ignorarci.

«Che ti ha detto Claire?». Non ce la facevo più ad aspettare.

«Che sei bravissima, che saresti un talento sprecato e che ti hanno fissato l'audizione», rispose prendendo i piatti.

«E non sei contenta?», chiesi leggermente irritata.

«Certo che lo sono, ma tutto questo mi fa soltanto sentire la peggiore delle madri! Cosa vuoi che faccia, che vada al monte dei pegni domani prima di passare a rapinare una tabaccheria?».

Mi guardò con aria provocatoria.

Guardai Paul per incitarlo a dire qualcosa, ma annaspò soltanto.

«Be', mamma, sai cosa ti dico? Che sei davvero la peggiore delle madri!».

«Non lo pensi!».

«Sì che lo penso!».

E uscii sbattendo la porta.

Me ne andai in camera a sbollire la rabbia.

Se fosse successo a Nina, i suoi non avrebbero mai ostacolato i suoi desideri, ma a quanto pareva il destino con me era molto più ostile.

Mi venne voglia di chiamare Patrick di nuovo, ma sarebbe stato troppo: non avevo altre scuse pronte.

Di studiare non se ne parlava, non riuscivo a concentrarmi nemmeno quando non avevo niente a cui pensare, e ora, con quello che stava accadendo, era impossibile.

Forse avrei potuto mandargli un messaggio di quelli vaghi, giusto un salutino.

Avevo bisogno di qualcosa di positivo.

Mi concentrai, col cuore in gola, sulle parole da scrivergli.

Poche, magari simpatiche, e soprattutto degne di risposta.

Tentai più volte, ma tutto quello che scrivevo mi sembrava stupido e innaturale.

Finché mi resi conto che tutto quello che potevo fare era essere me stessa:

«Sono incazzata nera Pat, mia madre non può mandarmi alla Royal Ballet School e io mi sento piccola e impotente».

Poi buttai il telefono sul letto e me ne andai in bagno a lavarmi i denti.

Quando tornai in camera il telefono stava squillando un'ultima volta.

Stramaledicendomi presi in mano il cellulare e selezionai la chiamata persa.

Era lui.

Lui!

Gli avevo chiesto aiuto e lui me lo stava dando, e io andavo a lavarmi i denti.

Pessima trama davvero.

Adesso avevo una buona scusa per richiamare però.

Sentivo i brividi dalla testa ai piedi e le farfalle allo stomaco, come accadeva solo con lui.

«Pronto Pat, scusami ho perso la chiamata...».

«Tutto bene *broncio*? Non ti ho mai sentita così arrabbiata, cosa ti hanno fatto?».

Broncio... aveva fatto un passo indietro.

«La mamma non può pagarmi gli studi e io non so come fare, ecco tutto».

«Hai già tentato tutte le strade?»

«Quelle legali sì».

«Vuoi che chieda a mia madre di parlare con la tua?»

«No, ci hanno parlato già tutti, e lei si sta innervosendo».

«C'è sempre una soluzione Mia, ricordatelo, qualunque cosa accada cerca sempre un piano B».

Pat era incredibilmente pratico.

Non si perdeva mai in chiacchiere, se c'era un problema cercava immediatamente la soluzione.

Capivo perché avesse scelto la carriera militare, riusciva a creare spirito di gruppo e faceva sentire tutti importanti, senza prendersi mai il merito dei suoi successi.

«Non c'è un piano B, ho provato tutto, ma non c'è!».

«Hai parlato con tuo padre? Hai prospettato a Elena la possibilità di andare a vivere da lui? Hai pensato a una borsa di studio?»

«Sì, Pat, eccetto mio padre che non ha neanche una camera in più, il resto è già stato scartato».

«Mia, non ti abbattere!», mi esortò. «So che adesso ti senti da schifo, ma non ti arrendere, hai capito? Non ti arrendere mai. Penserò anch'io a qualcosa, ma non voglio che ti butti giù, okay?».

Sembrava che mi tenesse il viso con le mani e mi parlasse guardandomi dritto negli occhi.

E mi mancò in un modo indescrivibile, tutto di lui mi mancava da impazzire.

Volevo abbracciarlo, volevo baciarlo, volevo stare con lui.

E crollai a piangere.

Come una stupida.

«Mia tesoro, calmati. Adesso calmati!», mi disse con voce incoraggiante.

Come se mi accarezzasse la testa.

«Scusa Pat, sono un'idiota, una mocciosa idiota».

«Mia, sei solo stanca e hai i nervi a pezzi, è solo questo. Ma va tutto bene, io ci sono, io sono qui, okay?».

Annuii in silenzio.

«Mi hai sentito Mia? *Io ci sono*».

Non solo lo avevo sentito, ma lo avevo già scritto sul mio quaderno.

Era molto più di quello che mi aspettavo di sentire ed era anche tutto quello che avrei voluto sentire.

E per quella sera il mio futuro poteva attendere.

CAPITOLO UNDICI

Nina si sedette al banco e mi guardò con aria esitante.

Come se morisse dalla voglia di dirmi qualcosa senza sapere da che parte cominciare.

Sapeva che c'eravamo sentiti? Dovevo dirglielo?

Decisi di no. In fondo non ero proprio obbligata a raccontarle tutto.

«Mia», iniziò, «c'è qualcosa che devo dirti».

«Ti ascolto», le risposi cercando di nascondere l'inquietudine.

«Io e Carl... be'...».

Avevo capito benissimo, ma volevo sentirglielo dire.

«Tu e Carl... cosa?»

«Io e Carl... ci siamo messi insieme», disse con un filo di voce.

Lo stomaco si strinse in un nodo.

Volevo dimostrarle gioia o empatia o anche solo entusiasmo, ma mi uscì una specie di suono strozzato.

Poi per compensare le dissi tutto d'un fiato: «Bene! Che bello Nina! Evviva!».

«Non mentire, non sei contenta!», rispose accasciandosi.

«Ma sì che lo sono!». L'abbracciai di slancio. «Sono contenta per te, è vero che è un po' strano, ma sono davvero contenta e lui è un ragazzo fantastico».

«Ma sei sicura che non ti dispiace?», mugugnò con la testa sulla mia spalla.

«Non mi dispiace, te l'ho detto, fra noi non poteva funzionare e infatti non ha funzionato».

«Ho la tua benedizione?»
«Hai la mia benedizione!».
«Giuri?»
«Giuro!».
Entrò l'insegnante di francese, l'unica materia che mi piaceva un po' perché mi aiutava nella pronuncia dei passi di danza, e la lezione passò in fretta, soprattutto perché non facevo altro che ripensare alle parole magiche di Patrick: «*Io ci sono*».

Le aveva pronunciate con una tale intensità e un tale trasporto che ancora mi facevano vibrare l'anima.

Speravo che Nina provasse le stesse cose nei confronti di Carl e che lui la ricambiasse.

Il pomeriggio ci aspettavano in palestra le prove di *Mamma Mia!* e, come avevo promesso ad Alex, dovevo insegnargli a ballare.

Raramente mi era capitato di vedere qualcuno altrettanto goffo.

Sembrava un burattino: se non tiravi i fili non riusciva a coordinare la destra con la sinistra e anche quando camminava tendeva a oscillare da una parte.

L'impresa si faceva molto più ardua del previsto.

Era più facile per me vincere il Nobel per la matematica che per lui girare su un piede.

Dall'altra parte della palestra Carl e Nina amoreggiavano sfacciatamente.

Non si poteva dire che non fossero nella parte, ma tutte quelle effusioni erano fastidiose.

O meglio, lo erano per me.

E ogni volta che li osservavo, notavo che Carl stava già guardando nella mia direzione.

Una coincidenza straordinaria davvero!

Alex, nonostante la buona volontà, continuava a sbagliare il tempo, si innervosiva e faceva innervosire anche me, perciò decisi di portarlo fuori.

Uscimmo dalla palestra e ci dirigemmo verso il parco.

Camminavamo calpestando l'immenso tappeto ocra di foglie secche che scricchiolavano sotto i nostri piedi. Era un autunno particolarmente rigido e cupo, gli alberi con le loro braccia ossute si stagliavano sopra di noi con aria depressa.

Ci sedemmo su due altalene.

«Faccio schifo, sono il peggiore della scuola!», disse arrabbiato.

«Alex, ti risponderò con un proverbio africano che dice: "Se sai parlare sai anche cantare, se sai camminare sai anche ballare"».

«Non sono sicuro neanche di sapere camminare».

«Ho visto di meglio in effetti, ma ci possiamo lavorare», risposi cercando di convincere anche me stessa.

«È frustrante, non ho rivali in matematica e a ballare sono l'ultimo degli ultimi».

«Be', pensa che palle se fossi il primo anche a ballare! Non avresti neanche un amico», dissi spingendomi avanti e indietro.

«Come fai a ballare così bene Mia?»

«Io? Semplice, sono una schiappa in matematica!».

Rise.

«Il problema Alex è che tu ci pensi troppo», dissi dondolandomi, «stai lì a contare i passi invece di lasciarti andare e permettere alla musica di guidarti».

«Sembra facile...».

«E lo è, forse è per questo che non ci riesci! Tu sei uno che ama le cose complicate, che deve pensare, calcolare e trovare soluzioni, ma qui non c'è proprio niente da risolvere, per questo ti inceppi!».

Rallentai e scesi con un balzo dall'altalena.

«Dài alzati!», gli ordinai.

Ci mettemmo uno di fronte all'altra e gli presi le mani.

«Adesso chiudi gli occhi e fai un respiro profondo... un altro... e un altro ancora...».

Quando si fu rilassato cominciai a canticchiare: «*If you change your mind... I'm the first in line...*».

Sorrise e diventò rosso.

«No, dài Mia, mi vergogno!».

«Sono la tua insegnante e ti ordino di non vergognarti! Dài, da capo, canta con me...».

«*If you change your mind... I'm the first in line...*».

«*...honey I'm still free...*».

«*Take a chance on me...*».

Cominciai a guidarlo nei passi.

«*If you need me let me know...*».

«*...gonna be around...*».

Si muoveva! Come un orso ammaestrato, ma si muoveva, senza pensare e senza guardarsi i piedi.

«*If you've got no place to go...*».

«*If you're feeling down...*».

«Mia, sto ballando...».

«Alex, stai ballando alla grande!».

«*If you're all alone...*».

«*...when the pretty birds have flown...*».

«*...Honey I'm still free*».

«*...Take a chance on me*».

«Bravissimo!».

Gli gettai le braccia al collo, mi sollevò come una piuma e mi fece girare continuando a cantare.

«*Gonna do my very best and it ain't no lie*».

«*If you put me to the test, if you let me try!*».

«Hai visto com'è facile?»

«Mia Foster, sei un fottuto genio!».

«Aspetta a dirlo quando avrai tentato inutilmente di spiegarmi le equazioni!».

«Sarà il mio obiettivo per il prossimo mese, se non ci riuscirò farò l'assolo al posto tuo!».

«Occhio, che se perdi devi metterti un tutù rosa!».

«Sarà perfetto con i miei capelli».

Rientrammo in palestra.

Alex aveva un'aria molto più coraggiosa di quando eravamo usciti, camminava a testa alta e andò a raggiungere i suoi compagni per provare il numero.

Mi sedetti a guardarli insieme a Nina e Carl.

Alex non aveva più paura, sbagliava e ricominciava cantando a squarciagola e divertendosi come un matto.

Nina si girò verso di me sbalordita e mi chiese: «Ma che gli hai fatto?».

Mi strinsi nelle spalle.

«Gli avrà dato delle false speranze!», bisbigliò malignamente Carl.

Se le prove a scuola non erano andate così male, quelle con Claire furono un vero disastro.

Aveva un diavolo per capello per come erano andate le cose con mia madre e tutto il resto franava di conseguenza.

In più, il fatto che avessi accettato di fare l'assolo a scuola, togliendo tempo alle prove dell'audizione, la mandava in bestia.

Mentre mi riscaldavo alla sbarra, mi ripeteva che ero stata superficiale e che non mi rendevo conto, che neanche mia madre si rendeva conto e che lei non aveva tempo da perdere.

«Tu credi che io mi diverta a passare ore e ore a insegnarti? Se hai voglia di giocare questo non è il posto giusto: qui si lavora e non si ballano gli Abba! Se credi di essere così avanti da poterti permettere il lusso di sacrificare ore di studio per un saggio, fai pure, poi non venire a piangere da me!».

Cercavo di ignorarla, ma il suo atteggiamento mi innervosiva: come se fosse colpa mia, come se non lo volessi abbastanza.

Se mi fossi incatenata davanti alla Royal Ballet sarebbe cambiato qualcosa?

Fu quando mi bacchettò il polpaccio dolente durante un *grand battement* che persi definitivamente la pazienza.

«Adesso Claire finiscila!», sbottai.

Mi guardò sorpresa.

Era la prima volta che mi ribellavo a lezione.

«Sto vivendo un inferno da quando mia madre si è opposta all'idea della scuola di danza e non faccio altro che parlare con persone che potrebbero in qualche modo aiutarmi e tu, invece di essere dalla mia parte, mi complichi le cose! Credi che io non lo voglia veramente? Che non pianga tutte le notti perché non trovo soluzioni? E tu cosa mi dici? Che sono una presuntuosa perché a scuola devo fare un balletto di tre minuti che mi ha imposto la preside? Ma chi ti credi di essere? La Pavlova solo perché hai ballato a New York prima della guerra? Sei solo una...». Non volevo dirlo, giuro che non volevo, ma ero così ferita, arrabbiata e fuori di me che vomitai fuori la maledetta parola di sette lettere.

Il silenzio che seguì l'eco di *fallita!* fu quanto di più gelido ci potesse essere.

Mi voltai e corsi a prendere la mia roba in un angolo per terra e lasciai la sala senza voltarmi dalla vergogna che provavo per aver detto una cosa tanto brutta e crudele e che ormai non potevo rimangiarmi.

Uscendo incrociai il giovane Chester.

«Stronzetto!», gli ringhiai a denti stretti mentre guadagnavo l'uscita a lunghe falcate.

A casa mi aspettavano altre discussioni.

Non ne potevo più, cominciavo a desiderare l'apatia di mio padre.

Stavolta i protagonisti erano mia madre e Paul e sempre, inevitabilmente, per colpa mia.

Adesso lei ce l'aveva con lui perché aveva preso le mie difese.

La sentii urlare da fuori dalla porta: «Domani anche il panettiere mi dirà "lei è quella stronza che non vuole che sua figlia diventi una ballerina!"».

Stavo per infilare la chiave nella serratura quando squillò il mio cellulare.

Era Alex.

«Ciao Mia, sono insieme a Carl e Nina e mi stavano dicendo se, *per caso*, ti andrebbe di passare il prossimo fine settimana a casa di Nina a Bath».

La sentivo ridere in sottofondo.

«Perché non me lo chiede lei?»

«Perché mi ha detto che avresti detto di no».

«Infatti è no!», risposi secca.

Che cosa intendevano fare quei due adesso? Cercare di farci mettere insieme?

Questa mania di accoppiarsi per forza stava diventando irritante.

«Passamela!», ordinai.

Nina prese il telefono.

«Scusami, è stata un'idea mia».

«È un'idea stupida!».

«Hai ragione, ma vorrei che venissi, mia mamma non mi manda da sola con Carl e ci potremmo divertire tutti e quattro».

«Scusa Nina, forse non ho capito, stai invitando anche noi due solo perché non ti mandano da sola con Carl? Almeno il buon gusto di non dirlo...».

«No, no, no! Non è così Mia, mi sono spiegata male. Non ti

avrei invitata perché non avrebbe avuto senso andare in tre e non voglio metterti in difficoltà per via di Carl, ma sei anche la mia unica possibilità per passare un fine settimana da soli... Sai che ti dico sempre la verità, allora ho pensato che, visto che vai d'accordo con Alex, avremmo potuto andare tutti insieme, senza secondi fini né niente».

Non sapevo cosa rispondere.

«Dài ti prego, ti ricordi quanto ci divertivamo quando eravamo bambine?»

«Mi ricordo che ci annoiavamo a morte, che i nostri genitori erano sempre alle terme e noi passavamo le giornate a casa tua a fingere di essere prigioniere del castello! Non ci siamo mai divertite Nina, odiavamo andare a Bath e lo sai!».

«Ma ora è diverso, siamo grandi, staremo tutti insieme, sarà divertente!».

«Nina, tu vuoi solo passare la notte con Carl, e non hai bisogno di me per questo!».

Mi stava mettendo in difficoltà.

Non avevo nessuna voglia di passare un fine settimana con Carl che non perdeva occasione per tirarmi frecciatine velenose.

Certo, se ci fosse stato Patrick la cosa sarebbe stata diversa, ma non era quello il caso.

«Mia, davvero è un no?». Me lo chiese con la voce delusa e triste e io quel giorno avevo già ferito abbastanza persone.

Sospirai.

«Nina... uff... d'accordo».

«Sììììììì!», mi urlò nell'orecchio. «Sei stupenda, ti voglio troppo bene Mia, farò tutto per te, tutto, chiedimi qualunque cosa!».

A tempo debito, pensai.

«Ripassami Alex adesso».

«Certo! Tutto quello che vuoi!».

«Ehi Alex, non metterti strane idee in testa, vengo con voi

per fare un piacere a Nina e non voglio pentirmene, hai capito bene?»

«S-sì!», balbettò.

«Bene! È tutto quello che volevo sapere. Ci vediamo a scuola».

Riattaccai ed entrai in casa.

«Zitto è arrivata!», sentii dire bruscamente.

«Il panettiere dice che sei una stronza perché preferisci che io mi droghi al farmi diventare una ballerina!», le dissi cercando di sdrammatizzare.

Paul comparve sulla porta mostrandomi i palmi delle mani in segno di resa.

Scossi la testa delusa e salii in camera.

«A proposito», aggiunsi salendo, «sabato prossimo vado a Bath con Nina, Carl e un ragazzo che non conosci, e non puoi dirmi di no perché non mi mandi alla Royal!».

«Senti un po' signorina!». Si affacciò alla porta della cucina col dito alzato cercando le parole, ma non ne trovò.

Adesso non poteva impedirmi di fare niente.

Ma a me non importavano le altre cose.

Avevo un sacco di compiti da fare, fra cui tre tesine importantissime per la mia ammissione all'esame finale e non avevo idea da che parte cominciare.

Per entrare alla Royal avrei dovuto scegliere materie artistiche come musica, storia della danza, o del teatro, ma se invece volevo entrare in una scuola tecnica, come desiderava la mamma, dovevo scegliere matematica, o fisica, diritto o scienze e solo l'idea mi dava la nausea.

Avrei fatto credere a mia madre di scegliere materie scientifiche, mentre mi sarei preparata in quelle artistiche.

Non mi sarei arresa, semplicemente non potevo...

Era follia pura, ma mai come in quel momento mi sentivo lucida e padrona delle mie azioni.

Speravo che un giorno ci avrei riso su, rilasciando un'intervista a «Dance today» nel mio camerino, ma per il momento era la cosa più rischiosa e assurda che avessi mai deciso di fare.

Dovevo darci dentro, dovevo essere promossa.

Il problema è che la mia testa e il mio cuore erano da tutt'altra parte.

Mi misi a lavorare al computer: una vecchio PC che era appartenuto a mio padre, lento e con i tasti che saltavano e cominciai a scrivere una tesina su Shakespeare.

Dopo un'oretta bussarono alla mia porta.

Era Paul.

Era la prima volta che entrava in camera mia, ma apprezzai il tentativo di avvicinamento nonostante non gli avessi reso la vita facile.

«Disturbo?», chiese.

«No, entra, tanto so già cosa vuoi dirmi», risposi senza alzare la testa.

«Tua mamma è un osso durissimo», disse sedendosi in un angolo della sedia sommersa dai vestiti.

«Lo so».

«Adesso lei pensa che stia prendendo le tue difese e non vuole più rivolgermi la parola».

«Oh vedrai, durerà settimane, è imbattibile in questo».

«Davvero?», chiese allarmato.

«Certo, una volta non mi parlò per quasi un mese, comunicava con i bigliettini».

«E quando smise?»

«Quando le diedi ragione e lei rispose: "Ce ne hai messo di tempo!"».

«E aveva ragione?»

«No, ma non ne potevo più di parlare col cane».

Parve pensieroso.

«Oh, ma non ti preoccupare», aggiunsi, «per tutto il resto è fantastica! Eccetto per quel suo piccolo vizietto...».

«Quale vizietto?».

Feci il gesto di alzare il gomito.

«Beve?»

«Sì, ma solo grappa e non più tanto spesso, ogni tanto la nasconde nella bottiglia dello shampoo...».

«Ma... non me lo aveva detto», rispose disorientato.

Dio come mi divertivo!

«E ogni tanto ruba, ma solo nei mercatini... dopo quella volta che ha fatto tre notti alla centrale di Leicester sta alla larga dalle profumerie».

Paul era sconvolto, mi guardava allibito con una mano sulla fronte.

Gli scoppiai a ridere in faccia.

«E dài Paul, ma guardati! È possibile che non capisci mai quando uno scherza?!».

Gli lanciai un peluche che lo colpì in piena faccia.

«È... è uno scherzo?», ripeté non del tutto convinto.

«No, è agli arresti domiciliari, in realtà ha ucciso mio padre con un osso di prosciutto e ci ha fatto il sapone».

La sua faccia era qualcosa di indescrivibile, mentre io ridevo a crepapelle tenendomi la pancia.

«Paul, ascolta, se vuoi che diventiamo amici, devi cominciare a capire le battute, okay? Mia madre è la cosa più bella che poteva capitarti, mettitelo bene in testa e questo non è uno scherzo!».

«Uff... tu sei matta, non farmi mai più uno scherzo simile!».

«Oh sì invece, sei diventato il mio bersaglio preferito!».

Sorrise, poi si rabbuiò.

«Mi dispiace tanto Mia, avrei voluto aiutarti».

«Non preoccuparti, sapevo che non ci saresti riuscito, ma mi ha fatto piacere che tu ci abbia provato».

«Non sono tanto bravo a convincere la gente, sono un pessimo parlatore, per questo adesso la mia ex moglie si porta via la casa e metà del mio stipendio».

«Gesù, ma è orribile, che le hai fatto?»

«Niente», rispose sconsolato.

«Niente?... Sputa il rospo! L'hai tradita con la sua migliore amica?»

«No, no, lei mi ha tradito con il mio migliore amico!».

«Che sfiga Paul! E non l'hai lasciata?»

«C'erano le bambine piccole e non le volevo perdere, così ho sopportato pazientemente per tutti questi anni, ora loro sono abbastanza grandi per capire...».

«E capiscono?»

«Mica tanto, perché vivono con la madre e non mi vogliono parlare, pensano che sia un mostro».

«Più che un mostro mi sembri un gigante buono, hai l'aria di qualcuno che non farebbe del male a una mosca».

«A quanto pare sì, sono maldestro e quando devo dire qualcosa di importante mi blocco e lascio che gli altri parlino per me, la mia ex moglie è bravissima a farmi passare per un deficiente».

Non era proprio così difficile, pensai, ma cominciava a farmi una gran tenerezza.

«Che lavoro fa tua moglie?»

«È un avvocato...».

«Hahahahahaha! Bella battuta Paul! Stai imparando in fretta!».

«No, non è uno scherzo, è un avvocato divorzista».

«Allora Paul te le cerchi! Ma come ti è venuta in mente una cosa simile?»

«Andavamo allo stesso liceo, poi ci siamo incontrati anni dopo da Boboli, dove faccio il cuoco, e le piaceva così tanto che cominciò a portarci i clienti, veniva quasi tutti i giorni e ogni volta mi riempiva di complimenti, diceva che la mia carbonara era imbattibile, finché mi chiese di uscire... non lo so, credo che abbia fatto sempre tutto lei, ma non dovrei parlare di queste cose con te... credo».

«Ho sentito di peggio. Ma toglimi una curiosità: quella volta che hai portato mamma fuori per poi lasciarla, l'hai invitata nel *tuo* ristorante?»

«Magari fosse mio! Era il posto meno romantico possibile, visto quello che dovevo dirle. È stata la serata più brutta della mia vita».

«Pensa che lei credeva che tu le dessi un anello di fidanzamento».

«Sono stato proprio un cretino...».

«La mamma è stata malissimo... e io ho pensato che fossi un vero stronzo», buttai là per infierire ancora un po'.

«Non me lo ricordare ti prego, io in tutta la mia vita non avevo mai fatto piangere nessuno, se ripenso a come l'ho fatta soffrire...».

Scosse le testa sinceramente mortificato, ripiegato su se stesso come un bambino smarrito, incredulo delle conseguenze delle proprie azioni.

«La amo così tanto la tua mamma...», disse scuotendo la testa.

Mi venne quasi voglia di abbracciarlo e, per la prima volta, capivo la sua scelta: un uomo semplice, un po' impacciato e maldestro, ma innamorato e gentile.

E col mio aiuto, non avevo dubbi, si sarebbe svegliato.

Una volta uscito dalla camera però, la mia attenzione si diresse da Shakespeare verso il quaderno di Patrick.

Rilessi la trascrizione delle nostre conversazioni e ogni volta che rievocavo il suono della sua voce e della sua risata mi sentivo inondare dall'emozione e dal desiderio di stringerlo come la sera del mio salvataggio.

Se fino ad allora la mia fantasia si era limitata a una passeggiata mano nella mano, adesso mi spingevo decisamente oltre e cominciavo a immaginare cose davvero poco innocenti su noi due.

Pensavo al profumo della sua pelle contro la mia, alle sue mani lungo la mia schiena, le sue labbra che accarezzavano i miei seni e le sue dita che esploravano il mio corpo.

Lo desideravo così tanto da star male.

Non immaginavo che esistesse una passione così intensa da assomigliare al dolore.

Mi mancava da togliermi il respiro e non sapevo come sarei riuscita a sopportare quella frustrazione che, per quanto ne sapevo, sarebbe potuta durare tutta la vita.

Ero come una fan innamorata del suo cantante preferito che parla col poster e gli scrive lunghe mail convinta che sia lui a rispondere invece di un'assistente di novant'anni.

Che palle l'amore.

Dovevo ancora affrontare la faccenda di Claire.

Ora che l'arrabbiatura era sbollita, mi sentivo in colpa per quello che le avevo detto.

Sgattaiolai fuori della camera per prendere il telefono, non avevo voglia di parlare con la mamma, avevo già avuto troppe emozioni quel giorno.

Scesi silenziosamente le scale e, affacciandomi al salotto, vidi lei e Paul abbracciati sul divano con le teste appoggiate l'una contro l'altra, circondati dalla luce azzurrognola del televisore.

Lui le teneva il braccio attorno alle spalle e le accarezzava i capelli e lei si lasciava coccolare.

Mi sentii felice per lei.

Finalmente aveva trovato un po' di pace, qualcuno che la proteggeva e la metteva sul piedistallo come meritava.

Mi scaldai un bicchiere di latte nel microonde e salii in camera per telefonare.

Rispose al terzo squillo con una voce un po' impastata.

O si era addormentata, o aveva bevuto troppo.

«Claire... sono Mia».

Non rispose.

«Mi volevo scusare per quello che ti ho detto prima».

Ancora nessuna risposta.

Immaginavo che sarebbe stata dura ottenere il suo perdono.

«Sono stata impulsiva e maleducata, sono in un momento di stress e ho reagito in modo aggressivo. Non pensavo una sola parola di quello che ti ho detto».

Sentii la brace della sigaretta crepitare, seguìta dallo sbuffo del fumo.

Dopo un'altra lunga pausa a effetto, finalmente rispose.

«Mia, da questo momento non considerarmi più la tua insegnante».

La sua voce calma e tagliente fu come uno squarcio nel buio. Non avevo pensato a un'eventualità simile.

«Dài Claire, non puoi dire sul serio! Ti chiedo scusa dal profondo del cuore, non so cos'altro fare. Vorrei tornare indietro nel tempo e cancellare tutto, ma non posso, puoi perdonarmi?»

«No Mia, prendila come una lezione di vita. Imparerai a riflettere prima di parlare, e a rispettare un adulto con più esperienza di te. Non credo che non pensassi quello che hai detto, credo invece che tu mi consideri davvero una vecchia patetica e frustrata che non ha di meglio da fare che insegnare a danzare a delle giovani presuntuose come te. E forse hai anche ragione tu. Anzi hai *sicuramente* ragione tu perché, sì, avrei voluto ballare tutta la vita e, no, non avrei voluto finire così, ma quello che faccio lo faccio bene e mai in vita mia ho preso lezioni da qualcuno che non stimavo, quindi non voglio in nessun modo essere l'insegnante di qualcuno che pensa di farmi un favore a venire alle mie lezioni! Leicester è piena di maestri molto più giovani e qualificati di me, per non parlare di

Londra, dove ti auguro di andare a studiare, ma a questo punto non è più un problema mio, quindi ti auguro tanta buona fortuna!».

E riattaccò.

Fui travolta dalla paura.

«No, no aspetta», gridai.

La richiamai subito, ma il telefono squillò e lei non mi rispose.

Il mio unico vero alleato mi aveva piantato in asso e adesso vedevo sfumare il mio sogno.

Grosse lacrime cominciarono a scendermi sulle guance inzuppandomi il maglione.

Ero sola e disperata e non potevo chiedere consiglio a nessuno.

Dovevo per forza fare pace con Claire, era il mio biglietto da visita, colei che conosceva i miei limiti e i miei punti di forza, e che mi aveva insegnato tutto quello che sapevo e, nonostante la mia linguaccia impertinente, la stimavo.

Non poteva mollarmi così. Se voleva darmi una lezione, giuro, l'avevo capita.

Credevo di riuscire a fare tutto da sola e invece avevo bisogno del massimo sostegno possibile.

Mi ero fissata sul problema del finanziamento, ma senza un tutore che mi appoggiasse, come pretendevo di riuscire a superare l'audizione?

Ero stata una stupida e non avevo alcuna chance senza di lei.

L'indomani pomeriggio mi presentai lo stesso a lezione, ma con mia grande sorpresa e irritazione vidi che il mio posto era già stato preso.

Il piccolo Chester se ne stava impettito nel centro della sala con la sua maglietta bianca, la calzamaglia nera e un enorme ruffiano sorriso stampato in faccia, mentre si esibiva in salti e piroette come un cane ammaestrato.

Lo detestavo e non potevo dire niente, se non subire l'umiliazione in silenzio con la cenere sul capo.

Entrai e mi sedetti in un angolo con un macigno al posto dello stomaco, mentre Claire lodava la piccola serpe con dei «*Bravo mon enfant...* tu sì che andrai lontano».

Come un monaco tibetano cercavo di rimanere calma fuori, mentre dentro di me immaginavo di usare Chester come una mazza chiodata.

Aspettai pazientemente la fine della lezione e, quando il ragno si fu congedato, cercai di prenderla da parte prima dell'arrivo delle ragazze del corso serale.

Ma Claire faceva finta che non esistessi e, d'improvviso, provai la cocente umiliazione del non essere più la favorita, quella che tutti guardano con ammirazione e invidia.

Adesso ero una reietta che doveva elemosinare ogni briciolo di attenzione.

«Claire ti prego parlami!», la scongiuravo seguendola mentre preparava i CD. «Ci conosciamo da sempre, sei come una seconda madre, mi hai vista crescere, non puoi mollarmi così!».

«Non sono tua madre Mia, non ho obblighi nei tuoi confronti», rispose secca.

«Lo so che non ne hai, ma non puoi cancellare il nostro rapporto e il lavoro che abbiamo fatto in tutti questi anni! Non contano niente per te?»

«Non ho detto che non sia un dispiacere perderti», rispose guardandomi in faccia, «ma la delusione che mi hai dato è stata troppo grande e non voglio più continuare con te. Tutte le cose terminano prima o poi, nessuno lo sa meglio di me, e probabilmente era arrivato il momento». E tornò a riordinare i suoi CD.

«No che non è arrivato il momento Claire», le dissi afferrandola per le spalle, «tu non puoi scaricarmi così, come un pacco, solo perché ho detto una cazzata! Claire ti prego, non lasciarmi sola, non smettere di insegnarmi, tu sei l'unica che voglio, te lo chiedo in ginocchio se serve, perdonami!». L'abbracciai forte.

«Su su...», mi diede una leggera pacca sulla schiena, *«allez...* non fare così...».

«Non mi abbandonare, Claire, sei la sola che crede veramente in me...».

«Dài su...», disse, «adesso calmati».

Nel frattempo le allieve del corso seguente erano già entrate in sala e stavano osservando la scena incuriosite.

«Vedete ragazze?», intervenne Claire prendendomi per mano e mostrandomi come un trofeo. «Questo è quello che succede quando si diventa presuntuose e si crede di non aver più niente da imparare dalla propria insegnante. Ricordatevi di non fare *mai* così!».

Che vigliacca!

Le ragazze annuirono guardandomi con un certo disprezzo.

Fortuna che il piccolo Chester se n'era già andato.

Poi mi disse di togliere le scarpette da punta e di indossare quelle da mezza punta e andare alla sbarra a fare gli esercizi insieme alle altre.

Cercai di protestare, ma non ero nella posizione di negoziare: aveva il coltello dalla parte del manico e dovevo essere punita in modo esemplare.

Mi avrebbe fatto pentire di averle dato della fallita punendomi così duramente che lo avrei raccontato ai miei nipoti!

Durante tutta la lezione non fece che riprendermi e criticarmi a voce alta.

Non corresse nessuna di quelle bambocce incapaci e piagnone, ma si concentrò esclusivamente sui miei *grand plié* che non erano abbastanza aperti, sui miei *relevé* che non erano abbastanza alti e sui miei *tendu* che non erano abbastanza tesi.

Mi fece ripetere l'esercizio così tante volte che i polpacci iniziarono a bruciarmi, finché non sentii i crampi, ma continuavo stoica e impassibile a tenere la posizione come se ne andasse della mia stessa vita, grondante di sudore, senza fiatare.

Finita la lezione, mi avviai all'uscita cercando di non zoppicare per non mostrare il dolore che provavo fisicamente e, soprattutto, moralmente, ma Claire mi richiamò indietro e, con un lampo di sfida negli occhi, disse: «Avanti, indossa le punte, adesso cominciamo!».

Fu la lezione più dura di tutta la mia vita.

Mi fece provare il pezzo per l'audizione fino a farmi sanguinare letteralmente i piedi, obbligandomi a ripetere i salti e i giri fino allo stremo, continuando a bacchettarmi le gambe, finché non vide le lacrime scendermi lungo le guance.

Allora si fermò, dichiarò conclusa la seduta e mi lanciò un asciugamano.

Mi aveva massacrata, ma avevo imparato la lezione.

Ero stata arrogante oltre ogni limite e nonostante lei mi avesse esasperato, c'erano cose che non andavano mai dette, nemmeno in uno scatto di nervi, cose che ferivano e che rischiavano di compromettere per sempre un rapporto.

L'umiliazione che mi aveva inflitto bruciava ancora forte, ma le ero grata per non avermi mollato e sentivo che mi sarebbe servito in futuro.

«Se ti è sembrata dura stasera, sappi che non è niente in confronto alle prove che farai per la prima di uno spettacolo. Lì si va avanti fino a notte fonda finché non è tutto perfetto, con il ciclo, le unghie incarnite e i crampi e nessuno si lamenta, perché fuori c'è una fila di sostituti che non aspettano altro che un posto si liberi per fiondarcisi sopra come falchi».

Annuii umilmente asciugandomi la fronte.

«Sei stata molto brava stasera, ma devi imparare ad ascoltare con attenzione le correzioni e non a fare sempre e solo di testa tua, altrimenti nessuno vorrà lavorare con te. Potrai fare la difficile quando sarai prima ballerina, a quel punto nessuno oserà contraddirti, ma fino ad allora, bambina mia, taci e ascolta».

«Sì Claire».

«Sì *Mrs* Claire», rispose per ristabilire i ranghi.

Una volta a casa, con i piedi immersi nella bacinella dell'acqua calda e uno yogurt in mano, decisi che meritavo una telefonata a Patrick.

«Pronto Pat?»

«Ehi Mia, che bello sentirti, come stai?».

D'improvviso il dolore ai piedi passò come se la sua voce riuscisse ad alleviare ogni male.

«Alla grande...», mentii spudoratamente.

Mi resi conto che non avevo nessun motivo per chiamarlo, a parte la mia cotta colossale e dovevo inventarmi al volo una scusa.

«...volevo aggiornarti sugli ultimi sviluppi...».

«Infatti ti avrei chiamata io, dopo l'altra sera ero preoccupato».

Preoccupato per me?? Mi avrebbe chiamata??

«Ecco... Diciamo che tutti stanno cercando di convincere mia madre a iscrivermi alla Royal Ballet, anche il postino e il lattaio! Ma lei è irremovibile!».

Rise.

«Direi che è un buon inizio! Sfinire l'avversario per stanchezza è un'ottima tattica. Se vuoi posso suggerirtene alcune che usiamo in caso di attacco, ma sono sicuro che lei cederà molto prima di arrivare alla tortura psicologica!».

«Non la conosci».

«Sì che la conosco, Elena è la più dolce e comprensiva fra le mamme. Quando ero piccolo mi ha difeso una sacco di volte quando rompevo una finestra o un vaso a pallonate!».

«È un angelo con tutti tranne con me, a quanto pare!».

«Quando torno ci parlo io, dicono che sia un grande persuasore, mandano sempre me a perorare le cause disperate dei miei compagni in punizione!».

«E ci riesci?»

«Mmm... mica sempre, ma ci provo e se lo faccio per degli sconosciuti, figurati se non lo faccio per te».

Mentre parlava scrivevo fedelmente tutto quello che diceva e, sovrappensiero, mi lasciai scappare: «Non vedo l'ora che torni».

Ci fu un attimo di silenzio.

Lo avevo imbarazzato.

«...Sì, insomma, per parlare con la mamma, è ovvio», cercai di recuperare.

«Anch'io non vedo l'ora di tornare», disse inaspettatamente.

CAPITOLO DODICI

«Stai tranquilla mamma, appena arrivo ti chiamo!», le gridai dal finestrino posteriore salutandola con la mano.

Per una volta avrei preferito rimanere a casa a fare le pulizie.

Ero di umore nero, tanto per cambiare: non volevo andare a Bath ed ero sempre più convinta che accettare l'invito fosse stata una pessima idea, ma Nina era così felice e io mi sentivo davvero in colpa per non averle raccontato niente delle telefonate con Patrick.

L'amicizia, come l'amore, evidentemente prevedeva un gran numero di compromessi.

Carl guidava in silenzio, come se aspettasse solo una mia mossa per poter dire qualcosa di sgradevole.

Nina invece non smetteva più di parlare e ridere.

Era la personificazione della gioia, un'insopportabile esplosione di entusiasmo e positività.

Se non fosse stata la mia migliore amica l'avrei buttata giù dalla macchina.

Anch'io avrei voluto davvero sapere cosa si provava a vivere in quello stato di grazia tipico di un amore ricambiato, mentre, come al solito, ero solo la testimone di qualcosa che sembrava non dovermi accadere mai e tutta quell'agitazione mi innervosiva.

Alex cercava di mettermi a mio agio offrendomi dei biscotti, ma era come voler rabbonire un pitbull.

Saremmo stati chiusi in macchina per almeno tre ore, mentre avrei solo voluto mettermi l'iPod nelle orecchie e dormire.

«Allora Mia», disse Carl, «che hai deciso di fare da grande?»
«Tu che mi consigli?»
«Be', se non diventi un'*étoile* puoi sempre ballare ai compleanni a sorpresa, hai presente? Saltare fuori dalla torta e cantare *tanti auguri*».

«Sì, bella idea, lo terrò presente», risposi lottando contro la voglia di strangolarlo.

«Oppure potresti fare il mimo in piazza, magari travestita da statua a Covent Garden, si guadagna bene e saresti vicina alla Royal Opera House, oppure l'incantatrice di serpenti, saresti perfetta...», insistette creando un palpabile imbarazzo. «...Oppure...».

«Oppure potresti chiudere il becco e lasciarla stare!», intervenne Alex.

«Ma lei sa che scherzo, vero Mia? Mica te la prendi no?», rispose per niente arreso e con tutta l'intenzione di continuare a seccarmi per altri trecento chilometri.

«No che non me la prendo Carl, se mai avrò bisogno di un serpente da incantare saprò dove trovarti!».

Non volevo ferire i sentimenti di Nina, ma non potevo permettergli di provocarmi gratuitamente o non saremmo arrivati vivi a domenica sera.

Nina accese la radio per smorzare la tensione e si voltò a guardarmi per un attimo, offrendomi un sorriso imbarazzato e supplichevole al quale risposi con una strizzata d'occhio in segno di tregua.

Mi voltai a guardare fuori, decisa a ignorarlo fino a destinazione.

Anch'io non vedo l'ora di tornare, aveva detto Patrick.

Quella frase mi stava ossessionando e ogni volta che la rievocavo, il cuore mi sussultava nel petto e cominciavo a sentirmi stranamente euforica.

L'avrei usata come scudo per difendermi dalle battute odiose di Carl e sarei sopravvissuta al tranquillo week end di paura.

Nina gli tenne la mano sulla gamba per tutto il viaggio e ogni tanto appoggiava la testa sulla sua spalla.

Sapevo che Alex avrebbe voluto fare lo stesso, ma era consapevole dei rischi che correva, per cui si limitò a spiegarmi le equazioni sul suo portatile.

Arrivammo a Bath nel tardo pomeriggio e Nina insistette per visitare il mercatino di Natale in centro.

Faceva un freddo cane e non ero dell'umore adatto, ma del resto, quando mai?

Ma poteva essere l'occasione per comprare qualche regalo di Natale a mamma e Paul e, ovviamente, a Patrick.

Grazie all'atmosfera contagiosa e suggestiva in poco tempo mi trovai a fare incetta di guantini e cappelli fatti a mano, mele caramellate e palle di vetro con la neve che cade sull'abbazia.

Carl e Alex comprarono delle corna di renna con i campanellini e ci obbligarono a fare delle foto stupide che misero subito su Facebook. Per festeggiare l'evento ed evitare il congelamento ci offrirono due enormi bicchieri di vin brulé.

«No Alex, io non bevo!», dissi.

«E dài è festa, perché non ti lasci un po' andare?», mi incoraggiò Nina.

«Già, perché non ti lasci un po' andare», le fece eco Carl.

Assaggiai un sorso di vino caldo e poi restituii il bicchiere ad Alex.

«Voi lasciatevi pure andare, io sarò il vostro angelo custode, sì insomma... l'amico sobrio!». Sorrisi un po' in ansia: non avevo ancora la patente e al massimo avrei potuto chiamare un taxi.

Nina e Carl camminavano abbracciati e si fermavano a ogni bancarella comprando di tutto, io e Alex li seguivamo a distanza mangiando patatine fritte e salsicce arrosto.

Se il Natale non mi era mai piaciuto perché mi ricordava la famiglia che non avevo più, là, sotto la cattedrale, con la musica, le luci e i giocolieri, non potevo non essere contagiata dallo spirito della festa.

Cantammo le canzoni di Natale, in giro per il centro, camminando tutti e quattro per mano, con il naso rosso per il freddo e per il vino, e Carl smise di tormentarmi per un po', salvo dirmi che avrei potuto imparare a fare roteare le *bolas* infuocate ed esibirmi lì l'anno successivo.

Sorvolai con classe continuando a godermi la serata.

Poi Nina mi prese sottobraccio e mi chiese in un orecchio: «Sei contenta Mia?»

«Io? Sì, perché?», risposi un po' sorpresa.

«Perché non mi piace essere felice se tu non lo sei!».

Era un po' ubriaca e ancora più tenera.

«Io sono felice se lo sei tu», risposi.

«Ma tu sei felice solo quando balli, invece vorrei che fossi felice anche insieme a qualcun altro. Insomma io vorrei vederti innamorata».

Oh Nina, come vorrei dirti la verità.

«Quando lo sarò te lo dirò».

«Ma Alex non ti piace proprio per niente?»

«No, nemmeno un po', ma è molto simpatico».

«E Carl?», mi chiese esitante.

«Su di lui puoi stare più che tranquilla», la rassicurai, «ci odiamo e se per caso rimanessimo da soli, uno dei due non ne uscirebbe vivo».

«Mi piace tanto Mia...».

«Lo vedo e anche tu gli piaci».

«Lo pensi davvero?»

«Nina, tu piaci a tutti, che domande fai?»

«Non so più di chi fidarmi, dopo la storia con Thomas ho paura di sbagliare di nuovo. Credevo che le persone fossero più corrette, credevo che quando uno ti dice che ti ama non lo fa solo per portarti a letto», disse tristemente.

Anch'io credevo che a lei non sarebbe mai potuto succedere.

«Ma Carl è diverso, vedrai, ti rispetterà e se non lo farà se ne pentirà amaramente», risposi con un lampo omicida negli occhi.

«Sei la migliore sorella del mondo!», disse abbracciandomi.

La migliore no, ma giurai a me stessa che avrei fatto del mio meglio per diventarlo.

Guidammo lentamente verso casa. Nina aveva bevuto troppo vin brulé e ora teneva la testa fuori del finestrino per calmare la nausea.

Una volta arrivati l'accompagnai in bagno e le tenni la fronte mentre vomitava anche l'anima.

Intanto i ragazzi cercavano di accendere il camino.

La casa era gelida e umida e l'idea romantica di Nina di passare la notte con Carl per recuperare la drammatica prima volta era andata a rotoli.

Scaldai l'acqua e le preparai un tè con una vecchia bustina che trovai in una scatola di latta e lasciai che Carl glielo portasse.

Alex e io ci sedemmo in salotto sui vecchi divani di velluto color senape.

La casa era rimasta agli anni '70: cuscini ricamati, bambole antiche e un orologio a pendolo fermo alle sei di chissà quale anno.

Avremmo dovuto vendere tutto al mercatino di Natale.

«Bella serata eh?», disse Alex accendendosi una sigaretta.

«Ed è solo l'inizio, vedrai quando stanotte sentirai rumore di catene!».

«Odio le case estive in inverno! Mi mettono tristezza, sembra che il tempo si sia fermato».

«Allora perché sei voluto venire? Io avevo detto di no fin dall'inizio, sapevo che sarebbe stato così».

«Vuoi la verità?»

«Certo».

«Te lo dico perché ho bevuto...». Sorrise. «Sono venuto perché c'eri tu».

«Alex, io te lo avevo detto però...».

«Lo so, ma mi piace stare con te, anche solo come amico».

Era proprio vero: la tattica vincente per piacere ai ragazzi era quella di ignorarli, ma ignorare Patrick per tutta la mia vita non era servito a molto.

Scese Carl dal piano di sopra.

«Nina ha chiesto di te», mi disse, «noi intanto andiamo a comprare qualcosa da mangiare».

Prese le chiavi della macchina e uscì seguito da Alex.

Corsi su da Nina.

Era sommersa dalle coperte nell'enorme letto dei suoi. Ci saranno stati tre gradi in quella stanza.

«Come stai?», le chiesi sedendomi accanto a lei.

«Meglio...».

Era bianca come un fantasma e aveva l'alito acido.

«Nina... non vorrai baciare Carl senza lavarti i denti vero?»

«Puzzo?», mi chiese preoccupata alitando nella mano.

«Come un topo morto».

«Dio che figura... Non ne faccio una giusta!». Rise.

«Hai bevuto a stomaco vuoto, che ti aspettavi?»

«Sono una frana e io che volevo passare una notte romantica con Carl! Avevo anche portato il completino sexy...».

Mi tolsi le scarpe e mi infilai sotto le coperte.

Il freddo delle lenzuola umide mi diede i brividi e mi rannicchiai stretta a lei.

«Ti ricordi quando ci siamo nascoste là dentro e tutti ci cercavano?», mi chiese indicandomi una vecchia e pesante cassapanca di legno in un angolo della camera.

«Ci eravamo addormentate. I tuoi erano disperati!».

«E quando vedemmo *Nightmare* di nascosto?»

«Dio che paura! E Patrick la notte venne a grattare alla porta con le unghie, credo di essere svenuta!».

«Niente televisione per una settimana!».

«Non è passato poi tanto tempo, ma sembra un eternità», sospirai.

«Tu come credi che saremo da grandi?»

«Vorrei che non diventassimo mai grandi, questa cosa delle responsabilità e delle scelte è un vero schifo», risposi pensierosa.

«Io invece non vedo l'ora di avere una famiglia come quella dei miei... E poi vorrei tanti bambini».

Questo era il grande limite di chi era cresciuto con dei genitori che si amavano: credere di ereditare l'anima gemella come il colore degli occhi.

«Io invece voglio solo ballare, non mi ci vedo a fare la mamma».

Era vero solo a metà.

Avrei ballato fino a trentacinque anni e poi avrei avuto tutto il tempo per fare figli.

Sempre che il padre fosse stato suo fratello.

«E se invece non ce la faccio?», disse.

«A fare cosa?»

«Se non incontro l'uomo giusto?»

«Chi ti dice che non lo incontrerai?»

«Un sacco di gente non lo incontra mai, mia zia Nora per esempio, ha già quasi quarant'anni ed è sempre single».

«Tua zia Nora esce tutte le sere e ha un sacco di amici».

«Sì, ma alla fine quando torna a casa è sola».

«E chi ti dice che stia male? Ha un mucchio di interessi, viaggia, lavora, fa yoga e quando sente bisogno di famiglia viene da voi».

«Sì, ma non puoi essere veramente felice senza una famiglia

che ti ama e ti protegge, dove puoi rifugiarti in qualunque momento!».

Capivo perfettamente dove voleva andare a parare e per questo mi preoccupavo per lei.

Dal canto mio, non avendo mai conosciuto quel calore, ma solo la consapevolezza di dovermela cavare da sola, da tempo ero preparata al peggio.

Chi delle due aveva ragione?

Nina con la sua idea romantica di famiglia felice o io, quella eternamente disillusa?

«Lo troverai l'uomo giusto, vedrai, basta che smetti di cercarlo!».

«Dici?»

«Se non lo trovi tu che sei perfetta, cosa dovremmo dire tutte noi comuni mortali?»

«Non sono perfetta, sono a malapena passabile».

«Che fai, ti scoraggi adesso? Non eri tu quella positiva tra noi due?».

L'alcol l'aveva resa triste e non mi piaceva.

Forse, dietro a quel sorriso e quel suo apparente ottimismo, doveva esserci un vuoto che anch'io ignoravo.

Sentimmo i ragazzi rientrare ridendo e scherzando.

Forse potevamo ancora sperare in un fine settimana decente.

Scesi giù e lasciai Nina a riposare per riprendersi dalla sbronza.

«Spaghetti cinesi con gamberi e involtini primavera», annunciò trionfante Alex.

«Take away?», chiesi.

«Volevi cucinare tu?», rispose Carl cinico.

«Mi dispiace, ma non so cucinare».

«Ah già... banane e yogurt...», commentò mentre svuotava le buste della spesa.

Che palle. Cominciavo ad averne abbastanza.

Carl salì in camera da Nina, mentre io cercai una tovaglia e cominciai ad apparecchiare, poi uscii a sedermi sulle scale della veranda.

L'aria gelida mi schiariva i pensieri.

Se bere significava diventare depressi e pessimisti non avrei mai bevuto in vita mia, a meno che non fossi diventata povera, zitella e zoppa.

Il pensiero corse automaticamente a Claire, ma cercai di allontanarlo.

In che misura eravamo padroni del nostro destino? Aveva un senso lottare tanto per qualcosa che poteva sfuggirti di mano in un soffio?

Carl si affacciò per avvertirmi che la cena era pronta.

Stranamente si sedette accanto a me.

«Vuoi uccidermi? Fai pure, non ci sono testimoni».

«No... no stai tranquilla. Mi volevo scusare per essere stato così stronzo con te ultimamente».

«Ti ha mandato Alex, vero?», gli chiesi a bruciapelo.

«Un po' sì, ma sarei venuto lo stesso».

«Grazie della sincerità».

Ci fu una lunga pausa.

Tutti e due stavamo seduti con le mani in tasca e il cappuccio della felpa tirato su.

Il freddo era micidiale, saremmo morti assiderati e addio palcoscenico.

«Ci sono rimasto proprio male...».

«Me ne sono accorta».

«Credevo stessimo bene insieme, credevo di piacerti un po'».

«Carl noi stavamo bene insieme, ma...».

«Non ti piaccio».

«Al contrario mi piaci molto, ma non nel senso che intendevi tu».

«Grazie della sincerità».

«Preferivi che ti prendessi in giro? Che mi facessi regalare l'abbonamento al teatro? Carl, sono fatta così, ho un pessimo carattere, ma sono sincera».

«Lo so, ed è quello che mi piace di più in te, però fa male».

«Anche a me è dispiaciuto perdere il nostro rapporto, eri il mio unico amico!».

Sorrise. «Adesso c'è anche Alex».

«Sì è vero, ben due amici! Mi cacceranno da Facebook perché non mi impegno abbastanza!».

«Mi dici la verità fino in fondo?», mi chiese diventando improvvisamente serio.

«Riguardo a cosa?»

«C'è qualcun altro vero?»

«No, no, certo che no!», risposi troppo in fretta per risultare credibile.

«Lo sapevo! Lo sapevo Mia Foster! Tu sei innamorata di qualcuno!».

Diventai color porpora.

«Ma che dici Carl? Io penso solo alla danza, non sono innamorata proprio di nessuno, non ne avrei il tempo!».

Più cercavo di giustificarmi più diventavo rossa e imbarazzata.

Carl prese a darmi delle gomitate.

«Avanti, confessa, chi è? Non smetterò di tormentarti finché non me lo dirai!».

«Non c'è nessuno, te l'ho detto. Proprio nessuno», risposi guardando da un'altra parte.

«Credo di sapere chi è», dichiarò.

Mi sentii improvvisamente a disagio.

«Ah sì? E chi sarebbe?», risposi ridendo nervosamente.

«Per come ti conosco io, tu non sei certo il tipo di ragazza che può essere attratta da uno della nostra scuola. Ti ho osservata a lungo, e ho osservato anche Nina e l'ho sentita parlare spessissimo del fratello maggiore, con un entusiasmo e un affetto quasi fastidiosi da farlo sembrare l'incarnazione dell'uomo perfetto. E per come siete unite e simili nei sentimenti, mi sono fatto l'idea che tu sia innamorata cotta di Patrick».

Un tuono squarciò il silenzio. O almeno così sembrò a me.

«Pa... Patrick?», risposi in un rantolo strozzato.

«Ho indovinato vero? Lo sapevo. Dovrei fare il criminologo o il consulente per *Lie to me*», sospirò passandosi le mani fra i capelli.

Esitai così a lungo in cerca di una scusa, che gli offrii una confessione in piena regola.

Respirai a fondo prima di rispondere.

Se Carl se ne era accorto, probabilmente lo sapeva anche Nina chissà da quanto tempo e, se aveva ancora voglia di vendicarsi per non essere stato corrisposto, poteva anche appendere dei manifesti a scuola.

«Carl, io...». Cercai una scusa, ma improvvisamente mi sentii stanca. Ma sì, che lo sapesse, che lo sapessero tutti, non ce la facevo più a vivere così. «...Chi altro lo sa?»

«Nessuno. È solo una mia supposizione».

«Vuoi dire che non lo hai detto a Nina?»

«Certo che no! Perché dovrei?»

«Perché non dovresti?»

«Perché anche se mi sono comportato da stronzo, non sono uno stronzo. Thomas, lui l'avrebbe fatto».

Giocherellavo con le mani, imbarazzata.

«Sei nervosa! Vedi come attorcigli le dita? E come ti tocchi le orecchie?»

«Carl! È una perizia psichiatrica o cosa? Non ho detto proprio niente!», sbottai spazientita.

«Non ne hai bisogno, il tuo corpo lo fa da solo. Allora dimmi, da quanto tempo sei innamorata di lui?»

«Perché dovrei dirtelo?»

«Perché non lo sa nessuno. Vero?»

«Solo un'amica della mamma».

«Ti farà bene parlarne con un maschio. Magari posso anche aiutarti...».

«Come faccio a sapere che sei sincero e che non andrai a sputtanarmi subito dopo?»

«Perché non ne ho intenzione. Preferisco esserti amico che non starti vicino affatto. Sono stato scortese e idiota e non è da me. E poi guardami in faccia, se mentissi avrei dei tic o muoverei le spalle!».

«E dài, falla finita o ti chiamerò *Carl* Lightman!».

Alex si affacciò per vedere che fine avessimo fatto.

«Ne riparliamo dopo. Vado a vedere come sta Nina, è meglio che mangi qualcosa».

«Carl», lo trattenni per un braccio, «a te piace davvero Nina, non la stai prendendo in giro vero?»

«Non si può prendere in giro qualcuno come Nina. È una ragazza straordinaria, è unica. Il suo unico problema è che... rasenta la perfezione. Ma questo lei non lo sa».

«So cosa vuoi dire...».

«Se hai paura che mi sia messo con lei perché non ho potuto avere te e per poterti fare un dispetto, all'inizio è probabile che fosse così. Ma ora che la conosco meglio non la lascio più. Anche se con te stavo bene, mi avresti reso la vita impossibile e poi sei una ballerina e tutti sanno come sono le ballerine!».

Rise scompigliandomi i capelli.

«E come sono le ballerine?», risposi indignata.

«Le ballerine amano la danza più di ogni altra cosa al mondo, e per loro non esiste nient'altro ed è il peggiore dei rivali. Non c'è partita!».

Entrò in casa lasciando quella frase galleggiare nell'aria.

Aveva torto.

Amavo Patrick quanto la danza.

Solo che non potevo scegliere.

L'indomani mattina fui svegliata dalla mano di Nina che mi faceva il solletico sotto un piede.

Avevo dormito sul divano con il giubbotto e le calze. Non avevo avuto il coraggio di salire nella camera gelida al piano di sopra, anche se era quella di Pat.

Mugugnai rannicchiandomi sotto la coperta, ma lei continuò a infastidirmi con dei pizzicotti.

«Dài dormigliona, ti ho fatto il tè e ho trovato anche un paio di biscotti dell'anno scorso!».

«Mmm... Nina, lasciami dormire ti prego, sono stata sveglia fino alle due a vedere Alex che provava il balletto di *Mamma Mia!*. Se ascolto un'altra volta quella canzone vomito!».

Mi scostò la coperta dalla faccia e si sedette vicino a me.

Era ancora un po' provata dalla nottata precedente, ma aveva ripreso colore.

«Hai dormito sul divano?»

«Sì, è l'unica stanza della casa in cui la temperatura supera i tre gradi».

Cercai di mettermi a sedere, ma sentii un dolore penetrante partire dal collo, scendere lungo la schiena, attraversare la gamba destra e andarsi a incuneare come una lancia nel piede sinistro.

Urlai.

«Che succede?»

«Mi fa male tutto! Non riesco a muovere né il collo né la schiena!».

«Hai dormito sul "divano maledetto". A mio padre succedeva sempre quando si addormentava qui. Una volta ci rimase una settimana!».

Ero completamente bloccata e in preda a fitte lancinanti.

Avevo fatto l'abitudine ai dolori, agli strappi e agli stiramenti, non c'era giorno che non mi facesse male qualcosa, ma mai avevo sofferto tanto da non potermi muovere.

Fui sopraffatta dal panico, non avevo mai preso in considerazione l'idea che il mio corpo potesse smettere di funzionare.

Lo avevo sempre considerato come un fedele alleato da spingere oltre ogni limite, non un vigliacco traditore che si faceva annientare da un divano!

Nina chiamò a raccolta Alex e Carl che arrivarono sbadigliando in mutande.

Li guardavo angosciata e impotente, immobile dal collo in giù, e li imploravo con gli occhi come una bambina smarrita.

«Piccola, dài, ti aiutiamo noi, vero?», chiese Nina ai ragazzi ancora addormentati.

Fece loro segno di dire qualcosa.

«Hai preso freddo ieri sera stando seduta fuori», disse Carl.

«Dev'essere il nervo sciatico, anche mia madre ne soffre e ogni volta fa un sacco di punture!», proseguì Alex.

Cominciai a piangere a dirotto.

«Ma sua madre è una vecchia!», intervenne Carl. «A te basterà stare ferma una settimana a letto con qualche antidolorifico e passerà tutto!».

Mi misi a piangere ancora più forte.

Nina li mandò via e mi aiutò ad alzarmi.

Sembravo anch'io una vecchia, e il pensiero corse a mia nonna Olga che, a settantuno anni, faceva ancora sci nautico a Cancun.

Camminavo a piccolissimi passi, piegata in avanti.

Non potevo girare la testa da nessuna parte ed ero sicura che qualcuno mi avesse piantato un lungo coltello in mezzo alla schiena.

Magari era stato Carl.

«Portiamola alle terme!», propose Nina.

«Alle terme?», risposi, come se avesse detto "alla forca".

«È vero, ti farà bene stare al caldo».

«No, no le terme no! Mi ricordano di quando eravamo bambine, odiavo quell'acqua schifosa piena di cose che galleggiano, avevo paura che ci fossero i coccodrilli. E poi puzza...».

«Invece ha ragione Nina, ti farà benissimo, andiamo!».

Li guardai con il terrore dipinto in faccia.

«Voi mi odiate vero?», dissi ad Alex e Carl con occhi supplicanti. «Vi state vendicando di me non è così? Volete farmi fuori...».

«Ma no, ti vogliamo tutti bene!», rispose Alex.

«Nonostante tutto!», fece eco Carl.

Nina mi infilò le scarpe e me le allacciò.

Per una che non voleva avere bisogno di nessuno, ero nella peggiore delle situazioni.

Sapevo che Claire me ne avrebbe dette di tutti i colori: che non ero attenta alla mia salute, che una vera ballerina protegge sempre i suoi muscoli dal freddo e che considera il suo corpo come un tempio da venerare e poi, a rincarare la dose, ci si sarebbe messa anche mia madre, che non aveva potuto impedirmi di andare, ma avrebbe tanto voluto farlo.

Erano tutti eccitati e allegri come se l'Inghilterra avesse vinto i mondiali, mentre la sottoscritta si trascinava lentamente dietro di loro imprecando a denti stretti.

Nessuno aveva il costume con sé e dovemmo immergerci in mutande e reggiseno.

Nina civettava con Carl riempiendolo di baci e carezze, mentre Alex doveva occuparsi di me che non riuscivo neanche a sedermi sul bordo della vasca.

Era tutto esattamente come lo ricordavo, una piscina di epoca romana, circondata da cascate e fontane, che emanava un odore di zolfo stomachevole.

Roba da vecchi, non da adolescenti, ma in quel momento mi sentivo una novantenne.

Alex improvvisò un rudimentale massaggio alle spalle, ma anziché rilassarmi, mi irrigidii ancora di più. Non amavo molto il contatto fisico con gli estranei e dovette capirlo, perché si limitò a starmi vicino fingendo di non guardare Nina mezza nuda.

Era bella da ipnotizzare.

Aveva una grazia e una naturalezza tali da fare apparire tutto il resto del mondo artificiale e cupo.

Era a proprio agio con il suo corpo che diventava di giorno in giorno più femminile e sensuale senza però essere mai provocante.

Aveva un seno alto e sodo, l'invidia di tutte le nostre compagne di classe, e un sedere perfetto a forma di cuore che era il sogno di tutti i nostri compagni, e di fronte a quella cascata di capelli biondi, occhi grigi e labbra carnose, solo un morto sarebbe rimasto insensibile.

Il suo grosso guaio era la fiducia incrollabile che riponeva nel prossimo.

Dovevo tenere gli occhi ben aperti e vegliare su di lei.

Carl al momento sembrava sincero, ma l'esperienza mi aveva insegnato che le cose potevano cambiare improvvisamente.

Passammo il pomeriggio a mollo come ippopotami e quando si furono stancati di baciarsi, toccarsi e parlarsi nelle orecchie, finalmente tornammo verso casa.

Più tardi, in macchina, con mia somma gioia, cantarono tutti i pezzi degli Abba.

Avrei preferito scrivere due tesine di centocinquanta pagine su Enrico VIII, piuttosto che passare un'altra giornata come quella.

Arrivammo a casa alle nove passate.

Mia madre era preoccupata e nervosa e io ero fortemente bisognosa di coccole e volevo che mi abbracciasse e si occupasse di me.

Ero triste e vulnerabile e lo percepì subito, perché corse a prepararmi una borsa dell'acqua calda e mi accompagnò in camera.

Mi aiutò a mettere il pigiama e a sdraiarmi sul letto a pancia in giù.

Da tempo non le permettevo più di trattarmi come una bambina, ma il vedermi così indifesa l'autorizzò a recuperare il suo ruolo.

«Il mio cerbiatto ferito...», disse massaggiandomi piano la schiena, «...è bello potermi occupare un po' di te. Anche se sei diventata grande, sarai sempre la mia bambina...».

Era vero.

Per quanto avessi eretto una barriera impenetrabile fra me e il resto del mondo, non c'era cosa che mi rendesse più felice di una carezza della mamma, anche se, allo stesso tempo, non c'era cosa che mi rendesse più triste della consapevolezza di non essere più una bambina.

Tenevo i pugni sotto il mento e guardavo nel vuoto.

Cosa avrei fatto se mi fosse successo qualcosa di così grave da obbligarmi ad avere bisogno degli altri anche per andare in bagno?

«Mamma... ho paura».

Rimase un attimo in silenzio.

«Lo so, piccola, lo so... La vita è sempre diversa da come ce la immaginiamo e quando cominciamo a capire che non possiamo controllare niente subentra la paura. Di non farcela, di non essere all'altezza, di non dire le cose giuste e non poter tornare indietro».

«Anche tu hai paura?», dissi con le lacrime che scendevano lungo il naso, un po' per il dolore un po' per la tristezza.

«Tutto il tempo e soprattutto per te. Vorrei che tu fossi felice, che non soffrissi mai e che la tua vita fosse perfetta».

«La mia vita non è per niente perfetta».

«Lo sarà Mia, lo sarà un giorno».

Bussarono alla porta.

«È possibile far visita alla piccola inferma?».

Era Betty.

«Paul non trova il *wok*, puoi scendere ad aiutarlo?».

La mamma alzò gli occhi al cielo e uscì dalla stanza, mentre Betty prese il suo posto.

«Ti faccio un massaggio shiatsu, e vedrai che domani starai molto meglio, rilassati e lasciami fare».

Ma sì, ormai ci avevano provato tutti, mancava l'agopuntura e un rito magico.

Chiusi gli occhi e cercai di rilassarmi, anche se ero un fascio di nervi contratti.

«Ci sono novità con Patrick?», mi chiese.

Ecco, forse quello era l'unico modo per distrarmi dal dolore.

«Ci sentiamo un po' più spesso, ma non so... a volte mi sembra quasi che... ma sicuramente mi sbaglio».

«Mi sembra quasi... cosa?»

«...Di piacergli, ma lui è sempre così disponibile con tutti che magari mi illudo», risposi con la bocca schiacciata contro il cuscino non riuscendo a girare di più il collo.

Abbassò la voce: «Vuoi che ti faccia un giro di carte?»

«Sì dài!».

«Però non dirlo a tua madre, sennò mi ammazza».

«Croce sul cuore possa morire!», dissi disegnando una croce sommaria sulla spalla.

Tirò fuori le carte dalla tasca della giacca.

«Le avevo portate, non si sa mai...».

Le mescolai con difficoltà e quando gliele restituii le dispose sulla moquette, ma dalla mia posizione non riuscivo a vederle tutte.

Soltanto una mi risultò familiare.

«Che casino tesoro mio...», esordì.

«Lo so...».

«Tensione, litigi, rabbia e attriti praticamente con tutti... Non sei un tipo facile tu!».

«Ti sbagli, io sono facilissima, sono gli altri a essere impossibili... dài, sbrigati che torna mia madre».

«Qui c'è sempre quell'uomo che è interessato a te, anzi a dire la verità ce ne sono due, ma uno più come un fratello, e l'altro come un innamorato».

«Sono sicura che il fratello è Patrick e l'innamorato è Carl, oppure Alex».

«Probabile, ma è il più vecchio a essere innamorato, uno forte, coraggioso, sicuro di sé...».

La guardai con un misto di speranza e incredulità.

«E quella torre? Cos'è?», le chiesi indicando le carte.

«Oh, la Torre è...», annaspò, «difficoltà in genere, sai... gli esami di sicuro».

«E lì cosa c'è che non riesco a vedere?».

Radunò le carte rapidamente e me le restituì perché le mescolassi di nuovo.

«Dài, un giro di conferma poi me ne vado».

«Sì, ma almeno dimmi qualcosa di bello, questo me lo devi!».

«Senti tesoro... Io l'amore lo vedo».

CAPITOLO TREDICI

Alcuni giorni e molte punture dopo ricominciai a camminare. Il dottore disse che avrei dovuto stare ancora a riposo senza fare sforzi, ma lui non conosceva le ballerine e soprattutto non conosceva Claire, che mi aveva fatto capire senza mezzi termini che non potevo permettermelo perché non avevo più tempo, che mi fosse servito di lezione, che il corpo è sacro e non ci sono pezzi di ricambio.

Avevo provato, anche se in forma ridotta, cosa voleva dire non essere autosufficiente, non potersi piegare, sedere, camminare e quella sensazione di impotenza, mi aveva resa più consapevole dei miei limiti.

Avevo capito che dovevo prendermi molta più cura di me e di più agli altri.

Ma una cosa per volta.

Avevo subito approfittato del mal di schiena per chiamare Patrick (con un filo di voce) e informarlo delle mie "drammatiche" condizioni di salute e lui si era subito preoccupato di darmi l'indirizzo di un chiropratico di sua fiducia che aveva chiamato personalmente.

Ero, al solito, divisa fra il lasciarmi andare a fantasie indescrivibili su noi due che rotolavamo nudi su una spiaggia e il ricordarmi semplicemente chi era: un ragazzo fantastico che aveva giurato di dedicare la sua vita al servizio della patria e del prossimo.

Le settimane passavano, lo spettacolo si stava avvicinando e così il mio assolo, insieme a una montagna di compiti che dovevo ancora consegnare, ma la cosa peggiore era che si avvicinava il momento in cui avrei dovuto comunicare a scuola le materie che avevo scelto per l'esame.

La tesina su Shakespeare era andata bene e Mrs Meyer aveva appoggiato la mia scelta di portare materie artistiche. Il vero problema sarebbe stato farlo all'insaputa di mia madre.

Le prove di *Mamma Mia!* occupavano ogni momento libero e chi, come me, non doveva partecipare alle generali, doveva aiutare i "piedi sinistri" come Alex ad azzeccare almeno la propria entrata in scena.

L'assolo sul pezzo di *The Winner Takes it All* lo avevo preparato da sola senza mostrarlo a nessuno, nemmeno a Claire. In quel modo mi ero sentita libera di esprimermi senza essere giudicata e avevo potuto inserire qualche passo di danza contemporanea che Claire avrebbe senz'altro criticato.

Lo provavo in palestra all'ora di pranzo e nel tardo pomeriggio quando non c'era nessuno. Per essere la prima coreografia ufficiale che creavo ero piuttosto soddisfatta.

Patrick sarebbe venuto a Natale e io non stavo più nella pelle: avrebbe assistito allo spettacolo e, con un po' di fortuna, sarei riuscita a stare da sola con lui.

Claire, nel frattempo, aveva deciso di complicare ulteriormente il pezzo della mia audizione, che adesso rasentava la follia.

Il vero problema era che stavamo facendo i conti senza l'oste.

Davamo per scontato che, se mi avessero accettata, in un modo o nell'altro avrei frequentato la Royal Ballet, ma non avevamo idea di come, e soprattutto di chi avrebbe pagato la retta.

Era come se aspettassimo fiduciose l'arrivo di Babbo Natale.

Quella mattina Nina arrivò in classe con l'aria abbattuta.

«Patrick non può venire per Natale», annunciò funerea.

Fu come un pugno allo stomaco.

«Ah davvero? E come mai?», chiesi fingendo di essere meno sconvolta di quello che ero.

«Perché hanno revocato tutti i permessi, devono salpare per non so dove con la massima urgenza, mi dimentico sempre che non è al college, ma nella Royal Navy».

«Ma pensi che sia... pericoloso?»

«Non ci voglio pensare. Lui dice di no, ma lo fa per non farci preoccupare, in realtà si sta preparando per la guerra e non per salvare i gattini rimasti sugli alberi», disse con rabbia.

Cercavo anch'io di non pensarci mai, ma il motivo per cui si era arruolato nella Royal Navy non era certo per stare in un ufficio a navigare su internet di nascosto!

«Se non viene a Natale verrà subito dopo vedrai», dicevo più a me stessa che a lei.

«Non lo sa neanche lui quando lo lasceranno tornare».

Il fatto che non me lo avesse detto era la cosa che mi disturbava più di tutte.

Va bene, non potevo pretendere di essere il suo primo pensiero, ma eravamo rimasti d'accordo che sarebbe venuto allo spettacolo e poteva almeno degnarsi di mandarmi un messaggio.

O Jack Sparrow lo teneva in ostaggio, minacciando di buttarlo in pasto agli squali?

Decisi di non dire niente e di aspettare.

In fondo mancavano ancora dieci giorni.

«Possiamo andare al centro commerciale più tardi se vuoi», le proposi, «ti aiuto a scegliere il regalo per Carl».

«Ma tu odi comprare i regali di Natale».

«Odio di più vederti triste».

«Sei la migliore amica che si possa desiderare», rispose abbracciandomi.

Dopo la lezione di francese prendemmo l'autobus per andare verso il centro.

Natale era alle porte, le strade erano illuminate a giorno con cascate di luci d'argento che incorniciavano le vetrine ed enormi pacchi regalo sospesi in aria.

Le canzoni natalizie risuonavano dagli altoparlanti, gli ambulanti vendevano caldarroste e vin brulé e la gente si ammassava nei negozi con aria ansiosa e braccia piene di pacchi.

Era una bolgia infernale, ma l'idea di essere lì, con o per qualcuno che ti amava, rendeva tutto molto più romantico e sopportabile.

Decisi che avrei comprato anch'io qualcosa per Patrick.

«Hai qualche idea?», le chiesi guardando scoraggiata la fila davanti al negozio di computer.

«Sciarpa e guanti?», rispose stringendosi nelle spalle.

«Che fantasia! Perché non pantofole e pigiama?»

«Dici?»

«Certo che no! È il vostro primo Natale, deve essere speciale, possibile che debba dirtelo io che sono la persona meno romantica del mondo?»

«Ma tu sei quella creativa però».

«A te piacerebbe ricevere sciarpa e guanti?»

«Rimarrei malissimo».

«Be', anche lui, andiamo!».

La presi per la manica e insieme entrammo spintonando fra la folla da Primark.

Avevo adocchiato un bel maglione blu a collo alto per Patrick, che avrebbe messo in risalto i suoi occhi e soprattutto le sue spalle.

«Che ne dici?», disse sollevando una felpa rossa.

Mi infilai due dita in gola e la rimise a posto.

Sollevai una maglia nera: «Questa?».

Lei fece pollice verso.

Sventolò un cappello di pelo e scossi la testa, finché non trovò il maglione blu che avevo scelto per Patrick ed esclamò: «Ecco, questo è perfetto!».

Cercai di dire qualcosa, ma era già corsa alla cassa.
Afferrai una sciarpa e un paio di guanti e la seguii.
Era anche troppo.

La sera ricevetti un messaggio di Carl che mi chiedeva se potevo accompagnarlo a comprare il regalo per Nina l'indomani.
Non potevo sopportare un altro pomeriggio di guerriglia, ma lui insistette moltissimo, così ci incontrammo in uno Starbucks non lontano dal centro.
Mi salutò con un cenno della mano fuori dalla vetrina e mi invitò a uscire e seguirlo.
Lasciai controvoglia sul tavolo la mia tazza fumante di caffè al caramello e uscii nel freddo della sera.
Carl aveva le guance e le mani paonazze e indossava un ridicolo cappello con le orecchie lunghe fino alle spalle.
«Devi venire con me in un posto prima che chiuda», mi disse incamminandosi a passo svelto.
Lo seguivo quasi correndo cercando di non perderlo di vista, ma era troppo veloce.
«Dài muoviti!», mi gridò attraversando di corsa la strada.
Lo vidi svoltare l'angolo ed entrare in un negozietto nascosto.
Il proprietario stava chiudendo, ma riuscì a convincerlo a farci entrare.
Capii subito di cosa si trattava.
«Vuoi regalarle un anello?», chiesi perplessa.
Fece sì con la testa.
«Pensi che questo potrebbe piacerle?». Mi indicò un anello d'argento con una pietra viola al centro.
«È un'ametista, starebbe bene con i suoi colori», disse il negoziante rivolto a me.
«Ah non è per me», lo rassicurai prendendo da parte Carl.
«Ma sei sicuro di quello che stai facendo? Un anello? Non ti sembra troppo?»

«No, non mi sembra troppo», rispose stizzito.

«Sì, ma... perché?»

«Che domanda è *perché*? Perché mi va di farlo, è ovvio! Dovresti essere contenta, è il regalo per la tua migliore amica no?»

«Sono molto contenta, idiota! È che non sono troppo convinta, ecco tutto!».

Il proprietario cominciava a spazientirsi vedendoci discutere e continuava a guardare l'orologio.

«Che intendi con "non sono troppo convinta"?», chiese sospettoso.

«State insieme da troppo poco tempo».

«E allora?»

«Allora non capisco perché hai così fretta di metterle un anello al dito».

«Perché sì, ecco perché!».

«La ami?», gli chiesi a bruciapelo.

«Certo che la amo!», rispose strafottente.

Lo guardai con aria dubbiosa.

«Non ti sembra una prova sufficiente questa?», disse mettendomi l'anello sotto il naso.

«Proprio no, più che un anello al dito mi sembra tu le voglia mettere una catena al collo!».

«Ah, ecco cos'è, sei gelosa!».

«Non dire stronzate, io la proteggo!».

«E da cosa?»

«Dalle delusioni ecco da cosa! Fino a un mese fa eri innamorato di me e ora compri un anello da quattrocento sterline a Nina? Sei uno dall'innamoramento facile!».

Sembrò punto sul vivo.

«Mi piace, sto bene con lei e voglio fare sul serio, non ti basta?»

«Non mi convinci, secondo me vuoi solo che lei sia tua per poter far rodere i tuoi amici sfigati tipo Thomas».

«Io sono meglio di così Mia, credevo lo sapessi», rispose duro.
«Dimostramelo!».
«Te lo dimostrerò, ora dimmi solo se ti piace l'anello», tagliò corto.
Lo guardai appena: «Mmh, sì, mi pare che possa andare».
Pagò e uscimmo nervosi e di cattivo umore.
Avevo la sensazione che fosse una cosa stupida e avventata e, soprattutto, incredibilmente antica.
Anche se Nina lo avesse apprezzato, non voleva dire che fosse una cosa intelligente da fare.
Perché doveva legarla a sé? Voleva mostrarla come un trofeo?
Ero furiosa: tutto stava cambiando in maniera troppo rapida e convulsa e non potevo fare niente per impedirlo, ma soprattutto ero delusa da Patrick. Ma forse mi ero solo illusa che fra noi stesse nascendo qualcosa.

Una settimana prima dello spettacolo cominciammo le prove generali.
Il più immane casino mai visto in quella scuola.
La tensione e l'eccitazione erano alle stelle e tutti cantavano e ballavano in ogni angolo disponibile.
Persino Mrs Jenkins accennava dei passi di danza mentre camminava nei corridoi.
La coppia Carl-Nina era perfetta, provavano in privato da un mese ed erano così innamorati da sembrare finti.
Anche se questa era più una mia interpretazione dettata dall'invidia.
Tutto il resto invece stava andando a rotoli.
Se fossimo andati in scena in un'altra epoca, ci avrebbero senz'altro lanciato dei pomodori marci.
Non c'era niente che funzionasse, nessuno che indovinasse un'entrata, e i ragazzi non smettevano mai di ridere.

Mr Davies, l'insegnante di ginnastica, nonostante la buona volontà, non era riuscito a farsi rispettare da nessuno e così urlava inutili ordini nel megafono a un gruppo di scalmanati fuori controllo.

Si affannava per attirare la loro attenzione, ma tutti lo ignoravano o fingevano di non capire.

Se ne fregavano della disciplina e del rispetto, non avevano idea di cosa volesse dire "onorare un palcoscenico".

Li odiavo per essere così ignoranti e, allo stesso tempo, odiavo sentirmi così diversa da tutti i normali teenager.

Mi avvicinai a Mr Davies che era così preso a leggere i suoi appunti che non mi notò nemmeno.

«Le posso dare una mano?».

Scosse la testa sconsolato.

«Non ci capisco più niente, è tutto diverso da come glielo avevo spiegato! Loro fanno quello che vogliono, nemmeno mi ascoltano, mi ridono in faccia e lo spettacolo è fra una settimana, non ce la posso fare!», rispose con la disperazione negli occhi.

«Forse se desse ai soggetti più difficili un ruolo importante si sentirebbero più responsabilizzati. Se sceglie un capogruppo che sa farsi rispettare e gli promette che farà bella figura, ci penserà lui a mettere gli altri in riga, in fondo a nessuno piace essere fischiato».

Mi guardò con rinnovato interesse e mi rivolse un sorriso impacciato e riconoscente, poi fece cenno a Peter Burke, il peggiore teppista della scuola, di avvicinarsi.

Quando tutti se ne furono andati e la palestra piombò nel silenzio e nella penombra, infilai un paio di vecchi pantaloni della tuta, una maglietta sformata e le scarpette da punta e misi su il pezzo degli Abba.

Non danzavo mai da sola, se non in camera mia fra la scrivania e il letto (se quello si chiamava danzare!) ed era una sensazione indescrivibile di libertà, leggerezza e armonia.

Io e il mio corpo formavamo una cosa sola con la musica, in un'unione perfetta fra passione ed equilibrio, fuori dallo spazio e dal tempo, in una dimensione irreale in cui non esistevano regole e ostacoli.

Ballai fino ad annullare ogni pensiero, fino a sentirmi completamente soddisfatta e appagata.

Se tutta la mia vita avesse funzionato come quando danzavo, non avrei avuto nessun problema.

Quando terminai la prova e andai nello spogliatoio a cambiarmi, notai un mazzo di fiori e una lettera appoggiati accanto alla mia borsa.

Erano gerbere arancioni insieme a piccole rose rosse e bianche.

Aprii la lettera:

Ciao Mia,
non potrò essere presente alla prima dello spettacolo, ma ci tenevo così tanto a vederti ballare che mi sono fatto dare un permesso di qualche ora e sono venuto qui apposta da Portsmouth.

Ti ho vista mentre provavi e non ho voluto disturbarti, ma voglio che tu sappia che ti ho trovata fantastica.

Non avevo idea che fossi così brava, ti ho sempre considerata come un'altra mia sorellina, ma mi rendo conto che sei diventata una splendida donna e che hai un talento straordinario.

Non mi sono potuto fermare di più perché la strada è lunga e comincia a nevicare, ma quando torno in permesso dopo Natale, vorrei che cenassimo insieme (non dai miei naturalmente!).

Ti abbraccio forte e sono sicuro che li stenderai a quell'audizione.

Pat

Mi mancò il respiro.

Era come se fosse passato un fantasma.

Patrick si era fatto più di tre ore di macchina per venire a scuola ed era rimasto a vedermi provare seduto nell'ombra per ripartire subito dopo.

Uscii a cercarlo con lo sguardo fra le sedie vuote, ma non c'era nessuno.

Immaginai di vederlo seduto in fondo mentre mi sorrideva e applaudiva.

Presi i fiori fra le braccia con la grazia con cui si tiene un neonato, estrassi dal mazzo una rosa rossa, e la lanciai verso di lui che la prendeva e se la portava alle labbra.

Mi inchinai profondamente tenendo una mano sul cuore e alzandomi gli gettai un bacio con la mano.

Non ero mai stata più felice in vita mia.

Non potevo desiderare altro.

Da quel momento in poi non fui più la stessa.

Quel 12 dicembre rappresentò il confine ufficiale fra la mia infanzia e la mia adolescenza e da quel giorno in poi cominciai a provare sentimenti completamente nuovi e sconosciuti. Tutto ciò mi spaventava e mi eccitava come se mi stessi addentrando in un territorio magico e inesplorato.

Patrick non mi considerava più come sua sorella, ma come una donna, e aveva voglia di conoscermi e trascorrere del tempo da solo con me.

E questa era una cosa da grandi, sebbene, in fin dei conti, Patrick avesse solo quattro anni più di me.

Non potevo fare a meno di sentirmi lusingata e speciale per essere stata invitata dal ragazzo più desiderato di tutta Leicester.

Avrei voluto scriverlo sui muri e urlarlo ai quattro venti, e soprattutto avrei voluto dirlo a Nina, ma quello era diventato il più grande dei segreti fra noi, e non potevo, davvero non potevo parlargliene. Sapevo che non avrebbe capito e si sarebbe sentita tradita.

Avrei aspettato il momento giusto e, con calma e tatto, le

avrei spiegato quello che provavo da sempre per suo fratello e forse Patrick mi avrebbe aiutata.

Per il momento mi sarei goduta quell'emozione sconosciuta, assaporandola goccia a goccia.

Tutti si accorsero che ero diversa: la mamma, Nina e persino Claire, che nonostante il consueto pessimismo si disse molto fiduciosa riguardo all'audizione.

Lo spettacolo fu un successo.

Tutti erano tesi e concentrati e per niente propensi a fare brutta figura.

Peter Burke aveva messo in riga tutto il suo gruppo di scagnozzi, minacciandoli se non avessero eseguito gli ordini di Mr Davies, e loro si erano ben guardati dallo sbagliare anche un solo passo, per evitare di dover fare i conti con lui.

Mr Davies era venuto dietro le quinte a ringraziarmi personalmente.

Fare leva sull'ego di Peter Burke era l'unica cosa che potesse funzionare con uno il cui unico sogno era quello di entrare nel cast di *Jackass*.

Gli applausi erano durati quasi mezz'ora, i genitori e il corpo insegnante si erano sgolati a forza di gridare "*Bravi*" e già si parlava dello spettacolo dell'anno successivo.

L'entusiasmo era alle stelle, tutti avevano dato il meglio di sé, Carl e Nina erano sulla copertina del giornale scolastico come la coppia più *glamour* dell'istituto, i balletti erano stati impeccabili, così come i *playback* e le entrate.

Il mio assolo aveva ricevuto una marea di applausi, soprattutto da parte di Paul che si era spellato le mani, urlando in piedi, finché la mamma gli aveva fatto cenno di smettere.

Ero contenta che fosse venuto, mio padre non lo avrebbe mai fatto, e cominciai a pensare che fosse finalmente arrivato l'uomo giusto per noi.

Anche la mamma era emozionata e orgogliosa, ma faceva fatica ad ammetterlo, specialmente con tutti quelli che si congratulavano con lei, dando per scontato che quella sarebbe stata la mia carriera, obbligandola a sorrisi tirati e frasi di circostanza.

Poco prima dell'inizio dello spettacolo, Patrick mi aveva mandato un messaggio dicendomi di stare tranquilla perché sapeva che sarebbe stato un trionfo e che lui sarebbe stato lì con me anche se non mi vedeva.

Quando le luci si erano spente e i riflettori accesi, avevo ballato solo per lui e avevo dato il meglio.

E quando più tardi ero tornata negli spogliatoi, avevo trovato ancora fiori ad attendermi, anche se, questa volta, erano stati portati dal fioraio di Belvoir Street.

Nina, che fino ad allora era stata impegnata a farsi fotografare più di una stella del cinema sul *red carpet*, mi prese da parte con aria seria.

Automaticamente buttai il giubbotto sopra i fiori.

«Mia, devo parlarti seriamente!», mi disse accompagnandomi in bagno.

Ero pronta a raccontarle un numero infinito di balle e già maledicevo il momento in cui mi ero confidata con Carl.

«Non ti avevo mai vista ballare su un palco, mi hai fatto piangere».

«Davvero? Era così tremendo?», risposi con un misto di sollievo e incredulità.

«Scema! Ho pianto per l'emozione, sei bravissima, sei un angelo, sei nata per ballare, non puoi e non devi fare altro nella tua vita, magari fossi io così brava!!».

Arrossii e abbassai lo sguardo. «Dài, non era niente di che... un assolo sugli Abba...», minimizzai.

«Appunto, immagina quando sarai su un vero palcoscenico, con un vero costume e una vera orchestra!».

Solo l'idea mi emozionava da star male.

Io prima ballerina...
Ma sarebbe già stato un sogno entrare nel corpo di ballo.
«Mia... la soluzione è una sola, lo sappiamo tutte e due».
«La rapina?»
«Tua nonna».
«Non posso chiedere a mia nonna di pagarmi la retta».
«Non hai altra scelta se ci vuoi andare, è l'unica chance che hai».
Sospirai.
Aveva ragione e lo sapevo, anche se continuavo a tergiversare affidandomi alle fatalistiche speranze di Claire.
Solo mia nonna Olga aveva la possibilità di farmi realizzare quel sogno ed era arrivato il momento che avevo sempre temuto più di tutti: quello di chiamarla di nascosto da mia madre.
Era la cosa più meschina che potessi farle, ma era anche l'unica speranza per il mio futuro e non avrei mai permesso che il loro orgoglio si mettesse di mezzo.
Se anche mia nonna si fosse rifiutata, allora mi sarei messa l'anima in pace e lo avrei considerato un segno del destino, ma se avesse accettato di aiutarmi, allora avrei trovato il modo di parlarne alla mamma che, col tempo, avrebbe capito.
«Mia, dobbiamo farlo domani, vieni a casa mia dopo la scuola e faremo quella telefonata insieme».
«Domani?... Non so se...».
«Domani da me!», dichiarò.
Più tardi in macchina, con mamma e Paul, l'atmosfera si era fatta molto pesante.
Paul era entusiasta e non smetteva più di complimentarsi e farmi domande, e parlava a ruota libera con la consueta grazia da elefante, senza considerare la suscettibilità della mamma che se ne stava chiusa in un silenzio ostinato.
«Mia, non avevo mai visto niente del genere, sei bravissima! Quando hai fatto quella cosa alzando la gamba fino all'orec-

chio ho creduto si staccasse! E poi tutti quei giri e i salti, sembrava che volassi! Ma come fai a stare sulle punte, non ti fanno male i piedi? Devono essere scomodissime quelle scarpe! Sai che alle donne cinesi mettevano delle scarpette minuscole per non far crescere i piedi? Era una cosa da nobili o qualcosa del genere. Sembra così facile a vederti, ma chissà che razza di fatica deve essere. È veramente nata per la danza, vero Elena? Questa ragazza diventerà una stella! Di' un po' Mia, ci saluterai ancora quando sarai famosa?».

La mamma sospirò guardando fuori dal finestrino.

«Eh Elena?», incalzò Paul, convinto che non avesse sentito. «Vero che è proprio una ballerina nata?»

«Certo!», rispose sbottando, «certo che Mia è nata per la danza, è quello che mi hanno ripetuto tutti stasera, dal primo all'ultimo: "Signora chissà com'è orgogliosa di sua figlia, anch'io avrei voluto che la mia ballasse, ma è la negazione completa, da chi l'ha mandata? Dove studierà l'anno prossimo?". Sembravo l'unica a non rendersi conto delle capacità straordinarie di mia figlia! Ma chi la paga quella scuola eh? Loro? Avrei voluto rispondere alla preside: "Non ha mica trentamila sterline in tasca per caso? Perché io non le ho e mia figlia non si accontenta di una scuola qualunque! Vorrei vedere che farebbero al mio posto!».

Parlava come se non ci fossi.

«Magari qualcosa farebbero!».

«Non credo proprio, non quelli che contano su un solo reddito e pagano l'affitto. Non tutte le famiglie sono come quella di Nina, anzi ti garantisco che la maggior parte sono come la nostra, o anche peggio perché hanno in media tre figli e un anziano a carico! E lì i ragazzi vanno a lavorare a diciotto anni!».

«Forse ai tempi tuoi... nel dopoguerra!».

«Io sono andata a lavorare a diciotto anni perché volevo essere libera e non dipendere da tua nonna e credimi, se avessi fatto le scelte che voleva lei, avrei ottenuto *qualunque* cosa, ma non rimpiango assolutamente niente!».

«Io dico che se tornassi indietro faresti altre scelte», incalzai.

«Per esempio?»

«Per esempio non sposare mio padre e rimanertene in Italia... magari la Scala costava meno!».

«Tutto si riduce a un problema di soldi, eh Mia? Mai sentito parlare di sentimenti per caso? Amore, amicizia, attaccamento, sacrificio per qualcun altro oltre che per se stessi...».

«Non dirmi che la tua vita di adesso ti dà grandi soddisfazioni mamma».

Paul diede un forte colpo di tosse per cercare di troncare la conversazione che stava scivolando lungo una pericolosissima china.

Ma non servì.

«Sai che ti dico Mia? Credo proprio che tu abbia ragione. Tornassi indietro non farei le stesse scelte. Ti avrei mollata a una tata e me ne sarei andata in giro per il mondo e ogni tanto ti avrei dato un colpo di telefono, quando me ne fossi ricordata. Sono proprio un'idiota ad aver rinunciato alla mia vita per pensare a te».

Paul a forza di tossire stava per strangolarsi.

«Nessuno te l'ha chiesto. Un figlio non dovrebbe significare annullarsi».

Si girò verso di me con gli occhi fuori dalle orbite.

«E questa dove l'hai sentita? Cosa ne sai tu di cosa significhi un figlio? E soprattutto come ti permetti di parlarmi così?»

«Non capite, nessuno di voi capisce, a voi non importa niente del mio futuro, tutto quello che riuscite a ripetere è che non ho altra scelta a parte quella di *accontentarmi*, proprio come avete fatto voi con le vostre vite mediocri».

«Adesso basta!», intervenne Paul frenando bruscamente. «Non permetterti mai più di parlare così né a tua madre né a me. Se fossi figlia mia ti avrei già dato un ceffone! Non ti azzardare a giudicare la vita di nessuno finché non avrai fatto la metà delle cose che ha fatto tua madre per te o per chiunque altro! Sono stato sufficientemente chiaro? Non sei più furba di noi solo perché sputi sentenze dall'alto dei tuoi sedici anni! E non rivolgerti a noi come se fossimo dei poveri deficienti che non hanno capito come si sta al mondo e aspettano solo di essere illuminati da te! Nessuno ti impedisce di fare quello che vuoi, ma questa cosa è materialmente impossibile, ficcatelo bene in testa!».

Ero pietrificata e rossa per la vergogna.

Un silenzio imbarazzante scese nell'abitacolo.

Grande e grosso com'era, quando si arrabbiava faceva davvero paura e io non ero abituata a provare timore di una figura maschile. Ma Paul mi aveva parlato come un padre e mi aveva rimessa al mio posto.

E aveva fatto bene.

Mise in moto e ripartì.

Nessuno dei due mi parlò più fino a casa.

Appena arrivati, scesi dalla macchina entrai di corsa e mi precipitai verso la mia camera, ma Paul mi richiamò a metà rampa di scale.

«Che c'è!», risposi controvoglia girandomi.

Mi rivolse un grande sorriso.

«Abbiamo avuto uno scambio di opinioni, e mi dispiace di avere alzato la voce, ma non si va mai a letto tenendosi il muso okay?».

Lo guardavo cercando di rimanere indifferente, ma sentivo le lacrime bruciarmi gli occhi.

«Dài, vieni qui ballerina e dammi un abbraccio forte!».

Scesi le scale lentamente con le mani in tasca come se mi stessero spingendo e mi lasciai abbracciare.

Non ero abituata a essere trattata come una figlia e quasi

provai gratitudine per essere stata rimproverata in modo così duro.

Non volevo piangere, ma le lacrime scesero giù da sole, e fu quasi un sollievo.

Poi si rivolse a mia madre che era già andata in salotto.

«Elena vale anche per te!».

Mi prese per la mano e mi portò da lei.

«Su, adesso voi due fate pace», ci esortò.

Se era stato facile convincere me, non aveva ancora idea di che osso duro fosse mia madre.

«Paul, non sono una bambina io, e so bene come gestire mia figlia».

Certo che lo sapeva, non mi avrebbe parlato per un anno!

«So che sai *gestire* tua figlia, e nessuno meglio di te sa come farlo, ti chiedo solo di non tenere la rabbia dentro perché non ti fa bene e non ti aiuta a trovare delle soluzioni».

Però! Il vecchio Paul ci sapeva davvero fare quando voleva.

«Dài mamma», dissi, «mi dispiace di avere esagerato».

«Va bene, va bene, porta fuori York adesso, sta scoppiando».

Era il massimo che ci si potesse aspettare da lei, ma era la prima volta che facevamo la pace venti minuti dopo aver litigato.

Paul stava decisamente portando un cambiamento favorevole alle nostre vite.

Il pomeriggio seguente, a casa di Nina, non ero più tanto convinta di voler fare quella telefonata.

Mi sentivo in colpa e avevo perso la spavalderia provocata dall'adrenalina dello spettacolo e dai complimenti.

«Mia, prendi il telefono e chiama», mi pregò per la sesta volta.

«Non posso Nina, non posso fare questo alla mamma».

«Allora non vuoi veramente andare alla Royal Ballet», rispose incrociando le braccia.

«Certo che lo voglio, è la cosa che desidero di più, lo sai perfettamente!».

«Secondo me non lo vuoi abbastanza».

«Sì che voglio!», protestai.

«Allora dimmi, come farai a frequentarla?»

«Non lo so».

Si alzò dal letto e mi voltò le spalle.

«Ma sì, in fondo hai ragione, magari non ti prendono nemmeno, perché complicarsi la vita? Sarai un perfetto agente di borsa, come tuo padre... o un commercialista... ci sono un sacco di lavori "normali" che ti aspettano».

«Come non mi prendono?», risposi punta sul vivo. «Perché non dovrei passare l'audizione? Secondo te non sono abbastanza brava?»

«Secondo me sei la migliore! Stupida!», rispose voltandosi di scatto. «Se potessi userei il mio conto vincolato per gli studi al college pur di renderti felice».

«Vuoi dire che al posto mio la chiameresti?»

«L'avrei già chiamata da un secolo», rispose porgendomi il telefono. «Forza, chiama!».

Deglutii.

Se avevo avuto paura mentre chiamavo Patrick la prima volta, adesso sentivo di farmela letteralmente sotto.

Non chiamavo mia nonna Olga da almeno sei mesi.

Mi telefonava a Natale e Pasqua e mi mandava il regalo di compleanno, ma non la vedevo da quando ero davvero piccola.

Mi aveva sempre ripetuto che potevo contare su di lei per qualsiasi cosa, ma poiché non avevo mai veramente avuto bisogno di niente, mi chiedevo fino a che punto si trattasse di una frase di circostanza.

Era venuto il momento di verificarlo.

Quando mi rispose al secondo squillo, fui tentata di riattaccare, ma Nina me lo impedì e schiacciò il tasto del vivavoce.

«Pronto nonna, sono Mia».

Tacque per un attimo.

Ebbi paura che non si ricordasse più di me.

«Mia! Amore bello della nonna, ma che sorpresa!».

Ero invecchiata di venti anni per la tensione.

«Come stai? Era tanto che volevo chiamarti!».

«Ti pensavo in questi giorni, mi chiedevo cosa facesse la mia piccina, chissà come sei diventata bella, studi sempre danza vero?»

«Sì nonna, ed è proprio per questo che volevo parlarti».

Ecco: in quei tre minuti mi stavo giocando tutta la vita. Non potevo sbagliare una mossa.

Avrei voluto che ci parlasse Nina che era così brava a convincere le persone, ma quella cosa ormai riguardava soltanto me.

«Ti ascolto».

Nina mi fece segno di essere drammatica mimando di strapparsi i capelli.

«Nonna, non avrei mai voluto disturbarti e sono in grande imbarazzo per quello che sto per dirti, ma sei la mia unica speranza».

«Si tratta di tua madre? Ha bisogno di soldi vero?»

«I soldi c'entrano e anche la mamma, ma non si tratta di lei, si tratta di me, veramente, e della danza».

«Vuoi frequentare una scuola costosa e non ve lo potete permettere?».

Mia nonna era davvero la vecchia volpe di cui parlava mamma: scaltra, astuta, calcolatrice, ma assolutamente geniale e io l'adoravo.

«La Royal Ballet nonna, vorrei tentare l'audizione, ma non mi lasceranno nemmeno provare se non dimostro di potermi permettere di frequentarla in caso fossi scelta».

«La Royal?». Rise. «Ma senti! Conosco tutti alla Royal, quando ero giovane non mi perdevo una prima, non tanto per il balletto quanto per lo champagne, conoscevo benissimo Ninette de Valois».

«La fondatrice?»

«Sicuro! Mia nipote alla Royal Ballet sarebbe la più grande soddisfazione della mia vita, non finirei più di raccontarlo in giro».

«Sì nonna, ma il problema è proprio questo, la mamma non vuole perché non può permettersi la retta, mi hanno fissato l'audizione fra due mesi e nel frattempo devo fornire tutta la documentazione. Claire, la mia insegnante, ha chiesto tempo, ma non so per quanto ancora potrò andare avanti, in più ci sono gli esami a scuola, insomma nonna, un disastro, sei l'unica che mi può aiutare».

«Di quanti soldi stiamo parlando?»

«Un sacco!», dissi, ma Nina mi fece cenno di sembrare meno catastrofica, dopotutto era lei che studiava comunicazione.

«Insomma... un po' di soldi, ma capisci che è la scuola più prestigiosa al mondo...».

«Certo amore, e fai bene a voler desiderare il meglio, anch'io lo desideravo per tua madre, ma lei ha voluto fare di testa sua e mi ha diffidato dall'immischiarmi nella sua vita privata, come se un genitore si *immischiasse* e non si preoccupasse a morte... Comunque, non mi riguarda più adesso. Senti piccolina, fammi fare qualche telefonata a Londra e lasciami vedere cosa posso fare, appena sapranno che sei mia nipote non saranno più così fiscali e poi parlerò col mio commercialista per capire come posso fare ad aiutarti, ma tu devi fare qualcosa per me».

Un brivido mi percorse la schiena.

«Sì nonna, dimmi pure».

«Devi essere la più brava di tutte o sospendo la sponsorizzazione!».

«Te lo giuro nonna».

CAPITOLO QUATTORDICI

Avevo fatto un salto nel vuoto.

Dovevo solo sperare che il paracadute si aprisse.

Se con Nina mi ero convinta di aver preso l'unica decisione giusta, adesso non ne ero più tanto sicura e cominciavo a temere che non sarebbe stato tutto così facile.

Se la mamma aveva rotto con mia nonna perché la riteneva manipolatrice e oppressiva, forse aveva le sue buone ragioni e mi chiedevo se anch'io avrei fatto la stessa fine.

Il fatto di sborsare tutti quei soldi le avrebbe dato il diritto di interferire totalmente nella mia vita e non avrei certo potuto impedirglielo.

In quanto a parlargliene, non so cosa mi aveva fatto credere che avrebbe capito.

Si sarebbe incazzata a morte e avrebbe tagliato i ponti con me.

E avrebbe avuto ragione.

Quella sensazione di disagio cominciò a tormentarmi giorno e notte, facendomi sentire ipocrita e disonesta e questo influiva notevolmente sul mio andamento scolastico e sulla preparazione dell'audizione che, nel frattempo, grazie all'intercessione della nonna, era stata confermata per metà febbraio.

L'unica a essere del tutto soddisfatta era Claire, che aveva avuto ragione nell'attendere il suo Babbo Natale.

«Mia, non ci sei, non sei a tempo, sei moscia e distratta, avanti, manca poco più di un mese e mezzo, non vorrai vanificare tutto il lavoro fatto fin qui no? Guarda che non hai nessuna garanzia di essere presa!».

Lo sapevo bene e forse in cuor mio non volevo neanche più essere presa, mi sembrava di essere raccomandata e non di avanzare per i miei meriti.

Ma ormai era tardi per tornare indietro.

Cercavo di non pensarci e così riuscivo a mettere una certa distanza fra me e le conseguenze della mia scelta.

La vigilia di Natale la trascorremmo a casa insieme a Paul e Betty.

Era bello stare tutti insieme a tavola, Paul aveva cucinato per un reggimento: dal tacchino arrosto ripieno di castagne al salmone all'aneto, dal burro al brandy, alla salsa di pane, e per finire il *Christmas pudding*.

Betty continuava a dire di non poterne più, ma non smetteva di riempirsi il piatto e il bicchiere e ogni scusa era buona per brindare.

Avevo regalato a tutti i guanti e i cappelli che avevo preso a Bath e a York avevo comprato un bell'osso avvolto in un fiocco argentato.

Quando fu il mio turno di scartare i regali, mi sentii morire quando vidi che la mamma mi aveva regalato un paio di scarpette da punta nuove.

Avevo le lacrime agli occhi per quanto stavo male.

«Dài, non c'è mica bisogno di piangere», mi disse, «le tue erano da buttare, almeno comincerai l'anno con le scarpe nuove e Claire smetterà di lamentarsi!».

Mi guardava felice e orgogliosa mentre io le stavo mentendo in maniera spudorata e vigliacca.

Mi odiavo per quello che le stavo facendo. Nessun fine poteva giustificare un'azione così miserabile nei suoi confronti.

Ma ormai l'avevo fatto e dovevo convivere con quel senso di colpa.

Patrick lo sapeva, gliene aveva parlato anche Nina.

Non era stato d'accordo fin dall'inizio, ma si rendeva conto che era l'unica cosa da fare, anche se, secondo lui, avremmo dovuto dirlo subito a mia madre e non dopo l'eventuale ammissione.

Ci sentivamo ormai tutti i giorni, molto tardi la sera, a seconda dei suoi turni e cominciavo seriamente a credere di interessargli, nonostante avessi sempre paura di fraintendere la sua gentilezza innata.

Continuavo a trascrivere le nostre telefonate come per avere la prova di non essermi inventata tutto.

La mattina di Natale mio padre venne a prendermi a casa per portarmi a pranzo da loro.

Tre ore di macchina sola con lui erano una punizione sufficiente per chiunque.

Mi chiese della scuola un paio di volte, poi sintonizzò la radio su un canale di finanza e la nostra conversazione terminò lì.

Indossai le cuffie e ascoltai i Bloc Party fino a destinazione.

A casa ci aspettava Libby.

Quella che ci aprì la porta però era una donna distrutta!

Stava cucinando dalla sera prima per sedici persone, era in ritardo e i gemelli erano fuori controllo.

Mi accolse con un abbraccio e l'aria esausta e sopraffatta.

«Potresti apparecchiare tesoro?», mi chiese mentre i gemelli mi si erano attaccati alle gambe urlando. «Sono contro la violenza, ma credo che si parlerà di me nell'edizione della sera!».

La giornata si prospettava infinita.

Il pranzo con i genitori e i fratelli di Libby, con i loro figli e la bisnonna fu devastante.

Non finivano mai di parlare di cibo, politica e soldi, mentre i bambini urlavano e si litigavano i giocattoli nuovi finendo per picchiarsi e mordersi, finché un adulto a turno si alzava e rifilava loro uno sculaccione.

La televisione accesa a un volume insopportabile, fuori la pioggia, e nessuno che fosse interessato ad altro a parte mangiare e lamentarsi.

Alle sette di sera se ne andarono tutti, i gemelli esausti andarono a letto portando con sé i loro monopattini nuovi e mio padre si mise in poltrona a leggere il giornale, mentre la povera Libby sistemava nella lavastoviglie dozzine di piatti e bicchieri.

Nonostante la stanchezza, era sempre sorridente e conservava dosi di pazienza incredibili.

Le volevo bene e un po' mi dispiaceva per lei. Con un compagno più presente avrebbe avuto una vita più facile e realizzata.

Mi preparò il divano letto e mi diede il bacio della buonanotte per poi ritirarsi, sfinita, in camera sua.

Mi addormentai cullata dalla pioggia, dal russare di mio padre e dal pianto sommesso di Libby.

Alcuni giorni dopo giunse la notizia dell'arrivo di Patrick.

Lo avevo saputo da lui prima di Nina, ma finsi la sorpresa.

Sarebbe passato a casa sua a salutare la famiglia e poi sarebbe venuto a prendermi per cenare fuori.

Non so descrivere l'emozione di quell'attesa.

Dopo mesi di telefonate e messaggi, dopo una vita passata a sognare che si accorgesse di me fra sospiri e batticuori, dopo tredici anni di attesa, il mio secondo sogno stava per realizzarsi.

Quella sera sarei uscita a cena con Patrick Dewayne.

Da sola.

E fra una cena con lui e la Royal Ballet non sapevo quale delle due mi sembrasse la cosa più assurda.

Mamma e Paul erano fuori, e questo mi evitò di fornire spiegazioni che non avevo voglia di dare.

Dal canto suo Patrick, che conosceva perfettamente sua sorella, sapeva che avrebbe dovuto dirglielo con estrema delicatezza e, per quella sera, anche lui evitò accuratamente di farlo.

A volte dobbiamo proteggerci dall'amore degli altri.

Lo aspettavo, guardando dalla finestra della mia camera, seduta sul letto, con York sulle gambe e gli parlavo come se potesse capirmi.

Era la nostra prima uscita ufficiale e, anche se lo conoscevo da sempre, mi rendevo conto di non sapere quasi nulla di lui.

Avevo il terrore di rimanere delusa, che il ragazzo che avevo idealizzato in realtà non esistesse, che fosse frutto della mia immaginazione, come il principe di Cenerentola o della Bella Addormentata e che avrebbe infranto il mio sogno con una parola o un gesto sbagliato.

E non avevo nessuno con cui condividere l'ansia per quell'appuntamento.

Quando sentii arrivare la moto sotto casa ebbi l'istinto di infilarmi sotto il letto e non aprire la porta fino all'anno successivo.

Come dovevo comportarmi? Cosa dovevo dire? Andava bene come mi ero vestita?

Non eravamo io e Patrick "fratello e sorella", ma "noi due" a un appuntamento ufficiale.

Mi chiedevo se si sentisse così anche lui.

Aprii la porta e fui investita da una violenta raffica di vento che quasi mi spostò di peso.

Patrick mi guardò e sorrise.

Si tolse il casco, scese dalla moto e venne verso di me.

Rimasi a guardarlo come si guarda la propria rock star preferita mentre ti pettina i capelli con le mani perché sembri uscita dall'asciugatrice.

«Ecco, così sei perfetta», disse sistemandomi un ricciolo dietro l'orecchio.

Non avevo ancora detto una parola, nemmeno *ciao*.

«Hai fame?», mi chiese.

Risposi di sì con la testa.

«Allora mettiti la giacca e andiamo».

Rientrai a casa ubbidiente, indossai sciarpa e giubbotto e ritornai da lui come se fossi telecomandata.

Mi mise il casco e me lo allacciò sotto il mento.

Tirò giù le pedane per farmi appoggiare i piedi e si raccomandò di tenermi stretta.

Come se ci fosse bisogno di dirlo.

Ero morta ed ero in paradiso.

Lo stavo abbracciando mentre viaggiavamo veloci nella notte, spinti dal vento e da tutto quello che di buono il futuro ci riservava.

Avevo la certezza che non mi avrebbe delusa né con un gesto, né con una parola.

Non lui, non il mio Patrick.

Mi portò in un bistrot francese dove mangiammo pane e burro con zuppa di cipolle.

Lo guardavo e vedevo solo la sua bocca e le sue mani affusolate muoversi senza riuscire ad ascoltarlo, totalmente ipnotizzata dal suo viso e da tutti i dettagli che non volevo dimenticare: la leggera ricrescita della barba chiara, una cicatrice sul sopracciglio, i morbidi peli biondi sulle braccia, e quel modo sensuale di schiarirsi la voce.

Parlò lui per tutta la sera, forse per togliermi dall'imbarazzo, raccontandomi della Royal Navy, dei suoi colleghi, del mare e una quantità di aneddoti sui professori del nostro liceo.

Ero stordita dalla felicità, stava andando tutto come avevo sempre desiderato, lui era perfetto, ero io a essere completamente disconnessa dalla realtà.

Se fosse uscito con una mia foto non avrebbe fatto alcuna differenza.

Una volta fuori dal ristorante mi propose di fare due passi.

Volevo che mi prendesse per mano, ma non sapevo come farglielo capire, così misi le mani in tasca per evitare imbarazzi.

«Mi è piaciuto moltissimo vederti ballare».

«Davvero?»

«Non avrei fatto altro che stare a guardarti».

Anch'io non farei altro che guardarti, nient'altro per tutto il giorno, tutti i giorni del resto della mia vita.

«Be', sai, lo faccio da sempre, non ci faccio neanche tanto caso».

«Sei talmente brava che neanche ti rendi conto».

E tu sei talmente bello che neanche ti rendi conto.

«Dico davvero, sarai una splendida prima ballerina», disse fermandosi e appoggiandomi le mani sulle spalle.

Chiusi gli occhi.

Il cuore cominciò a battermi forte.

Ero pronta, prontissima a lasciarmi baciare, aspettavo quel momento da una vita.

L'emozione mi stava travolgendo, lo desideravo con tutta me stessa, avevo lo stomaco annodato e le gambe molli.

Baciami, ti prego baciami, fai presto... non posso aspettare un secondo di più...

«Dài, ti porto a casa, sta per cominciare a piovere».

Riaprii gli occhi come se stessi aspettando lo scoppio di una bomba che non aveva funzionato.

Non mi aveva baciata!

Perché?

Per via della zuppa di cipolle?

Ma l'aveva mangiata anche lui!

Perché non avevo parlato quasi per niente?

Aveva sempre parlato lui!

Allora non gli piacevo! Mi aveva portato a cena perché me lo aveva promesso, perché era gentile e disponibile con tutti e, senza dubbio, aveva una fidanzata bellissima che stava per sposare e me lo avrebbe detto sulla porta di casa.

Dio che rabbia!

Per ripicca, nel tragitto di ritorno, non mi strinsi a lui neanche una volta, ma alle maniglie sotto il sedile, rischiando di farmi disarcionare a ogni curva, nonostante lui mi pregasse di tenermi stretta.

Una volta arrivati a casa mi baciò sulle guance e aspettò che entrassi.

Mi voltai, gli rivolsi un sorrisetto tirato e sbattei la porta con tutta la forza.

Si sentiva così speciale da potersi permettere di illudere una ragazzina innamorata?

Era questa la sua idea di appuntamento? Una cena, una passeggiata e poi a casa?

Ma il peggio doveva ancora venire.

Come al solito, avevo dimenticato il cellulare sul letto e le chiamate di Nina non si contavano più.

Aveva un sesto senso per riuscire a cogliermi in fallo.

Mi aveva scritto un messaggio che diceva: «Quando ho qualcosa di importante da annunciare alle persone che amo di più queste spariscono! Volevo solo farti vedere l'anello che mi ha regalato Carl, ma evidentemente hai di meglio da fare. Chiamami».

L'anello.

Proprio quella sera aveva deciso di dichiararsi quel deficiente?

Stavo per richiamarla, ma ebbi paura che la mia telefonata coincidesse con il rientro di Patrick.

Allo stesso tempo era proprio il genere di cose che avrebbe evitato di fare chi voleva nascondere qualcosa.

Quindi le telefonai.

«Anello?»

«Dov'eri, ti ho chiamata cento volte!».

«Alle prove come al solito, potevi cercarmi là!», risposi pregando che non lo avesse fatto.

«Stavo per venire, poi mi sono messa a chiamare mio fratello e neanche lui mi rispondeva, allora, visto che a nessuno importa niente di me stavo andando a letto!».

«Ma come facevo a immaginare che Carl ti desse l'anello di mercoledì sera, pensavo che te l'avrebbe dato la notte di Natale!». E mi morsi la lingua.

«Cosa vuoi dire con "pensavo che te l'avrebbe dato la notte di Natale"? Tu sapevi che mi avrebbe regalato un anello?»

«No, no! Era per dire che se avessi voluto regalare un anello a qualcuno, lo avrei fatto la notte di Natale e non... un mercoledì sera qualunque».

Silenzio.

«Mia, non mi prendere per il culo».

«Non ti prendo per il culo», piagnucolai.

«Tu lo sapevi!».

«Giuro di no».

«Non giurare!».

«Oddio Nina, aveva bisogno di un consiglio, sono la tua migliore amica, voleva solo essere sicuro che ti sarebbe piaciuto».

«Quindi l'hai scelto tu?»

«No, ha fatto tutto lui».

Evitai di aggiungere che mi era sembrata un'idea cretina per non peggiorare le cose.

La sentii sospirare di delusione.

«Nina... non è niente, anch'io avrei chiesto consiglio al migliore amico del mio ragazzo se avessi voluto fare un regalo così importante».

Stavo per dire "e così esageratamente caro".

«Ma ormai l'hai già visto...».

«Non l'ho visto su di te, ma solo nella scatola, quindi è come se non lo avessi mai visto».

«Allora domattina, quando lo vedrai, fingi di essere sorpresa!».

«Okay te lo giuro, posso anche svenire se vuoi».

«Oh, è rientrato Patrick, vado a farglielo vedere, speriamo che almeno lui non lo sappia!».

Patrick...

Per cinque minuti non avevo pensato a lui e alla sua faccia tosta.

Io lì in attesa come una scema con gli occhi chiusi, ad aspettare il bacio del principe e lui a ridere di me.

Gliel'avrei fatta pagare, non sapevo ancora come, ma avrei trovato il modo di vendicarmi.

A scuola, l'indomani, le sorprese non erano finite, e soprattutto erano lungi dall'essere positive.

Mrs Patel, l'insegnante di arte, e Mrs Meyer, di letteratura, mi chiesero le tesine per l'ammissione all'esame.

Oltre a quelle di storia, di biologia e drammaturgia.

Avevo sottovalutato tutto quanto, in vista dell'audizione ed ero fuori tempo massimo.

Nina era ipnotizzata a guardare il suo anulare e non si rendeva conto del dramma che stavo vivendo io.

Cosa che, unendosi al fatto che non ero stata baciata, rendeva la mia vita uno schifo.

«Ehi Nina, terra chiama luna, rispondi passo!».

«È bellissimo vero?», rispose mostrandomi la mano per la quindicesima volta.

«Se me lo mostri ancora ti tolgo il saluto».

«È così romantico».

«Sì, tantissimo, ma come faccio a essere ammessa all'esame senza quelle tesine? Le fai tu? Devo consegnarle la prossima settimana, non ce la farò mai».

«Devo già consegnare le mie, però qualcuno che può aiutarti c'è».

«Chi, Carl?»

«No, Patrick!».

A sentire pronunciare il suo nome sudai freddo.

«Che c'entra Patrick adesso?»

«È a casa tutta la settimana e queste cose le ha già fatte, magari ha ancora qualcosa sul computer».

Quel presuntuoso sarebbe stato felicissimo di potermi fare da insegnante, ma avrei preferito farmi bocciare all'umiliazione di chiedere a lui. Una parte di me però voleva a tutti i costi domandargli perché non gli piacevo.

«Tu dici che potrei...».

«Certo! Glielo chiedo io, sono certa che non ti dirà di no!».

Non ne ero poi così sicura.

Il pomeriggio stesso suonai al campanello di casa loro.

Mi sentivo come una scolaretta che vende dolci porta a porta.

Nina era a studiare da Carl e probabilmente saremmo stati soli e la cosa mi sconvolgeva.

Aprì sua madre.

Nonostante fossi stata ospite fissa di quella casa per quasi tutta la vita, tanto da considerarla mia, quando mi sorrise e mi invitò a entrare, del tutto ignara di quello che avrei voluto fare con suo figlio in camera sua, non potei evitare di sentirmi a disagio.

«Mia, tesoro, entra, sei venuta per Patrick vero? Nina mi ha detto! Quanti compiti vi danno, non si rendono proprio conto, eh? Dammi la giacca. Ti preparo un tè? Ho fatto anche i biscotti!».

Laetitia era più italiana di mia madre in quanto a premure e protezione.

Suo marito era uno stimato cardiochirurgo, un pioniere nella ricerca sui trapianti e questo le aveva permesso di smettere di lavorare una volta nati i figli e di dedicarsi completamente alla casa e alla loro intensa vita sociale.

Ma questo non li aveva resi né meno umili né meno disponibili.

Patrick comparve in cima alle scale e mi invitò a salire.

Era così bello che mi venne una voglia incontrollabile di baciarlo e spaccargli la faccia.

«Nina mi ha detto che sei incasinata con i compiti, cosa posso fare per te?».

Incasinata con i compiti... nemmeno avessi avuto sei anni e dovessi imparare le sottrazioni.

Cosa posso fare per te?... Cos'era, un operatore di call center?

Lo detestavo ogni minuto di più e lo desideravo ogni secondo di più.

«Sono indietro con le tesine e ho solo il fine settimana per lavorarci. Se non le consegno rischio l'ammissione all'esame e questo comprometterà anche l'eventuale entrata alla Royal».

«Ho tirato fuori i miei vecchi appunti e i test già consegnati, potremmo partire da lì, in due ce la faremo, stai tranquilla».

Guardavo le sue labbra muoversi al rallentatore e immaginavo che dicesse: «Ti amo Mia, non sai quanto mi sei mancata e quanto ho voglia di te», e poi mi buttasse sul letto baciandomi e infilando le mani sotto il maglione scendendo fino a sbottonarmi i jeans e...

«Mia, mi stai ascoltando?»

«Certo!», risposi arrossendo violentemente.

«Allora facciamo come ho detto, ci divideremo i compiti, tu farai la ricerca e io l'assemblaggio».

«Agli ordini capitano!», dissi mettendomi sull'attenti. «Poi spazzerò il ponte e ammainerò le vele!».

Rise.

«Ho esagerato vero?»

«Un po'...».

«È la Royal Navy, ti insegnano a trovare soluzioni in un nanosecondo! Dimmelo quando esagero!».

Ti prego esagera...

Ci mettemmo seduti al suo tavolo, una lunghissima scrivania appoggiata su due cavalletti e ricoperta di libri e appunti.

«Sai, devo dare anch'io un esame davvero tosto fra un mese e ne approfitto per studiare anche se sarei in congedo».

E stai aiutando me?

Era la prima volta che entravo in camera sua ufficialmente. Le mensole strabordavano di coppe e premi di ogni tipo e le pareti erano tappezzate con le foto di lui il giorno del diploma, del giuramento, con gli amici in Spagna, con (argh) altre ragazze, con la sua moto, e una con un enorme pesce in mano.

Mancava solo la sua foto in tenuta da pompiere e il calendario era completo.

C'erano ragazze che avrebbero ucciso per essere al mio posto.

Una volta che ebbe distribuito i compiti, mi diede il suo computer e si sdraiò sul letto per consultare il materiale.

Mi sentivo nell'imbarazzo più assoluto, non avrei dovuto accettare l'idea di Nina, insomma avrei potuto studiare con Carl, con Alex e persino con Paul, ma mai con il ragazzo che sconvolgeva il ritmo del mio sonno e che mandava in tilt tutti i miei pensieri solo a guardarlo.

Dovevo andarmene con una scusa qualunque, ma appena mi alzai in piedi sua madre bussò alla porta.

«Ho portato il tè a Mia», disse quasi scusandosi. Poi rivolta a me: «Nina mi ha impedito categoricamente di entrare in camera sua, ha detto che ha bisogno della sua privacy».

Pensavo a mia madre che avrebbe tolto anche le porte pur di impedirmi di chiudermi dentro.

«Adesso che è fidanzata poi...», fece eco Pat malizioso.

«Avete visto l'anello?», chiese ansiosa Laetitia che evidentemente aveva voglia di sapere cosa ne pensavamo.

«Sì, bello», risposi prudente.

Pat storse il naso. «Troppo presto», aggiunse scuotendo la testa, «mia sorella è troppo giovane e lui è stato troppo avventato, ma appena ho cercato di dirglielo si è subito arrabbiata».

«Ha fatto lo stesso con me», disse Laetitia, «dice che sono antica e che non capisco... ma a me quella antica sembra lei. Tu che ne pensi Mia?»

«Io ho accompagnato Carl a sceglierlo...». Si voltarono a guardarmi interdetti. «E gli ho detto che era un'idiozia, ma si è subito arrabbiato anche lui!», conclusi per confortarli.

«Speriamo bene», sospirò, «non si finisce mai di preoccuparsi per i figli, anche quando sono grandi eh?», disse accarezzando il viso di Pat con un gesto malinconico.

Poi Laetitia scese e rimanemmo di nuovo soli.

Sentivo che era preoccupato per Nina e aveva voglia di parlarmi di lei, ma conoscendo il nostro legame di certo temeva di mettermi in difficoltà.

«Stai tranquillo Pat», lo rassicurai, «Carl è un ragazzo in gamba ed è sinceramente innamorato di Nina, e forse dovremmo smettere tutti di rovinarle la festa con i nostri dubbi e le nostre paranoie ed essere soltanto felici per lei perché è questo che vuole».

«Sì hai perfettamente ragione, ma trattandosi di mia sorella ho una paura fottuta che le possa succedere qualcosa di brutto».

«Sì, ma non sei Superman e non puoi impedire che le cose brutte accadano. Devi anche dare fiducia a chi ami!».

Stavo parlando proprio come un'adulta.

«È vero, vorrei poter essere sempre accanto alle persone che amo, vorrei proteggerle e intervenire quando hanno bisogno di me, ma non posso e, come dici tu, dovrei fidarmi e lasciare che facciano i propri errori, ma è una cosa che non sono mai riuscito a fare, perché sto troppo male quando vedo soffrire quelli che amo».

«Saresti un perfetto angelo custode».

«Sarei impegnatissimo con voi due!». Poi aggiunse tristemente: «Ma purtroppo non ci sono mai quando serve».

«Tu sei già impegnato a difendere una nazione, non è cosa da poco e poi ci sono io qui a proteggerla quando non ci sei, è sempre stato così e sarà così per sempre», dissi come un bravo soldatino.

Mi accarezzò una guancia.

«Ma io parlavo di te... vorrei poterci essere per te».

Fece scivolare la mano fra i miei capelli e mi strinse delicatamente a sé.

Mi guardò negli occhi per un lungo istante prima di appoggiare la sua bocca sulla mia e baciarmi con una passione così intensa e profonda da farmi capire che non aspettava altro neanche lui.

Scivolammo dal letto alla moquette, continuando a baciarci avvinghiati l'uno all'altra.

Sentivo il mio corpo esplodere dal desiderio di fare l'amore con lui, lo volevo con tutto il cuore e con tutta l'anima.

Volevo danzare con lui.

Mangiavo le sue labbra e le sue mani e respiravo i suoi capelli mentre mi accarezzava la pelle e mi copriva di baci, riprendendo fiato di tanto in tanto per guardarci negli occhi, eccitati e increduli, come due sconosciuti che si scoprono per la prima volta.

«Mia! Resti a cena da noi vero?», urlò la voce di Laetitia, dieci secondi prima di entrare in camera. Il tempo necessario a buttarci uno sul letto e l'altra al computer, come se non ci fossimo mai mossi di lì.

«Certo che deve rimanere, come minimo dobbiamo continuare anche dopo cena o non ce la faremo mai!», intervenne Patrick con aria perentoria e quasi scocciata.

Mi strinsi nelle spalle come per dire che il capo era lui.

«Non studiate troppo però, ogni tanto fate anche una pausa!».

«Pausa? Escluso, qui siamo in alto mare». Poi ci guardò e aggiunse: «Scusate è la deformazione professionale».

Laetitia chiuse la porta e scoppiammo a ridere.

«Dio che paura, è mancato poco che ci beccasse», dissi.

Lui mi tirò a sé sul letto.

«Dài, dobbiamo studiare!», protestai debolmente.

«Ha detto che dobbiamo fare una pausa...», disse ricominciando a baciarmi.

Stavo impazzendo dalla gioia o stavo impazzendo e basta.

Io e Patrick che ci baciavamo in camera sua era una cosa talmente assurda che stentavo a crederci!

Mi sembrava di essere sempre stata fra le sue braccia e di conoscere quelle labbra e quel corpo da sempre.

Come se fossimo stati insieme in un'altra vita, in un'altra epoca, in un altro tempo.

«Pat», gli dissi prendendogli il viso fra le mani, «perché non mi hai baciata ieri sera?»

«Perché tu non sei una ragazza da baciare la prima sera!», disse intrufolandosi fra il mio collo e la spalla.

«Pat». Gli presi di nuovo il viso fra le mani. «Non riesco a credere a quello che sta succedendo», continuai emozionata, «sarà stupido dirtelo, e forse riderai di me, ma ho aspettato tutta la vita questo momento. Io sono cotta di te...».

Sorrise con tenerezza, mi abbracciò forte e mi baciò i capelli.

«È la cosa più bella che mi abbiano mai detto e non riderei mai di te».

«Ma tu sei più grande e piaci a tutte le ragazze».

«Intanto ho solo tre anni e cinque mesi più di te, e poi non piaccio a *tutte* le ragazze, e l'unica a cui mi interessa piacere sei tu», rispose guardandomi negli occhi.

«Ma da quanto tempo ti piaccio, Pat?»

«Da quando ho cominciato a capire, parlandoti al telefono, che non eri più una bambina, ma che stavi diventando una splendida, straordinaria, incantevole promessa della danza a cui non riuscivo a smettere di pensare nemmeno un minuto».

«Devo confessarti una cosa», dissi ridendo, «ti ricordi quella volta che mi hai salvato la vita, quando avevo forato la bici di notte in strada?... Ecco, io ero venuta fin là solo per vedere te».

«Non eri andata a prendere un libro?»

«No, volevo vedere chi fosse la tua ragazza!».

«Christine? Non era la mia ragazza!».

«E io come facevo a saperlo?»

«Ma tu sei pazza! Potevi finire male, potevano metterti sotto, aggredirti, portarti via, e tutto per venire a vedere con chi ero?»

«Avrei fatto di tutto per vederti!».

«Piccola, vieni qui», mi strinse di nuovo a sé, «sei così dolce, delicata e tenera, fai venire voglia di proteggerti. Mi spieghi adesso come faccio a ripartire? Diventerò pazzo».

«Abbracciami allora. Stiamo così, non desidero altro, per favore».

Rimanemmo abbracciati ascoltando il ritmo calmo dei nostri respiri, senza bisogno di dirci niente che non sapessimo già.

Quando scendemmo a cena mi sentivo diversa.

Avevo l'impressione che Patrick avvolgesse costantemente le mie spalle come in un abbraccio immaginario.

Se lui mi stava vicino mi sentivo protetta e sicura e non avevo più paura di nulla, ed ero certa che, con lui accanto, tutto sarebbe andato bene: la scuola, l'audizione, il rapporto con la mamma.

E quella sensazione aveva l'effetto di una droga, non volevo più smettere di provare il benessere che mi dava la sua presenza e il suo contatto fisico e l'idea che partisse mi stava già angosciando.

La cena trascorse piacevolmente, solo l'arrivo di Nina ci mise in apprensione.

Lei era l'unica che avrebbe potuto capire che le cose erano cambiate nonostante ci comportassimo come sempre.

Per nostra fortuna Nina era ancora sotto l'incantesimo dell'anello e non badò molto a noi.

Chiesi a Patrick di riaccompagnarmi a casa subito dopo il dolce.

Avevo bisogno di stare sola e rimettere insieme le idee.

Quel pomeriggio avrebbe cambiato l'intero corso della mia vita ed ero frastornata come se fossi stata investita da un uragano.

Pat mi accompagnò in macchina per non farmi prendere freddo e una volta arrivati davanti alla porta di casa mi prese il mento fra le dita e mi diede un bacio vellutato sulle labbra.

Mi ero già abituata alla sua bocca e alle sue mani e sentivo di volerne ancora di più, come se avessi dovuto recuperare il tempo perduto.

Separarmi da lui quella sera fu doloroso.

Le priorità della mia vita si erano d'un tratto capovolte e adesso tutto girava intorno a lui e l'idea di andare alle prove con Claire e sottrarre tempo a noi due mi sembrava impensabile.

Non ero più io.

Anch'io ero sotto un incantesimo.

«Dormi bene piccola mia», mi sussurrò, «ci vediamo domani».

Domani mi sembrava un'eternità.

Mi baciò ancora e quando stavo uscendo mi trattenne per la tasca dei jeans.

Lo baciai di nuovo e mi imposi di saltare fuori da quella macchina.

Volevo già dirgli che lo amavo.

Perché era vero.

Io lo amavo.

CAPITOLO QUINDICI

Mia madre era seduta al tavolo in cucina e teneva una busta in mano.
Entrai per salutarla e mi rivolse uno sguardo che non le avevo mai visto prima.
Mi fece paura.
«Ciao mamma!», le dissi sorridendo e attesi una risposta.
«Stamattina...», iniziò con voce grave, «ho ricevuto questa».
Sollevò la busta.
Riconobbi subito la carta intestata con impresse le tre righe di colore rosso.
«La Royal Ballet School ti convoca ufficialmente all'audizione del 14 febbraio. Peccato che ti fossi dimenticata di dirmelo».
«Io te lo avrei detto mamma...», risposi con un filo di voce abbassando gli occhi.
«Non ho dubbi. Ma ti sei anche *casualmente* dimenticata di dirmi che tua nonna ha garantito per il pagamento della retta. Non dirmi che non lo sapevi».
«Io... ti avrei detto anche questo mamma».
Mi rivolse uno sguardo carico di risentimento.
«Tu non hai idea della gravità di quello che hai fatto, della delusione che mi hai dato e del dolore che sto provando».
Non riconoscevo più la sua voce.
Era un sibilo, un rantolo, il lamento di un animale ferito.
«Mamma, io non volevo...».
«Zitta! Non parlare!», mi ordinò. «È la cosa più cattiva che potessi farmi. Sei una bambina, egoista e crudele. Pensavi che

non volessi accontentarti solo per farti un dispetto, perché non volevo che avessi una carriera nella danza! Non hai mai pensato neanche per un momento che per un genitore single con un lavoro da dipendente è praticamente impossibile mandare un figlio all'università? Con l'affitto da pagare, le spese, e i conti! E tu sapevi quali fossero i rapporti fra me e tua nonna, quanto mi fosse costato liberarmi dal suo controllo, dalle sue manipolazioni, e dai suoi giudizi devastanti! E tu hai avuto il coraggio di andare da lei a piangere miseria, "nonnina, la mamma è cattiva e non mi vuole mandare a scuola di danza, pensaci tu", e lei deve aver goduto come una matta nel sapere che ho fallito su tutta la linea, che l'uomo per cui avevo rinunciato a tutto se n'è andato con un'altra donna, che ho un lavoro mediocre e non posso mandare mia figlia alla Royal Ballet dei miei coglioni!».

«Ma...», tentai di intervenire con le lacrime che scendevano giù e il cuore a pezzi.

«Tu non hai la più pallida idea di quello che hai fatto Mia! Tu mi hai pugnalato alle spalle, la persona di cui mi fidavo di più al mondo e per cui avrei dato la vita mi ha tradito in un modo infame e meschino! Proprio adesso che avevo accettato un lavoro nuovo che neanche mi piaceva, ma era pagato meglio, per riuscire con qualche sforzo a farti andare l'anno prossimo a quella dannata scuola!».

Mi sentii mancare il terreno sotto i piedi.

L'avevo ferita a morte con il mio egoismo e la mia superficialità.

Mia madre, la donna che adoravo, che stimavo e che non avrei mai voluto deludere, adesso non voleva più parlarmi e aveva ragione.

Il dolore la stava trasfigurando, era fuori di sé e non c'era niente che potessi fare per rimediare.

«Mamma. Non ci vado all'audizione, ci parlo io con la nonna, le dico che ho sbagliato e che...».

«No Mia! Tu ci andrai eccome a quell'audizione e sei tu che, d'ora in poi, renderai conto a tua nonna e capirai cosa intendevo dire con *pressione psicologica*. Io mi chiamo fuori dai giochi, non ne voglio sapere più niente di te. Non cercarmi più, non chiamarmi più. Hai fatto la tua scelta da adulta responsabile e pagherai le conseguenze delle tue azioni».

Si alzò barcollando e si appoggiò alla porta con una mano sul petto.

«Mamma!». Le corsi incontro per sorreggerla.

«Non mi toccare. Non-mi-toccare!».

CAPITOLO SEDICI

Ero sconvolta.

Sopraffatta da una sensazione orribile di soffocamento e impotenza.

Terrorizzata come un animale al macello.

Mi sentivo persa senza mia madre e fino a quel momento avevo sopravvalutato le mie capacità, pensando di potercela fare da sola.

Ora che anche Patrick sarebbe partito, cosa avrei fatto?

Avrei chiamato mia nonna che avevo visto tre volte in vita mia e con cui non avevo un vero rapporto? Per dirle cosa poi? Che la mamma si era arrabbiata, peggiorando ulteriormente le cose?

Chiamai mio padre.

Dopotutto era l'uomo che la conosceva meglio o che, almeno, avrebbe dovuto sapere come prenderla, ma tutto quello che ne ricavai fu un laconico: «L'hai fatta grossa questa volta, eh Mia?».

Paul era fuori, ma sapevo che non sarebbe stato dalla mia parte, così chiamai Betty che era già al corrente di tutto e mi promise di parlarci l'indomani, "a palle ferme", come disse parafrasando.

Patrick aveva detto che era stata un'idea stupida, e se solo avessi seguito il mio istinto e non l'impulsività di Nina adesso sarei stata nel mio letto a ripensare a lui e ai suoi baci.

Lo chiamai lo stesso anche se era quasi mezzanotte.

Se voleva davvero esserci per me, quella era la situazione di emergenza peggiore in cui mi fossi mai trovata e avrebbe potuto dar prova di tutta la sua diplomazia.

«Tesoro, lo sentivo che era un pessimo piano. Mia sorella a volte vive in un film della Pixar, ma lasciami dire che è stata davvero un'idea del cazzo!».

«Adesso lo so anch'io, ma se avessi anche solo immaginato una cosa del genere ti giuro che mi sarei tagliata la lingua piuttosto. Credevo di aver trovato la soluzione, vedevo solo il risultato finale e non ho pensato neanche per un attimo alle conseguenze. Volevo raggiungere il mio scopo, ma mai e poi mai avrei voluto ridurre la mamma in quello stato. L'ho fatta ammalare...».

E ricominciai a piangere.

«Piccola, calmati, adesso calmati, lo so che sei sconvolta, ma solo alla morte non c'è rimedio, tutto il resto si risolve e te lo dico con certezza. Ci vuole tempo e soprattutto molto tatto, ma si sistemerà. Adesso cerca di dormire. Domani pomeriggio ci occuperemo delle altre e poi penserò a come affrontare Elena, dopotutto ci conosciamo da una vita, non si rifiuterà di parlare anche con me».

«Non la conosci quando è arrabbiata».

«Conosco il mio comandante, non è possibile che sia peggio di lui».

«Buonanotte Pat e grazie».

«Buonanotte piccola, stai tranquilla, ci sono io adesso».

Di nuovo mi sentii circondata da quella nuvola d'affetto calda e sicura, avvolta dalle sue grandi ali.

Se lui era con me, non ero più perduta.

La mattina seguente mi alzai che la mamma era già uscita.

L'idea che avesse accettato un lavoro che non le piaceva, per farmi studiare, mi provocava una pena infinita.

Lei sapeva dipingere e sarebbe diventata davvero brava se

avesse continuato a studiare, invece aveva deciso di occuparsi di me e di mio padre col risultato che entrambi le avevamo spezzato il cuore.

Avrei fatto di tutto per tornare indietro.

Ma era una frase che cominciavo a ripetere troppo spesso.

Quando avrei smesso di ferire gli altri con tanta facilità?

Nina arrivò in classe come al solito in ritardo e prese a scusarsi con me senza sosta.

Non potevo fare altro che dirle di lasciar perdere perché era stata comunque colpa mia, ma lei continuava a chiedermi di perdonarla, col risultato di farmi innervosire ancora di più.

Certo, parlava bene lei che aveva avuto sempre la vita facile... Cercai di scacciare quell'ultimo pensiero, ma per quel giorno preferii evitarla e concentrarmi sulla lezione.

Mia nonna mi chiamò il pomeriggio stesso.

«Bambina, ho saputo che quegli imbecilli hanno mandato la lettera di convocazione a casa di tua madre come avevo espressamente chiesto di non fare! Salteranno delle teste, stanne certa! Sei contenta? Tutto bene laggiù?»

«Felicissima nonna, sì tutto bene, anche la mamma... è contenta».

«Contenta? Sarà fuori di sé come minimo. Ma quello che non ho potuto fare per mia figlia nessuno mi impedirà di farlo per mia nipote. Che tenga pure per sé le sue elucubrazioni freudiane che fanno solo la fortuna degli psicologi. Se vuoi una cosa te la devi prendere! Questa è l'unica lezione che ho imparato dalla vita e francamente sono fiera che mia nipote mi somigli».

Non so se le somigliavo davvero, ma di certo non avrei subìto la pressione psicologica che aveva subìto mia madre, perché io e lei avevamo da sempre avuto un vero rapporto madre-figlia, mentre la nonna per me era in fondo solo un immenso portafoglio pieno, e questo mi rendeva impermeabile a qualunque tipo di ricatto morale.

Preferii non tornare a casa dopo la scuola e fermarmi da Patrick con la scusa ufficiale delle tesine da scrivere e quella ufficiosa di passare un altro pomeriggio fra le sue braccia.

Fu di nuovo Laetitia che venne ad aprirmi la porta.

«Oh Mia, ho saputo, come mi dispiace, Nina mi ha detto...».

Il fatto che Nina non tenesse niente per sé cominciava sinceramente a farmi incazzare.

«Ti ha detto anche che è stata una sua idea?», risposi con un sorriso tirato.

«Un'idea idiota su tutta la linea se posso permettermi, ma mia figlia negli ultimi tempi non si sa dove abbia la testa. C'è qualcosa che posso fare? Vuoi che parli io con Elena?»

«No, meglio di no, se ci parlano in troppi alla fine si irrigidirà ancora di più, è orgogliosa e testarda e in più adesso mi odia».

«Ma no che non ti odia! Vieni qui *broncio*!». Mi abbracciò forte, ne avevo davvero bisogno, ma mi fece sentire ancora più sola e vulnerabile.

La mamma mi mancava tantissimo e sapere di non poterle parlare e stare accoccolata insieme a lei a guardare la tele con York sulle gambe mi annientava.

Salii da Patrick che mi abbracciò anche lui con uno slancio incredibile, come se non mi vedesse da mesi.

«Come stai tesoro?».

Feci spallucce.

«Risolviamo tutto vedrai, promesso, non ti posso vedere così, mi fai star male», disse prendendomi le spalle, «dài, fammi un sorriso... anche finto».

Era impossibile fargli un sorriso finto.

Era talmente bello, dolce, solare e così preoccupato che mi faceva venire voglia di fuggire con lui su un'isola deserta.

Dopo aver terminato le ultime due tesine in un'ora scarsa ed essere rimasti sdraiati sulla moquette a baciarci e accarezzarci per altre tre, con l'orecchio teso ai movimenti di Laetitia per evitare di essere colti sul fatto, fu tempo per me di ritornare a casa e, per Pat, di tentare di aprire i negoziati con mia madre.

Si preannunciava la trattativa più ardua di tutti i tempi, ma se non risolvevamo presto la questione, le nostre esistenze sarebbero piombate in una spirale irreversibile di malintesi e dolore che avrebbe trascinato con sé tutta la nostra vita.

Aprii la porta e Pat mi seguì in casa.

Mamma e Paul erano in salotto, la televisione insolitamente spenta e loro seduti uno di fronte all'altra, ognuno sulla propria poltrona.

Paul ci salutò, ma la mamma non fece caso a noi.

Fu Patrick a prendere la parola.

«Ciao Elena, ho riaccompagnato Mia a casa e volevo salutarti, riparto sabato».

Le ultime due parole mi fecero stringere il cuore.

La mamma si alzò e gli andò incontro ignorandomi.

«Ti trovo benissimo Patrick, come sta andando, è duro l'addestramento?»

«Non c'è male, ma mi piace molto, sono motivato, e quando è veramente dura penso alla mia famiglia e questo mi dà coraggio».

«È bello sapere che ci sono ancora figli che pensano ai genitori», aggiunse sarcastica.

«Tu stai bene Elena?», le chiese con quegli occhi grigi a cui non si poteva resistere.

«No. Non sto bene. Sto vivendo uno dei peggiori momenti della mia vita».

Me ne stavo appoggiata al muro e guardavo per terra, lanciando ogni tanto un'occhiata a Paul, che sedeva impassibile, senza raccogliere la mia richiesta d'aiuto.

Patrick fece sedere mia madre accanto a sé e la guardò negli occhi con comprensione e dolcezza, come se non ci fosse nessuno di più importante al mondo.

«Ho saputo cos'è successo e voglio che tu sappia che è stata un'idea di Nina, non di Mia, e non si è resa conto del disastro che avrebbe provocato».

«Mia sapeva perfettamente a cosa andava incontro».

«È vero, ma se ti metti nei loro panni, alla loro età non sanno calcolare veramente le conseguenze di quel che fanno, sono ancora immature, ingenue ed egocentriche e pensano solo a ottenere quello che vogliono. Non lo fanno con l'intenzione di ferire, ma solo con l'idea di realizzare quello che si sono messe in testa».

Lo guardai sbigottita facendogli segno di smettere di darmi contro, ma lui per tutta risposta mi fece cenno di andarmene.

Girai l'angolo e rimasi a origliare attraverso la parete di cartongesso.

«Se ci rifletti un momento, Mia e sua nonna non hanno neanche un vero rapporto, ma per Mia in quel momento lei rappresentava la soluzione ai suoi problemi, e non avrebbe fatto proprio niente se mia sorella non le avesse messo in testa l'idea di chiamarla. Immagina come deve essersi sentita la sera dello spettacolo, a scuola, quando tutti le facevano un mucchio di complimenti. Mia è ossessionata dalla Royal, è la sua ragione di vita. Le ragazze sono mortificate, Nina non fa che piangere e Mia dice di non voler mai più ballare se non fa pace con te. Capisco come ti senti, ma tu che sei una donna sensibile e hai un gran cuore, non potresti provare a darle un'altra possibilità? Hanno fatto una cazzata è vero, ma è finita lì, e tu sei più forte di tua madre. Puoi semplicemente chiamarla e dirle di annullare il pagamento oppure puoi lasciare che Mia se la sbrighi da sola. A te non cambia niente: sei e rimarrai la donna forte e coraggiosa che sei sempre stata e che tutti noi amiamo e apprezziamo».

Ero indecisa se applaudire o lanciargli una scarpa.

Paul si alzò chiedendo se qualcuno voleva il tè e mi trovò con l'orecchio incollato al muro.

Mi afferrò per il colletto e mi trascinò in cucina.

«Lo sai che non si origlia, spia? E chi è quella specie di fotomodello che parla come un *life coach*? Sono due giorni che cerco di dirle esattamente la stessa cosa, ma ho ottenuto solo pianti e recriminazioni infarciti di "tu non puoi capire!". Io non ci so proprio fare con le parole vedi? È quello che ti dicevo e tua madre da me accetta solo consigli di cucina, per il resto non mi considera proprio».

«E allora io cosa dovrei dire? Non mi rivolge più la parola e se potesse mi cancellerebbe anche dal suo passaporto! Dobbiamo prendere atto che Patrick ci sa fare ed è solo riuscito a toccare i tasti giusti».

«Sì, però che la smetta di toccare tasti, perché altrimenti mi iscrivo in palestra e mi faccio fare un trapianto di capelli».

Anche se mi aveva dipinta come una ragazzina cretina e immatura che passava il tempo a televotare i cantanti di *X Factor*, era riuscito a minimizzare l'accaduto con classe e diplomazia ripristinando il giusto equilibrio delle cose e facendo sentire la mamma di nuovo importante e sicura di sé.

Ero ammirata.

Patrick era veramente un mediatore nato.

Ma con lui avrei fatto i conti più tardi.

Mi salutò dopo il tè, con un bacetto rapido sulla guancia al quale risposi con un pizzicotto discreto su quel sedere d'acciaio.

Più tardi andai a parlare con mia madre.

Il trattamento Dewayne aveva funzionato e lei aveva un viso più disteso e presentabile.

Sembrava anche più giovane.

Non mi aspettavo baci e abbracci, ma almeno un punto da cui ripartire senza che dovessi trovarmi una casa dove stare.

«Mamma», le dissi, «so di aver sbagliato, ma sono perduta senza di te».

Mi guardò con uno sguardo severo, ma più propenso alla trattativa.

«Spero che tu abbia capito la gravità di quello che hai fatto Mia e che ti serva da lezione per tutta la vita, perché le persone che si amano non si tradiscono e se lo fai le metti in condizioni di dubitare di tutto quello che c'è stato prima. Ferire qualcuno che ti vuole bene come un genitore è come uccidere una parte di te stessa».

Mi stava parlando di nuovo e questo era già un successo, ma adesso temevo la lunga lista delle punizioni.

Mi sedetti sulla sedia e aspettai che arrivasse al dunque.

Detestavo la suspense, era come, dopo un'esibizione, aspettare applausi o fischi.

«Ho riflettuto molto attentamente e ho deciso che tua nonna in fondo ha tutto il diritto di regalarti quello che vuole e io non mi opporrò, ma in caso tu fossi ammessa sarà lei a occuparsi di te in tutto e per tutto finché non raggiungerai la maggiore età. E con *tutto* intendo ogni tuo bisogno economico e materiale. È questo che volevi no? E nessuno meglio di lei potrà assecondare i tuoi desideri. Ciò significa che dovrai giustificare a lei tutte le tue spese in maniera *dettagliata*, perché se non ricordo male la Royal Ballet è a Londra e vivere là costa, e ti garantisco che tua nonna è peggio di un esattore delle tasse quando ci sono in ballo i suoi soldi.

Lei al contrario di me è un'imprenditrice nata e verifica i suoi investimenti con la minuziosità di un ragioniere, e vedrai come ti marcherà stretta!». Rise sarcasticamente. «In questo modo io potrò tornare di nuovo a occuparmi di me e con i soldi che risparmierò, forse potrò anche tornare a iscrivermi alla scuola d'arte e smettere di avere una vita... come avevi detto? Ah sì, *mediocre*».

Sì, me la stava facendo pagare decisamente cara.

Mi stava dando in custodia alla perfida strega di Hänsel e Gretel.

«Dài, mamma, che cos'è, un affido congiunto? Adesso per ricaricare il cellulare devo chiedere alla nonna?»

«Pensavi di cavartela con meno per caso? Pensavi che avrebbe aperto la borsa e arrivederci? Un po' troppo facile non credi? A questo punto la scelta è solo tua: prendere o lasciare. O stai alle sue condizioni o niente».

«Mamma, questo è un ricatto!».

«No, questa è una negoziazione fra adulti. Ti lascio la notte per rifletterci e domattina mi farai sapere».

Ritornai in camera e chiamai Patrick.

«Cos'hai fatto Pat?», gli domandai disperata. «Le hai suggerito di farmi tenere in ostaggio dalla malvagia nonna che d'ora in poi mi controllerà con un collare elettronico?»

«Ma no, vedrai che non sarà così. Il mio piano è fare in modo che tua madre e tua nonna si riparlino e questo sarà un vantaggio per tutti. È chiaro che tu servivi da esca, ma una volta abboccato all'amo si dimenticheranno di te e riprenderanno in mano il loro rapporto».

«Riesci ogni tanto a non pensare in termini di strategia bellica?»

«Pensa invece che otterrai tutto quello che volevi: la scuola e la tua famiglia di nuovo riunita».

«Io vedo solo raddoppiare le grane che avevo prima!».

«Questo perché ti sei fissata sul problema e non sull'intero disegno: devi guardare all'obiettivo finale, senza farti distrarre da dettagli senza importanza».

«Mia nonna è un dettaglio senza importanza secondo te?»

«È il mezzo attraverso il quale raggiungerai il tuo scopo, almeno per il momento, e non durerà per sempre; una volta uscita dalla scuola sarai una ballerina professionista, e non avrai più bisogno di tutori. In fondo sono soltanto due anni no?»

«Soltanto?», risposi scoraggiata.

«Ci sarò io a sostenerti».

«Davvero ci sarai?»

«Ci sarò, anche se fisicamente sarà complicato esserti vicino, potrai sempre contare su di me per ogni cosa. Questi due anni saranno molto difficili anche per me, devo fare una gavetta dura e pesante e mi manderanno in missione, ma ci sarò, in un modo o nell'altro ci sarò, e ci incoraggeremo a vicenda».

Sentirlo parlare così mi sembrava un sogno.

O un film.

Era tutto quello che avevo sempre desiderato dalla vita e adesso ce l'avevo: Patrick si era innamorato di me e non avevo fatto niente perché accadesse.

Ero stata solo me stessa e lo avevo aspettato.

Ma tutti e due stavamo per partire per un lungo e impegnativo viaggio che ci avrebbe tenuti lontani per troppo tempo.

Che razza di piani aveva in serbo il destino per me?

Realizzava i miei sogni, ma li complicava talmente tanto da farmi quasi desiderare di tornare indietro a quando erano solo fantasie?

Quello era diventare grandi. Adesso ne avevo la certezza.

Significava continuare a negoziare, rinunciare a qualcosa per ottenerne un'altra e fare costantemente delle scelte di cui prendersi le responsabilità.

«Quando parti?»

«Domani sera».

Tuffo al cuore.

«E sai già quando tornerai?»

«Non lo so ancora, purtroppo».

«Settimane?»

«Forse un mese e mezzo. Vorrei esserci per la tua audizione di febbraio, e cercherò di accumulare permessi».

«Vorrei tanto che ci fossi Pat».

E di nuovo avrei voluto aggiungere *amore mio*.

«Ti prometto che farò l'impossibile per esserci, amore mio», disse.

Non ci potevo credere, aveva detto *amore mio* per primo.

Brividi piccolissimi e veloci cominciarono a corrermi incontrollati lungo la schiena e senza pensare risposi: «Pat... io ti...».

Glielo volevo dire, volevo dirgli che lo amavo, che lo avevo sempre amato e che avevo un disperato bisogno di lui, che l'idea di non vederlo mi faceva star male, che avevo troppe cose da raccontargli, che volevo fare l'amore con lui e volevo fosse speciale, che non potevo immaginare che non mi toccasse e non mi baciasse per un mese e mezzo, che volevo conoscere tutto di lui, le sue abitudini e le sue manie, che volevo vederlo appena sveglio, che volevo vederlo ridere, cucinare, arrabbiarsi, sbadigliare, ballare, riparare la moto, che volevo passare la mia intera vita insieme a lui perché, ne ero certa, eravamo fatti l'uno per l'altra.

Ma avevo paura che fosse ancora troppo presto.

Quindi dissi solo: «Pat io ti... ti ringrazio tanto per quello che stai facendo per me. Non dovresti, davvero, non dovresti, mi sento così in imbarazzo».

«Lo sai che mi piace risolvere i problemi! Specialmente quelli che non esistono davvero. Se tutti rispettassimo di più gli altri, sarebbe un mondo perfetto».

«Sì, ma allora non ci sarebbe bisogno della Royal Navy!».

«Esatto! E noi due potremmo partire per un'isola del Sudamerica dove c'è sempre il sole e apriremmo un bar sulla spiaggia. Verresti?»

«Via da questo freddo polare e da questo grigio? Anche domani! Io cosa farei, pulirei il pesce che hai pescato?»

«Faresti quello che sai fare meglio: ballare nei migliori teatri!

Tu sei nata per questo e chiunque volesse impedirtelo non avrebbe capito niente di te!».

Il suo ottimismo mi faceva sentire protetta e amata, mi ero talmente abituata a Patrick e alle sue attenzioni in così poco tempo che non riuscivo a ricordarmi una vita senza di lui ed ero terrorizzata dall'idea di perderlo.

E questa sensazione di vuoto mi fece cominciare a capire il dolore di mia madre.

Un dolore sordo, spossante e infinitamente triste.

Non potevo fare altro che attaccarmi alle sue parole e fidarmi di lui come se ci buttassimo col paracadute.

«Ci vediamo domani pomeriggio. Passo a casa tua per salutarti».

Mi sdraiai sul letto per riflettere, come avevo fatto milioni di volte, ma non riuscivo più a riconoscermi.

Avevo perso qualcosa che non sapevo definire.

Non ero più spensierata come un tempo, quando mi bastava salire in bici e andare da Claire per sentirmi bene, e provavo in continuazione sentimenti contrastanti di euforia e paura, accompagnati da un'angoscia che mi stringeva lo stomaco quasi giorno e notte.

Mi preoccupavo per cose a cui prima non facevo caso (come per esempio i sentimenti degli altri!), vedevo il mio corpo trasformarsi giorno dopo giorno in quello di una donna, provavo emozioni nuove, avevo voglia di condividere i miei pensieri con Patrick e tutto ciò mi faceva capire che non ero più una ragazzina e che non lo sarei più stata, e soprattutto che avevo una paura folle di perdere le persone che amavo.

La telefonata di mia nonna Olga non tardò ad arrivare.

«Bambina mia», esordì tutta elettrizzata, «sei contenta? È tutto sistemato allora, non vedono l'ora di averti per l'audizione di febbraio».

«Di avermi... chi?», chiesi dubbiosa.

«Ho scoperto di avere un'amica nel consiglio di amministrazione e vedrò di farle mettere una buona parola».

«Nonna, la Royal Ballet è famosa per essere una scuola dove entra solo chi lo merita veramente e non chi è raccomandato».

Strano che non lo sapesse.

«Chi ha parlato di raccomandazioni? Sto solo dicendo che nessuno disdegna una donazione e quindi vedrò di provvedere, se saranno gentili con te».

Se saranno gentili con me?

Quella era davvero l'ultima cosa di cui avevo bisogno, mia nonna che interferiva nelle decisioni del comitato: mi avrebbero odiata già prima di vedermi.

Adesso capivo perché mia madre era così fuori di sé, sapeva a cosa stavo andando incontro, non mi conosceva nemmeno e già pretendeva di decidere della mia vita.

Mi chiedevo se Patrick avesse considerato quell'imprevisto, ma allo stesso tempo, come aveva detto lui, era fondamentale che la tenessi buona e mi facessi coraggio tenendo a mente soltanto l'obiettivo finale.

«Ma nonna, dài, non so nemmeno se mi prenderanno...», tentai la carta della modestia.

«Scherzi? Tu sei mia nipote, sei sangue del mio sangue, li straccerai, non ho nessun dubbio!».

Quella donna era un vero concentrato di megalomania e, visto che la mamma le era sfuggita di mano, adesso considerava me un'estensione del proprio ego.

Mi sentivo in ostaggio.

«Devo darmi davvero da fare, su novecento candidati ne prendono a malapena trenta ogni anno, non vorrei fallire l'audizione».

«Fallire? Mai sentita questa parola!».

Cominciai a sospettare che mia madre fosse stata adottata.

«E... a proposito, ti ho fissato delle lezioni private con una delle migliori ballerine della Scuola d'Arte di Leicester, ci andrai dopo la scuola, così non toglierai tempo allo studio».

«Ma nonna, non posso! È con Claire che studio da quando sono piccola, non posso proprio fare a meno di lei».

«Senti Mia, questa Claire è la migliore?»

«Per me lo è nonna!», protestai.

«Non basta! Tu hai bisogno del top se vuoi essere preparata adeguatamente e io ti darò il top».

«Ma ho già preparato il mio pezzo, non ho più tempo».

«Non sarà poi così difficile cambiare no? Sei una professionista e devi essere pronta a tutto, pensa se un giorno dovessi sostituire qualcuno all'ultimo momento!».

Dio, come la odiavo, volevo riattaccare e andare a piangere dalla mamma.

"Stai calma", mi dissi, "pensa a quello che ti ha detto Patrick, fai quello che dice la nonna, è solo per adesso".

«Nonna, capisco che vuoi il meglio per me, ma credimi, Claire è la persona più qualificata per prepararmi, mi conosce come nessun'altra, e sa quali sono i miei punti di forza. Sicuramente tu avrai scelto la migliore insegnante, ma come ti dicevo il tempo è poco per costruire una ehm... buona sintonia».

«Bene, allora le parlerò io e se non avrà una buona sintonia con me da dopodomani pomeriggio alle quattro ti aspettano alla Sinclaire».

«Dopodomani alle quattro ho la scuola».

«Ho chiamato Mrs Jenkins, la tua preside, e mi ha detto che esci alle due e mezza».

«Hai chiamato la mia preside? E che altro hai fatto nonna?», chiesi disperata.

«Solo quello che è giusto per il tuo bene, bambina della nonna», concluse soddisfatta.

Ero finita, legata mani e piedi, e tutto per colpa mia.

Scesi per sfogarmi con la mamma, ma appena mi guardò in faccia e lesse il mio scoraggiamento scoppiò a ridere e aggiunse, stringendosi nelle spalle: «Non chiedere aiuto a me, io te l'avevo detto!». E se ne andò in camera sghignazzando.

Ero sola, adesso non potevo contare neanche sul conforto di Nina.

Nemmeno lei era più la stessa.

Stava vivendo la mia stessa trasformazione, ma lei adesso aveva Carl, mentre io dovevo tenere tutto nascosto.

Cominciavano a esserci troppi segreti nel nostro rapporto, che sicuramente avremmo evitato se io fossi stata più sincera dall'inizio. Ma l'entrata a gamba tesa di Carl fra di noi aveva comunque portato uno squilibrio notevole che ora non poteva essere colmato.

Lei e Carl erano in simbiosi, dove c'era lei, c'era anche lui – in cortile, a mensa, in biblioteca –, sempre lì, mano nella mano e se solo fossero stati in classe insieme, avrebbero diviso lo stesso banco e lo stesso armadietto.

Non potevo evitare di dispiacermi per la mia amica.

Stava trascurando tutti i suoi progetti per paura di perdere Carl.

E questo era totalmente sbagliato.

Dopo la telefonata a mia nonna, era diventata molto cauta con me, non si lasciava più andare come prima ed era convinta che, in fondo, non l'avessi perdonata e, per come erano andate le cose, aveva ragione.

Ce ne stavamo sedute una accanto all'altra, chiedendoci educatamente ora la penna ora un libro, parlando del tempo, come due estranee in metropolitana.

Poco prima della fine della lezione Mrs Jenkins mi fece chiamare nel suo ufficio.

E, chissà perché, me lo aspettavo.

Nina mi guardò interrogativa mentre mi alzavo indirizzandole uno sguardo carico di "è tutta colpa tua".

La preside mi mise al corrente della telefonata di mia nonna Olga, con un sorriso entusiasta.

«Che fortuna hai ad avere qualcuno così sinceramente interessato alla tua carriera e alla tua crescita. Tua nonna mi ha detto meraviglie del vostro rapporto, di come sia contenta di potersi occupare di te, che le manchi tanto, e che ti ha sempre incoraggiata fin da quando eri piccola. E quante conoscenze ha la nonna, tutte persone che contano, strano che tua madre non me ne abbia mai parlato».

«La mamma è timida, le piace farsi i fatti suoi in generale».

«Sì, ma insomma, chi se l'aspettava! La nonna è stata anche consulente per le stime di alcuni quadri della Tate Gallery e ha conosciuto la principessa Diana».

«Sì, la nonna conosce un sacco di gente, posso andare ora? Devo attraversare la città per andare a lezione di danza», risposi seccata.

Sospettavo che le avesse proposto una donazione.

«Mia, non è un peccato avere qualcuno che si occupa di noi».

«Io ho già chi si occupa di me Mrs Jenkins, mia madre lo ha sempre fatto alla perfezione, anche senza conoscere Lady Diana, ora se mi vuole scusare...».

Mi alzai e me ne andai lasciando Mrs Jenkins alle sue conclusioni, verde di rabbia, senza potermela prendere con nessuno a parte me stessa.

Squillò il mio telefono.

Era la nonna, forse informata da Mrs Jenkins del mio atteggiamento poco collaborativo.

Non risposi, sapevo che si sarebbe arrabbiata a morte, ma non volevo fare altro che vedere Patrick.

Arrivai a casa mia in ritardo e lui era già sulla porta ad aspettarmi.

Ero così furiosa e scossa che tremavo.

«Ehi, cos'è successo piccola mia?», mi chiese venendomi incontro e abbracciandomi.

«Mia nonna è una donna impossibile, sta smuovendo tutte le sue conoscenze dicendo che sono sua nipote e adesso sono circondata da gente a cui promette finanziamenti e donazioni. Improvvisamente sono diventata "lo scapolo" più appetibile d'Inghilterra!».

Pat rise e mi guardò con tanta tenerezza che tutta la rabbia perse d'intensità fino a sparire.

Non avevo più voglia di raccontargli della nuova insegnante e del consiglio di amministrazione, delle litigate con la mamma o della scuola, niente aveva più importanza quando mi stringeva e mi guardava con quegli occhi che mi comunicavano *stai tranquilla non avere paura, ci sono qua io.*

Ma lui era lì per salutarmi.

«Ti ho portato una cosa», disse estraendo dalla tasca un cellulare. «È il mio, vorrei che lo tenessi tu, è più nuovo del tuo e visto che sarà l'unico modo per tenerci in contatto, almeno sono sicuro che funziona bene!».

«Ma Pat...».

«Tienilo tu, ti prego e non lasciarlo sotto il cuscino o nella borsa insieme alla calzamaglia sudata».

Mi appoggiai al suo petto.

Pat, io ti amo, ma come faccio a dirtelo? È presto lo so, ma è così, ti amo e se te ne vai impazzisco, se te ne vai io muoio.

«Lo so piccola», sussurrò.

Alzai la testa di scatto e lo guardai interrogativa.

«So che è molto difficile, ma insieme ce la faremo».

Mi strinse ancora più forte a sé, cullandomi in silenzio, mentre la neve cominciava a cadere, lenta e leggera su di noi.

Non osai chiedergli se mi aveva letto nel pensiero, ma ebbi anch'io la sensazione di sentirlo parlare.

O forse era il vento.

CAPITOLO DICIASSETTE

Arrivai da Claire con un ritardo spaventoso, ma non era quello ad averla fatta arrabbiare di più.

Fu il piccolo Chester a farmelo sapere.

«Ho saputo che cambi insegnante», disse col solito tono saccente, incrociandomi mentre camminavo come una papera a passo spedito, con le scarpette slacciate, l'asciugamano al collo, la bottiglia d'acqua sotto il braccio, la borsa in una mano, e il prezioso cellulare di Pat nell'altra.

Mi fermai di botto.

«Come hai detto piccolo...». Volevo dire *stronzo*, ma dissi: «...Chester».

«Me lo ha detto Claire, ha detto che siccome tu vai alla Scuola d'Arte avrà molto più tempo da dedicare a me, sai sto lavorando sui salti».

Sai che salti ti farei fare a forza di prenderti a calci in culo?, pensai sorridendogli dolcemente.

Entrai in sala come una furia, inciampando nei nastri delle scarpette, e andai dritta da Claire che stava contando le battute di uno spartito, mentre si tormentava i ricci visibilmente innervosita.

«Oh la divina!», mi disse con un tono sprezzante nella voce.

«Che succede questa volta Claire? Io non ho fatto niente!», dissi alzando le mani.

«Tu no questa volta, ma ci ha pensato tua nonna a sistemarti!».

«Che intendi dire?», chiesi con la fronte aggrottata.

«Mi ha telefonato per comunicarmi che, data la tua prossima ammissione alla Royal, è tempo che tu studi con un'insegnante più qualificata!».

«Ha detto così?»

«Questo era il succo, lei ha detto qualcosa del tipo "in linea con lo spirito aziendale"».

«Ma... io non voglio!».

«Nemmeno io, ma questi sono gli ordini *dall'alto* a quanto pare!».

«E ti arrendi così?», dissi cercando di non farmi sentire da Chester, appostato strategicamente vicino al vetro, fingendo di provare i salti, mentre in realtà era intento a leggere il labiale.

«Cosa dovrei fare? Sono fuori di me, se penso ai sacrifici e al tempo che ti ho dedicato e di cui potrà godere l'altra!».

«Ma chi è l'altra? La conosci?»

«Se la conosco? Mary Sinclaire? Eravamo nella stessa compagnia nel '69, prima che io partissi per New York. Un'incompetente che non ha mai saputo ballare, ma ha avuto la fortuna di sposare un coreografo di grido che l'ha finanziata per fondare la Scuola d'Arte, ed è solo grazie alle sue conoscenze che è arrivata dov'è. Se anch'io avessi avuto i suoi contatti farebbero la fila per iscriversi qui invece che da lei!».

«E adesso che dovrei fare?»

«A quanto mi ha detto tua nonna, le lezioni sono già pagate. Pensa, si è offerta anche di darmi una liquidazione! Che generosa!».

«Cazzo, Claire sono fottuta!», gridai mettendomi le mani nei capelli.

«Mia», mi disse con tono più comprensivo, meravigliata dalla mia reazione, «stai calma adesso. È probabile che abbia ragione lei, forse è davvero meglio così, in ogni caso se vai alla Royal, ci dovremmo comunque lasciare, questo era inevitabile...».

«Ma io non voglio, voglio che tu mi prepari per l'audizione, non ci voglio andare dalla Sinclaire!».

«Posso dirti, anche se mi mortifica, che il suo nome è molto più quotato del mio e credo che sarebbe un vantaggio per te che ti preparasse lei».

«Ma Claire...», mi buttai a sedere su una sedia come un sacco, «non volevo che andasse così...».

«Lo so Mia, nemmeno io, ma spesso le cose non vanno come le immaginiamo...».

«Lo dice anche mia madre, ma ti rendi conto che non ho voce in capitolo? Che sta decidendo tutto lei? Mi sta facendo rimpiangere ogni minuto di averla coinvolta».

«Se penso che è anche colpa mia, mi farei in ginocchio il pellegrinaggio di San Patrizio pur di trovare un'altra soluzione, ma non ce n'erano altre, lo sai...».

Sospirai guardando con la coda dell'occhio quel nano da giardino che saltava come una molla impazzita pur di farsi notare.

«Claire... io non ti voglio lasciare».

«Ma non ci lasceremo, ci saranno sempre i nostri mercoledì, ma vedrai che sarai così impegnata che non avrai più tempo né voglia di venire a trovarmi».

«Questo non è vero», le dissi commossa prendendole le mani.

«Ma quando sarai una grande ballerina potrò sempre vantarmi raccontando a tutti che sono io che ti ho scoperta e non la Sinclaire!».

«Questo è poco ma sicuro».

Ci abbracciammo.

Non smettevo di dire addio alle persone che amavo, era un susseguirsi di capitoli della mia vita che si chiudevano uno dopo l'altro senza che lo avessi voluto.

Mi sentivo derubata dei miei affetti più importanti che sfuggivano dalle mani come acqua di mare.

Claire, Nina, Patrick, mia madre: uno dopo l'altro si stavano

allontanando da me e per quanto fosse un distacco prevedibile o inevitabile, stava succedendo tutto troppo in fretta e troppo dolorosamente e a un prezzo che non ero pronta a pagare.
Se mai si è pronti a pagare il prezzo di un addio.
Tornai a casa stanca e affranta e Patrick, in missione in qualche sottomarino di merda, neanche mi rispose.
In compenso ci pensò mia nonna a distrarmi.
«Come mai non mi hai risposto oggi?»
«Ero in classe nonna», risposi sfinita.
«Ti ho chiamata anche quando eri uscita, e non hai risposto lo stesso. Se hai un cellulare hai il *dovere* di rispondere, altrimenti non comprarlo proprio, vai a vivere in una caverna e comunica con i segnali di fumo!», disse stizzita.
Se avesse saputo quanto avrei voluto vivere in una caverna piuttosto che con lei.
«Sì nonna, ci starò più attenta», sospirai.
«Ho parlato con Claire, bravissima persona per carità, ma dai miei informatori ho capito che non era all'altezza della situazione e non ci possiamo permettere il lusso di non essere al cento per cento, vero bambina? La Sinclaire è la migliore sulla piazza e ti darà delle lezioni private e credimi, è raro che si dedichi soltanto a un'allieva».
Cominciavo a rimpiangere il desiderio di mia madre di vedermi diventare avvocato, commercialista, o dentista.
Mi chiedevo se fossi ancora in tempo...

La Scuola d'Arte era in pieno centro.
Era un edificio di mattoni su due piani, con delle grandi finestre da cui si intravedevano sale immense e luminose.
Rimasi fuori almeno venti minuti, indecisa sul da farsi, osservando i ballerini che uscivano ed entravano chiacchierando e ridendo fra loro, vestiti in quel tipico modo *accuratamente trasandato* che li rendeva ancora più affascinanti.

Pensai che non avevo amici ballerini e che mi sarebbe piaciuto condividere le mie emozioni con qualcuno che parlasse la mia stessa lingua.

Ma il confronto era anche la cosa che mi faceva più paura.

Strinsi nella tasca il cellulare di Patrick per farmi coraggio ed entrai.

Alla reception una ragazza sorridente dall'aria molto indaffarata mi fece compilare un modulo e mi chiese di attendere seduta su un divanetto.

Mentre guardavo le foto appese alle pareti di Margot Fonteyn con Nureyev, Baryshnikov e Roberto Bolle, mi venne incontro una signora bionda e ingioiellata, di circa sessant'anni, vestita di nero, con i capelli raccolti in uno chignon stretto e truccata pesantemente.

Era poco più alta di me e molto in sovrappeso, una matrona dall'aria autoritaria che ricordava più una cuoca di un ristorante che una ballerina.

Mi strinse la mano come se sapesse già tutto e mi chiese di seguirla nel suo ufficio dove si sedette alla scrivania e inforcò gli occhiali da cui penzolava una fila di perle.

Mi fece segno di accomodarmi su una sedia di fronte a lei, prese il modulo che avevo appena compilato e cominciò a scrutarlo attentamente, poi passò a scrutare me come fossi un pesce al mercato.

«Hai studiato con la Gilbert vedo...», disse in un tono che non lasciava trapelare emozioni.

«Sì, ho studiato solo con lei...». Senza sapere se fosse un bene o un male.

Seguì un lungo silenzio carico di aspettativa che non riuscii a interpretare, ma che doveva essere un tentativo di intimidazione, dato che sul modulo c'erano non più di quindici righe da leggere.

Dopodiché mi chiese di alzarmi in piedi e di andare alla sbarra posta in un angolo del suo ufficio.

«Preparazione... *plié, grand plié* in prima, seconda, quarta e quinta, prosegui con i *tendu* e poi fai tutto dall'altra parte».

Era giusto qualche esercizio per controllare l'arcuatura del piede, l'apertura delle anche, l'equilibrio, l'armonia delle braccia e i vari allineamenti, ma non riuscivo a smettere di sentirmi esaminata come un cane a una mostra.

Mi osservava senza dire niente, e correggeva la posizione delle spalle e del bacino in maniera piuttosto energica e fastidiosa, commentando che non era possibile che la Gilbert non si fosse resa conto che ero "tutta storta".

Tutta storta?

La sua testa era tutta storta!

Cercai di non pensarci e mi concentrai il più possibile sui passi, muovendomi nel modo più preciso e armonioso possibile, ma sembrava non bastare mai.

«Noooo, cos'è quella testa e quelle mani? Su, apri il ginocchio... di più, avanti». Sbuffava. «Ma cosa ti ha insegnato quella? A bere vodka tonic? È l'unica cosa che ha imparato dai russi. Su, ricomincia, più alta quella gamba... e la testa, tirala su, ho detto! Tragedia, è una TRA-GE-DIA!», urlò in maniera teatrale coprendosi gli occhi.

Non sarei rimasta un minuto di più a farmi trattare come una novellina alle prime armi che non sapeva distinguere fra piede destro e piede sinistro.

Ero offesa e ferita e volevo uscire subito di lì.

Infilai le scarpe, presi la borsa con rabbia e mi avviai verso la porta senza guardarla in faccia, ero furiosa e umiliata e non volevo che vedesse che avevo gli occhi lucidi.

«Dove stai andando?», mi chiese severa.

«A casa», risposi aprendo la porta, «non credo sia il posto per me questo».

«Ah no? E come mai? Sei troppo brava?», disse senza ironia.

«No, ma non mi piace essere trattata così».

«Così come? Credi che debba chiederti il permesso per correggerti? Sei piena di difetti che non sai neanche di avere e per quanto mi riguarda puoi anche tenerli, ma faresti bene a mettere l'orgoglio da parte se vuoi fare questo mestiere, e posso dirti che non entrerai mai alla Royal con quella preparazione e io non ti correrò certo dietro. Chiamerò tua nonna e le dirò che non hai intenzione di seguire le mie lezioni... *Au revoir!*».

La guardai a bocca aperta cercando le parole giuste per risponderle, per dirle che avevo lavorato sodo, che non meritavo quel trattamento, che c'è modo e modo per spiegare le cose e che Claire era una persona stupenda, ma le uniche parole che mi vennero fuori furono: «Brutta culona!».

E uscii sbattendo la porta.

Solo in fondo alle scale mi resi conto che non avevo più nessuna insegnante di danza e l'idea di non avere una preparazione adatta per affrontare l'audizione mi fece tremare.

Il mio cellulare squillò, ero pronta a lanciarlo sotto l'autobus se fosse stata mia nonna, ma fortunatamente era Patrick, l'unico che avessi vicino e che potesse capirmi e aiutarmi.

«Pronto tesoro? È un grosso casino chiamarti. Siamo impegnati in una serie di simulazioni di guerra ed è davvero tosta».

Anch'io ero in guerra con il mondo e non era una simulazione.

Gli raccontai cos'era successo, che ero stata umiliata da quella vacca, che mia nonna si era intromessa e che adesso non avevo nessuno che mi potesse preparare e rischiavo di mandare tutto all'aria.

«Dove sei adesso Mia?»

«Sotto la scuola».

«Gira i tacchi e rientra subito!», mi ordinò in tono per niente gentile.

«Come hai detto scusa?», balbettai.

«Ti ho detto di tornare immediatamente in quella scuola, e di andare a scusarti con la tua insegnante!».

«Non ci penso nemmeno Pat! Quella è una stronza che si crede chissà chi, io lì dentro non ci torno neanche morta!».

«Tu lì dentro ci torni, a costo di venire a prenderti a calci nel sedere!».

Non mi aveva mai parlato così, ero spiazzata.

«Tu non capisci, non hai idea di come mi abbia trattato, sembrava che non avessi mai ballato in vita mia!».

«Non ti ha trattato di certo peggio di come mi trattano qui e se lo ha fatto è per una ragione, e se tu vuoi avere qualche chance di entrare in quella scuola, devi imparare a essere umile e ascoltare i consigli di chi è più esperto di te, anche se sono sgradevoli e dati in maniera scorretta! Pensi che mi chiedano *per favore* prima di farmi un culo grosso così a pulire il ponte o a farmi fare cinque turni di notte consecutivi o a salire sull'albero? Mia, non è più un gioco, è il tuo futuro e se è quello che vuoi davvero, devi ingoiare l'orgoglio, salire le scale e tornare da quella tizia e lasciare che ti aiuti!».

«Ma...», cercai di obiettare

«Amore mio, vorrei essere lì, vorrei poterti abbracciare, consolare e farti ridere prima di prenderti di peso e portartici di persona, invece di urlare al telefono, ma questo è quello che devi fare e che farai appena avremo riattaccato. Sei una tosta, sei una che non si arrende, per cui vai su e dimostrale che si è sbagliata!».

Aveva ragione, se mi arrendevo alla prima critica non ce l'avrei mai fatta a diventare una ballerina.

«Pat... mi manchi», sussurrai.

«Mi manchi anche tu amore mio e non sai quanto, mi manchi da farmi venire voglia di mollare tutto ogni giorno pur di stare con te, ma non dobbiamo mollare perché questo è quello che vogliamo fare da quando siamo nati, per cui ci staremo vicini e ci incoraggeremo nei momenti come questo. E io voglio poter contare su di te quando non ce la farò più, capito? Voglio essere orgoglioso di te, voglio poterti seguire a Parigi e a Mosca e stare lì in prima fila ad applaudirti e ammirare quanto sei brava!».

«Lo voglio anch'io Pat, tanto, lo voglio davvero», risposi lottando con tutta me stessa contro l'istinto di chiedergli di tornare.

«E allora vai, vai, non pensarci, non permettere che le parole ti trafiggano, sono solo parole, la gente ne dice milioni tutti i giorni e quasi sempre senza neanche pensare. Fai in modo che ti scivolino addosso, nessun giudizio è insindacabile e definitivo, l'unico che conta è il tuo!».

E travolta dalla malinconia, anch'io parlai senza riflettere.

«Ti amo Pat!».

E quello era insindacabile.

Non mi interessava più che fosse presto o tardi, che fosse poco romantico o ridicolo o che avrei dovuto aspettare il momento giusto.

Quello era il momento giusto per me.

«Anch'io ti amo Mia».

Restammo in silenzio per un minuto intero.

Abbracciati a quasi cinquecento chilometri di distanza.

CAPITOLO DICIOTTO

Salendo le scale della Scuola d'Arte, mi sentivo così felice e sicura di me che avrei potuto affrontare tutte le Mary Sinclaire di questo mondo.

Bussai ed entrai nel suo ufficio a testa bassa, pronta a scusarmi.

«Mi volevo scusare, non volevo darle della "culona", cioè volevo, ma non volevo, ero arrabbiata, vorrei che lei mi insegnasse... se non ha ancora parlato con mia nonna».

Mary Sinclaire alzò lo sguardo dalla sua torta di mirtilli con la crema, si pulì la bocca con un tovagliolo di lino e dopo essersi schiarita la voce mi disse: «Va' a cambiarti e aspettami in sala due».

Se avessi saputo cosa mi aspettava a lezione, non le avrei mai dato della culona, perché – di certo – era quello ad averle dato maggior fastidio.

Forse, se le avessi detto "stronza" o anche un semplice "vaffanculo", se la sarebbe presa meno, ma così dovevo aver ferito il suo orgoglio personale.

Mi chiese di mostrarle la variazione per l'audizione che avevo preparato con Claire e la demolì letteralmente pezzo per pezzo.

A volte ridendo.

Fu orribile, ma non ero in condizione di dire niente.

«Cos'è questo incredibile pasticcio senza capo né coda? Cosa voleva fare un *best of*? Solo perché sai fare trentadue *fouetté*, non significa che tu sia pronta per affrontare Odile: ti manca la preparazione e la maturità, saresti ridicola!».

Ringraziavo che i piedi mi facessero così male quel giorno da distrarmi dalle sue parole.

Lottavo con tutta me stessa per rimanere lì, al centro della sala, sotto lo sguardo indagatore di quindici paia di occhi fra allievi e insegnanti.

Se prima mi ero sentita umiliata adesso ero stata messa alla pubblica gogna.

Mi vergognavo da morire, ma fingevo che andasse tutto bene continuando a sorridere alla giuria più spietata che avessi mai avuto, facendomi coraggio pensando alle parole di Pat.

Quando si fu divertita abbastanza, ordinò a tutti di uscire e rimase sola con me.

«Dunque Mia, come avrai capito qui non si scherza e io non scherzo mai. Non hai mai frequentato una scuola e non conosci la disciplina, né l'umiltà, né tantomeno il rispetto, ma questo non è un gran problema, si imparano col tempo. Quello che non si impara è il talento e se non ce l'hai non ti basteranno tutte le lezioni di questa terra con i migliori insegnanti mai esistiti».

Mi venne un groppo alla gola.

Stava per pronunciare il verdetto.

«Ti dico la verità, avrei preferito che tu fossi un'incapace per avere la soddisfazione di rimandarti a piangere dalla Gilbert, ma devo dire che la stoffa ce l'hai e sei una che impara in fretta e se riusciamo a domare questo caratterino insolente, potremmo fare di te un'ottima ballerina».

Non riuscivo a credere alle mie orecchie.

Ce la potevo fare, avevo buone possibilità di entrare alla Royal.

«Grazie», le dissi accennando un inchino, «grazie Mrs Sinclaire, sono davvero felice di poter studiare con lei, e mi scusi ancora per quello che le ho detto prima, lei non è per niente culona, proprio per niente anzi, ha un culo pic...».

«Lascia perdere, vedi di non peggiorare la situazione», mi rispose secca. «Il lavoro che dobbiamo fare è davvero tanto e per cominciare ci vuole un'altra variazione, qualcosa che tiri fuori la tua personalità e non un numero da circo. A nessuno interessano più di tanto i virtuosismi, quella è roba da scuola russa. È il carattere, lo sguardo, la passione che comunichi al pubblico che conta. E per quel poco che ho visto, con la tua statura piccola, i capelli scuri, e lo sguardo furbetto che hai negli occhi saresti una perfetta Esmeralda».

Esmeralda era una variazione che adoravo, presumeva molta grazia e passionalità e si ballava con un tamburello che accompagnava i passi e la musica.

Tamara Rojo la interpretava straordinariamente con tutta la carica sensuale che il pezzo richiedeva, muovendo la testa e il tamburello in maniera civettuola e maliziosa.

Era un pezzo che sentivo molto più della variazione di Odile, perché era pieno di vita e amore e sapevo di poterlo eseguire al meglio pensando a Patrick.

Se non fosse stato per lui sarei stata a casa a disperarmi.

Era la seconda volta che mi salvava la vita, metaforicamente parlando, se non si contava quella in cui lo aveva fatto davvero.

Stava diventando davvero il mio angelo custode che si materializzava quando ne avevo più bisogno, quando non ragionavo lucidamente o stavo per fare la cazzata del secolo: il tempo di darmi la dritta giusta e rimettermi in carreggiata.

Grazie a lui cominciavo a capire l'importanza di fare un passo indietro per poterne fare uno avanti e che non c'era niente di assoluto e definitivo, che le cose potevano cambiare, le persone potevano cambiare e anche il destino, volendo, prevedeva un certo margine di trattativa.

Cominciammo subito le prove e, dallo sguardo di Mrs Sinclaire, capii che le stavo dando soddisfazione.

Almeno non mi bastonava.

Correggeva la parte tecnica in maniera scrupolosissima e quasi assillante, ma mi lasciava libertà d'interpretazione.

L'esatto contrario di Claire.

Esprimevo il personaggio di Esmeralda attraverso la passione incontenibile che avevo nel cuore e lo vivevo così a fondo da trasformarmi in lei e comunicare gioia e leggerezza a chi mi guardava.

Ballavo davanti a Mrs Sinclaire con lo stesso impegno e la stessa energia che se fossi stata davanti a mille persone.

Non mi sentivo più la ragazzina che studia i passi per il saggio di fine anno, ma una vera ballerina che mette a frutto quello che ha imparato per diventare unica e speciale.

Avevo la certezza che quello fosse il mio futuro e per realizzarlo ero disposta a sopportare ben altro che le pressioni di mia nonna.

«Bene Mia, abbiamo cominciato con il piede giusto mi pare. All'inizio pensavo che fossi la classica ragazzetta viziata e capricciosa, pupilla della nonna ricca, ma vedo invece che ci stai dando dentro.

Peccato avere buttato via tutti quegli anni dalla Gilbert, qui ti avremmo seguita senz'altro meglio. Dovrai lavorare moltissimo per liberarti di quelle cattive abitudini che hai preso, ma ce la dovremmo fare a prepararti per una buona audizione».

Volevo rispondere qualcosa in difesa di Claire, ma capii che non era il caso di sciupare un così bel discorso e farmela di nuovo nemica.

Dopotutto stavo cominciando a imparare sul serio e questo mi dava una carica che non avevo mai sperimentato prima, tanto che non avrei voluto più muovermi di lì.

Uscii e chiamai Nina.

Quella era una cosa che le avrebbe fatto piacere sapere e che avrebbe allentato le nostre tensioni.

Ci volevamo troppo bene per mandare tutto all'aria per così poco.

«Pronto Nina? Ho voglia di vederti, non sto più nella pelle. Vieni da me stasera? Voglio raccontarti tutto della nuova scuola!».

«Io...», esitò un attimo, «veramente dovevo vedermi con...».

«Carl?»

«Sì», disse piano.

Ci fu un momento di silenzio.

Poi riattaccai.

Presi la bici e cominciai a pedalare come una pazza, incurante della pioggia e della poltiglia di neve sciolta sulla strada che mi faceva scivolare.

Se pensava di cavarsela con così poco si sbagliava di grosso.

Suonai il campanello come un ufficiale giudiziario venuto a pignorare i mobili.

Nina aprì la porta e rimase sorpresa e imbarazzata nel vedermi.

«Ti rendi conto che stai rovinando la nostra amicizia e che stai mandando tutto a puttane da quando ti sei messa con quello là? Fuori c'è ancora un mondo nel caso non te ne fossi accorta e io ne faccio sempre parte, ma a quanto pare non ti interessa più, a te interessa soltanto stare incollata al culo secco di Carl, che non si sa cos'abbia di speciale poi! Lo sai cosa mi sembrate? Due detenuti nella stessa cella che non escono neanche per l'ora d'aria!». Gridavo, completamente bagnata e rossa in faccia.

«Mia, non ti arrabbiare dài, entra, Carl sta per arrivare».

«Ecco, lo vedi? E se avessi bisogno io di te? Se volessi vederti da sola e parlarti? Devo prendere appuntamento con la tua segretaria? Rivoglio la mia amica capito??? RIVOGLIO LA MIA AMICA!!». Ero isterica e la sua esitazione mi dava ancora più sui nervi.

Presi a scuoterla per le spalle come un pupazzo.

«La vuoi smettere di comportarti così, cazzo? Mi manchi, ho bisogno di te, lo capisci?».

Le lacrime si mischiavano con la pioggia.

Guardavo la mia amica che se ne stava lì, ferma senza sapere cosa fare e che, a differenza di suo fratello, non muoveva un dito per salvare la nostra amicizia.

Avevo voglia di dirglielo, solo per scuoterla dal torpore, dall'incantesimo che l'aveva trasformata in una bambola di zucchero.

«Mia, io ti voglio bene come sempre, è solo che tutto cambia, si cresce, non si fanno più le stesse cose di prima».

«Tipo stare al telefono per delle ore, passare le serate a parlare di sesso e guardare MTV? Questo si fa alla nostra età, tu sembri una casalinga frustrata! Mi fai tristezza!».

«Non dovresti parlarmi così, sei scorretta!».

«Sono arrabbiata perché vedo che rinunci ai tuoi sogni per stare con lui e non è giusto! Tu sei la ragazza più bella e intelligente della scuola, tutti ti invidiano, i professori hanno una quantità di aspettative su di te e tu trascuri qualunque attività extra scolastica pur di non togliere del tempo a Carl! Non sei più nella direzione del giornale scolastico, non fai più la cheerleader, non fai più parte del consiglio studentesco e non studi più recitazione, si può sapere che hai in testa?»

«Sono innamorata Mia, lo sono con tutta l'anima, vorrei potessi capirmi, ma non puoi!».

«Sì che posso, ti capisco benissimo, ma non faccio come te, non smetto di vivere, seguire i miei sogni e divertirmi. Ti stai facendo impagliare come la testa di alce nel tuo salotto!», urlai senza più ritegno.

Mi guardò interrogativa.

«L'alce?», disse cercando di rimanere seria.

«Sì l'alce o la renna o quello che è...». Veniva da ridere anche a me e mi grattai la fronte per non guardarla.

Cominciammo a sghignazzare sempre più forte, finché scoppiammo a ridere come matte senza riuscire a smettere.

La presi per mano e la trascinai fuori sotto la pioggia e rimanemmo lì, a ridere a crepapelle, come due sceme.

Eravamo ancora noi.

Ancora per poco.

A casa, più tardi, mia madre voleva continuare a ignorarmi, ma si rendeva conto che c'erano troppe novità per poter far finta di niente.

Ma l'orgoglio fu ancora una volta più forte e le fece mandare avanti Paul a sondare il terreno.

Bussò alla mia porta mentre stavo provando davanti allo specchio un passo che mi aveva dato parecchio filo da torcere.

«Tutto bene?», chiese come sempre un po' impacciato.

«Sì, a parte che sono incinta!», gli dissi voltandomi e facendo una faccia disperata.

«COSA?», urlò diventando bianco come un cadavere.

Esplosi a ridere.

«Scherzo! È sempre troppo facile con te!».

«No! È che ho due figlie femmine e questa è una delle cose che temo di più!».

«Stai tranquillo, nessuna pagnotta in forno», lo rassicurai.

«Sei sicura vero?»

«Certo, altrimenti sarei la Madonna».

Tirò un sospiro di sollievo.

«Senti, non voglio girarci troppo attorno, ma è tua madre che mi manda a investigare, io vorrei evitarlo, ma sai com'è fatta...».

«Sì che lo so, cosa vuole sapere?»

«Come va con tua nonna, soprattutto», chiese ansioso.

«Dille che è terribile, che è oppressiva e prepotente, e mi comanda a bacchetta».

Tirò un altro sospiro di sollievo.

«Dio ti ringrazio! Credevo che con te fosse tutto rose e fiori, non l'avrebbe mai sopportato!».

«Fidati. Dille che è una punizione divina e che vorrei poter tornare indietro, ma che ormai è tardi», risposi sorridendo.

«Perfetto, questa era la versione per la stampa, adesso dimmi come sta andando veramente».

«È terribile, oppressiva, prepotente e mi comanda a bacchetta...».

«Ma?...»

«Ma grazie a lei mi sto divertendo da pazzi!».

«Davvero? Era la scelta giusta?»

«Sì, al cento per cento. È difficile stare alle sue condizioni perché non ti lascia respirare e vuole avere sempre ragione lei, ma sa quello che fa e in fondo l'adoro per questo».

«Questa parte non la ripeterò neanche sotto tortura».

«Tanto non ti crederebbe!».

Il telefono vibrò sul letto.

Ci guardammo esitanti, poi Paul si alzò e se ne andò come un papà imbarazzato.

«Pat?»

«Amore! Com'è andata?»

«Alla grande! Se non mi obbligavi a ritornare in quella scuola avrei fatto il più grande errore della mia vita. Le sono piaciuta, mi ha dato una variazione perfetta per me, mi sta insegnando tantissimo, dice che sto facendo un buon lavoro...», sparai a raffica senza neanche riprendere fiato.

«Sono contentissimo, sapevo che avresti fatto un figurone!».

«Ho ballato per te! Ho immaginato che fossi seduto al posto di quella culona della mia insegnante e ho tirato fuori una forza che non sapevo neanche di avere, era come... oddio non so spiegarlo a parole, ma era come se tutta la passione che provo quando sono con te esplodesse, capisci? Sento il fuoco scorrermi nelle vene, il cuore che mi batteva forte e un nodo allo stomaco che... Pat muoio dalla voglia di fare l'amore con te!».

«Anch'io Mia, da impazzire!».

«Vorrei farlo quando tornerai, lo voglio con tutto il cuore e so che sarà speciale».

«Sì», disse un po' emozionato, «ti prometto che sarà speciale».

Da quel momento in poi niente poteva farmi più paura.

Le telefonate di mia nonna si susseguivano sempre più numerose e incalzanti, ma non smettevo di puntare dritta verso il mio obiettivo e tutto il resto perdeva di importanza.

Studiavo tutti pomeriggi per quattro ore dalla Sinclaire, e la sera stavo al telefono con Pat, quando poteva. Il resto del tempo era dedicato alla scuola e a qualche ora stiracchiata con Nina quando Carl non era nei paraggi.

Una sera in cui mia madre era fuori con Paul per festeggiare il suo nuovo lavoro, la invitai a dormire a casa.

Carl era con Alex a una conferenza sui social networks.

Da quando avevano deciso di fondare insieme una società di informatica si sentivano i nuovi Mark Zuckerberg.

Nina era felice di essere lì, ma allo stesso tempo non smetteva di guardare l'orologio.

«Stai bene Nina? Vuoi che ti prenda dell'acqua o un asciugamano bagnato? Lo fanno sempre nei film in cui c'è qualcuno in crisi d'astinenza».

«Scema! Vorrei vedere te».

Se solo sapessi.

Uscimmo per portare a spasso York e passammo al supermercato all'angolo a prendere un secchio di pop corn al caramello, degli M&M's, un Toblerone, una scatola di tortine ripiene di marmellata e una copia di «Star».

Eravamo cambiate è vero, ma era tutto più divertente adesso che cominciavamo a comportarci come delle adulte.

Ed era arrivato il momento di affrontare seriamente l'argomento sesso, anche perché Nina era l'unica fra le mie conoscenze strette con meno di quarant'anni.

«Ma tu e Carl l'avete fatto poi?», chiesi con nonchalance.

Diede un colpo di tosse con la bocca piena di pop corn.

«Insomma...».

«Che vuoi dire con "insomma"?», chiesi perplessa.

«La settimana dopo che siamo stati a Bath abbiamo deciso di farlo in camera mia, quando i miei erano fuori. Avevo acceso le candele alla vaniglia, c'era la musica giusta, e mi ero messa il completino nuovo, quello super sexy blu elettrico...».

«E?...»

«E lui quando è entrato in camera e mi ha vista così era davvero emozionato, non smetteva di dirmi quanto ero bella, che sembravo un quadro, che avrebbe voluto farmi delle foto, insomma ha continuato per dieci minuti a farmi i complimenti invece di arrivare al sodo. Allora ho pensato di prendere io l'iniziativa e ho cominciato a sbottonargli la camicia, e i pantaloni. Tu immaginami sdraiata sul mio letto con un microperizoma e un reggiseno a balconcino, mentre lui lotta con le scarpe impigliate nei jeans. Romantico eh?»

«Non posso crederci, e poi?»

«Poi, quando è rimasto in boxer e calzini, che ho fatto finta di non vedere, ho sperato che finalmente fosse arrivato il momento che aspettavo, ma...».

«Ma?»

«Ma niente! Ha detto che forse era la troppa emozione e che ero troppo bella, per cui ha avuto una... crisi da prestazione!».

«Ma non avete nemmeno...».

«Niente! Niente in assoluto! Si è depresso e non ha più voluto provare. È colpa mia, metto in imbarazzo gli uomini», sospirò.

«Questa l'hai sentita in qualche telefilm o è frutto della tua immaginazione malata?», dissi staccando un enorme pezzo di Toblerone coi denti.

«Non c'è altra spiegazione, Thomas mi ha usata come una puttanella, mentre Carl mi tratta come una bambolina di porcellana e non riesce quasi a toccarmi! Li odio gli uomini!».

«Tieni, mangia!», le dissi allungandole il cioccolato.

«Diventerò una balena, così nessuno mi guarderà più...», concluse. «...Tu invece? Chi è l'uomo del mistero? Guarda che lo so che ti vedi con qualcuno, sei troppo bella e luminosa per non essere innamorata».

In una dimensione parallela avrei detto la verità a Nina, lei mi avrebbe abbracciata e avrebbe iniziato a scrivere la lista degli invitati alle nozze.

Ma quando inizi a mentire a qualcuno, anche solo per il suo bene, credi a tal punto a quella versione dei fatti da esserne quasi convinta tu stessa.

«Io sono innamorata solo della danza e mai come adesso mi sono sentita ricambiata», conclusi aprendo la porta di casa con un gesto teatrale.

Il suono del suo telefono ci svegliò di soprassalto.

Era Carl che era uscito dalla riunione e voleva passarla a prendere.

«Oh, accidenti com'è tardi!», esclamò alzandosi di scatto e facendo rovesciare a terra tutte le M&M's.

«Ma non rimani a dormire qui?»

«No, preferisco di no, domani c'è scuola», rispose piegando la coperta e rimettendo a posto i cuscini sul divano.

Era come se la festa fosse finita e aspettassimo suo padre che venisse a prenderla, ma questa volta era una scelta volontaria.

Ci sedemmo in silenzio fingendo di guardare un documentario sulle farfalle monarca, aspettando l'arrivo di Carl, quando il mio telefono, su cui ero seduta, squillò.

Era Patrick.

Guardavamo lampeggiare la scritta *Angel* sul display senza che mi decidessi a rispondere.

«Chi è Angel?», chiese Nina.

«Nessuno... non lo conosci, è per un compito a scuola...», risposi annaspando.

«Un compito a scuola? Allora lo conosco per forza, aspetta che indovino».

Prese il cellulare in mano e rispose.

Furono i secondi più lunghi e angoscianti della mia vita.

Cominciai a sudare freddo mentre gridavo a voce abbastanza alta per farmi sentire da lui: «Dài Nina ridammi il cellulare!».

«Pronto? Sei tu Angel? Dài dimmi chi sei, tanto lo scopro!», cantilenava al telefono.

«E dài molla, io non ti farei mai una cosa del genere!».

«E va bene te lo passo». Mi porse il telefono per un istante, prima di rimetterselo all'orecchio e gridare: «...ho capito chi sei! Riconoscerei quel respiro ovunque, Virgil Dickinson! Dài, ma non c'è mica niente di male sai? Mia è come mia sorella!».

E mi riconsegnò il telefono mentre la guardavo ammutolita.

Mi schiarii la voce e dissi solo: «Ti richiamo più tardi!».

L'avrei ammazzata.

Mi aveva fatto prendere un accidente e per un pelo non ci scopriva.

Mentre cercavo ancora di far rallentare il battito del cuore, Nina continuava a tormentarmi.

«È carino Virgil! Quanto è che va avanti? E perché lo chiami Angel? Possiamo uscire tutti insieme una di queste sere!».

«Nina non ho nessuna storia con Virgil Dickinson, te lo giuro su quello che vuoi, è un ragazzo che viene a danza con me ed è gay e si fa chiamare Angel e si è appena lasciato col suo ragazzo, ecco perché mi chiamava!», conclusi leggermente seccata.

Fui così convincente che ci credetti anch'io.

Sembrò delusa.

«Oh, allora scusati con lui quando lo vedi, pensavo... non so, mi sembrava familiare».

«La prossima volta fidati di me, magari».

Stavo decisamente esagerando.

Carl arrivò dopo pochi minuti.

Ci salutammo sulla porta e li guardai allontanarsi mano nella mano.

Un attimo prima di entrare nella macchina Nina si girò e disse: «Lo sai che tu e Patrick avete lo stesso modello di cellulare?».

Il tempo di chiudere la porta e avevo già fatto le scale di corsa, mi ero buttata sul letto e lo stavo chiamando.

«Glielo dobbiamo dire!», gridammo in coro.

«Assolutamente».

«Ho temuto il peggio».

«E io allora? Ero a un passo dalla tragedia!».

«Quando torno ci parliamo insieme, non mi piace fare le cose di nascosto, dalla mia famiglia poi... vedrai che dopo lo shock iniziale sarà contentissima, e il fatto che stia con Carl ci sarà d'aiuto».

«Sì, le terrà il coltello prima che mi tagli la gola».

«Non andrà così male, fidati, la conosco, so come prenderla».

«Spero che tu sappia quello che fai, perché stavo per morire sul colpo quando mi ha strappato il telefono di mano».

«A proposito, grande l'idea di darmi un altro nome, è da servizi segreti! Sono fiero di te, ma come ti è venuto *Angel*?»

«Perché sei il mio angelo custode, ogni volta che ho un problema arrivi tu e lo risolvi».

«Figurati, per così poco... si può sapere invece chi è Virgil Dickinson? Mi interessa!».

«Un ragazzo, a scuola...».

«Un ragazzo a scuola... che ti viene dietro?», chiese sospettoso.

«Non che io sappia», risposi evasiva.

«Me lo diresti?», incalzò.

«Non sarai mica geloso», lo stuzzicai.

«Sì, molto!».

«Nessuno, non è nessuno stai tranquillo, ci sei sempre stato solo tu per me».

Mi inteneriva l'idea che anche uno come Patrick avesse delle insicurezze ed ero più che lusingata di esserne io la causa.

Lui che, come sua sorella, suscitava adorazione al primo sguardo, che ispirava una totale e incondizionata fiducia e a cui avresti dato in mano la tua vita senza esitazione, vacillava sentendo nominare un bamboccio come Virgil Dickinson.

«Ti amo Mia».

Non mi sarei mai abituata a sentirglielo dire, ogni volta era una fitta al cuore, un misto di stupore e incredulità, unito al dolore di non poterlo avere con me.

«Mi manchi troppo Pat».

«Quando torno ti porto a Skegness. È un posto sul mare, bellissimo, dove si mangia il migliore *fish and chips* del mondo e sono sicuro che ti piacerà. Il mare d'inverno è quasi più bello che d'estate, a parte il freddo, e in paese c'è un alberghetto molto carino, dove... se vuoi potremmo dormire».

Esitai un attimo prima di rispondere.

Stavamo parlando della mia prima volta e fui assalita da un'ondata di angoscia.

Era vero che glielo avevo chiesto io e che lo volevo tanto, ma l'idea che sarebbe successo di lì a poco mi spaventava a morte.

E se non avessi saputo cosa fare? Se fossi stata impacciata e goffa? Se all'ultimo momento mi fossi tirata indietro?

Allo stesso tempo solo il pensiero di fare l'amore con lui mi lasciava senza fiato e avevo la certezza che sarebbe stato semplicemente fantastico, che avrebbe avuto pazienza, che mi avrebbe baciata, accarezzata e tenuta tra le braccia finché non fossi stata pronta.

E soprattutto l'avremmo fatto in un posto nostro, senza letti a una piazza e genitori che entravano all'improvviso, con le luci soffuse, un posto in cui saremmo ritornati ogni anno per festeggiare il nostro anniversario per il resto della nostra vita.

«Non vedo l'ora di andarci, sarà stupendo».

Più tardi sentii rientrare Paul e mia madre e scesi a salutarli. Lei, un po' brilla, mi sorrise istintivamente, ma tornò subito cupa. «Ti abbiamo portato il dolce», disse.

«Grazie, ho già fatto il pieno stasera, è venuta Nina».

«E non è rimasta a dormire?»

«No, è venuto Carl a prenderla, la sua guardia del corpo».

«Carl era cotto di te se non sbaglio», chiese aggrottando la fronte.

«Era...», dissi con un'alzata di spalle, «ma gli uomini sono... come dici sempre tu? ...*volubili*».

Moriva dalla voglia di saperne di più e questo la obbligava a parlarmi, mentre Paul sogghignava soddisfatto, alle sue spalle, facendomi cenno di andare avanti.

«Oh sì, terribilmente volubili... presenti esclusi, s'intende», si corresse.

«S'intende», fece eco Paul.

«E... la danza? Sta andando bene?»

«Sì, anche se non studio più con Claire».

«Lo so, mi ha chiamata, era dispiaciuta, ma è quello che può succedere quando si chiede aiuto a tua nonna, si perde ogni diritto... però magari ti farà bene, chissà... non è detto che quello che è capitato a me debba accadere a te... non siamo uguali».

Paul faceva di sì con la testa, orgoglioso dei nostri progressi.

Sapevo che soffriva per non aver avuto un vero rapporto con sua madre, ma aveva fatto di tutto perché io stessi bene e fossi felice e non volevo che mi prendesse per un'ingrata o un'ipocrita.

«È solo per un periodo, mamma, spero di smettere di essere un peso per tutti voi e cominciare a darvi delle soddisfazioni».

«Tu non sei un peso», rispose prendendomi una mano, «hai solo dei desideri particolarmente ambiziosi, ma non è detto che sia un male. Se avessi giocato meglio le mie carte, se fossi stata meno impulsiva e cocciuta... o diplomatica... io...».

«Non avresti avuto me», le dissi abbracciandola di slancio.

«E non avresti conosciuto me», intervenne Paul circondandoci tutte e due con le sue grandi braccia.

Eravamo di nuovo una famiglia, o forse cominciavamo a esserlo per la prima volta.

CAPITOLO DICIANNOVE

Le lezioni alla nuova scuola di danza mi entusiasmavano.

Avevo conosciuto Bryan e Corinne che studiavano privatamente alla Sinclaire e spesso mi trattenevo insieme a loro dopo la lezione per assistere alle prove dei professionisti.

Era bello poter finalmente parlare di danza, di passi e di variazioni senza dover essere guardati come alieni.

In effetti parlavamo solo di danza, ma era inevitabile per delle persone che avevano deciso di dedicare tutta la loro vita a perfezionare instancabilmente il proprio corpo, in vista del debutto su un grande palcoscenico.

Ce ne stavamo in sala prove per ore a riscaldare i muscoli, facendo spaccate, esercitandoci alla sbarra o dandoci consigli l'un l'altro. Vista da fuori, poteva sembrare una vita claustrofobica, ma per me, per noi, non c'era cosa più elettrizzante che poter passare la giornata immersi nel nostro habitat naturale.

Bryan aveva due anni più di me, aveva studiato alla Royal Academy e si stava perfezionando, mentre Corinne aveva la mia età e si era trasferita da poco da Bordeaux.

In tre ci sostenevamo a vicenda per sopravvivere agli sguardi torvi e ai pettegolezzi rivolti immancabilmente agli ultimi arrivati.

La variazione di *Esmeralda* andava davvero bene, lo capivo dallo sguardo di Mrs Sinclaire che commentava di meno e sorrideva di più.

Adesso riuscivo a padroneggiare il pezzo e a sostenerlo fino alla fine e morivo dalla voglia di mostrarlo a Patrick e, più che mai, alla giuria.

Mi sentivo sicura di me e pronta e, con tutto quel lavoro e un po' di fortuna, ce l'avrei fatta.

Mancavano ventidue giorni all'audizione e diciassette al ritorno di Patrick e impazzivo di felicità all'idea di affrontare le due prime volte più importanti della mia vita a distanza così ravvicinata.

Non mi avrebbero certo fermata altre stupide tesine da consegnare o qualche test inutile, ma Mrs Meyer non era dello stesso avviso.

L'intervento di mia nonna con la preside della scuola aveva fatto sì che gli insegnanti mi lasciassero in pace in vista dell'audizione come se, non sapendo ballare, avessero preferito disinteressarsi a me, ma la prof. di letteratura non accettava il fatto che fossi io a disinteressarmi degli esami.

Il fatto è che mi sentivo già proiettata nel futuro e mi vedevo con la mia bella uniforme blu a studiare con i migliori insegnanti del mondo nelle splendide sale della Royal, accompagnata dal pianista. Tutto quello che si frapponeva fra me e quell'obiettivo sembrava avere poca importanza.

Possibile che lei non lo capisse?

«Non credere che ti permetta di trascurare gli esami», mi disse con tono seccato, incrociandomi in corridoio, «se io non ti ammetto, non ci andrai alla scuola di danza! Quando hai deciso di portare materie artistiche ti ho appoggiata, ma adesso te ne stai fregando e la scuola non finisce a febbraio. So che arranchi sia in storia che in francese, e ti conviene recuperare se non vuoi che tutta questa fatica sia stata inutile».

Mia nonna non avrebbe mai permesso a qualche lacuna di compromettere la mia ammissione, ma certo non potevo tirarla in ballo ogni volta che mi faceva comodo.

«Studierò di più Mrs Meyer, glielo prometto, mi impegnerò a fondo e darò un buon esame».

«Ti conviene...», disse girando i tacchi ed entrando in classe.

Dovevo chiedere aiuto a Nina e studiare insieme era l'unico modo di averla per me senza che Carl si intromettesse.

Dopo quella sera a casa mia non eravamo più state sole e, nonostante la mia drammatica scenata sotto la pioggia, non mi sembrava che avesse intenzione di cambiare le cose, anzi, Carl cominciava a prendere decisioni anche per lei.

Ma non potevo rischiare di farmelo nemico o avrebbe spifferato di me e Patrick e non avrei mai voluto che Nina lo sapesse da lui.

E dopo la storia dell'anello i nostri rapporti si erano notevolmente raffreddati.

«Nina, la Meyer mi sta col fiato sul collo e se non passo il test di giovedì si metterà contro di me nel consiglio di classe».

«È così arrabbiata?»

«Peggio! Mi odia e pensa che me ne freghi della sua materia perché mi sento già con un piede alla Royal».

«E non è vero?», chiese ironica.

«Certo che lo è, ma non credevo che se ne accorgesse, mi aiuti allora?»

«Oggi devo accompagnare Carl a vedere un ufficio che vuole affittare insieme ad Alex, perché non vieni con noi? Poi ci fermiamo a casa mia e andiamo avanti a studiare anche tutta la notte».

«Insieme a lui? Cos'è l'uomo ombra?»

«Miaaaa!», mi rimproverò.

«Se non ho scelta...».

Dopo la lezione di danza, mentre aspettavo i due fidanzati perennemente in ritardo, vidi arrivare Carl di corsa.

«Nina non può venire, doveva accompagnare sua madre in

un posto. Ho comunque bisogno di un'opinione femminile, perciò se non ti dispiace accompagnarmi...».

«Credi che ne sappia qualcosa di uffici?»

«Mi serve solo il tuo senso estetico, alla parte tecnica penso io».

Ci incamminammo per le strade della vecchia Leicester. Carl, come al solito, camminava spedito davanti a me, che gli trotterellavo dietro cercando di non perderlo di vista.

Giungemmo davanti a un vecchio caseggiato di mattoni rossi, un'ex distilleria ristrutturata suddivisa in ampi spazi per uffici.

Carl entrò a mostrarmi la stanza che aveva intenzione di affittare.

Un loft luminosissimo con grandi finestre ad arco e muri di pietra con i mattoni a vista.

Sarebbe stata una perfetta scuola di danza.

«Qui metteremo i computer e lì lo spazio consulenze, mi piacerebbe anche un angolo bar, sai, per rilassarsi a fine giornata...».

«Bello! Ma perché tutta questa fretta? Non hai ancora finito la scuola, pensavo ti volessi laureare».

«La laurea è inutile, perdi solo tempo a studiare cose che imparerai sul campo o che non ti serviranno mai, ho voglia di fare soldi in fretta».

«Be', ti capisco, anch'io peso parecchio sui miei», dissi amaramente, «però se non ti stanno buttando fuori casa, puoi anche aspettare un paio di anni».

«Voglio sposare Nina appena possibile».

Esplose un tuono.

«Spo?». La parola mi si fermò in gola.

«Sì, glielo voglio chiedere appena sistemato qui, con Alex abbiamo progetti ambiziosi, vedrai che nel giro di sei mesi riusciremo ad avere una buona clientela».

Non capivo se anche quella volta volesse mettermi alla prova, per provocarmi, sfidarmi o farmi capire che mi stava portando via la mia amica.

Come fosse una gara a chi riusciva a farsi volere più bene da lei.

«Hai già preso la tua decisione immagino, non penso che tu abbia bisogno di me».

«Ti sbagli Mia, so come la pensi e vorrei la tua approvazione».

«Anche tu?», sbuffai.

«Nina non è felice se tu non sei felice e sappiamo tutti e due, anzi tutti e tre, che non sei mai stata contenta di noi fin dall'inizio quindi, per il bene di Nina, farò di tutto per conquistare la tua fiducia».

«Ehi! Non sono mica la regina Elisabetta! La mia opinione non è poi così importante, secondo me è tutto troppo precipitoso, lo sai, l'anello, il matrimonio, ma se voi siete felici fate pure... perché... voi siete felici vero?»

«Sì... credo di sì», rispose un po' in ansia torturandosi le dita.

«E allora qual è il problema? Io mi intendo solo di danza, sul resto non sono in grado di formulare giudizi attendibili, per cui prenditi la mia benedizione e usciamo di qui».

Chiuse la porta e ci incamminammo verso il centro.

«E con Patrick... c'è stato qualche sviluppo?»

«Qualcuno...», dissi guardando altrove.

«Dài che facciamo un matrimonio doppio!».

«No grazie, per ora mi godo i miei quindici anni».

«Cos'hai contro il matrimonio?»

«Niente! Lo trovo sopravvalutato».

«Vuoi dire che a te non piacerebbe ricevere un anello?», disse indicando una piccola gioielleria.

«Dico che non credo ci sia bisogno di un anello per dimostrare l'amore a una persona o per legarla a sé».

«Però ti piacerebbe...», incalzò trascinandomi davanti alla

vetrina indicando gli anelli come fossero neonati. «...Guarda che belli...».

«Secondo me basta un elastico al polso per ricordarci che siamo una cosa sola...».

«Cosa intendi?»

«Intendo che, quando trovi la tua anima gemella, senti dentro di te una sensazione di pace e di benessere talmente intensa, da avere l'impressione di essere finalmente arrivato a casa. Ti sembra di conoscere quella persona da sempre, da un'altra vita magari, e ti rendi conto che prima di lei non c'era niente, solo l'attesa di ritrovarla. E dopo che vi siete rincontrati, potresti non vederla per un anno e non cambierebbe niente fra voi due, perché sai di poterti fidare completamente e anche senza anello e senza matrimonio sai che quella è la *tua* persona ed è solo tua. Per sempre».

Non stavo parlando più di loro, ma di me e Pat.

Carl diventò improvvisamente pensieroso.

«Per questo fra noi...», disse.

«Non poteva funzionare perché ho sempre saputo chi era la mia persona».

«E tu credi che Nina non sia la mia persona?»

«E come faccio a saperlo io? Mica sono nella tua testa! Senti le farfalle nello stomaco quando pensi a lei? Ti manca come l'aria se non la vedi mezza giornata? Ti diverti, ridete insieme? Hai voglia di raccontarle tutto, anche la più piccola stupidaggine che ti è successa? O hai solo voglia che lei sia tua perché sei geloso? Secondo me dovresti riflettere bene prima di incasinare tutto il vostro futuro... ecco, questo è quello che penso!».

«Scusa, non ho mezze misure, lo so, ma Nina è come mia sorella, mi preoccupo per lei».

Forse avevo colto nel segno.

Tornai a voltarmi verso la vetrina.

No, non volevo un anello, ma volevo che Pat avesse qualcosa di mio da tenere vicino in quelle lunghe, interminabili ore di pericolose esercitazioni e nelle notti di guardia e mi si strinse il cuore all'idea di lui da solo.

Improvvisamente la mia attenzione fu attratta da un bracciale di cuoio.

Un semplice laccetto nero con una piccola placca metallica con un'incisione che non sapevo tradurre.

Serva me. Servabo te.

Entrai, seguìta da un rattristato Carl.

Salvami. Ti salverò, mi informò il gioielliere.

Era perfetto, lo presi.

Ci incamminammo verso casa di Nina in silenzio e una volta arrivati Carl mi salutò.

«Ma come, non sali?»

«No, vi lascio sole, è meglio così, sarei solo d'intralcio».

«È per qualcosa che ho detto?», domandai dispiaciuta.

«Credo che tu abbia ragione, forse sto esagerando con lei, è meglio che allenti la presa», continuò allontanandosi.

«Ma... ehi Carl, che vuoi dire con *allentare la presa*, che la vuoi lasciare? Perché ho detto quelle cose sul matrimonio? Ma guarda che neanche le pensavo! Te l'ho detto, non ne so niente di relazioni, solo di calzamaglie e strappi muscolari!», risi nervosamente.

«No, hai ragione, siamo troppo giovani e dovremmo goderci la nostra gioventù prima di metterci degli anelli al dito o dei cappi al collo no?»

«No, no fermo». Mi spaventai. «Stai travisando, io non ho mai detto questo! Voi dovete incidere i vostri nomi sugli alberi, farvi fare delle magliette con la vostra foto, mangiare delle torte a forma di cuore, andare a Parigi, ma non tutto subito! Cercate di diluire le romanticherie da ora ai prossimi cinquant'anni, altrimenti non avrete più niente da dirvi!».

«Mi hai fatto riflettere Mia, dobbiamo prenderci una pausa di riflessione, ho paura che forse non è quello che voglio davvero».

«Ma certo che lo vuoi! Nina è la cosa più bella che ti sia mai capitata l'hai detto tu, è perfetta, sembra un quadro e il fatto che non riesci ad avere un'erezione con lei... è sicuramente colpa dell'ansia da prestazione, passerà vedrai!».

Oddio che avevo detto.

«Ti ha detto che ho fatto cilecca?», chiese inorridito.

«No! Insomma non in questi termini», cercai di rimediare inutilmente «Ha solo detto che non eravate riusciti ad andare... in fondo alla cosa, ma per colpa sua, non tua! Dice che ti ha messo troppa pressione addosso e che...».

«Sarà meglio che me ne vada adesso», concluse offeso.

«Ma Carl, queste sono confidenze che le ragazze si fanno, come voi che fate i commenti negli spogliatoi tipo: "Hei hai visto le tette di Sandy Robinson?"». Imitai la voce grossa, ma non rise.

«Io non avrei mai detto a nessuno della tua cotta per Patrick», rispose amaramente.

«E... continuerai a non dirlo vero?», chiesi cauta.

«Ma per chi mi hai preso Mia?», rispose con rabbia prima di girarsi e andarsene.

Avevo fatto un casino incredibile.

Sempre per colpa della mia maledetta boccaccia.

Cosa avrei dovuto fare adesso? Che cosa avrei detto a Nina? Deglutii e suonai il campanello.

Nina aprì la porta sorridente: «Ehi, ci avete messo un sacco! È quasi ora di cena... Ma dov'è Carl?»

«È dovuto tornare a casa, l'hanno chiamato...», mentii.

«Senza salutarmi? Dev'essere successo qualcosa, vieni dentro che lo chiamo».

Aveva già staccato il telefono quell'idiota.

E mi aveva lasciata lì, da sola, a gestire quella terribile patata bollente, perché non aveva le palle di dire alla mia migliore amica che aveva avuto un ripensamento e aveva cercato di dare la colpa a me.

Senza contare che essere in casa di Patrick senza di lui mi sconvolgeva al punto da farmi tremare le gambe, e mi faceva desiderare solo di entrare in camera sua e stringermi al suo cuscino.

Fu una serata orrenda, Nina si disperava e non capiva perché lui non rispondesse e io continuavo a dirle di stare calma e che di certo non era successo niente.

Per la seconda volta nel giro di pochi mesi, la mia migliore amica, la persona "più fantastica" del mondo, veniva usata e respinta in modo meschino e immotivato da due miserabili che le avevano detto di amarla.

E questa volta a scatenare il crollo delle deboli certezze di quel verme ero stata proprio io.

«Devo andare a casa sua. Dài accompagnami!», mi disse improvvisamente lanciandomi il giubbotto.

«Ma sei sicura? È tardi e fa freddo, lo vedrai domani a scuola».

«No, sono sicura che è successo qualcosa, lui risponde sempre, ho paura che abbia avuto un incidente, è l'unica spiegazione!».

No, quella era la spiegazione per un'anima innocente e pura come lei che, nonostante fosse circondata da persone che le mentivano di continuo, compresa la sottoscritta, continuava a fidarsi di loro.

Ma la cosa peggiore era che, a mentirle, erano le persone che lei amava di più.

Laetitia stava cucinando e canticchiava allegramente e fu sorpresa di vederci pronte per uscire.

Nina le disse che mi accompagnava a casa per risolvere un

problema col mio computer, che avremmo cenato da me e che l'avrebbe riaccompagnata Carl.

La velocità con cui inanellò una balla dietro l'altra mi sbalordì.

Arrivate in cima alla strada fermò un taxi che ci depositò davanti a casa di Carl.

A quell'ora doveva senz'altro essere a tavola coi suoi, incurante di aver appena lasciato nell'angoscia una persona che non più di un'ora prima diceva di voler sposare.

Suonò il campanello.

Ci volle un po' perché sua madre aprisse, visibilmente imbarazzata, tenendo la porta socchiusa come se fossimo venditori porta a porta.

«Carl non è in casa», disse stringendosi la vestaglia attorno al collo.

«E dov'è andato signora?», chiese Nina con quegli occhi da cucciolo smarrito che avrebbero sciolto un iceberg, ma non il cuore di pietra della signora O'Malley.

«Non me l'ha detto... con gli amici», tagliò corto.

«Ma... non capisco, dovevamo vederci, è successo qualcosa? Me lo dica per piacere...». Sentirla implorare quella strega insensibile mi fece incazzare di brutto e, come sempre, davanti alle ingiustizie perdevo la testa.

«Signora, suo figlio ha messo incinta la mia amica e adesso suo padre lo sta cercando, sarà meglio che lo troviamo noi prima di lui non crede?».

Mrs O'Malley cambiò colore.

Allora non era solo l'incubo di Paul.

Ci disse che era andato da Thomas per una partita a poker.

Nina sgranò gli occhi.

Non solo non si vedeva con Thomas da un pezzo, ma che si fosse improvvisamente messo a giocare a poker era davvero incredibile.

Nina stava perdendo la ragione, non capiva cosa stesse succedendo e l'idea che lui non la volesse più cominciava a insinuarsi dentro di lei come una scheggia di vetro sottopelle.

Fermammo un altro taxi.

Mi stringeva la mano, guardando fisso davanti a sé, mentre la macchina sfrecciava nella notte accompagnata dal sottofondo di una nenia indiana proveniente dalla radio.

Era tutto assurdo.

Non aveva senso che attraversassimo la città in lungo e in largo per farci sbattere la porta in faccia da degli idioti cacasotto.

Non volevo che la mia amica subisse altre umiliazioni.

Che fossero loro a venire a piangere alla sua porta.

A quell'ora dovevamo essere in camera nostra ad ascoltare musica, scambiarci i vestiti, e imparare a fumare, non certo a elemosinare spiegazioni inconsistenti.

Era una cosa che avevo visto fare troppe volte a mia madre per permettere che succedesse ancora.

«Senti Nina, torniamocene a casa ti prego».

«No. Voglio sapere cosa cazzo sta succedendo».

«Sono sicura che se ci dormiamo sopra domani tutto sarà più chiaro».

Lo speravo veramente.

Speravo che Nina gli sarebbe mancata così tanto da tornare sui suoi passi, inventando l'ennesima scusa per la sua fuga di mezzanotte.

Arrivammo davanti alla porta della casa di Thomas.

Nina chiese al tassista di aspettarci.

Non saprò mai se fu buon senso o solo *sesto* senso.

Dalla tenda scostata della finestra a bovindo del salotto, vedemmo chiaramente Carl e Thomas circondati da lattine di birra, che si davano da fare con Bibi e Dell.

E non erano le prove di un nuovo spettacolo.

Thomas aveva le mani nelle mutande di Bibi e Carl la faccia fra le tette di Dell.

Nina rimase pietrificata.

Incapace di muoversi e di chiudere gli occhi, con le lacrime che le scendevano lungo le guance, incredula, ferita, e disgustata.

Prese il cellulare e lo scagliò con violenza contro la finestra che andò in frantumi.

Thomas si voltò di scatto e corse ad affacciarsi.

«Stronzi! Siete tutti una massa di stronzi bastardi!», urlò con tutto il fiato che aveva in gola, «vi odio tutti!».

Vidi Carl allacciarsi i pantaloni e alzarsi di scatto.

In un attimo furono sulla porta di casa, chiaramente ubriachi da non reggersi in piedi.

«Nina», disse Carl senza riuscire a trovare nient'altro da aggiungere.

«Allora era solo con me che non riuscivi a scopare, eh? Con le troie ci riesci invece!», gli urlò trasfigurata dalla rabbia aprendosi il cappotto e sbottonandosi la camicetta. «Se fossi una troia ci riusciresti vero? Ma se vuoi posso fare la troia anch'io! Ecco guarda! Adesso ci riesci a scoparmi?», disse mostrandogli i seni mentre piangeva a dirotto.

«Nina, no!», gridai correndo a chiuderle il cappotto e accompagnandola verso la macchina. «Andiamo via dài, non si merita niente quello stronzo».

Nel frattempo anche Bibi e Dell si erano affacciate alla porta e Carl, per non fare la figura dell'idiota anche con loro, gridò: «Sì brava, fatti fare il lavaggio del cervello dalla tua amichetta! È stata lei a consigliarmi di lasciarti! Io ti volevo sposare!».

Mi voltai e a grandi passi gli fui sotto il naso.

«Io ti ho solo detto di non correre troppo, idiota, non di scoparti Dell!». E rivolta a lei: «Che è veramente una troia!».

Salii sul taxi dove Nina, stravolta dall'umiliazione, non smetteva più di piangere.

Il tassista partì di nuovo a tutta velocità, stavolta a radio spenta.

«Bastardo, bastardo, non ci posso credere, mi fidavo di lui, non è possibile che sia successo, è un incubo».

Non avevo una risposta perché non ce n'erano, e se da Thomas me lo sarei aspettato, non potevo immaginare che anche Carl, il gentile, premuroso e innamorato Carl, fosse fatto della stessa pasta.

Ma erano state davvero le mie parole a fargli fare marcia indietro?

Era bastato così poco a fargli rivoluzionare il suo futuro in pochi minuti?

«Davvero mi voleva sposare e tu gli hai detto di non farlo?», mi domandò asciugandosi gli occhi.

«Gli ho detto che per farlo doveva essere assolutamente sicuro di quello che sentiva e che un anello non è sufficiente a dimostrare l'amore per una persona, e che siete troppo giovani. Questo gli ho detto. Avevo torto? Non gli ho mai detto di scoparsi Dell Grabowsky».

«Che stronzo! Dare la colpa a te... dammi il tuo telefono voglio chiamare mio fratello», mi chiese tirando su col naso.

Glielo consegnai.

Sapevo come si sarebbe sentito, di nuovo si ripeteva quello che più temeva: il non poter intervenire per aiutare le persone che amava.

Anche prendendo a calci in culo quell'idiota di Carl.

Digitò il numero a memoria e attese.

Ma nell'agitazione non avevo pensato che sarebbe successo l'inevitabile.

«Amore ho smontato adesso e stavo per chiamarti. Com'è andata la lezione di danza? Mi stai mancando da morire...».

Nina mi guardò interrogativa, poi guardò il display e lesse *Angel* e le fu facile fare due più due.

«Il tuo amico gay che viene alla tua scuola?...», urlò con disprezzo, «...quello che si è lasciato col suo ragazzo? Fidati di me non ti mentirei mai? Brutta... brutta... non so come devo chiamarti! Mi fai schifo, anche più di Carl!».

«Nina, io... noi... te lo avremmo detto... appena...», balbettai sinceramente mortificata.

«Da quanto tempo va avanti questa storia, eh?», urlò al telefono, «dimmelo Patrick, da quanto ve la facevate sotto il mio naso, eh?».

Non riuscivo a sentire la risposta di Pat ma, incrociando lo sguardo severo del tassista riflesso nello specchietto retrovisore, mi sentii morire.

«Mi faccia scendere, non voglio stare un minuto di più qui con te», strillò aprendo lo sportello.

Il tassista inchiodò bruscamente e, voltandosi, impose a Nina, in un inglese stentato, di andare a sedersi davanti, che l'avrebbe riportata a casa e che dopo avrebbe riportato me.

Nina obbedì e andò a sedersi davanti chiudendosi in un silenzio impenetrabile.

Quando arrivammo, le misi una mano sulla spalla, ma lei si girò e mi fulminò con uno sguardo che non le avevo mai visto.

«Ti odio Mia, ti odio e spero ti succeda qualcosa di orribile perché tu capisca quello che sto provando io».

Scese.

Il tassista mi portò a casa e anziché farsi pagare mi fece dono di una perla di saggezza: «Stai tranquilla bambina, domani troverai il modo di fare pace con lei, ora tutto è rabbia e dolore, ma come ha detto un grande saggio indiano "Siediti ai bordi del silenzio. Dio ti parlerà"».

Scesi dalla macchina in un mare di confusione e paura.

Se da una parte mi sentivo sollevata perché almeno avevamo

finito di nasconderci, non avrei mai voluto che lo scoprisse in quel modo e non mi spiegavo come potessi essere stata tanto incauta.

Pat mi richiamò sconvolto.

«Ho chiamato Nina, ma non mi risponde, che sta succedendo? Dove siete?».

Gli spiegai cos'era successo, scoppiando in singhiozzi per quanto soffrivo all'idea di aver ferito Nina. Percepivo tutta la frustrazione e l'impotenza di Pat che avrebbe voluto essere lì a parlare con lei e cercare di aggiustare le cose, ma avevo sempre saputo che non sarebbe stato così facile farglielo accettare.

Neanche lui immaginava l'intensità del legame che lo vincolava a Nina, che lo pretendeva per sé in esclusiva.

«Pat, tu non puoi immaginare lo sguardo che aveva negli occhi. Mi ha detto delle cose terribili, mi odia. La nostra amicizia è finita, lei crede che io l'abbia tradita da sempre, e non è vero, tu lo sai che non è vero».

«Lo so tesoro, lo so benissimo, ora chiamo a casa e cerco di calmarla. Non ci voleva, ma forse era destino».

«Pat... Anche tu mi lascerai e andrai con la prima che capita?»

«No, no, piccola no. Non ti lascio, io non ti lascerò mai. Mai».

Aveva la voce incrinata, ma non voleva comunicarmi il suo sconforto e aggiunse nel tono più disteso che poté: «Adesso concentrati esclusivamente sulla tua audizione, e su quello che ti dice la tua insegnante, e poi pensa che fra pochi giorni sarò lì da te e staremo insieme, io non vedo l'ora».

«Sì, fai presto Pat, non ce la faccio più a stare senza di te».

La mattina dopo, Nina non si presentò a scuola, in compenso Carl aveva un occhio nero, omaggio del padre irlandese con mani grandi come pale.

Un po' di giustizia almeno era stata fatta.

Thomas mi diede il cellulare da restituire a Nina.

Evitai di dargli soddisfazione facendogli sapere che avevamo litigato e mi diressi in classe per il test di letteratura che, senza Nina a darmi una mano, si rivelò un fiasco completo.

All'uscita mi chiamò mia nonna.

Era l'ultima persona che avrei voluto sentire, ma nella mia posizione non potevo permettermi di ignorare le sue chiamate.

«Dimmi», risposi leggermente scocciata.

«*Dimmi* lo vai a dire a tua nonna! L'altra! Se è ancora viva. D'accordo bambina?», mi gelò.

«Scusa nonna, ho avuto una giornataccia».

«Problemi con la danza?»

«No, a scuola ho fatto schifo e ho litigato con la mia migliore amica».

«Oh, si risolverà, vedrai, alla tua età tutto sembra una montagna, ma alla fine non sono altro che bolle di sapone che esplodono in un attimo. Puf!».

«Sì nonna...», risposi abbattuta.

«Su con la vita eh, bella mia! Ricordati che hai un'audizione a cui pensare, e quella è l'unica cosa che conta in questo momento, al resto penseremo poi. La Sinclaire è contentissima di te, non dovrei dirtelo, ma visto che ti sento così a terra... Oggi hai lezione alle cinque se non erro, mi raccomando la puntualità. Ciao bambina».

Era uno schiacciasassi. Capivo perché aveva seppellito tutti i suoi mariti.

E capivo tanto mia madre.

Prima di andare a lezione passai a casa di Nina per restituirle il telefono e sperare in un chiarimento.

Laetitia mi sorrise impacciata, evidentemente tutti adesso sapevano del nostro litigio e faceva fatica a trattarmi come prima.

«Vuoi entrare un attimo?», mi chiese imbarazzata sperando in un mio rifiuto.

«No, grazie, meglio di no, se puoi, dalle questo e dille che, se ha voglia di parlarmi... io ci sono», aggiunsi consegnandole il telefono.

Fece sì con la testa sorridendo educatamente e richiuse piano la porta.

Mi sentii morire nel vedere la porta della casa di Patrick chiudersi a causa mia.

Era come essere cacciati dal paradiso.

Mi sarei messa a implorarla in ginocchio, ma ero convinta di non aver fatto niente di così grave.

Non avevo fratelli maggiori da adorare e non potevo capire la profondità di quel legame, è vero, ma quando lei si era messa con Carl (che era *mio* amico ed era innamorato di *me*, prima che di lei!) non avevo fatto una piega, perché, se era felice lei, lo ero anch'io.

Almeno, questo era sempre stato il nostro motto e mi chiedevo che significato avesse per lei.

Patrick non era di sua proprietà e io ero la persona che Nina amava di più, almeno a detta sua, quindi, chi meglio di me come candidata ideale per essere la sua ragazza?

Oddio, ero la sua ragazza?

Non ci avevo ancora mai pensato.

Mia Foster Benelli *la ragazza* di Patrick Dewayne.

Dio, se suonava bene.

A lezione, quel pomeriggio, per quanto mi sforzassi, non riuscivo a concentrarmi.

Ripensavo in continuazione a quella scena in taxi, a Carl e Thomas con quelle due, a Nina disperata che si apriva la camicetta, al tassista che mi diceva di aver fede, a Nina che mi augurava che mi succedesse qualcosa di orribile...

Io non sarei mai arrivata a tanto, davvero non avrei mai potuto augurarle il male.

«Ma sei ubriaca oggi?», strillò Mrs Sinclaire. «Che stai facendo? Dove sei con la testa? Ci fai l'onore di stare con noi?»

«Sì... sì, io... mi scusi», balbettai.

Mi preparai nell'angolo della sala, in quinta posizione, e appena la musica partì, effettuai una serie di *tombé*, *pas de bourrée*, *glissade*, seguiti da un *grand jeté*, un lungo e spettacolare salto in spaccata, ma appena appoggiai il piede per terra, scivolai e caddi rovinosamente.

«Lo vedi cosa succede a non usare la testa? Presto, chiamate il fisioterapista», disse a Bryan e Corinne che erano seduti in un angolo ad assistere.

Cadere era la cosa più umiliante e imbarazzante che potesse succedere a una ballerina, che era, per antonomasia, la personificazione della grazia e dell'eleganza.

La caviglia si stava gonfiando a vista d'occhio e dalla faccia impressionata di quanti si erano raccolti intorno a me doveva essere grave.

Guardavo Mrs Sinclaire con il terrore negli occhi, incapace di muovere il piede.

Il fisioterapista, un cinese mingherlino, arrivò di corsa e mi esaminò la caviglia.

«Non è rotta, ma è una brutta slogatura, per il momento non la puoi sforzare, fai subito un impacco col ghiaccio e prendi degli antidolorifici».

«Cosa? No, non è possibile, ho un'audizione importantissima, ci andrei anche senza le gambe, devo resistere qualche settimana poi mi riposerò, lo giuro».

Il fisioterapista guardò il cielo, e sospirò: «Tutte uguali voi ballerine, non vi rendete conto di quanto dovete prendervi cura dei vostri *pezzi*. Questa scena l'ho vista centinaia di volte e mai nessuno mi ha dato retta, vero Mrs Sinclaire?».

Lei annuì.

«Dài, ti porto in infermeria e ti metto un po' di ghiaccio. Per oggi almeno la lezione è finita».

Mi crollò il mondo addosso.

Mentre mi prendeva in braccio e mi portava fuori lanciai un'occhiata angosciata a Mrs Sinclaire, che scuoteva la testa.

La maledizione di Nina aveva funzionato.

CAPITOLO VENTI

Appena tornata a casa chiamai Claire.

Non l'avevo più cercata da quando frequentavo la Sinclaire, ma adesso mi sembrava l'unica che mi potesse capire.

«Finalmente ti degni di farti viva Mia!», esordì. «Sono rimasta malissimo, ho persino chiamato tua madre. Dopo tutti questi anni! Aspettavo di rivederti, ma adesso che sei alla scuola dei VIP, chi te lo fa fare di frequentare una povera vecchia che si è spaccata la schiena per portarti al livello in cui sei?».

Non era il tipo di telefonata di cui avevo bisogno, ma non aveva tutti i torti. Però, come avrei fatto a dirle che mi trovavo benissimo con la sua peggior nemica? Invece di mentirle o ferirla avevo preferito evitarla.

«Claire sono caduta...».

Ci fu un silenzio dall'altra parte.

«E... ti sei fatta male?», chiese cercando di non sembrare allarmata.

«La caviglia... me la sono slogata, è tutta gonfia e mi fa un male cane».

«Ho ballato *Lo Schiaccianoci* per un'intera stagione con due dita rotte. Fasciature strette, antidolorifici e ghiaccio, questa è l'unica ricetta quando non si può fare altrimenti e non si vuol essere rimpiazzati. A tutti i ballerini è stato detto almeno una volta nella vita di stare in assoluto riposo per almeno sei mesi e non ne ho mai conosciuto uno che lo abbia fatto. Per cui non sforzarla, ma non smettere di ballare, non adesso che sei in piena preparazione. E ricordati che l'adrenalina fa miracoli».

«Grazie Claire».

«Prego Mia, ma vorrei che non mi chiamassi solo quando ti rompi una gamba e non sai dove sbattere la testa!».

Mi sdraiai sul divano con un sacchetto per il ghiaccio appoggiato alla caviglia e la testa che scoppiava.

Non sapevo da che parte cominciare per rimettere a posto le cose ed era tutto così gravemente compromesso che non vedevo nessuna via d'uscita.

Che cosa avrei fatto senza Nina?

Il suo rifiuto verso la storia mia e di Patrick mi aveva fatto perdere in un attimo tutto l'entusiasmo con cui la stavo vivendo, perché le aveva proiettato contro una luce impura e sgradevole, come se fossimo davvero fratello e sorella!

Provai comunque a chiamarla, ma il telefono squillò a vuoto per nove interminabili volte.

Aspettai che tornasse mia madre.

Avevo bisogno di conforto e consigli, ma in cuor mio non me la sentivo di raccontarle di me e Pat.

Ci stavamo riavvicinando molto lentamente e non era tempo per confidenze così importanti.

Il nostro equilibrio era ancora così precario che qualunque disaccordo sarebbe bastato a farlo di nuovo precipitare.

Quando arrivò e mi vide sul divano immaginò il peggio.

«Te la sei rotta?»

«No, no, solo slogata...», dissi sollevandomi sui gomiti, «avrei bisogno di parlarti, hai cinque minuti?»

«Cinque minuti? Certo!», disse consegnando le buste della spesa a Paul.

«Ho litigato con Nina».

«Davvero? Perché?», chiese stupita.

«Per via di Carl. Lui mi ha chiesto cosa ne pensassi dell'idea del matrimonio e io gli ho detto che era un'idea cretina».

«Certo che è un'idea cretina! E lei se l'è presa con te?»

«Dopo. Prima lui l'ha lasciata, poi lo abbiamo beccato con Dell Grabowsky e per giustificarsi le ha detto che l'avevo spinto io a lasciarla».

«Ma che stronzo!», sbottò mia madre.

«Sì, ma lei ora non mi risponde neanche al telefono».

«Le passerà Mia, vedrai, noi donne... sai come siamo fatte, non diamo mai la colpa a un uomo per essere andato con un'altra, ma a lei, come se ci fosse caduto sopra per sbaglio!».

«Mamma, Nina mi odia sul serio».

«Non posso crederci, siete amiche da sempre, tu sei come sua sorella! Il vero problema è che state crescendo ed è un periodo difficile... state cambiando, diventate delle donne e nessuno vi sa spiegare come affrontare questa trasformazione. E quando ci sono dei ragazzi di mezzo è sempre un problema... chi è Dell Grabowsky?»

«Una di scuola, una che scopa in giro».

«Che scopa in giro a sedici anni?»

«Sì ma'. E non è neanche la più giovane».

«Mia, guardami un po'», disse prendendomi il mento con la mano. «Anche tu hai...», mi chiese con apprensione.

«Come no, sono una leggenda a scuola, lo sanno tutti!».

«Scherzi vero?»

«Mammaaa!». Le rivolsi un'occhiataccia.

No, non eravamo pronte per affrontare una moderna conversazione madre-figlia sul tema della contraccezione e non era davvero il caso che le parlassi del nostro romantico programma di Skegness.

Ci saremmo arrivate poco per volta.

«Sai che dovresti fare? Dovresti scriverle una bella lettera!».

«Una lettera?»

«Sì, sai, con la carta e la penna. Non un'email o un SMS, proprio una lettera vera in cui le dici tutto quello che provi in questo momento e le spieghi il perché di quello che hai detto a Carl. Così lei potrà ascoltare le tue ragioni con i suoi tempi».

Sì, dopotutto non era una cattiva idea. Almeno non mi avrebbe sbattuto la porta in faccia.

Mi feci accompagnare in camera e mi buttai sul letto.

Misi l'Ipod nelle orecchie e cominciai a scrivere.

Cominciai ben diciassette volte prima di riuscire a scrivere quella definitiva:

Ciao Nina,
non so neanche da che parte cominciare.

Ma voglio che tu ascolti quello che ho da dirti perché sei la mia migliore amica e questo, per me, significa che sei la persona a cui tengo di più, che difenderei e proteggerei anche a costo della vita.

Quando dico che ti considero mia sorella, non lo dico perché ci scambiamo i vestiti o andiamo al centro commerciale insieme, ma intendo che se tu avessi bisogno di un trapianto di un rene non ci penserei due volte a darti il mio, anche se dovessi smettere di ballare per salvare te.

Il bene che ti voglio è enorme e, quando ti ho vista stare male per Thomas, ho giurato a me stessa che avrei fatto di tutto per evitarti altre delusioni, per questo ho detto a Carl che se ti avesse fatto soffrire avrebbe fatto i conti con me.

Poi ha deciso di regalarti l'anello e mi ha chiesto cosa ne pensavo e, come sai, gli ho risposto che non mi piaceva l'idea che volesse legarti a sé, ma se lui era sicuro dei suoi sentimenti e tu eri felice, allora lo ero anch'io.

Ma quando mi ha fatto vedere l'ufficio che vuole aprire con Alex per poterti sposare senza neanche laurearsi, non me la sono sentita di dargli la mia benedizione e gli ho detto che lo trovavo assurdo e affrettato e secondo me tu meriti molto di più.

Ho visto mia mamma rinunciare a tutto per un matrimonio affrettato e pentirsene tutta la vita e non lo augurerei certo a te.

Non gli ho detto di lasciarti o roba del genere, ho detto solo di rifletterci bene, e se è bastato questo a fargli cambiare idea, ho paura che Carl sia un tipo parecchio volubile.

Il resto lo sai e dell'averti voluto proteggere non mi pento affatto.

Ma parliamo del vero motivo che ti ha fatto decidere di tagliare i ponti con me.

E ti chiedo, se non di perdonarmi, almeno di provare a capire.

Sono innamorata di Patrick dal primo giorno dell'asilo e quando ti dico che lo amo, lo dico con tutta l'intensità di cui il mio cuore è capace, e non te l'ho mai confidato perché non aveva senso farlo, dato che era una cosa mia che non avrebbe avuto sviluppi, almeno così credevo.

Ti ricordi quando mi dicevi che speravi che mi innamorassi anch'io per sapere cosa si prova?

Io lo sapevo, lo sapevo da sempre.

Questo sentimento l'ho tenuto nascosto dentro di me per tutti questi anni, e l'ho visto trasformarsi giorno dopo giorno in qualcosa di immenso, tanto da diventare talmente ingombrante da occupare tutto lo spazio dei miei pensieri.

Ma anche se stavo male come un cane, prima di tutto veniva la nostra amicizia che era più importante di un amore non ricambiato.

Sapevo quanto eri legata a Patrick e non avrei avuto problemi a rimanere nell'ombra e aspettare che passasse.

Ho provato a farmi piacere qualcun altro, ma nessuno era alla sua altezza e così mi sono dedicata anima e corpo alla danza per riuscire a dimenticarlo e avevo intenzione di continuare così, finché quella notte, per poco, non finisco in un fosso per seguirlo. Lo so non avrei dovuto, ma volevo vedere chi c'era in moto con lui (era Christine!).

E da quella notte l'ho cercato ogni tanto e abbiamo finito per telefonarci sempre più spesso e mandarci messaggi e inaspettatamente ha cominciato a nascere qualcosa anche da parte sua.

Sembra incredibile anche a me Nina, ma questa è la cosa più bella che potesse accadermi e non riesco a vivere col pensiero che per te sia la peggiore.

Pat <u>non</u> è mio fratello, e vorrei che ci riflettessi con calma e a mente fredda, e poi quando vorrai ne parleremo.

Solo sappi che mi manchi tantissimo e che ti voglio davvero tantissimo bene...

Tua Mia

La chiusi in una busta e la infilai nel libro di storia.
Gliel'avrei lasciata sul banco l'indomani.
Pat mi chiamò molto tardi.
Era stravolto dalla stanchezza e dalla preoccupazione. Aveva

tentato di parlare più volte con Nina, ma senza esito, così era stato costretto a chiedere a sua madre di fare da tramite, sentendosi molto in difficoltà.

Lui che riusciva a far rappacificare anche *hooligan* di squadre diverse, non si spiegava come non riuscisse a parlare con sua sorella.

Per Patrick non esisteva il concetto di "litigare e offendersi", ma solo di chiarire e prendere delle posizioni.

Era così facile a sentire lui.

Non gli dissi della caviglia per non peggiorare le cose, ma mi faceva così male che dall'angoscia quella notte non dormii.

In compenso presi troppi antidolorifici e la mattina dopo, a scuola, sembravo drogata.

E per colpa di quello stato di torpore euforico in cui mi trovavo, chiesi alla nuova ragazza biondissima, seduta al banco davanti al mio, se si fosse dimenticata la gonna a casa.

Pentendomene poi amaramente, quando mi accorsi che era Nina.

Non potevo sperare che volesse ancora sedersi vicino a me, ma nemmeno avrei mai immaginato che si sarebbe conciata come Reese Witherspoon ne *La rivincita delle bionde*.

Si era schiarita i capelli di almeno tre tonalità, si era truccata gli occhi e le labbra di rosa, aveva messo lo smalto rosso alle unghie ed era strizzata in un miniabito fucsia con un bottone aperto che lasciava intravedere il reggiseno di pizzo.

No, quella non poteva essere Nina, non la *mia* Nina.

I ragazzi si giravano a guardarla come se la vedessero per la prima volta, mentre le ragazze parlottavano fra loro lanciandole occhiate perfide, dandosi di gomito.

Approfittai dell'intervallo per mettere la lettera sopra il suo diario, mentre lei era in corridoio circondata dai maschi, che non smettevano di ronzarle intorno, invitandola al cinema, a cena e soprattutto al dopocena.

Lei rideva come una scema, flirtando con questo e con quello, continuando a distribuire speranze e bacetti a tutti.
Quanto si sarebbe arrabbiato Patrick?
Non mi degnò mai di uno sguardo, ma quando tornammo in classe, sopra la mia lettera c'era una rosa rossa, portata da Carl, che era rimasto sulla soglia in attesa che se ne accorgesse e corresse a buttargli le braccia al collo.
Nina guardò la rosa e la lettera, poi alzò la testa e vide Carl che aspettava solo un suo cenno, come un cane bastonato.
Lei gli sorrise e lo guardò intensamente, poi prese la lettera, la sollevò e la strappò in mille pezzi.
Fantastico.
Non era certo il caso di raccoglierla e incollarla con lo scotch.
Come avrei voluto fare con la nostra amicizia.
La mia ultima speranza era una chiacchierata con Betty.
E i suoi tarocchi.

La raggiunsi a casa sua in autobus, zoppicando e fermandomi ogni cinque minuti per non affaticare la gamba.
Ogni volta che appoggiavo il piede sentivo una fitta acuta, avrei dovuto stringere i denti anche solo per indossare le scarpette.
Ero spaventata a morte.
Betty viveva in una casa che lei definiva "creativa" e che in realtà era solo un incredibile casino senza capo né coda, con una voliera in giardino che aveva fabbricato lei.
Quando arrivai, stava dando da mangiare a un grosso pappagallo bianco dall'aria minacciosa, indossava dei pantaloni africani coloratissimi e portava una fascia in testa.
Sembrava un ananas.
Andammo in quello che lei chiamava il suo studio dove accumulava ogni cosa che potesse servirle un giorno: un busto di manichino, una fisarmonica, una cyclette, una serie di quadri dipinti a metà e una macchina da cucire.

«Mia, non ti voglio fare le carte oggi, voglio solo parlare un po' con te».

«Ma io volevo le carte!», protestai delusa.

«Lo so, ma non abusiamone, è meglio non essere troppo curiosi o rischiamo di crearci troppe aspettative, quello che volevamo sapere lo sappiamo, ora concentriamoci sul presente. Che mi dici di Patrick».

«Patrick e io stiamo insieme», risposi timidamente.

«Come? Il più grande dei due? Quello innamorato?».

Annuii.

«Ma è splendido!», rispose entusiasta. «Ci ho preso! E la danza? Ho saputo che tua nonna finanzierà i tuoi studi alla Royal».

«Se mi ammettono...».

«Ti ammetteranno, lo sappiamo! Ho fatto di nuovo centro!!». Batté le mani eccitata. «E la scuola?»

«La scuola va così così».

«E anche quello lo sapevamo. Grande! Sono una grande! Poi?»

«Mi sono fatta male cadendo mentre danzavo».

«L'infortunio?». Si alzò in piedi di scatto con le braccia al cielo. «È ufficiale: sono una strega!».

«E ho litigato a morte con Nina che non mi parla più».

Si sedette di nuovo «Be', questo non lo avevamo previsto, ma fa parte del gioco della crescita, farete pace vedrai. Anch'io ho litigato con la mia migliore amica una volta, ma poi siamo tornate più unite che mai».

«Davvero? E chi era?»

«Tua madre».

«E per colpa di un uomo?»

«In un certo senso. Voleva cercare di recuperare tuo padre che l'aveva già lasciata per Libby e si stava umiliando in un modo che non potevo accettare, così glielo dissi e lei non mi parlò più, mi accusò di non volere la sua felicità e di essere gelosa perché io ero sola».

Sbarrai gli occhi.

«Davvero la mamma ti ha detto questo?»

«Anche di peggio, ma è acqua passata».

«E quanto ci avete messo a fare pace?»

«Quasi un anno, sai com'è fatta».

«Ma qui è diverso, Nina non mi parla perché non le ho detto di Patrick, e adesso non parla neanche a lui».

«Le passerà, sono sicura che le passerà, il tempo aggiusta tutto».

«Come mai voi adulti ne siete così sicuri? Chi vi dà la certezza che le cose si aggiusteranno?»

«Solo perché ci siamo già passati, e non una, ma tante volte».

Uscii da casa di Betty ancora più dubbiosa.

Avrei dovuto aspettare che Nina si calmasse, ma non ero mai stata un tipo paziente e, per come l'avevo vista conciata la mattina, c'era qualcosa che le stava passando per la testa che non mi piaceva proprio per niente.

Andai comunque a scuola di danza per assistere alle prove e far vedere che non ero una che si arrendeva facilmente.

Mary Sinclaire volle farmi di nuovo controllare la caviglia dal fisioterapista, il quale confermò la diagnosi del giorno precedente: riposo e antidolorifici.

Ci accordammo solo sul secondo.

Bryan e Corinne ballavano in coppia e stavano preparando il passo a due del *Don Chisciotte*.

Erano bellissimi insieme, eleganti e armoniosi, comunicavano leggerezza e grazia.

Sarebbero stati ottimi partner anche nella vita.

Anch'io avrei voluto ballare in coppia.

Doveva essere una sensazione indescrivibile trasferire anche sul palco i sentimenti e le emozioni che si provavano nella vita privata, il trionfo assoluto dell'amore.

Se solo Pat avesse saputo ballare...
La sera lo chiamai.
Era più tranquillo o almeno cercava di esserlo con me.

«Sto contando i giorni Mia, sono stufo, ho voglia di vederti, e anche se preferirei non dover discutere con quella testona di mia sorella, so che quando ti vedrò tutta questa tensione sparirà. Posso accompagnarti io all'audizione? Non mi va che tu vada fino a Londra da sola, è un viaggio lungo, e voglio poterti stare vicino».

«Magari! Non potrei sperare in meglio, pensavo di andarci in treno...».

«In treno fino a Londra? E aspettare lì tutto il giorno senza nessuno che ti incoraggia e ti sostiene? Non lo permetterei mai, tesoro mio».

Scrissi anche quella frase sul nostro diario.

Mi illudevo che scriverle avrebbe reso più vere le sue parole, come se si fosse trattato di un contratto, e che questo avrebbe impedito che un giorno, anche Patrick, si fosse potuto comportare come mio padre, Thomas, o Carl.

Nei giorni successivi Nina sfoggiò dei completini sconcertanti, ma che non sembravano imbarazzarla affatto.

Cappottini di finto leopardo, borsette a forma di cuore, minigonne inguinali e tacchi vertiginosi.

Con la pioggia o con la neve lei arrivava, accompagnata da suo padre, entrava in classe, si sedeva al banco e mi voltava le spalle per tutta la giornata.

Morivo dalla voglia di sapere cosa ne pensassero i suoi.

Carl le girava intorno sperando in un suo cenno che lo avrebbe fatto rientrare nelle sue grazie e, nel frattempo, fingeva di divertirsi a intrattenerla insieme agli altri cortigiani.

Io invece me ne stavo in disparte, sperando in un suo ritorno.

Mrs Meyer mi chiamò subito dopo la lezione per dirmi che il test era stata una tragedia e che avevo aggravato ulteriormente la mia posizione.

Senza contare che aveva notato che l'assenza di Nina quel giorno coincideva proprio con il fallimento del mio test.

Le promisi più impegno e delle tesine supplementari, ma lei fu irremovibile, voleva assolutamente parlare con mia madre e quella sarebbe stata una tragedia di proporzioni colossali.

Se mia madre avesse saputo che andavo male in alcune materie, perché trascuravo gli studi in favore della danza, non le sarebbe mancato il coraggio di chiamare mia nonna per intimarle di sparire per sempre dalle nostre vite e poi iscrivermi al primo ufficio di collocamento.

Dovevo impedire che accadesse e le assicurai che ci avrei parlato e che l'avrei fatta venire a scuola.

Solo Paul poteva salvarmi.

«Io fingere di essere tuo padre!?», esclamò atterrito.

«Non hanno mai visto il mio e non ti chiederanno certo un documento!».

«Ma non ci somigliamo nemmeno, e poi sarei così imbarazzato che finirei per dire qualcosa di stupido. Anche con le mie figlie mi imbarazzavo così tanto che hanno smesso di dirmi quando c'erano i colloqui!».

«Ma no invece, sarai bravissimo! Lei ti dirà che vado male in storia, in letteratura e matematica e tu risponderai che lo sai, ma che sto attraversando una fase difficile e che lei dovrebbe capire i giovani in crescita, insomma le solite cose. Tutto chiaro?»

«No Mia, non chiedermi questo, mi viene il panico quando entro in una scuola, e poi lo sai che mi impappino con le parole, farei sicuramente un pasticcio».

«Bene», risposi tagliando corto, «allora sarò costretta a dirlo a mia madre, che stava cominciando proprio adesso a rilassarsi e ricominceremo a litigare. Lei si sfogherà con te e ti terrà sveglio la notte e tu non riuscirai a dirle niente perché lei non ti starà ad ascoltare e, di nuovo, dovrò fare intervenire Patrick!».

Paul si sedette pesantemente sulla sedia.

«Non so cos'è peggio».

«Sì che lo sai! La terribile vendetta di Elena Benelli! Dài, che ti costa? Ti giuro che recupererò tutte le materie in cui sono indietro, lei non lo saprà mai e nessuno si farà del male». Tesi la mano verso di lui che la strinse senza convinzione.

«Mi metterai nei guai, lo so».

«Ti assicuro di no, ci vorrà una mezz'ora, dovrai solo ascoltare, sospirare e scuotere la testa ogni tanto, è facilissimo, più del tuo soufflé con mousse di salmone, pinoli e mele caramellate!».

«Quando devo andare?»

«Domani mattina alle nove e mezza, ti aspetta nel suo ufficio».

Alle nove e venti lo vidi dalla finestra dell'aula entrare dal cancello della scuola. Si era messo in giacca e cravatta ed era impacciato come fosse stato il giorno del suo matrimonio.

Mi faceva tenerezza.

Si guardava intorno senza sapere dove andare e aveva l'aria oppressa.

Mi misi l'animo in pace e attesi la fine della lezione per uscire a incontrarlo.

Lo trovai all'ingresso che fingeva di leggere gli annunci in bacheca.

Chiamai a gran voce – «Ciao papà!» – giusto per salvare le apparenze e creare un minimo di credibilità.

Lui si voltò per riflesso condizionato.

Il completo buono lo rendeva ancora più goffo, ma mi faceva venire voglia di abbracciarlo.

«Ti sei messo in tiro? Non ce n'era bisogno!».

«Volevo farti fare bella figura».

«Com'è andata?»

«Bene! Spero almeno. Le ho promesso che ti sarei stato addosso e che avresti recuperato e bla bla bla. Tu però mi giuri che ti impegnerai, vero Mia?»

«Certo che sì *papà*», dissi a voce più alta schioccandogli un bacio sulla guancia che lo imbarazzò ancora di più.

Era la prima volta che mi mostravo affettuosa nei suoi confronti.

Ma Paul mi piaceva davvero.

Lo accompagnai all'uscita e voltandomi per salire le scale mi scontrai con Carl.

«Era tuo padre quello?»

«Sì, perché è un reato?»

«Non mi avevi detto che era un grigio impiegato, magro e calvo?»

«E allora? Si è iscritto in palestra», risposi con una scrollata di spalle continuando a salire.

«Non me la racconti giusta», disse afferrandomi per un braccio, «secondo me quello è il fidanzato di tua madre e l'hai mandato a parlare con la Meyer».

Mi bloccai.

«Ma che ti dice la testa? Troppe birre di mattina Carl? Lasciami, sono in ritardo!».

«Ti lascio se mi prometti di aiutarmi a rimettermi con Nina».

«Che? Dopo quello che le hai fatto? Poi lei non mi parla più, non potrei aiutarti neanche se lo volessi».

«Okay». Mollò il braccio. «Allora dirò a Mrs Meyer che quello non era tuo padre».

«Certo che lo è!».

«E allora non dovresti preoccuparti invece di sudare così».

«Sei veramente un verme, e io che mi fidavo di te!».

«Senti Mia», disse prendendomi da parte, «ho fatto una cazzata è vero, ma mi è preso il panico con tutto quel discorso che mi hai fatto sull'anima gemella e la predestinazione e ho cominciato a pensare che magari mi sbagliavo, che forse ero io che la volevo tutta per me, e che in fondo non ne ero davvero innamorato. E sono andato nel pallone! Ma adesso mi manca un casino e lei non mi vuole più vedere».

«Cazzo Carl! Ti ha beccato con un'altra!».

«Non era niente Mia! Quello non era niente, ero sbronzo e poi è stato Thomas a invitarle, io volevo solo passare una serata a giocare con la Wii e bere birra».

«E io cosa dovrei fare?»

«Parlale, ti chiedo solo questo».

«Carl, è impossibile».

«Allora mi sa che Mrs Meyer...».

«Stronzo», dissi a denti stretti rientrando in aula.

Le prove del pomeriggio andarono meglio.

Con un massaggio e una fascia elastica stretta riuscivo ad arrivare in fondo alla variazione senza apparenti problemi.

Anche questo faceva parte dell'essere una ballerina: fingere gioia e leggerezza anche quando ti sembrava di camminare sui vetri.

Il traguardo era sempre più vicino.

Mi guardavo allo specchio e mi immaginavo con il costume da Esmeralda, il corpetto stretto e la gonna al ginocchio con sotto tanti strati di tulle rigido che davano ancora più risalto ai movimenti delle gambe.

Avevo lavorato davvero sodo, avevo dato il massimo e non potevo fare di più, e quindi, se le massime autorità della danza non mi avessero trovata all'altezza, avrei definitivamente preso in considerazione qualunque altra strada.

CAPITOLO VENTUNO

Mancava poco più di una settimana all'audizione e cinque giorni all'arrivo di Patrick e quelle, al momento, erano le uniche cose che contavano nella mia vita.

Subito dopo veniva Nina, che non mi aveva più rivolto la parola, se si escludeva la volta in cui, sovrappensiero, mi aveva chiesto un fazzoletto di carta, per poi rifiutarlo, quando glielo avevo offerto.

Laetitia mi aveva chiamata una volta, di nascosto da Nina, triste e preoccupata perché non sapeva più cosa fare con lei: era cambiata, le rispondeva male e passava le giornate al telefono.

Mi disse anche che sapeva di me e Patrick e che, effettivamente, doveva ancora abituarsi all'idea, ma si rendeva conto che averci visto crescere insieme non significava che fossimo fratelli e che, col tempo, le sarebbe sembrato normale.

Mi infastidì molto quella parola: *normale*, come se fosse strano che stessimo insieme, come se, per Patrick, ci fossero state aspettative migliori.

Forse desideravano per lui una scienziata o una portavoce del primo ministro, non certo con un'aspirante ballerina... ma che ne sapevano loro di noi?

Chi dava loro il diritto di giudicare sulla base di ciò che reputavano alla loro altezza?

Cominciavo a vedere i Dewayne sotto una nuova luce.

Fino ad allora li avevo idealizzati troppo, considerandoli la famiglia perfetta, in confronto alla mia che era un totale sfacelo, ma dietro a quella facciata di assoluta perfezione, fatta di diplomi, onorificenze e riconoscimenti, cominciavo ad accorgermi che qualcosa scricchiolava. Sotto quel quadretto apparentemente impeccabile si nascondevano anche fragilità e paura di fallire. In fondo erano soltanto delle persone *normali*.

Laetitia mi pregò di parlare con Nina o, almeno, di tenerla d'occhio, ma erano cose lontane dalla mia portata, almeno per il momento, avendo già il mio bel da fare per evitare Carl, che tutte le mattine veniva a chiedermi se c'erano novità.

Ero stufa e arcistufa che mi imponessero di fare da tramite. Se volevano parlarle, potevano farlo senza ricorrere a me: io avevo fatto il possibile, o almeno mi sembrava, e non ero né la sua guardia del corpo, né la sua confidente e adesso avevo altro a cui pensare.

L'audizione si sarebbe tenuta alla Royal Ballet School di Londra, in Floral Street alle undici del mattino.

La lettera questa volta era arrivata direttamente a mia nonna Olga che, nel frattempo, li aveva già chiamati tre volte per avere la conferma della conferma.

Non le avevo detto che mi avrebbe accompagnata Patrick, ma mio padre, sicura che non lo avrebbe chiamato per verificare!

La nostra prima notte insieme si avvicinava e non stavo più nella pelle.

Avremmo fatto l'amore e ci saremmo addormentati abbracciati stretti, poi avremmo fatto colazione insieme e passeggiato sulla spiaggia mano nella mano e non ci saremmo lasciati più fino al momento della sua partenza.

Solo l'idea di averlo per un pugno di giorni e poi vederlo ripartire mi faceva star male, ma decisi che non glielo avrei fatto pesare e che mi sarei tenuta nel cuore quei ricordi, da usare nei momenti difficili come una coperta calda.

La sera, come sempre, mi chiamò per augurarmi la buonanotte.

«Ci siamo Mia, manca poco, non ho mai desiderato tanto tornare a casa».

«Non sembra vero neanche a me Pat, sembra passato un anno, e mi manchi da far schifo!».

«Non dirlo a me, ti penso in continuazione, però questa volta staremo insieme per quasi dieci giorni».

«Dieci giorni?», risposi a metà fra la gioia e la delusione.

«Lo so Mia, è ridicolo, neanche fossi un assistente di volo, ma farò in modo di regalarti i più bei dieci giorni della tua vita e poi ti prometto che un modo per stare insieme lo troveremo».

«Pat, non hai bisogno di inventarti chissà cosa per sorprendermi, mi basta sapere che ci sei. Tu sei molto più presente di un sacco di ragazzi che passano il loro tempo al pub o a pettinarsi, invece di stare con le loro fidanzate, e anzi, se ti vedessi più spesso magari dopo un po' mi annoierei!». Risi.

«Se ti parlassi solo di Royal Navy e di battaglie navali, di sicuro mi molleresti dopo tre giorni, ma ti assicuro che dopo il week end che passeremo insieme sarà veramente dura separarci».

«Questo lo so, ho paura che starò troppo bene e che impazzirò a vederti andar via».

«Non pensiamo al dopo, pensa che trascorreremo due giorni indimenticabili, che staremo bene e ci divertiremo e soprattutto non staremo al telefono».

«Lo lascerò a casa, giuro».

«Adesso devo andare. Ti amo piccola mia».

«Ti amo tanto anch'io Pat».

Dovevo trovare il modo di dire a mia madre che avrei passato il week end fuori casa senza che sapesse che ero con lui.

Non sapeva nemmeno che stavamo insieme, figuriamoci se le avessi detto che avevamo intenzione di fare sesso!

Ero ancora la sua bambina e quell'argomento sarebbe rimasto un tabù ancora per qualche anno!

Non potendo usare Nina come scusa e senza nessun altro amico all'orizzonte, l'organizzazione si presentava molto più complicata del previsto.

E non potevo chiedere consiglio a Pat che, da buon paladino della sincerità, avrebbe preteso che glielo dicessi chiaramente.

Era facile parlare per lui, mica era una femmina!

Betty era l'unica che potesse venirmi incontro, magari mi avrebbe coperto o mi avrebbe dato un'idea, dopotutto era quella che a diciassette anni era andata in vacanza in Giamaica ed era tornata incinta.

Ma la soluzione, se così la vogliamo chiamare, arrivò due giorni dopo, sotto forma di lettera.

Gentile Mrs Benelli,
in seguito alla conversazione con il padre di Sua figlia, di cui Lei è certamente a conoscenza, le riassumo le decisioni in merito alle quali abbiamo discusso la settimana scorsa nel mio ufficio, al fine di migliorare lo scarso rendimento di Mia.

Come ben sappiamo, nonostante la scelta della ragazza sia ricaduta su materie artistiche, in vista di una sua eventuale ammissione alla Royal Ballet School, la preparazione di un alunno non può e non deve essere esclusivamente di natura artistica, bensì spaziare fra materie umanistiche, filosofiche e scientifiche.

Mi aspetto perciò, come concordato con suo padre, un maggiore impegno nello studio e la consegna di tesine extra, al fine di colmare le lacune nella sua preparazione.

Resto a Sua disposizione per ogni ulteriore chiarimento.

Mrs Abigail Meyer

Mia madre era talmente incredula e allibita che non riuscì nemmeno ad arrabbiarsi.

Era andata oltre la collera, oltre l'umiliazione, oltre il rancore, adesso sapeva di avere a che fare con "una criminale" e come tale decise di trattarmi.

Basta musi lunghi, lacrime e bei discorsi sull'affetto e la fiducia, dovevo essere punita in modo esemplare e cominciò nel minuto stesso in cui terminò di leggere la lettera a voce alta.

Poi sarebbe stato il turno di Paul.

«Non uscirai più di casa fino a che non avrai tutte A, scordati la danza e scordati l'audizione, e in quanto a te Paul, andrai a prenderla e la riporterai da scuola tutti i giorni perché non voglio che prenda fiato nemmeno per un secondo. È tutto. Per adesso». E se ne andò.

Fu un fulmine a ciel sereno.

Mi sarei aspettata anche uno schiaffo, una scenata o anche di stare chiusa in camera una settimana, ma non quello, non che mi impedisse di fare l'audizione.

Non poteva farmi questo, adesso che ero a un passo dalla fine.

Guardai Paul che aggrottò la fronte e si diede un pugno in testa. «Sono un idiota», disse, «un perfetto idiota, lo sapevo che era un'idea stupida, mi faccio sempre fregare io! Idiota, idiota, idiota», ripeté uscendo dalla cucina.

Non potevo smettere di andare a danza, non potevo *non* fare l'audizione e non potevo *non* andare via con Patrick.

Ma, al momento, era lei che aveva il potere di decidere della mia vita e nemmeno mia nonna avrebbe potuto aiutarmi.

Ero finita.

A forza di tirare, la corda si era spezzata.

Decisi di tenere un basso profilo e aspettare che le passasse, facendo poi pubblica ammenda anche nei confronti di Paul, ricordandole che era mia nonna che pagava le lezioni, che non potevo buttare via tutto quel tempo e quella fatica, che mancavano mesi alla fine della scuola e che, dopo l'audizione, mi sarei messa sotto e non avrei fatto altro che studiare.

Sì, in fin dei conti poteva andare, se ci riflettevo lucidamente, era ovvio che stava solo cercando di intimorirmi e che mai avrebbe permesso che la mia vita andasse a rotoli.

O invece sì?

Almeno adesso Carl mi avrebbe lasciato in pace. Non potevo nemmeno prendermela con lui, che non aveva fatto la spia, ma solo con le scarse capacità interpretative di Paul.

L'ansia cominciava a farmi ribollire il sangue.

Pat sarebbe arrivato fra poco e io dovevo dirgli che ero in punizione a tempo indeterminato.

No, non era possibile, avrei trovato un modo per andare a Skegness con lui, lo desideravamo troppo, non sapevo ancora come, ma in qualche modo avrei fatto, anche a costo di scappare di casa.

Pregavo che arrivasse una soluzione dal cielo, ripromettendomi che sarei stata buona per i successivi sei mesi.

E qualcuno lassù mi ascoltò.

«Ho un corso di formazione per agenti immobiliari a Brighton questo fine settimana», urlò mia madre sulla porta, «e Paul viene con me, perché se lo lasciassi qui lo convinceresti a farti dare il numero della sua carta di credito per comprare delle armi su internet. Non puoi uscire di casa e ho chiesto a Mrs Fancher di chiamarmi se vede entrare qualcuno. Il frigo è pieno. Per le emergenze usa il tuo cellulare e se andasse a fuoco la casa di nuovo, rivolgiti alla vicina, noi ci vediamo domenica sera».

E uscì sbattendo la porta, lasciando me e York a guardarci interrogativi.

Ero sola.

Completamente sola in casa per due giorni interi!

Un miracolo.

E anche se non potevo fare entrare nessuno e io non potevo uscire, domenica sarei rientrata molto prima di lei, facendomi trovare in camera a studiare.

Andai subito a suonare alla porta di Mrs Fancher, da brava ruffiana, per salutarla e dirle che avevo taaanto da studiare e che non mi sarei mossa dalla mia camera.

Quella vecchia guardona passava le giornata a spiare dietro le tende e se avesse visto la macchina di Patrick avrebbe subito avvertito mia madre.

Sarei uscita dal giardino sul retro e lo avrei raggiunto in cima alla strada.

L'unico problema era York.

Non potevo lasciarlo solo in casa, avrebbe pianto e fatto la pipì in giro o, come l'ultima volta, graffiato i divani in pelle, mangiato le pantofole e fatto la cacca sui letti.

Dovevamo portarlo con noi.

Patrick non avrebbe avuto niente in contrario: adorava gli animali e il cane si sarebbe divertito a rincorrere i gabbiani sulla spiaggia. Ma il vero problema era affrontare sua madre e sua sorella e mi chiedevo se questo avrebbe avuto delle ripercussioni su di noi.

Mi chiamò poco prima di arrivare a Leicester.

«Fra quarantacinque minuti sarò a casa, cercherò di dare una raddrizzata a mia sorella e poi ti richiamo per dirti se l'ho strangolata o no! E domattina alle dieci sarò da te. Sono l'uomo più felice della terra!».

Anch'io ero felicissima da sentirmi il cuore scoppiare, ma lo sarei stata senz'altro di più senza gli avvenimenti di quegli ultimi due giorni.

Passai la serata a guardarmi al computer i video della Semionova che ballava *Lo schiaccianoci* e *Giselle* per cercare di non perdere la testa pensando al giorno dopo.

Patrick era vicino, a pochi chilometri da me e il giorno dopo l'avrei riabbracciato e saremmo stati insieme. Cercavo di immaginare come sarebbe stato fare l'amore con lui, ora che i suoi baci e le sue carezze erano un lontano ricordo.

Sarebbe stato dolce e lento e mi sarei lasciata guidare dalle sue mani esperte che mi avrebbero sfiorata ed esplorata mentre affondavo il viso nel profumo dei suoi capelli.

Mi avrebbe accarezzato la pelle e baciato i capezzoli scendendo giù fino all'ombelico e quando mi fossi sentita pronta, sussurrandomi «ti amo» all'orecchio, sarebbe entrato dentro di me, stando attento a non farmi male, e io lo avrei stretto forte, rassicurandolo, e avremmo cominciato a muoverci lentamente, danzando al ritmo del nostro respiro, baciandoci ed emozionandoci senza smettere di guardarci negli occhi.

Pat mi avrebbe tenuta fra le sue braccia forti e un'ondata di piacere ci avrebbe travolti, facendoci urlare i nostri nomi, per poi cadere sfiniti l'uno accanto all'altra e addormentarci, teneramente rannicchiati, fino al mattino.

Sarei andata al mare con lui a qualsiasi costo.

Niente me lo avrebbe impedito.

Mi esaminai scrupolosamente allo specchio del bagno per verificare che non ci fossero brufoli spuntati a tradimento sulla fronte o sul naso.

I capelli potevano andare, non li pettinavo mai, ma mi piacevano così, corti e mossi con la frangetta.

C'era qualcosa, però, che stonava ed era la prima volta che me ne accorgevo: una leggera peluria sul labbro superiore.

Si vedeva solo se mi sparavo in faccia un faro da 9000 watt, ma adesso che me ne ero accorta, non vedevo altro che un folto, peloso e ispido baffo.

Non potevo presentarmi così per la nostra prima notte, avrebbe raccontato ai nostri figli che la mamma sembrava Charles Dickens.

Presi a rovistare fra le creme di mia madre finché trovai delle strisce depilatorie.

Non trovando le istruzioni decisi di improvvisare scollando le due lunghe strisce fra loro e appiccicandone una sul labbro superiore, stando ben attenta a non incollarla sul resto del viso.

In quel momento mi chiamò Patrick.

Risposi sovrappensiero e la striscia si appiccicò su tutta la bocca fino all'orecchio.

Pat mi raccontava agitato che aveva visto sua sorella conciata come se fosse uscita da un video di Jay Z sbattere la porta in faccia a sua madre, che aveva cercato inutilmente di parlarle attraverso la porta della camera mentre lei teneva lo stereo a tutto volume, che suo padre come al solito era a un convegno, che sua madre piangeva, ma che, a parte quello, andava tutto bene e mi chiedeva se poteva passare a salutarmi per uscire da quella casa di matti.

«No!», dissi precipitosamente, «non puoi venire adesso, sto facendo il bagno e ne avrò ancora per almeno due ore».

«Accidenti», esclamò deluso, «così tanto?»

«Sì è per i muscoli, devo tenerli in acqua il più possibile», risposi mentre sbattevo la testa al muro.

«Capisco, allora non mi resta che aspettare domani. Peccato, ci tenevo a darti il bacio della buonanotte».

Se mi avesse dato un bacio, saremmo rimasti incollati per l'eternità...

«Anch'io avrei voluto, ma è meglio così, ti aspetto domattina alle dieci, ma non suonare alla porta! Il campanello non funziona, ci troviamo in cima alla strada».

«In cima alla strada? Ma sei sicura di star bene? Forse non ti va di andare, se è così non c'è problema, possiamo prendere un caffè o fare un giro in centro, quello che vuoi tu».

«No, no, no va benissimo, tutto confermato, è solo la mia vicina, è una pettegola e parla in giro, non voglio che ci veda, per questo ti aspetto in cima alla strada».

Che era già una buona parte della verità.

«Sei contenta di vedermi... vero?», chiese un po' sconsolato.

«Amore mio! Non ho smesso mai di pensare a te e di contare i giorni da più di un mese, quasi non ci credo che sei qui e voglio solo che tutto sia speciale e perfetto».

«Tu sei speciale e perfetta!».

Se solo mi avesse vista con la striscia incollata alla faccia non lo avrebbe detto.

Tirai con cautela, ma la cera si era ormai ben appiccicata ai peli, dal labbro fino allo zigomo.

Respirai profondamente e strappai forte, urlando quando sentii la bocca staccarsi insieme alla carta.

Il labbro superiore era irritato e gonfio e attraversato da una striscia rossa molto più visibile dei baffetti che, non solo non si erano staccati, ma erano pieni di grumi di cera.

Ero inguardabile.

Patrick avrebbe raccontato ai nostri figli che la mamma aveva tentato di farsi la barba con la fiamma ossidrica...

Andai a letto con un impacco di crema sul labbro.

Passai una notte agitatissima girandomi in continuazione.

Ero emozionata al pensiero di noi due insieme e preoccupata all'idea di essere scoperta da mia madre, anche se, al momento, non c'era niente che potesse peggiorare la mia situazione: poteva solo chiudermi in una torre.

Al mattino, oltre al labbro gonfio, avevo anche le occhiaie.

Preparai lo zaino dove misi un vestito per la sera e le scarpe col tacco (gli stessi che avevo indossato con Carl), una borsetta con il trucco, un pigiama che speravo non mi sarebbe servito, un reggiseno imbottito (mai messo) e il braccialetto.

Scesi di sotto, presi York e in silenzio uscimmo di casa chiudendo piano la porta.

Corsi fino all'angolo della strada e mandai un messaggio a Patrick dicendogli che lo aspettavo.

Cinque minuti dopo era lì, davanti a me, bello come neanche ricordavo più.

Abbronzato e sorridente, con la sua adorabile fossetta, che mi prendeva fra le braccia e mi faceva volteggiare.

«Dio quanto mi sei mancata», mi disse stringendomi forte.

Non riuscivo a parlare dalla felicità, mentre il piccolo York abbaiava saltandoci intorno.

«Sei bellissima», aggiunse prima che mi coprissi il labbro con la mano.

Era un sogno.

Finalmente era tornato, era lì in carne e ossa ed era venuto per me, per portarmi al mare, in un posto che amava, dove avremmo potuto cominciare a conoscerci davvero e stare insieme, solo noi due.

«Volevo salutare Elena», disse prima di salire in macchina.

«Purtroppo non c'è, è via per un convegno, ma ti saluta tanto», risposi distratta.

«La vedrò al ritorno allora», rispose prendendo in braccio York. «E lui? Viene con noi?»

«Se sta solo in casa piange, mia madre ha chiesto se lo potevamo portare».

«Non c'è problema, lo faremo correre, si stancherà e dormirà come un angelo».

La giornata era fredda, ma il cielo era limpido e il sole invernale splendeva pigro.

In macchina non spiccicai quasi parola, ma rimasi incantata a guardarlo guidare.

Aspetti tutta la vita che un desiderio si realizzi e quando succede sei incapace di esprimere la tua gioia a parole.

Perché non c'è una sola parola che possa descriverla.

Come se una cascata di fuochi d'artificio si sprigionasse dal tuo cuore rendendoti euforico e incredulo e così maledettamente felice da chiederti se quello non sia veramente il paradiso.

Non parlammo né della Royal Navy, né di Nina, né della scuola e né dell'audizione; volevamo lasciarci tutto alle spalle almeno per quel fine settimana.

Era un regalo per noi, eravamo l'uno per l'altra un'oasi di pace e, solo stringendoci la mano ogni tanto, sentivamo il cuore riempirsi di emozione.

Viaggiammo per circa due ore fermandoci ogni tanto per far scendere York e approfittare per stringerci e baciarci e verso l'ora di pranzo vedemmo il mare grigio aprirsi infinito davanti a noi.

Skegness era un paese delizioso dove Patrick andava qualche volta da bambino. Se lo ricordava per la spiaggia, il pontile e per aver fatto volare gli aquiloni.

Passammo prima all'albergo per registrarci e lasciare i bagagli e poi saremmo andati a pranzo.

Non avevo visto molti altri alberghi in vita mia, ma ero sicura che quello fosse il più bello del mondo.

Una locanda accogliente e calda, pervasa da uno stupendo profumo di torta.

York cominciò a ispezionare il territorio annusando tutti gli angoli disponibili.

Salimmo in camera in silenzio. Era semplice ma ben arredata: un letto matrimoniale con una trapunta rossa, una grande finestra che guardava il mare, tende pesanti color porpora, una poltrona e la moquette.

E per la prima volta cominciai a realizzare che stava per accadere, che il momento era arrivato, che di lì a poco l'avremmo fatto e sentii l'ansia stringermi lo stomaco.

«C'è anche la tele», dissi per spezzare la tensione.

«Vieni qui», mi disse prendendomi fra le braccia e cullandomi, «non faremo niente che non ti senti di fare, capito?».

Annuii.

«Anzi, sai cosa facciamo adesso? Ti porto a mangiare il miglior *fish and chips* del mondo».

Mi prese per mano e mi portò fuori.

Uscimmo e ci dirigemmo a piedi verso un pub minuscolo e seminascosto, all'apparenza deserto, dove invece c'erano almeno una cinquantina di persone stipate che bevevano birra e parlavano animatamente.

Pat prese due enormi cartocci di pesce fritto e patate e andammo a mangiarceli sulla spiaggia seduti accanto a una barca per ripararci dal vento.

York cominciò a correre come un pazzo in lungo e in largo.

Un cespuglio isterico di peli neri con in mezzo una coda che correva incontro alle onde cercando di non bagnarsi le zampe.

Il mare era mosso dal vento e i gabbiani faticavano ad atterrare a riva.

Pat guardava l'orizzonte con uno sguardo intenso e nostalgico.

«Non potresti vivere senza il mare vero?», gli chiesi.

«Potrei, ma mi mancherebbe una parte di me, come se tu dovessi vivere senza la danza».

«Non potrei mai. Ma se dovessi scegliere fra vivere senza la danza e senza di te, non ne sarei capace».

«Non devi scegliere Mia, ci saremo sempre tutti e due nella tua vita, come tu sarai sempre nella mia. Una passione, per quanto intensa, non basterebbe mai a riempire lo spazio destinato solo a chi ci può completare. Sono sicuro che c'è un grande futuro scritto per noi, perché tu sei quella persona che cercavo senza accorgermi di averla avuta sempre sotto il naso». Sorrise e mi baciò sulle labbra salate.

«Tu cercavi me e io aspettavo te».

«E ci siamo trovati grazie alla tua fuga di mezzanotte».

Ci mettemmo a ridere.

Sembrava tutto così lontano adesso: io che attraversavo Leicester in bici di notte per seguirlo, che mi inventavo delle scuse per poterlo chiamare, che trascrivevo le sue parole sul diario.

Mise un braccio attorno alle mie spalle e mi strinse a sé.

Mi sentivo adulta. Se Patrick mi aveva scelta era perché sapeva di potersi fidare di me, che sarei stata la compagna giusta per lui, leale e paziente e che l'avrei sostenuto nei momenti difficili.

Il mio pensiero corse a mia madre che mi credeva segregata in casa, a Mrs Fancher che faceva la ronda davanti a casa, a Mrs Meyer che aspettava le tesine, a Paul che si dava colpi in testa, e a Nina che non mi rivolgeva più la parola.

Ci avrei pensato lunedì.

York era un missile lanciato a tutta velocità contro qualunque cosa si muovesse.

In lontananza un bambino che trotterellava malfermo sulle gambe cercava di avvicinarlo.

«Pat, ho una cosa per te, volevo che avessi qualcosa di mio», dissi tirando fuori il braccialetto dalla tasca.

Lo prese fra le mani e gli si illuminò il viso: «È bellissimo Mia, grazie, grazie tesoro, grazie di cuore».

«C'è scritto *Serva me. Servabo te*, vuol dire...».

«Salvami. Ti salverò».

Ero impressionata.

«Come lo sai?»

«Ho studiato latino tanto tempo fa».

Mi abbracciò.

«Così adesso lo guarderò e ti sentirò più vicina».

Appoggiai la testa sulla sua spalla e mi lasciai cullare.

Il sole era sparito dietro le nuvole e cominciava a fare molto freddo, ma ero così felice da non accorgermene.

Ero in pace col mondo, con il mio amore vicino che mi faceva sentire protetta e al sicuro e più tardi in camera gli avrei dimostrato quanto lo amavo.

Il bambino aveva raggiunto York che abbaiava gironzolandogli intorno per giocare.

Il piccolo si attaccava alla sua coda e si faceva trascinare ridendo.

York era l'immagine della gioia.

Non aveva mai visto una spiaggia, ma solo marciapiedi e aiuole e in casa lo consideravamo poco più che un pezzo d'arredamento.

Lo adoravamo, ma come spesso succede quando sei abituato a vedere qualcuno tutti i giorni, lo dai per scontato e ti dimentichi di dimostrargli il tuo affetto, finché non lo vedi più.

In una frazione di secondo un'onda li travolse entrambi trascinandoli a largo.

La mamma del bambino cominciò a urlare chiamando aiuto.

Patrick si tolse il pesante giubbotto di pelle e me lo diede.

Si voltò a guardarmi con un lampo di angoscia negli occhi, come se l'istinto e il senso del dovere fossero più forti della ragione.

«Stai tranquilla amore», disse sorridendo e cominciò a correre veloce verso la riva.

I piedi affondavano nella sabbia mentre cercava di raggiungere il mare più in fretta possibile.

Io rimasi a guardarlo impietrita mentre le parole «Patrick non andare» mi morivano sulle labbra.

Lo vidi tuffarsi fra le onde gelide e nuotare a grandi bracciate verso il fagottino rosso che riemergeva e scompariva fra le grida disperate e convulse della madre.

Mi misi a correre anch'io stringendo il suo giubbotto fra le braccia e raggiunsi la riva senza perderlo di vista un attimo.

Il panico non mi faceva sentire il freddo.

Patrick nuotava senza fermarsi, ma per ogni metro guadagnato, la corrente impietosa lo ingoiava trascinandolo sempre più lontano.

D'un tratto lo vidi afferrare il bambino per il cappuccio del giubbotto e cominciare faticosamente a riportarlo verso la riva, nuotando fra le onde alte e minacciose.

Mi coprivo la bocca con le mani ripetendo: «Dio aiutalo. Ti

prego aiutalo. Non ti chiedo mai niente, ma se lo aiuti farò quello che vuoi, rinuncio anche alla danza, ma ti prego aiutalo».

E Dio mi ascoltò.

Approfittando di una corrente favorevole, Patrick diede alcune bracciate potenti e superò il punto critico in cui le onde formavano una specie di mulinello.

Lo vidi riemergere stravolto e boccheggiante, con il bambino fra le braccia che tossiva e strillava in preda allo spavento.

La madre gli corse incontro e lo abbracciò piangendo a dirotto, ringraziando Patrick e baciando ora lui ora il bambino, continuando a ripetere: «Che Dio ti benedica, grazie».

Anch'io ripetevo "grazie Dio" fra me e me, mentre lo shock lasciava posto al sollievo e il cuore ritrovava il battito.

Corsi verso di lui per coprirlo con il suo giubbotto.

Pat ansimava, ma sorrideva riprendendo fiato, tenendo le mani sulle ginocchia.

«C'è una corrente pazzesca là in mezzo», disse indicando un punto indefinito nel mare, «ho creduto di non farcela», mi disse baciandomi.

Il freddo delle sue labbra sulle mie mi fece scorrere un brivido sinistro lungo la schiena.

«Dov'è York?», chiese voltandosi di scatto.

Una macchia nera in balìa delle onde stava annaspando nel disperato tentativo di rimanere a galla.

Patrick corse a tuffarsi di nuovo in direzione del cane, nuotando più veloce di prima, sotto l'effetto dell'adrenalina che non doveva fargli sentire né la fatica né il freddo.

Io e la madre del bambino guardavamo la scena mute e impotenti, senza osare nemmeno respirare; anche il bimbo aveva smesso di piangere e si era unito alla nostra apprensione.

Tutto era accaduto troppo in fretta per essere vero, un minuto prima eravamo seduti sulla spiaggia a parlare di noi e un minuto dopo stava rischiando la vita per un bambino e un cane non suoi.

Volevo svegliarmi da quell'incubo, volevo essere nel mio letto e alzarmi per andare a scuola, non assistere impotente a un salvataggio degno di un film d'azione.

Dio ti prego ascoltami ancora. Dio se lo salvi ti giuro che non ballo più. Tu salvalo e io non ballo mai più, ma ti prego, riportamelo vivo.

Avevo scelto alla fine. Messa alle strette avevo scelto lui.

E Dio mi ascoltò ancora.

Mi avvicinai a riva sorridendo di gratitudine al cielo, mentre vedevo York nuotare lentamente, ma tenacemente, con Patrick che gli teneva dietro.

Cominciai a chiamarlo forte, battendo le mani per incoraggiarlo ad affrontare lo scatto finale.

Aveva la lingua penzoloni e gli occhi fuori dalle orbite, ma quel piccolo ostinato mucchio di peli ce l'aveva fatta, aveva vinto la furia del Mare del Nord.

Mi corse incontro con la coda fra le zampe, saltandomi addosso e guaendo pazzo di gioia.

Mi alzai per sorridere al suo salvatore di cui avrebbero parlato al telegiornale della sera, ma il mio sorriso si spense quando mi accorsi che non c'era nessuno.

I miei occhi si spostavano frenetici da una parte all'altra di quella massa scura, mentre un sapore acido mi saliva in gola.

Oddio dov'è? Dov'è? Dove cazzo è? Dove sei Pat?

Cominciai a camminare su e giù chiamandolo con tutto il fiato che avevo in gola. «Patrick!», urlai entrando in acqua fino alla vita, «Patrick dove sei? Non ti vedo! Patrick!».

Ero sicura che gli occhi mi stessero giocando un brutto tiro, che lui era lì davanti a me, mimetizzato nel grigio del mare, e che sarebbe corso fuori dall'acqua da un momento all'altro battendo i denti e io avrei tirato un sospiro di sollievo cadendo in ginocchio sulla sabbia.

Ma non lo vedevo.

I minuti passavano e non lo vedevo.

Mi voltai, stordita e impotente, verso la folla che si era radunata sulla riva e mormorai: «Chiamate qualcuno per piacere, chiamate aiuto, non lo vedo più».

CAPITOLO VENTIDUE

Il resto lo ricordo al rallentatore.

Come se accanto a me fosse scoppiata una bomba.

Suoni ovattati, voci lontane, la vista annebbiata, curiosi che indicavano il nulla, l'ambulanza, il buio che scendeva, domande, domande e ancora domande e il dolore che mi spezzava le gambe e mi faceva crollare sulla sabbia fredda.

Mi riportarono a casa a notte fonda, avvolta in una coperta, con il giubbotto di Pat stretto ancora fra le braccia.

La polizia aveva avvertito mia madre che era tornata di corsa da Brighton e mi aspettava in lacrime davanti alla porta di casa.

Ricordo di averla guardata e di non averla riconosciuta, poi le grandi mani del gigante buono mi presero in braccio e mi portarono in camera mia.

CAPITOLO VENTITRÉ

Smisi di parlare, di dormire e di lavarmi.

Trascorrevo le giornate in camera guardando la parete bianca, senza versare una lacrima.

Con la cenere al posto del cuore.

Avevo perso quello che avevo di più caro, la cosa più bella che questo mondo orrendo avesse mai conosciuto, che quell'acqua maledetta aveva afferrato con le sue dita gelide e trascinato via.

Una ferita mi squarciava da parte a parte, un taglio che sanguinava e non si sarebbe mai richiuso.

Dio si era preso gioco di me.

Sii molto specifico quando preghi, perché Dio sa esattamente quello che vuoi, ma ti dà soltanto quello che chiedi.

Mia nonna, preoccupata per l'audizione e offesa perché non le avevo più risposto, arrivò a chiamare mia madre per sapere "che intenzioni avevo".

Mia madre la mise al corrente dei fatti e poi riattaccò. Lei continuò a chiamarmi con insistenza finché non spensi definitivamente il telefono.

Ero io che sognavo tanto di ballare? Ero io che mi ero tanto preparata per quell'audizione?

Non lo ricordavo più, sembrava la vita di qualcun altro, qualcuno pieno di sogni e di speranze, che era morto insieme a Pat.

Mia madre era disperata, entrava in camera a sostituire un

vassoio pieno con un altro, cercando di scuotermi ora con dolcezza ora con rabbia, ma tutto quello che riuscivo a restituirle era il fondo nero dei miei occhi vuoti.

«Vuoi mangiare Mia, per favore? Ti prego, fallo per me, fallo per la mamma».

Ma era una voce lontana che rimbalzava sullo spazio vuoto lasciato dalla mia anima.

York non mi abbandonava un istante.

Vegliava su di me giorno e notte come su un moribondo.

Da quel giorno nemmeno lui era più lo stesso. Non era più uscito di casa e faceva la pipì davanti alla porta.

Eravamo insieme all'inferno.

La notte rimanevo con gli occhi sgranati nel buio, terrorizzata all'idea di addormentarmi e smettere di respirare.

Sempre più spesso sognavo di essere chiusa in una cassa sott'acqua e mi svegliavo di soprassalto fradicia di sudore.

E per quanto ci provassi non riuscivo più a ricordarmi la faccia di Patrick.

Al suo posto c'era un buco nero che riuscivo a riempire solo con altra acqua torbida.

Stavo impazzendo.

L'idea che non lo avrei visto mai più era semplicemente inaccettabile per il mio cervello che continuava a concentrarsi su dettagli senza importanza pur di non affrontare la realtà.

Potevo stare anche dieci ore a fissare un filo tirato del maglione, ma se, per un attimo, mi ricordavo che lui non c'era più, e che non l'avrei più visto, venivo assalita da un dolore così atroce che mi inghiottiva e mi schiacciava tanto da paralizzarmi.

Paul saliva a trovarmi tutte le sere dopo il lavoro.

Si sedeva in fondo al letto e mi aggiornava su quello che era successo nel mondo, sulla regina, sul principe William o su Lady Gaga e poi passava a raccontarmi della sua giornata al lavoro, cosa aveva cucinato, quali erano stati i clienti peggiori e se aveva trovato traffico.

Mi parlava per una mezz'ora con tono calmo e tranquillo e poi mi dava un bacio sulla fronte e andava via.

E mi lasciava a combattere i miei fantasmi per un'altra interminabile notte.

Diventai rapidamente l'ombra di me stessa.

Le orbite stavano inghiottendo gli occhi, il viso si era ingiallito, le mani tremavano e quella costante, subdola, viscida sensazione di essere bagnata non mi abbandonava mai.

«Faranno una funzione per Patrick stamattina alla St Nicholas Church», mi informò mia madre, «io e Paul stiamo andando, non so se te la senti...».

Non mi mossi, né le diedi una risposta.

Il funerale lo stesso giorno dell'audizione.

Poi, improvvisamente, mi ricordai di Nina.

Nina stava soffrendo come me, Nina poteva capire, doveva capire, quella *cosa* adesso ci univa.

Mi alzai in piedi e tutto cominciò a girare vorticosamente, tanto che dovetti appoggiarmi alla spalliera per non cadere.

Avevo le gambe deboli e intorpidite e un sapore amaro in bocca.

Scesi le scale lentamente, imbacuccata nel giubbotto enorme, infilai le scarpe e uscii.

Aveva nevicato e l'aria era pungente e ostile e respirare faceva male al naso.

Infilai la faccia nella sciarpa e mi incamminai, seguita da York, verso la fermata dell'autobus.

Mrs Fancher uscì di casa per dirmi qualcosa, ma passai oltre senza degnarla nemmeno di uno sguardo.

Camminavo come un vecchio stanco, fermandomi ogni tanto per riprendere fiato.

Salii sull'autobus e scesi dopo una decina di fermate.

Il cane mi seguiva come un'ombra.

Fuori della chiesa, in piccoli gruppi c'erano molti dei suoi ex compagni di classe, alcuni professori, la preside, e due ufficiali della Royal Navy.

Gente incredula che scuoteva la testa fumando o che piangeva cercando di consolarsi a vicenda.

Riconobbi anche la mamma del bambino e Carl che mi salutò con un cenno da lontano.

Al mio passaggio sentii scendere il silenzio.

Nessuno ebbe il coraggio di salutarmi, come se la portata della tragedia fosse smisurata in confronto all'inconsistente sollievo delle parole di circostanza, e attraversai la folla silenziosa come fossi stata chiusa in una bara di vetro.

La preside, Mrs Jenkins, mi venne incontro preoccupata chiedendomi come stavo, ma guardandomi meglio si limitò a stringermi forte a sé senza aggiungere altro.

Ero stordita e spaventata.

Quella cosa era più grande di me. Troppo.

Non era stato trovato il corpo e la famiglia aveva chiesto una funzione commemorativa al sacerdote che lo aveva visto nascere.

Perché tanta fretta? Magari è vivo, magari è in missione segreta nascosto da qualche parte. Aspettate un po', cercate ancora. Vi prego.

Poi vidi la famiglia di Nina in prima fila.

Nina, Laetitia e suo padre, in piedi, stretti in un dignitoso silenzio.

Laetitia era annientata, sembrava piccolissima fra il marito e la figlia, e si sforzava di non piangere, coprendosi la bocca con un fazzoletto.

Nina e suo padre, con sguardo severo, si stringevano intorno a lei e la sostenevano come due guardie del corpo.

Mia madre e Paul erano seduti in fondo e mi fecero cenno di unirmi a loro.

Fu una cerimonia bella, ma inutile.

Tutti sapevano che Patrick era buono e generoso, sempre pronto a sacrificarsi per il prossimo, sorridente, ottimista, solare, amico, figlio e fratello amatissimo.

Ma questi erano aggettivi buoni per tutti, in un qualunque funerale.

Quando muore qualcuno lo si ricorda solo per i suoi pregi, mentre lui aveva *veramente* tutte quelle qualità, e anche moltissime altre che loro ignoravano.

Era un essere che irradiava luce, capace di infondere energia e coraggio solo guardandoti negli occhi, sapeva farti ridere come nessun altro, profumava di vento e gelsomini, era sempre a suo agio con tutti, non giudicava mai le persone, voleva bene a tutti, era un puro, aveva un gusto schifoso in fatto di musica e non sapeva ballare, ma amava la vita e le cose belle e soprattutto sapeva far sentire importanti gli altri.

Questo era Patrick, non un mazzo di elogi intercambiabili.

L'odore di incenso mi faceva mancare l'aria, volevo solo tornare in camera mia al sicuro, ma prima volevo vedere Nina, volevo abbracciarla, stare con lei, rivedere Patrick attraverso i suoi occhi, farle sentire il mio affetto e insieme provare ad affrontare tutto quel dolore assurdo.

Aspettammo in un angolo che la folla raggruppata intorno alla famiglia si allontanasse.

Laetitia ringraziava tutti gentilmente, tentando di sorridere come se temesse di risultare scortese.

Quando l'ultima mano fu stretta e fu il nostro turno, Laetitia, che fino ad allora aveva resistito, alla vista del giubbotto di Patrick perse quasi i sensi, accasciandosi contro il marito.

E quando Nina si accorse di me, un lampo di puro odio le attraversò lo sguardo e una maschera di disprezzo le si dipinse sul volto.

«E hai anche il coraggio di farti vedere in chiesa, brutta carogna?», gridò, e in una frazione di secondo mi spinse a terra e cominciò a colpirmi con una violenza inaudita con pugni e schiaffi. «Mio fratello è morto per colpa tua, maledetta stronza, se non era per te sarebbe ancora vivo, è morto per colpa tua e per salvare il tuo lurido cane di merda!». Si alzò e assestò un calcio in piena pancia a York che rimase tramortito.

Paul afferrò Nina da sotto le braccia e la sollevò allontanandola da me, mentre Laetitia, ormai esplosa in lacrime, cercava di calmare la figlia insieme al marito.

Piangevano tutti e tre, abbracciati, per cercare di non perdere il controllo e far fronte comune contro quel dolore lacerante e intollerabile.

Mia madre mi aiutò ad alzarmi.

Mi accarezzava la fronte piangendo, anche lei disperata, sforzandosi di dare un senso a tutta quella follia.

Ero frastornata e mi usciva il sangue dal naso, ma non faceva male. Non so come, ma mentre mi picchiava non faceva male.

Una signora aveva preso York in braccio e me lo aveva riportato. Quando lo mise a terra zoppicava.

Paul mi accompagnò alla macchina, mi fece sedere dietro, e mi diede il suo fazzoletto per tamponare il naso.

Lo vidi andare dal padre di Nina e dirgli qualcosa puntandogli il dito contro, indicando ogni tanto verso di me.

Era grande Paul e faceva paura quando si arrabbiava, me ne ricordavo bene.

«Gli ho detto che non deve mai più permettere che sua figlia tratti Mia in questo modo, stava per ammazzarla, hai visto cosa ha fatto a York?», disse.

«È distrutta, è una famiglia distrutta», commentò mia madre tristemente.

Io sono distrutta, mamma, sono finita, non lo vedi? Non mi vedi? Sono morta anch'io.

Il dottore venne a casa nel pomeriggio.

Non capivo perché. Non ero malata, volevo solo essere lasciata sola, non era così difficile da comprendere.

Mi esaminò ponendo delle domande a mia madre e a Paul che se ne stavano in piedi sulla porta.

Disse qualcosa del tipo "disturbo post traumatico da stress" e mi diede un sacco di pillole.

Le pillole mi facevano dormire interminabili ore senza sogni e senza apnee e mi regalavano uno stato di intorpidimento ovattato, quasi piacevole.

Non provavo nulla, non riuscivo quasi a ricordare il motivo per cui stavo sempre a letto, ma la cosa più curiosa è che non mi interessava più.

Paul non era d'accordo nel farmi prendere tutta quella "roba", come la definiva lui, ma mia madre rispondeva sfinita che rivoleva sua figlia e al più presto, perché stava diventando pazza.

Mia nonna la chiamò altre volte dicendo che avrebbe fatto in modo di farmi avere un'altra audizione, ma lei tagliava corto rispondendole che c'erano cose ben più importanti del suo egocentrismo a cui pensare, e la mia salute era una di quelle.

Ballare? Non sapevo più cosa volesse dire.

Dormire, sì dormire per sempre, quella era una soluzione.

CAPITOLO VENTIQUATTRO

Betty sgattaiolò silenziosamente in camera mia un pomeriggio.

Dal suo sguardo sgomento capii che ero messa male.

«Ma che hai fatto amore mio? Come ti sei ridotta...».

Prese ad accarezzarmi i capelli che mi cadevano a ciocche.

Avvolta nel piumone, cercavo invano di combattere il freddo dell'acqua che mi faceva marcire le ossa, con lo sguardo perso nel nulla.

«Mia, sei pelle e ossa, da quant'è che non mangi?».

Perché si interessavano tutti al cibo, perché doveva essere così importante? Se avessi mangiato avrei sofferto di meno o si sarebbero sentiti tutti meno in colpa?

Mangiava chi voleva vivere e io non volevo vivere.

D'un tratto mi ricordai una cosa.

«Tu l'hai sempre saputo vero Betty?», sussurrai.

Non parlavo da settimane e la voce suonò rauca e sinistra, come dall'oltretomba.

«Cosa ho sempre saputo, tesoro, cosa?», chiese spaventata avvicinando il viso alla mia bocca.

«Che sarebbe morto, tu lo sapevi da sempre... la Torre, usciva sempre la Torre e tu dicevi che non era niente,,,».

«Mia, sono solo carte, non diamogli peso, è solo un gioco...».

«Tu lo sapevi Betty, sapevi che sarebbe morto e non me l'hai detto...».

«No, no, ti giuro che non sapevo niente, e poi come avrei mai potuto dirti che secondo me sarebbe morto? Nessuno farebbe mai una cosa del genere, cucciola, ti prego di credermi».

«Tu lo sapevi e non mi hai avvertita, magari avrei potuto salvarlo, tenerlo lontano dall'acqua».

«No Mia, no, quando una cosa è scritta è scritta, tu non avresti potuto fare niente, non contro il destino».

«Vai via Betty, vattene a casa, non ti voglio più vedere».

«Mia...».

«Vattene», mormorai.

La sera mia madre salì in camera.

Non era più lei, era un fantasma.

Magra, spettinata, col viso incavato e gli occhi di chi non smette di piangere un minuto.

«Se non vuoi farlo per te stessa, ti prego, fallo per me, se non vuoi vivere per te, vivi per tua madre». Cominciò a urlare e a scuotermi: «Parlami almeno, Mia, parlami, io ci sono ancora, io sono viva, noi siamo vivi. Io, Paul, York, tuo padre, la danza! La danza ti aspetta, puoi ancora fare l'audizione, tua nonna mi ha detto che può fartela avere! Non è incredibile? Io che parlo con tua nonna Olga di danza! È un miracolo no?». Cercò di ridere, ma i suoi occhi tradivano tutta la sua amarezza.

No, mamma non c'è più niente, niente che mi interessi. Mi dispiace, mi faccio schifo, sono una figlia orribile, ti meritavi molto meglio, ma io non ho la forza, scusami mamma, ma non ce l'ho. Ti voglio bene, un bene dell'anima ma non ce la faccio più, sto tanto male, non posso più vivere così.

Passarono altre settimane in cui non successe niente.

Era sempre freddo anche se Paul mi aveva detto che stava arrivando la primavera.

Mamma mi aveva raccontato che era passato Carl e che Mrs Jenkins telefonava regolarmente.

Ma più il tempo passava, più facevo fatica a ricordarmi di chi stesse parlando.

Mi sembrava impossibile aver avuto una vita prima di quella che vivevo in quella camera, delle amicizie, delle passioni, un cuore.

Ero pelle e ossa, bevevo un paio di bicchieri di latte per buttare giù i farmaci e questo era più o meno tutto, per il resto dormivo o fluttuavo in una dimensione pastosa e confusa.

Solo Betty un giorno sentì il bisogno di tornare a parlarmi.

So con certezza che le sembrò di entrare in una camera mortuaria.

L'odore acre, il freddo, la penombra e il mio respiro ridotto a poco più di un rantolo erano tutto quello che rimaneva di me.

«Mia, Mia tesoro». Cercò di scuotermi per strapparmi al torpore. «Mia, ascoltami, lo so che non mi vuoi vedere, ma devo raccontarti assolutamente una cosa, non so perché, ma credo che sia importante».

Non la vedevo, ma la sentivo, sentivo una voce familiare e lontana che spezzava il rumore bianco che avevo nella testa, nel luogo irreale in cui vivevo, senza angoli né curve.

«Ho sognato una cosa strana Mia, magari non è niente, ma sei l'unica che me lo possa dire, mi ascolti?».

Non risposi.

«Te lo dico lo stesso Mia, ho sognato Patrick, o almeno credo, io non l'ho più visto da quando aveva la tua età, e non so come sia adesso, a parte la foto sui giornali, ma era vecchia anche quella... Dio non dovrei essere qui, lo so, è una cazzata, ma *sento* che lo devo fare, cioè dirti la verità... me lo ha chiesto lui, ha insistito così tanto ed era talmente reale che credevo di essere sveglia».

Le mie pupille si contrassero impercettibilmente.

Betty continuò.

«Pat aveva... i capelli lunghi, senza un taglio e la barba incolta, un golf verde scuro e dei jeans, ma non so se questo è importante, quello che conta è che lui mi ha detto di dirti questo: "Balla Mia, balla per me, se balli io vivrò ancora attraverso di te e saremo ancora insieme"».

Non mi mossi.

Sembravano frasi tirate fuori da un brutto telefilm della domenica pomeriggio.

Lui, che per far tornare a vivere la protagonista depressa, le parla dall'aldilà.

Peccato, volevo bene a Betty, ma quelle idee cretine erano un insulto alla mia intelligenza.

O magari era stata un'idea ingenua della mamma.

«Mia», proseguì, «nel sogno mi ha detto una cosa che non ho capito, me la sono dovuta scrivere perché non conosco lo spagnolo, mi ha detto di dirti questo: *Serva me. Servabo te.* Non so cosa voglia dire, ma sapeva che avresti capito».

Le pupille mi si dilatarono come a un gatto nel buio.

«Latino».

«Latino?»

«Salvami. Ti salverò».

Non lo sapeva nessun altro a parte Carl, che non conosceva Betty.

«Chi te l'ha detto?»

«Cosa?»

«Il braccialetto, quella scritta, chi te l'ha detto?»

«Non so di nessun braccialetto, nel sogno lui mi ha detto di riferirti queste parole. Che vuol dire Mia, hanno un significato?»

«No, Betty, nessun significato».

Betty sembrò delusa, mi passò una mano sulla fronte.

«Scusami allora se ti ho disturbata con i miei deliri, non so come, ma era così reale che ho creduto quasi... scusami ancora piccola, non avevi bisogno di altre emozioni, o altre illusioni, scusami ancora. Dio, sei gelata tesoro». Mi coprì meglio con il piumone e uscì piangendo.

Serva me. Servabo te.

Il cuore cominciò a battermi all'impazzata, troppo forte perché il mio fragile corpo potesse reggere.

Avevo aspettato tutto quel tempo un segno e sapevo che sarebbe arrivato prima o poi.

Ma l'attesa mi aveva sfinita ormai.

Mi alzai e mi guardai allo specchio.

Ero cadaverica, uno scheletro con la pelle trasparente e le vene blu sulla fronte e le mani.

Uno spettro.

Un cigno morente.

Alla fine ero riuscita a interpretarlo.

Il vuoto che avevo dentro mi aveva mangiata viva giorno per giorno come un tumore maligno.

E lentamente mi ero consumata come una candela.

Svuotata, spenta.

Il momento era arrivato.

«Pat ti prego...», dissi a voce alta, «...Pat ti prego, vienimi a prendere».

Toccai la mia immagine riflessa e cominciai a singhiozzare, un pianto liberatorio, disperato, straziante, scivolando lentamente in ginocchio.

«Ti prego, vienimi a prendere... non ce la faccio più a stare senza di te, non voglio più stare senza di te, portami via da qui, portami via con te, ovunque tu sia...».

Mi raggomitolai per terra continuando a piangere senza più forze, scossa da singhiozzi convulsi.

Avrei aspettato e prima o poi la morte sarebbe venuta per portarmi da Pat.

Dovevo solo aspettare, era questione di poco tempo. Sarei rimasta lì ferma e sarei sparita: facile e indolore.
Così avrei smesso di soffrire.
Salvami. Ti salverò.
Ci sarebbe voluto del tempo o forse...
Forse avrei potuto accelerare le cose.

CAPITOLO VENTICINQUE

Presi il pullman per Skegness.

Pioveva, ma non sentivo freddo, né debolezza, né la tachicardia che ultimamente non mi dava tregua.

L'adrenalina ancora una volta mi stava aiutando.

Il controllore mi guardò sconcertato e mi chiese se avessi bisogno di aiuto, come fossi una malata fuggita dall'ospedale, e aveva ragione.

Ero malata.

Molto malata.

Ma sarei guarita presto.

Era questione di un paio d'ore.

Mi sentivo euforica come non era più successo da quel maledetto giorno di febbraio.

E più il pullman si avvicinava, più mi sentivo pervadere da una gioia incontenibile, attratta da qualcosa, da qualcuno che mi chiamava. Sapevo che Pat era lì ad aspettarmi e sapevo che stavo facendo la cosa giusta.

Sorrisi per la prima volta dopo mesi.

Sorrisi al mare che stava per riportarmi da lui.

Sorrisi ai gabbiani che volavano alti.

Sorrisi al dolore che era diventato un amico fedele.

Scesi e respirai forte.

Il sole stava tramontando, faceva freddo, e il mare era agitato, ma mi sentivo serena e calma.

Non c'era niente di cui avere paura.

Il vento mi faceva perdere l'equilibrio mentre avanzavo a fatica per raggiungere la spiaggia.

Rividi il pub dove avevamo comprato il pesce fritto, la locanda dove avremmo dovuto dormire, il pontile, la barca rovesciata accanto a cui ci eravamo sdraiati.

E come in un sogno rividi noi due che ridevamo rubandoci le patatine fritte, che giocavamo con York, che ci baciavamo e ci tenevamo stretti immaginando il nostro futuro.

Mi sentivo stanca, come se avessi camminato per centinaia di chilometri senza mai fermarmi.

Era finalmente arrivato il momento di riposare.

Quell'immensa massa torbida e burrascosa mi aspettava con le braccia spalancate, invitante, accogliente, sicura.

E non vedevo l'ora di potermi lasciare travolgere da quell'abbraccio gigante e abbandonarmi al silenzio e alla pace delle sue segrete profondità.

Scendere giù, dolcemente, dove la luce filtra a fatica, dove tutto è rallentato e paziente e dove il tempo non esiste.

Laggiù dove da qualche parte mi aspettava Pat.

CAPITOLO VENTISEI

«È in coma dottore, non sappiamo per quanto tempo sia rimasta senza ossigeno... potrebbe avere riportato dei danni permanenti...».
«Segni vitali?»
«Stabili... stiamo cercando di contattare la famiglia, ma non aveva documenti con sé, solo un cellulare inutilizzabile e quel braccialetto con la scritta... in latino o spagnolo...».
«Come hanno fatta a recuperarla?»
«È un mistero, in quel punto la corrente è così forte che nemmeno i pescatori si avvicinano... l'hanno trovata sulla spiaggia».
«Un angelo custode».
«Già».
«Guardi, sembra che sorrida...».
«È solo un riflesso».

«Mia... Mia... sono Patrick, mi senti?»
«Sì».

RINGRAZIAMENTI

Ringrazio di cuore il mio editore e amico Raffaello Avanzini e tutta la Newton Compton per il supporto e la disponibilità.

La mia agente (ma più spesso mia sorella maggiore) Maria Paola Romeo.

Mia madre per avermi portato a vedere il balletto di Louis Falco quando avevo cinque anni e avermi insegnato l'amore per le cose belle, mio fratello Daniel, luce dei miei occhi e Attilio il miglior compagno di vita che si possa desiderare.

Maria Falcao e Jim Fletcher della Royal Ballet School di Londra per la disponibilità e i preziosi consigli, Alessandro di Marco per la consulenza tecnica, Rosie Williams e Dallas Kidman per avermi ospitato nella loro deliziosa casa (con il bovindo!), e Marika Pasut per l'indimenticabile avventura londinese.

E in ultimo, ma non per importanza, la mia famiglia, gli amici, le persone che ho avuto vicino, i ragazzi del blog, lo yoga, la danza, Londra, tutti e tutto quello che amo. A loro e a voi, grazie.

INDICE

p.	7	Capitolo 1	
	24	Capitolo 2	
	38	Capitolo 3	

p.   7 Capitolo 1
    24 Capitolo 2
    38 Capitolo 3
    64 Capitolo 4
    80 Capitolo 5
    96 Capitolo 6
   118 Capitolo 7
   140 Capitolo 8
   155 Capitolo 9
   170 Capitolo 10
   186 Capitolo 11
   207 Capitolo 12
   226 Capitolo 13
   246 Capitolo 14

p. 264 Capitolo 15
   267 Capitolo 16
   284 Capitolo 17
   293 Capitolo 18
   309 Capitolo 19
   328 Capitolo 20
   342 Capitolo 21
   360 Capitolo 22
   361 Capitolo 23
   368 Capitolo 24
   374 Capitolo 25
   376 Capitolo 26

   377 *Ringraziamenti*

FEDERICA BOSCO
IL MIO ANGELO SEGRETO

Volume rilegato di 384 pagine, euro 5,90

Da quel terribile giorno di febbraio, quando il mare l'ha inghiottita, il tempo per Mia si è fermato. Dal sonno profondo in cui è precipitata e da cui sembra non volersi ridestare, Mia si sente però al sicuro. Il suono di una voce che lei conosce bene la avvolge e la protegge, la tiene lontana da qualsiasi sofferenza e la trasporta in una sorta di sogno, in cui può sentirsi ancora vicina a chi ama. Quella voce è più forte di tutte le altre che ha intorno e che la chiamano, cercando in ogni modo di farle aprire gli occhi. Ma lei non ha alcuna intenzione di tornare alla sua vita di un tempo. Finché, dopo quasi due mesi, Mia finalmente si risveglia. Qualcuno ha voluto che tornasse a vivere, qualcuno con cui Mia riesce ancora a parlare, e che non vuole smettere di ascoltare. Qualcuno che la ama più della sua stessa vita e che ha fatto di tutto per salvarla...

NEWTON COMPTON EDITORI

FEDERICA BOSCO
UN AMORE DI ANGELO

Volume rilegato di 384 pagine, euro 9,90

Nei mesi trascorsi a Firenze a casa della nonna, Mia ha sempre sentito Patrick vicino a sé. Da quando le onde del mare lo hanno inghiottito, non ha mai smesso di udire la sua voce, e la sua presenza veglia su di lei come un angelo. Adesso Mia è di nuovo in Inghilterra e ha finalmente ottenuto l'occasione che attendeva da sempre: un'audizione alla Royal Ballet School. Ma quando, su quel palco, ha capito che il sogno stava per trasformarsi in vita reale, ha pronunciato il suo no. Non ha potuto rinunciare alla libertà di danzare senza regole, vincoli, restrizioni. Pat le è stato sempre accanto, anche di fronte a una decisione così complicata. Per Mia può ora iniziare una nuova vita: lei e Nina, l'amica del cuore con cui ha ricostruito un rapporto che pensava perso, vanno a vivere a Londra, dove Mia si iscrive a una scuola d'arte che la entusiasma, The Brit. Ma Londra non è solo divertimento e cambiamenti: le due amiche dovranno affrontare insieme anche la difficile gravidanza di Nina. A sostenerla, come sempre, ci sarà l'eterea presenza di Patrick…

NEWTON COMPTON EDITORI